A Londra non serve l’ombrello

Pubblicato in accordo con Grandi & Associati, Milano

Editing e redazione: Mariachiara Riva

www.giunti.it

Via Bolognese 165 – 50139 Firenze – Italia
Via G.B. Pirelli 30 – 20124 Milano – Italia
Prima edizione: maggio 2025

Giunti Editore si impegna per uno sviluppo sostenibile
con l'utilizzo di carta certificata FSC® proveniente
da fonti gestite in maniera responsabile.

FSC www.fsc.org
MISTO
Carta | A sostegno della gestione forestale responsabile
FSC® C115118

Stampato presso Elcograf SpA, Stabilimento di Cles

FRANCESCA SANGALLI

A Londra non serve l'ombrello

GIUNTI

A Ernesto e Andrea

«"Io" è solo un termine di comodo
per qualcuno che in realtà non esiste.
Cose non vere sgorgheranno dalla mia bocca,
ma è possibile che qualche verità
vi sarà mescolata.»
Virginia Woolf, *Una stanza solo per sé*

ERANO MEGLIO I LICHENI

Comunque, tutti che scappano dal mondo in barca a vela e vanno a vivere nel bosco mangiando licheni e quando organizzo io, con la mia crisi di mezza età, di fare un'avventura in una città occidentalizzata per sei mesi con tutta una pianificazione puntigliosa, il mondo decide di collassare.

Se avessi improvvisato di prendere lo zaino e di andare a perdermi nella foresta bielorussa per tentare di addomesticare cinghiali, avrei avuto meno difficoltà. Prova invece a organizzare nel 2022 un trasloco a Londra. Con la famiglia al completo.

Si scatenerà di tutto, al netto dei già previsti terremoti, conflitti mondiali e virus mutanti si aggiungeranno scioperi aerei, dimissioni ai grandi vertici governativi, le dogane andranno in tilt, e la guerra con la burocrazia per esportare un *pet*, un piccolo gattino in UK, vi farà ricordare con nostalgia la tranquillità d'animo che vi infondeva la lettura di Kafka in prima media. Quando poi ti sembrerà di aver anche trovato una forma di stabilità seppur precaria, con l'inizio della scuola inglese e tutti i problemi congiunti alla ricerca della taglia della divisa secondo i parametri UK, neanche un mese dopo il tuo arrivo, ti morirà perfino la regina d'Inghilterra.

A quel punto ti siederai sul divano di fronte alla BBC e scoppierai nel pianto più inconsolabile degli ultimi settant'anni.

Finalmente una scusa per confondersi tra i sudditi, nella collettività, e smaltire le tue lacrime esistenziali nella pioggia inglese.

D'altronde la vita non ama farsi addomesticare e i veri viaggi non sono mai quelli in cui non ti perdi una coincidenza e che seguono i piani prestabiliti; i veri viaggi sono fatti su zattere improvvisate, alimentate da motori aerospaziali, inventati in cinque minuti per arrivare dall'altra parte della Manica, il vento in faccia, aggrappati al parapetto per non venire sbalzati fuori.

E comunque anche a volerne scrivere, di un'avventura a Londra, mi viene da dire che i titoli buoni sono già stati tutti presi.

I CIELI DI LONDRA

– Di che scrivi mamma?

– Di quel tempo in cui volevo cambiare vita e siamo tutti andati a vivere a Londra.

– Aaaah! Che bello.

– Ti eri divertito?

– Sì.

– Anche con la pioggia?

– Sì. Perché anche se ogni tanto pioveva, noi non abbiamo mai aperto l'ombrello.

IL DITO TORTO

~ OVVERO ~

Perché mai non partire subito se vuoi partire subito e puoi partire subito

Mia madre ha un dito torto. Le si è annodata la falange. È quello che è, senza mezze parole. Un dito torto. Il dito indice per la precisione. Le è successo quando ha compiuto settant'anni. Si è svegliata e si è accorta che, poco alla volta, il dito le stava facendo un nodo, come i nodi così belli del legno di ulivo. Solo che a lei il grumo ligneo non piace. Perché mia madre non è un tagliere o un'insalatiera. E poi perché il dito le si è torto proprio appena ha deciso di ricominciare a suonare il pianoforte. Me la ricordo, quando ero piccola, che suonava sempre le *Scene infantili* di Schumann e diceva che avrebbe ripreso il pianoforte una volta arrivata alla pensione. E poi è andata un po' diversamente. Come a tutti.

Una volta arrivata alla pensione ha dovuto occuparsi di mia nonna, una volta morta mia nonna ha guardato il vuoto per un anno e poi ha finalmente iniziato a suonare il pianoforte e a prendere lezioni dal maestro. E a quel punto, la mattina, il dito ha iniziato ad annodare ossa e cartilagini e a cambiarle le direzioni. Come a dirle che non sarebbe più riuscita a fare chissà che con questi tasti, perché quando lei crede di toccare il Mi, la punta del polpastrello le scivola sul Fa.

Anche il dito indice della mano sinistra dava i primi segni di quella stessa artrite che prima o poi le avrebbe preso tutte le dita delle mani. Mi ricordo che ha fatto spallucce. Non c'era scampo. È l'età e va accettata. Così, ha detto, un po' ad alta voce, un po' più a se stessa che a me, che se le sarebbe tenute come erano, le sue dita. Da qui in avanti. Perché in effetti c'è un'età in cui le malattie cominci a tenertele, a farci una specie di abitudine, a sapere che non andranno via. Te le porterai nella tomba le dita torte, e lo sai. Puoi prenderla come un pugno nello stomaco o con una certa accondiscendenza, magari anche con un po' di affetto verso quelle mani che proprio quando hanno ripreso a battere sui tasti hanno cambiato direzioni alle falangi. Un modo per dirti che forse aspettare la pensione non è mai una strada sicura, nasconde insidie e imprevisti, come tutte le scelte programmate. Le lunghe attese. Addomesticare l'esistenza.

Il dito torto mi appare agli occhi come un totem legnoso e contorto delle nostre speranze che se ne vanno a puttane, della ricerca del momento giusto. È il legno del ramo che ci cade sul cranio mentre camminiamo sotto un albero. Il vaso in testa scivolato da un balcone. Ricordo un fatto di cronaca: a una donna era caduto sulla testa un crocefisso che era crollato dal tetto di una chiesa. Lei stava camminando in un paesino, tranquilla. Un attimo dopo era morta. Ed era stato un crocefisso piombato dal cielo. In pochi ricorderanno qualcosa di lei di più eccezionale delle circostanze della sua morte. Quel nodo che prima o poi ti deforma le nocche delle mani, è ridicolo, illogico, ma è la chiave che si spacca nella serratura della nostra capacità di essere opportuni, di agire sempre secondo la ragione, l'argomentazione che perde sull'impulso folle, la pianificazione che muore e lascia posto alla carnevalata senza senso. Una beffa, infine.

Gli eventi ci ricordano quanto sia paradossale la vita e per questo se dovessimo numerare cronologicamente gli aneddoti strani che sono capitati all'uomo dalla notte dei tempi avremmo il solito numero che tende all'infinito. Lo dico solo per sottolineare quanto la memoria collettiva sia invasa dall'insensatezza nel passato e nel presente. Un'argomentazione un po' debole, mi rendo conto, da presentare in famiglia per motivare l'intenzione di prendere e partire subito per Londra, come i nostri amici che si sono già trasferiti lì.

E poi sto invecchiando, e invecchiare significa che il corpo inizia ad assumere la forma della morte, le dita torte non sono tanto lontane.

Se dovessi misurare sui piatti della bilancia il peso delle mie cellule grigie implicate in processi razionali e mettessi dall'altra parte i neuroni specializzati in sommovimenti emotivi, credo che l'ago penderebbe tutto dalla parte di questi ultimi. Per poter sopravvivere nella società civile ho provato ad arrangiarmi, ad argomentare per far uscire dalla matassa nella mia gola l'idea da presentare e un progetto di vita motivato. Questo è il risultato.

Io non so perché ho ricevuto l'assenso di tutta la famiglia, figlio compreso, ma mi viene da dire che se mi hanno dato retta sono anche un po' affari loro!

Resta un problema molto importante, una questione spinosa da risolvere, la prima a cui tutti pensiamo quando ci si prospetta un viaggio di questa difficile e immensa portata, che implica cambio di città, lingua, nazione, stile di vita, cibo, fuso orario, amici, lavoro, scuola elementare, casa.

Cosa metto in valigia?

ANCHE ALLE OMBRE PIACE TESCO

All'inizio, sembra solo una vacanza come un'altra, un semplice momento di fuga dopo mesi e anni di chiusura, di weekend trascorsi a fare origami invece di viaggiare, piegando carta per dare forma a qualcosa di bello, mentre dentro di me sentivo il peso della stagnazione. Decidiamo di andare a Londra, a trovare degli amici, ed è l'inizio di cinque giorni in una città che non ho mai visto prima, una metropoli vibrante e sconosciuta. Siamo in un B&B appena oltre Portobello Road, un posto che già da solo sembra promettere nuove scoperte.

Sono venuta ad alloggiare qui vicino a Portobello perché non riesco a togliermi dalla testa la canzone di *Pomi d'ottone e manici di scopa*. E chi non conosce il film ha avuto un'infanzia triste. A tutti resta nel cuore Angela Lansbury che prima di essere Signora in Giallo era una strega pasticciona con una orribile tinta di capelli castano rossiccia.

Mi sento pronta per un viaggio anche interiore, sulle orme di Virginia Woolf e della sua *Mrs Dalloway*. Come Clarissa Dalloway, sono una donna di mezza età, in bilico tra ciò che sono e ciò che avrei potuto essere, tra il presente e il rimpianto di un potenziale forse perduto. Un momento prima che le scadenze tornino a incombere, mi prendo una vacanza, ignorando ancora per po' il lavoro, gli ultimi capitoli di un libro da revisionare, i compiti dei miei studenti da correggere. Un'interruzione pasquale in cui mi concedo il lusso di non aprire le mail per una settimana.

Esco di casa per andare da Tesco. Il supermercato. Ho visto che ce n'è uno piuttosto grande proprio qui vicino.

Guardo i gradini che ho davanti a me e che devo scendere per entrare in Ladbroke Grove: domani è Pasqua 2022. Evviva. Resurrezione. Resurrezione? La mia no di certo. Non fa nemmeno freddo, il tramonto si spalma nell'aria sollevandomi l'anima. Basta allungare la strada verso Camden per imbattersi nel ricordo dei punk, sempre misurato e integrato, mentre so che se tirassi dritta vedrei spuntare davanti a me le case smaglianti e pettinate di Notting Hill.

Sono attirata dai mille ristoranti di ogni cucina del mondo e dalle infinite vetrine in cui mi specchio e mi sento moderna e scintillante. Vorrei lanciarmi a esplorare la zona, girare l'angolo e tuffarmi nel cuore del quartiere, fare finta di essere anche io parte di questa marea di folla senza meta, irresponsabile, dimenticandomi che sono uscita a cercare qualcosa per arrangiare un sugo. Mi trattengo con autodisciplina e placo la mia curiosità. Non ho molto tempo, devo limitarmi a comprare la cena.

Sono comunque contenta: è la pausa che mi serviva per sentirmi di nuovo viva. Da un anno, sono anestetizzata da post-it sul frigo e liste della spesa da quarantenne. Esami del sangue, RX ginocchio sinistro, visita dermatologica per mappatura dei nei.

Cerco ferocemente di accontentarmi di quello che ho costruito, tra lavoro e routine di tutti i giorni, ma ho un mostro nel petto. Mi sforzo di sembrare di buonumore ogni giorno. Ci sto attenta. Faccio foto solo con il sorriso. O forse mostro i denti. In alcuni scatti sto quasi ringhiando. Per lo più non esco di casa, se non per brevi giri nel quartiere o per incursioni al supermercato. Il quadrilatero delle ossessioni. Si dice che Kafka vivesse tutta la sua vita a Praga all'interno dello stesso quadrilatero e non era certo un allegrone. Eccomi qui. Che coincidenza: finisco i miei trent'anni in pieno lockdown e quando ne usciamo ufficialmente, sono diventata una quarantenne.

Un anno senza sbalzi, il quarantesimo. Dritto come la linea della morte quando si ferma il cuore. Annego la mia ansia che la vita non abbia nessun significato in corsi motivazionali acquistati con il 72% di sconto su piattaforme sponsorizzate. I trenta giorni di gennaio, nuova vita, un compito al giorno per diventare un business man (o woman), tipo: chiedi uno sconto per il caffè anche se ti vergogni, così alleni la mente alla vergogna, oppure oggi lavati i denti con la mano sinistra per svegliare il cervello. Fatti un discorso incoraggiante. Ogni mattina guardati allo specchio e dì a te stesso che sei una brava persona e che ti ami.

Mi amo mi amo mi amo.

Io mi amo.

Fallo cento volte al giorno. Io mi amo.

Fallo ogni volta che vai in bagno. Mi amo, io mi amo.

Assicurati che nessuno ti senta e nessuno lo sappia, integra la vitamina D.

Ripeti ad alta voce: io valgo, io amo me stessa.

Leggi cinque pagine di un libro (di carta) al risveglio, integra la vitamina B12.

Sembro caduta in basso? In realtà per me questi corsi sono l'unica benzina in un fosco susseguirsi di ore deprimenti e demotivanti. Meno male che ci provano a darmi una direttiva. Io mi impegno, ma sono ancora al buio pesto.

Mi arrovello con i pensieri e le incertezze in lunghe notti senza sonno.

Sono affetta da un'insonnia cronica, ovvero intermezzi notturni a base di incubi o divagazioni mentali. Non che anche prima dei quaranta passassi notti tranquille. Osservare la retrospettiva della mia vita mi risulta pesante, ma non riesco a farne a meno. È un po' una punizione: so che scrollare i social non indurrà il sonno, ma lo faccio comunque. Passo le ore più grigie a guardare le fotografie ritoccate di gente della mia età stirata di botulino, a considerare l'acido ialuronico oltre che l'acidità di stomaco. Vita notturna trascorsa noiosamente sui social, ormai degenerati in casse di risonanza di lamenti, condoglianze, compleanni e sfiga.

Guardo i miei coetanei e mi appare una *Guernica* della sconfitta. E molti quarantenni della mia squadra sono tutti irrisolti come me. Foto di classe: una generazione di passaggio che appena è invecchiata ha scoperto che i sogni erano solo illusioni, una prerogativa tutta nostra. Viviamo uno stato di prepensionamento mentale collettivo. Crediamo ancora nell'INPS, a contare il numero di contributi che mancano. Che mancano per cosa?

Viviamo una terribile ansia generazionale da fluidità lavorativa. Perché non corri verso quel luminoso futuro che ti avevano promesso? Io mi sono spiaccicata contro il vetro come i gatti e come i miei amici. Per chi è nato intorno agli anni Ottanta, per chi è pure donna, ci siamo strozzate in un imbuto di speranze consumate e schiantate contro soffitti di cristallo durissimo. Cerchiamo spiegazioni sui social tra una ricetta dell'arrosto e un rimedio contro la colite spastica, ed è pieno di corsi e di tuttologhi che hanno un'opinione su qualsiasi cosa, su come funziona il mondo o il tuo corpo.

Come mai sei troppo poco madre o troppo attaccata ai figli? Non sarai troppo carrierista o troppo passiva? Troppo libera o troppo chiusa? Troppo tutto, troppo poco. Ma dove la troviamo la formula magica? Non posso nemmeno chiedere un affitto con le mie forze perché ho un reddito discontinuo: il mio conto è dopato in alcuni mesi e cala quelli dopo, e raggiunge lo zero per Natale.

Che fatica pensare alla nostra identità femminile oggi. Con l'educazione degli anni Ottanta e Novanta ci è stata impressa l'idea di una donna che sa cucire, attaccare bottoni, che ha imparato da bambina a vestire e pettinare le bambole per prendersi cura degli altri, ma che allo stesso tempo deve essere intraprendente, performativa nel suo settore lavorativo, competitiva, autonoma finanziariamente e (aggiungo io) magari anche in salute e desiderosa di far scintille a letto, con il completino sexy in pizzo bordeaux, tra una mail di lavoro in tarda serata e la lavapiatti da caricare, senza dimenticare la merenda per la scuola del figliolo. La madre guerriera e donna leader imperturbabile, capace di dirigere l'agenzia aerospaziale e dividere i panni da lavare per categorie di colore? Salutista e maratoneta? E dove lo mettiamo il genio? Non l'hai ancora fatta una scoperta degna del Nobel?

Mi sento troppo fuorimoda. Ce l'ho messa tutta ma da quando sono madre non sono economicamente indipendente: guadagno, sì, ma non abbastanza. E nemmeno io mi sento mai abbastanza. Non parliamo di farmi guidare una macchina: mi paralizzo al volante e inizio a sudare.

Mi sembra che siamo spinte a diventare sempre più forti, ma è innegabile che, per chi non riesce a trovare armonia tra tutte le sue parti, questa ricerca possa apparire davvero ardua.

Mi sono pietrificata come una statuina ma non riesco a aderire alla forma ideale. Resto lì, bloccata, con una sensazione di pericolo, come chi è sopraffatto dal panico e non sa più muoversi.

È per questo senso tutto mio di inadeguatezza. È per qualcosa che non so ancora. È per via delle quantità di antidolorifici esistenziali con cui mi distraggo dall'agire (piccole occasioni mondane, perdere tempo a vedere serie, condividere foto di gattini, immaginare vacanze che non faccio, commentare articoli di giornale online), che mi trovo qui a Londra a Pasqua 2022. Con un pensiero nella mente: devo liberarmi dal raggio paralizzante della mia vita in casa, che con la catastrofe Covid è tornata ad appesantirmi come un mastice. Scappare qualche giorno. Dai piani prestabiliti, dalle aspettative. Dal dito torto.

È tutto in divenire, mi dico per rassicurarmi e spostarmi dall'immobilità dell'essere, che mi opprime. Chi ha deciso che sia finita? Che da me ci si aspetti solo che io passi oltre con grazia, come la signora Dalloway su Bond Street, che ha ormai superato l'età. Magari tingendomi anche io, come le donne di una certa, con quel tono di rosso volpe di montagna che fa subito RSA.

Attraverso Ladbroke Grove con il piombo nel cuore e il fervore nei lobi temporali.

Mentre passeggio, piano piano mi sento sollevata, sì. (Il piombo nel cuore è la condizione umorale base). E così non mi accorgo che sorrido, immersa nel sibilare del traffico.

Ed ecco apparire un nuovo presagio, storto come l'artrite. C'è un uomo dall'età indefinita nel mio raggio d'espressione, barcolla davanti al supermercato in tuta di flanella grigia, macchiata davanti, si becca il mio sorriso. Una grande chiazza di un colore più scuro, umida, di urina.

Lasciandomelo alle spalle, mi sento prima un po' in pericolo; poi, dopo aver voltato la testa e averlo visto nello stesso punto del marciapiede, disorientato, ridotto a un'ombra umana, il grosso corpo incurvato, mi sento in colpa. È lui che è in pericolo, non io. Chissà cosa gli è successo alla svolta dei quarant'anni: una pena d'amore, una delusione? Un click nella testa? Ne conosco tante di storie di persone che prima mordevano la vita con canini affilati e un momento dopo si sono trovate sul marciapiede, senza memoria, a puzzare di birra o di trascuratezza.

Ci sentiamo sempre diversi, al riparo dalle derive più tragiche e beffarde e invece, a pensarci bene, che corazze abbiamo a proteggerci dalle valanghe improvvise sul sentiero? Dopo i quaranta tutto ti sembra molto meno lontano di come appariva prima. Anche senza particolari eventi traumatici, qualche volta vieni a sapere che una persona è impazzita e ha assunto le sembianze dell'uomo in tuta di flanella grigia. Magari è un tuo compagno delle elementari, magari il fratello di un tuo amico. Il cerchio si stringe. Anche l'ansia che ovunque mi accompagna cresce.

Arrivo al Tesco, il supermercato. Offre cibi indiani precotti e preconfezionati a base di curry. C'è anche altro ma al momento la vista di nove combinazioni diverse di ripieno dei samosa mi rapisce l'anima e se la porta via. Capisco perché il primo uomo di Clarissa Dalloway per lasciarsi alle spalle la delusione della rottura del fidanzamento doveva aver deciso di scappare in India per perdersi nei samosa. Sento che la letteratura mi sta già alle calcagna da quando ho sceso i gradini di casa. Quanto slancio creativo in questa città. Ovunque guardi vedo un'antologia delle varietà umane. Mi sembra tutto più espanso, mi sento il cervello arieggiato. Anche e soprattutto l'aria stessa. Ossigeno rinfrescante. Come quando bevi l'acqua buona che arriva nella fontana di montagna. Finalmente dopo tanto cammino, qualcosa ti disseta. La città.

Mentre metto nel sacchetto cibo indiano a base di curry osservando dall'interno del supermercato questa Londra elettrizzante mi accorgo che non avevo liste con me. Né della spesa, né da quarantenne.

Il signore con la tuta grigia si aggira là fuori e mi assorda con la sua ombra ondivaga. Devo seminare chilometri tra me e qualcosa di nuovo, e partire cercando risposte? È così? Ma come fare oggi con tutta la mia famiglia: non sono mica più un'adolescente ispirata e impulsiva. Non posso mica sparire su un'isola in mezzo al mare da sola, come Stevenson che scriveva dei suoi oceani perduti. Che ci si faceva portare anche in barella con la sua salute precaria, che aveva creato qualcosa di nuovo a Samoa, qualcosa che non riusciva a trovare nella sua, di casa. Il richiamo dell'isola selvaggia, per Stevenson, non era solo di fuga: andava a cercare rifugio in un atollo del Pacifico per una reinvenzione di sé, lontano dai vincoli della sua terra d'origine. Un'inedita prospettiva mentale per scoprire e respirare ossigeno nuovo. Lo ha fatto lui, potrei farlo anche io, lo hanno già fatto altri, possiamo farcela anche noi. Quanti provano a scappare dal proprio paese natale per cercare la capanna esotica? Un'isola. E ci penso. Ci vorrebbe un'isola.

Questa è un'isola. Il Regno Unito!

Scatta il pensiero arrovellato che riporto più o meno così, estraendolo dai gangli del cervello:

Potrei staccarmi da me stessa? Lasciare qui un pezzo, la casa, i piatti nel lavandino, arrotolare i tappeti e andare via con il treno… ma come farei poi con quello che resta, e dove lo mettiamo quello che sono stata finora? Mica lo buttiamo, ci sono le cose che amo, insegnare, scrivere teatro… e se quando torno non c'è più nulla? Rischiare. Però posso studiare meglio drammaturgia a Londra, qui ci sono spettacoli importanti, è il cuore pulsante della scena mondiale. Potrei esplorare, guardarmi attorno, leggere, aprirmi a nuovi orizzonti e cercare un'ispirazione poetica. Potrei lasciare le parti che non voglio a Milano e voltare pagina, inseguendo il mio intuito, ma solo per un po', prima di perdermi del tutto?

E cosa ci sarà scritto nella nuova pagina? Morte? Va bene, l'Inghilterra non è l'isola deserta e selvaggia, ma bisognerà pure accettare i compromessi con la realtà. Ci vuole una scuola che abbia un programma parificato con quello italiano… una strategia sensata e un qualcosa che ci porti indietro avvantaggiati. Una lingua da imparare. Gente che conosciamo. A Londra si può trovare tutto, è un pianeta multiforme che raccoglie variabili in fuga. Anche se poi… come farei con una lingua che non ho mai praticato? Posso provare a viverci, almeno qualche mese.

E il lavoro, cosa lascio? Potrei chiedere di sostituirmi e me la rischio. Il sostituto potrebbe essere più bravo di me. O non me la rischio? Come ghostwriter non c'è problema: lavorando da remoto per l'Italia si può fare… ma come faccio con la mia routine? La abbandono? Forse posso? Porto con me i post-it? Sento che c'è uno spiraglio di fattibilità in questo piano… ma chi me lo fa fare?

Bisogna studiare un po' meglio la strategia.

Post-it sul frigo e liste della spesa permettendo.

ATTACCAMI IL PANICO

Quando rientro in Italia, ad attendermi c'è una valanga di mail arretrate livello soffocamento, che al solo vederle ho l'emicrania. Noto giusto tra le varie righe una comunicazione di posta certificata. La posta certificata va subito aperta perché potrebbe essere pericolosa, grave. Nefasta. Pessimamente garantita. E invece no. Sorpresa. Si tratta di un accumulo trimestrale di diritti d'autore relativo a un progetto di scrittura a cui ho lavorato in passato e di cui mi ero quasi dimenticata: improvvisamente quel lavoro ha ingranato bene e ho la mia parte.

Mi sembra che i segni propizi si stiano accumulando. È allora che capisco che è il momento di partire, che Londra può essere anche qualcosa in più di una mera fantasia. C'è chi per trovare un contatto più sincero con l'essenza umana profonda va in una grande foresta sconfinata, dove perdersi e mettersi alla prova, inseguire il Nord, sentirsi dentro l'asse di rotazione del pianeta, leccare il muschio direttamente dall'albero, cucinare licheni crudi in insalata, scrutare le galassie. Ma anche Londra, in fondo, è una mega-giungla dove perdersi per una fetta importante di vita, che ci metta alla prova per farci evolvere o cambiare.

L'ideazione fumosa di scappare dalla quotidianità non è mai stata così urgente, ma era già germogliata anni prima, rimanendo in stato di coma, costantemente frenata dalla mancanza di opportunità, soldi ma soprattutto di audacia. Non che ora abbondi, anzi. L'idea c'è, ma non ho ancora il coraggio di renderla reale. Il panico sale. Mi ripeto che devo affrontare la mia paura perché non posso più resistere, ho bisogno di spezzare, ci vuole slancio, come quei tuffi dalla scogliera.

Prendo un respiro profondo. Che dura quattro giorni. Alla quinta sera riunisco la mia famiglia: sono pronta ad annunciare a tutti la mia idea di cambiare vita. Lavoro. Casa. Paese. Raggiungere quegli amici che si sono già trasferiti e che sono felici. Si siedono tutti sul divano della sala, li guardo negli occhi: figlio, marito e un gambero origami, che per qualche strano motivo è capovolto a testa in giù, incompreso. Anche lui dondola disperato dal tavolino, in cenno d'assenso.

Il giorno dopo ho un problema: ora lo devo fare per davvero.

È un tardo pomeriggio di un qualsiasi mercoledì di una giornata di primavera troppo calda quando scendo nel seminterrato dove c'è l'ambulatorio del medico di base per chiedere se mi può prescrivere qualcosa che mi calmi. Bisognerà aspettare, ma sono speranzosa. Un uomo più anziano di me è incastonato sulla sedia di uno scomodo blu plastico. È stempiato, i capelli rimasti sono radi e alternano un bianco deciso a qualche avvizzito peletto nero. Il colletto della polo un po' sgualcito, la pelle delle guance è infiammata, macchie e capillari arrossati. Mi ricordo la crema di mia nonna, contro la couperose: non capivo perché la volesse curare, a me le sue guance rosa piacevano. Invece voleva evitare di mostrare l'affronto degli anni sugli zigomi e sembrare bella. Questioni capillari.

Che ci sia sempre meno tempo, nell'esistenza, prima di trasformarsi in quello che ci fa paura e che vediamo negli altri? Prima che sia un'altra, la donna di quarant'anni in piedi a guardare me, anziana, anchilosata, seduta all'ultimo posto blu della sala d'attesa. Resto in piedi. Respiro. Dopo un tempo infinito è il suo turno. Appena lo chiamano, si alza scattante e guarda verso la porta con la faccia di chi ha portato i macigni nella carriola per cent'anni e, ora che è in pensione, forse, è pronto per la malattia. Sparisce dietro alla porta bianca e io prendo il suo posto preriscaldato. Provo a sfogliare qualche rivista, ma l'anziano ha già finito. Fulmineo! Mi viene da pensare che ormai è spacciato.

Finalmente il medico mi apre la porta del suo ambulatorio. Ha dei capelli ricci spettinati un po' lunghi, gli occhiali da vista sulla fronte mentre strizza gli occhi per vedere da vicino. Non sembra un eroe della tecnologia, si relaziona al miracolo dell'informatica come uno scimmione che si avvicina guardingo a un falò. Mi saluta senza vedermi, mentre finisce qualche cosa al computer. Dito indice lento sui tasti. Io espongo il problema: vorrei partire, fuggire, cambiare vita, ma non voglio aver paura.

– Mi scusi e cosa vuole che faccia io?
– Mi può diminuire il panico?
– Dunque – inforca gli occhiali – lei ha paura. Ha l'ansia... giusto? Ma vuole espatriare.

– Sì, e non resto in Europa.
– E dove va?
– Vado nel Regno Unito.
– Eh, va be', io pensavo in India o in Australia! In una foresta nera, in un posto selvaggio! Nella giungla. Di che ha paura? Resta in un paese civilizzato. Non ci sono i leoni allo stato brado.
– Eh lo so, ma c'è stata la Brexit...
– Giusto. Giusto.
– Eh.
– Ma mica le posso prescrivere un farmaco contro la Brexit.
– Ma la Brexit è orribile!
– Eh, ma non gliel'ha mica ordinato il medico di andare via.
– Non mi ha nemmeno ordinato di stare qui ferma!
– Capisco. E allora vada, no?
– Ma ci vado, certo, ci voglio andare, ci vogliamo andare, però adesso mi si è attaccato il panico! Mi dia qualcosa, la prego: mi dia un antipanico!

Lo dico ammiccando al ricettario e sperando che mi prescriva qualcosa di un po' definitivo e importante. Non così definitivo come quello che avrà dato all'uomo prima di me, ma abbastanza stroncante. Una martellata in testa, per dire. Il dottore considera seriamente la mia richiesta ma non si fa abbindolare dal mio sguardo seduttivo. Mi dice che devo fare una visita specialistica, con uno psichiatra, per intenderci. Che più che il Lexotan non può darmi. Una benzo comune.

– Ma a me va bene! È buono il Lexotan. Adoro il suo sapore di banana marcia, mi ricorda le caramelle gommose Haribo.
– No. Faccia una visita di approfondimento. Le consiglio una psichiatra del Sacco. O preferisce il Fatebenefratelli? Ne abbiamo di ottimi in ogni ospedale.

Mi scrive un nome velocemente in geroglifico e mi indica la porta. Io guardo ancora con speranza mista a preghiera nella sua direzione. So che c'è il prossimo paziente che avrà fretta di entrare. Si alza per accompagnarmi all'uscita, con un sorrisino mellifluo; quella gentilezza che nasconde l'invito a levarsi dal cazzo. Io cammino all'indietro con abilità, continuando a spiegare circostanze ed eventi, fino a sentire incombere la porta. Non smetto, a costo di condividere i miei problemi con la sala d'attesa, se dovesse aprire l'uscio e spintonarmi. Lo guardo, sperando che si risolva a farmi una ricetta di una qualsiasi benzodiazepina, una cosa facile, al volo. Insisto. Mi spiego, ci metto impegno, con l'effetto di apparire più squilibrata di quanto io sappia di essere. E più parlo, più mi vedo da fuori come una a cui si dovrebbe prescrivere una cintura esplosiva di ansiolitici.

Ma il dottore è stanco dei suoi settant'anni di carriera. Io so che sono un suo diversivo elettrizzante oggi. Scruto nei suoi occhi cisposi da medico di base, a fondo, nel modo più seduttivo possibile. Mi staglio tra il suo sguardo su di me e lo sfondo azzurrognolo dell'intonaco dell'ambulatorio. Ce l'ho fatta: glielo sto attaccando anche a lui, il panico. Riesco a scorgerlo nel fondo delle sue pupille.

– Guardi, mi dia una mano!

Lo fulmino. E inizio a raffica di mitra, senza dargli il tempo di inserirsi.

– È la pressione, ha presente la pentola? No, non ho la pressione alta, è che non la reggo: quando sono sotto pressione mi paralizzo. Panico, panico, panico, lo ripeta anche lei, le parole iniziano a traslare di significato, non le ricorda il giochino *ionico ionico ionico*? Senta: devo andarmene da questo posto, dal quartiere pettegolo, dalla politica stantia, dal nepotismo e dalla stagnazione sociale. Sì: fa paura, soprattutto a me che per molto meno, tipo se devo rifare la carta d'identità, mi metto a piangere e mi chiudo nell'armadio, ma ho bisogno di relativizzare l'esistenza, il tempo e la condizione umana! Ho perso la mia identità. Devo guardarmi da lontano e capire chi sono io in mezzo al resto della specie. Voglio partire per l'avventura. Certo, non sono il tipo da fuga nei boschi da sola, anzi voglio la mia famiglia con me, voglio il figlio, il marito. Non sono irrazionale, mi va bene Londra, ha una sua utilità per tutti. Ascolti, io posso lavorare da fuori ai miei libri e ai miei testi e in più potrei arricchire il mio bagaglio culturale teatrale assistendo agli spettacoli e poi potrei studiare la lingua inglese, vedere da vicino le strade descritte nei romanzi che ho amato di più, percorrere le vie della signora Dalloway per sentire di nuovo l'ispirazione. Voglio studiare, leggere, vedere musei e mostre, fare nuove esperienze. E poi abbiamo contatti, alcuni nostri amici sono andati da tempo a Londra, ci aspettano, è un'impresa che potrebbe funzionare nella sua follia, mio marito ha una start up da seguire, mio figlio conosce dei bambini che sono andati a studiare alla scuola italiana a Londra. Non è un'idea campata in aria. Io, dottore, non voglio morire in questo quartiere. Neanche lei, vero? Bravo. Bravo, ha capito. S'immagini che la trovano in questo sottoscala, con tutto il rispetto per le strutture della ASL di zona, che godono sempre di… ma guardi non ne parliamo, della ASL, mi fa paura anche la ASL, sente che brutto suono? Sembra una malattia neurodegenerativa, ho preso la ASL e sono morta! Vero? E allora via, di qui, mi ascolti anche lei! Il fatto è che l'idea mi spaventa da morire. E poi mi intriga. Allo stesso tempo. Mi serve avere coraggio. E poi a mano a mano che la data della partenza si avvicina, considero l'aggravarsi di situazioni impreviste e nuovi inconvenienti di ogni sorta. Bombe atomiche su Londra. Paure così. Capisce? Capisce?

– No. Facciamo così. Mi spieghi tutto *dal principio.*

DAL PRINCIPIO I:
LA PANCHINA VERDE E LE GRANDI CONTRADDIZIONI

Dall'inizio?

O da quando ho pensato che dovevo fare qualcosa per fuggire?

Allora.

Ho poco più di trent'anni. Trentatré o trentaquattro, non mi ricordo con precisione in che anno mi è successo.

Eccomi qui. Ferma.

Sono stata in maternità per due anni, adesso mi sembra di poter essere di nuovo pronta a riprendere le attività, esco dal nido e mi siedo su una panchina verde foresta al parchetto, a osservare mio figlio di due anni e apro il suo yogurt alla pesca per la merenda, schizzandomi la maglietta. Che sonno, che fatica, che amore!

Mi siedo sulla panchina per un attimo.

Faccio magari una giornata qui con lui e poi da domani riprendo tutto il mio lavoro come prima. Tutte le settimane Milano-Roma, casa di produzione di cinema, organizzare la produzione dei miei spettacoli teatrali, autrice in televisione e sceneggiatrice di film d'animazione. Ritirare premi letterari… Poesie? Scrivere poesie ispirate nel cuore della notte! E poi le tournée. Adesso mi alzo da questa panchina verde e andrà tutto bene, tutto come prima. Sono femminista, sono degli anni Ottanta, e se lo vuoi con forza, lo puoi fare, no? L'ultimo sforzo, colpo di reni. Se vuoi, puoi. Se vuoi, puoi, se vuoi, pu…

Buio.

Luce.

Ho trentotto anni. Eccomi qui. Ferma.

Sono sempre io. Uguale. Mi sento una delusione. Volevo essere donna, madre, grande lavoratrice invece… Più rughe e più yogurt alla pesca aperti in mano. Maglietta macchiata, salviettine umide, tutto è appiccicoso. Qui. Eccomi. Sono seduta a osservare con sguardo innamorato mio figlio di otto anni. Sempre *seduta sulla panchina per un attimo* – che, per la cronaca, è durato sei anni.

Faccio magari una giornata qui con lui e poi da domani riprendo tutto il mio lavoro come prima. Dico ogni giorno.

Non succede subito. All'inizio sembra andare quasi bene, è tutto nuovo e sono certa che troverò anche una nuova grinta per rimettermi sul lavoro più che mai motivata dalla maternità. Ma gli anni passano e la grinta sembra piano piano bollita, come la famosa rana che non si accorge di cuocere mentre l'acqua si scalda poco alla volta, la spinta creativa appare seppellita da chili di stanchezza dolcificata da tanto amore. La forza si affievolisce invecchiando.

Sono sempre qui, al centro di Milano, in un parchetto transennato, seduta a guardare bambini che giocano, mentre le macchine mi sfrecciano nel vialone alle spalle. Qualche volta la palla finisce in mezzo alla strada, scatenando le urla soprane delle adulte. (Tutte femmine, o quasi, le abitanti del parchetto dei bambini. Parità di sessi? Sì, magari da altre parti del mondo, ma qui non ancora.) Io? No, io resto impassibile, affascinata dalle foglie che ondeggiano, mi incanto a guardare rami e alberi in città. Sono seduta sulla panchina verde e quasi quasi ci parlo.

– Ciao panchina verde, eccomi qui anche oggi.
– Sono verde foresta.

Mi risponde la panchina. Così per precisazione.

Prima di andare via osservo tutte le cosine dimenticate sulla seduta a fine giornata e il mio mondo creativo si fa zeppo di bricioline e fazzolettini abbandonati, ombrellini di topolino, pupazzetti infangati. Adoro i graffiti che adornano le mie panchine, diventano le mie letture più preziose, mi perdo a immaginare altre età e altri mondi possibili, affascinata dalla grammatica delle storie di vita dei panchinari. I ragazzi qui, molte ore dopo di noi, di notte, vengono a scambiarsi effusioni e lasciano romantici messaggi d'amore come: *Juve merda*.

Io non gioco a palla, no, però sono specializzata nella spinta dell'altalena, alzandomi raramente e stando attenta a lasciare la giacca o il foulard per non perdere il mio posto panchina. Sono nove panchine in tutto: quattro sul lato destro e cinque sul sinistro e la seduta è molto ambita. Ci si accorda a turno per prendere i bambini all'uscita mentre una madre, o chi ne fa le veci, difende il posizionamento all'altra. Lavoro di squadra e deleghe al ritiro. Io sto in coppia con una tata di nome Maileen, che è fortissima. Riesce sempre a prendere la postazione all'ombra degli olmi. Quindi poi spingo e appena posso, mi rimetto a sedere. Silenziosamente. Il peggio che può succedere è che una nonna ti rubi il posto, a quel punto non è che puoi far smammare la vecchietta... ti devi rassegnare a restare quattro ore in piedi. C'è un'etica anche nel parchetto. La panchina, con il tempo, mi attrae sempre di più a sé e diventa un po' il rifugio completo. Non voglio che nessuno si accorga della mia esistenza. Seduta lì, sembro una specie di spettatore non pagante dello spettacolo della vita.

Mi ricordo di aver letto di Inanna, in quel periodo, la dea sumera che va sottoterra, nel regno della sorella Ereshkigal. Penso alla sua discesa nell'oltretomba e al mio tuffo nell'oscurità e nell'incertezza. Inanna viene spogliata di tutto, resa vulnerabile e maledetta. Il viaggio nel sottosuolo interiore, dove affronta la perdita, la vulnerabilità e, infine, stipula un patto per rinascere. Ecco la chiave.

– Devo affrontare la mia Ereshkigal interiore!

Un piccione mi guarda con sospetto. Tira vento. Le doghe di legno della seduta mi sostengono con pazienza, silenziose testimoni delle mie interne battaglie, dell'ansia, del mio timore di non saper nuotare nelle rapide della vita, perché sono molto più forti di quanto pensassi. (Sarò depressa?) Il mondo intorno sembra girare imperterrito, lasciandomi indietro. Contatto qualche vecchia amica, ma mi sento un po' come una specie di pietra pesante piantata nello stagno, mentre gli altri hanno fatto miliardi di passi avanti. È solo che io non ci riesco adesso. Devo lasciar fare al tempo e tra un po' andrà meglio, mi dico.

Ma dentro di me so che mi sto sbagliando di grosso.

Quando ci sono mi sembra di entrare in una nuova dimensione. E anche io mi sento spaccata in due. E in più c'è la trappola del freelance: organizzati da sola, vedi tu se togliere tempo a tuo figlio o al sonno di notte. Scegli tu. Sei libera. Ed eccomi qui, da autonoma a dipendente: devo chiedere ogni tanto qualche integrazione ai miei genitori. Mi sembra impossibile: lavoro tantissimo ma non basta mai. E perché non basta? Quante donne sono nella mia situazione?

L'ansia è peggiorata, ansimo. Con le bolle di sapone, soffiate per mezzo pomeriggio, è facile andare in capogiro da iperventilazione. Mi manca il fiato. I giochi infantili mi alterano la psiche.

Forse è anche perché sono completamente squilibrata dal debito di sonno. Di sera e di notte riprovo a seguire il mio lavoro, accendo il computer, digrigno i denti, strizzo gli occhi per accompagnare fisicamente lo sforzo di scrivere qualcosa di buono, neanche a farne un affare di muscoli. Rientrare ogni volta e trovare ispirazione è faticoso, dov'è l'interruttore? Non capisco dove sia finito quel tempo lungo e ininterrotto che avevo anni e mesi prima quando la notte era la fonte a cui attingere per avere le migliori idee. Forse la mente brillante che avevo un tempo non funziona più! Le incombenze mi sommergono e il senso di ciò che vivo mi scivola tra le dita. Come mai tutto corre e io non faccio che affannarmi e inseguire un pianeta bambino e un pianeta società del lavoro? E perché mentre sono in questo ritaglio momentaneo in panchina, rispondo al telefono quando so già che sarà una menata? Perché sbircio il messaggio su una questione non ancora risolta oltre l'orario lavorativo, quando so che è una grana, perché finisco per controllare la mail lo stesso, che tanto non posso rispondere con cognizione.

Seduta su quella panchina verde foresta, rifugio e prigione tra gli olmi e gli ippocastani milanesi, mi ritrovo persa in pensieri. Mi sono piantata in questa scatola di assi. Come nei miti greci, che un dio arriva e ti trasforma in un albero, quella voglia di radicarmi e sparire. Un arboscello anche io, con quel tipo di tempo lungo, mentre le macchine sfrecciano dietro la mia schiena sballate dalla corsa verso qualcosa. Indifferenti, mi sorpassano. Nel parchetto urbano sono circondata da un verde scuro standardizzato che parla di giorni che diventano mesi, mesi che diventano anni.

Quasi otto anni di un equilibrio precario, in bilico tra la carriera, la vita familiare, e i sogni che non ho ancora abbandonato. Aspirazioni personali che hanno fatto la fine dell'elefantino Bing Bong, quello che svanisce piano in *Inside Out* e che ritrovi nella fattura della psicanalista. Ma io sono ostinata.

In mezzo a questa tempesta, c'è una forza che resiste, un barlume di speranza che mi spinge a cercare momenti di gioia e creatività, anche nei momenti più grigi: mio figlio. Troppo romantico? Era per far capire meglio la portata del conflitto. Le forze in questione sono impari.

Ci sono giorni in cui mi sveglio e mi pare di sentire le mie vene che si riempiono di una collosa indecisione, il mondo intorno mi spaventa sempre di più e vince la spinta a ritrarmi. Passano i mesi e aumentano le panchine verde foresta, come fossero vegetazione infestante anche nei sogni. Una specie che danneggia il mio ecosistema interiore.

Non ho mai amato così tanto e non sono mai stata amata così tanto come da mio figlio. Lo stringo a me e respiro con lui, il mio cuoricino, lo chiamo. Però troppo spesso mi inchiodo: giocare, fare merenda, tornare a casa. Settimane, anni, palloni, bolle.

La panchina verde, nei miei incubi, diventa quasi un sarcofago. Mi incatena a sé.

Ho come l'impressione, distorta da un umore molto nero, che siamo collettivamente intrappolati in routine che accettiamo, che cerchiamo, addirittura; abitudini di pensiero perverse e tossiche che ci tengono in equilibrio per rispondere in modo responsabile e adulto alle circostanze della vita. Tipo: basta, cresci una buona volta! E vai in panchina! Un senso del dovere che ci fa dimenticare le grandi domande. Perché tutto questo? E il significato? Nessuno entra volentieri nel discorso sul senso della vita se non per sbuffare e scivolare via mentre sorseggia una birra amara. Difficile per me capire razionalmente che succede. Ci ritroviamo isolati gli uni dagli altri, destinati a discorsi superficiali per paura di essere i pesantoni della situazione, confinati in un'illusione che si etichetta, o si pretende di etichettare, come *normale*. Anche la mia identità si è persa.

La domanda scomoda è insistente come un'ossessione: ma come, ti lamenti? Ma come, non ami tuo figlio? Sì sì. Troppo! Tantissimo! Più della mia stessa vita. È meraviglioso e di fronte all'oceano impetuoso da affrontare per *farsi strada* mi tenta ritagliarmi il mio ruolo su di lui.

Ma è complicato spiegarsi bene con chi vede il mio sguardo incerto. Per paura di essere fraintesa, di toccare argomenti tabù, taccio.

Quando mi confido sulla mia difficoltà ambivalente tra realizzazione personale e i neuroni specchio innamorati (che sono grossi come palle di cannone), c'è sempre qualcuna o qualcuno che mi porta come esempio una donna che, con tre o quattro figli, dirige il mondo.

– Te la ricordi la Luisa? Lei ha due figli e ha ottanta dipendenti.

– Lo sai che Serena Williams è arrivata in finale a Wimbledon che la figlia aveva meno di un anno?

– Ursula von der Leyen ha sette figli ed è il presidente della Commissione europea, eh! Datti una mossa.

– Ho letto da qualche parte che recuperare la tua energia aggressiva serve ad affermarti e ti aiuta a ritrovare la tua identità. Dovresti provare con la boxe!

– E il prossimo figlio quando lo fai?

Insomma, mi sento incompresa.

Che scuse ho, io, oggi che c'è anche la possibilità di lavorare da una panchina verde con il computer portatile e ho il privilegio di essere contemporaneamente caregiver e lavoratrice! Sincronizzata e pienamente decontestualizzata.

Con la fatica e l'impegno, negli anni, riesco a cambiare molto, anche se non sono mai soddisfatta appieno, anche se c'è sempre qualcosa dentro di me che mi impedisce di essere competitiva come vorrei, ma qualche risultato arriva. Anche se (e di nuovo anche se) la sensazione di essere incastrata non se ne va mai.

Però poi si accende la nostalgia del figlio piccolino da stringere a me. Starei ore lì a guardarlo, a me la nostalgia non piace, mi crea tutto un tumulto interiore. È appiccicaticcia come un chewing-gum sotto al banco. Così lo strafugno e lo sbaciucchio fino allo sfinimento. Non ci capisco niente. Non so cosa voglio. Forse voglio tutto.

DAL PRINCIPIO 2:
PRIMA DELLA TEMPESTA

Negli anni in cui sono rimasta lì, a praticare lo sport della panchina verde con tate, nonne e mamme, ho anche avuto tempo per capire che qualcosa in più si può fare per uscire dalla trappola. Per otto giri del sole non c'è davvero solo il tragico immobilismo che percepisco soggettivamente. Vivo quel periodo un po' come in un sogno, nel senso che dormo in piedi e che la mia emozione principale è il sonno. Sì, perché scopro che è possibile scrivere progetti personali senza togliere tempo alla famiglia. Di notte. Tanto sono insonne, mi dico. Una Redbull ogni tanto non farà male.

L'agitazione ricomincia e diventa mostruosa durante le ore piccole. Un po' come succede ai gatti. C'è qualche spettacolo scritto da me che gira e ho delle interviste programmate. Disastrose. La giornalista radio che mi telefona una mattina non mi trova, sto dormendo, burnout, non sento la chiamata. Abbiamo avuto entrambi una brutta nottata, il figlio e io. Il sonno ci ha rapiti fino a tardi: siamo rannicchiati insieme nel lettone. Mi sveglio di soprassalto, che ore sono? Mezzogiorno? Cerco di rimettere insieme i pensieri... vedo che è rimasto il numero sul telefono, richiamo e sento la voce radiofonica dall'altro lato.

– Ecco sentiamo l'ascoltatrice che ci vuole dire, che facevi in quegli anni?

– Mi scusi ma lei chi è? – chiedo io.

– Io sono Enzo, e tu, cara ascoltatrice come ti chiami?

– Io sono la drammaturga dello spettacolo...

– Quale spettacolo? Ah! Ma forse lei doveva rispondere alla trasmissione di due ore fa, in cui si parla di cultura, questo è il microfono aperto sulla musica del cuore.

– Oddio scusi... sono mortificata.

– Be', già che ci siamo, cosa ne pensi di Bryan Adams e degli anni Ottanta? Eri già nata?

– Be'... negli anni Ottanta di sicuro avevo meno sonno.

Mi dedicano la ninna nanna dei Cure. Brano bellissimo usato per sfottermi con simpatia. Vengo derisa da tutti gli amici che sono habitué di quella radio.

I più carini mi dicono:

– Bella figura di merda!

Mi sto dando da fare, però mi affanno senza strategia. Caos. Ma ci riesco. Mi avventuro, con un po' di coraggio, in mondi diversi: insegno, scrivo a cottimo dialoghi e soggetti di cinema, mi butto sui cartoni animati, la comicità televisiva e il cabaret. Ghostwriter. Romanzi sperimentali. Qualche nuovo premio letterario mi rinvigorisce l'autostima. Abbozzo qualche sketch, investo su molteplici progetti, collaboro a scritture di gruppo, se non mi pagano non importa, mi dico, magari un giorno…

Col tempo andrà meglio, mi dico. Voglio costringermi a essere ottimista. L'ottimismo è tutto, i libri motivazionali ne sono pregni. Insieme ad atti di gentilezza, docce fredde. Pensieri positivi. Litri di acqua. Tre litri al giorno.

Appuntare le dieci cose di cui sei grata oggi. Oggi sono grata di avere ricevuto un complimento. Sono grata che il menisco sinistro non faccia male anche se è rotto. Sono grata che mio figlio rida quando gli faccio il solletico. Che mio marito sia mattiniero al posto mio. Bevo succo di sedano e poi lavoro. Accigliata. Come se stessi dichiarando guerra a un continente.

Me lo ripeto ogni giorno, che sono in via di guarigione, ma non ci credo fino in fondo: la paura, l'ansia, quelle non riesco proprio a schiodarle. E assumono forme nuove.

La paura era diventata ancora più forte quando avevo smesso di fumare per la terza volta. Mi dicevano che la mia insonnia era causata dalle sigarette che fumavo di notte (e solo di notte) camminando avanti e indietro per la casa silenziosa; mi sentivo in colpa, mi ero impegnata e, con la forza di volontà, alla fine, avevo eliminato il vizio una volta per tutte. E così un giorno mi sono ritrovata a letto, sveglia, a fissare il soffitto, senza sigaretta, in quelle poche ore di sonno tra un progetto e l'altro.

Ecco che d'improvviso mi accorgo che sto camminando sotto le lenzuola. Non posso fermare le gambe: continuo a macinare chilometri dalle 22 anche fino alle 2 o 3 di notte, sempre in orizzontale. Come a incarnare il geroglifico di uno di quegli omini egizi che procedono bidimensionalmente sulla riga di una tomba nella Valle dei Re.

Allora mi trovo la neurologa su Google. Questa, nemmeno varcata la porta, squadrandomi con sguardo analitico, da tre parole dei miei racconti, da due analisi del sangue, mi identifica. Il responso è sindrome delle gambe senza riposo. RLS. Restless Legs Syndrome.

Pare ce l'abbiano un sacco di donne. Credono sia isteria, e invece è RLS. Di solito combinata con un immancabile disturbo d'ansia. Integrare magnesio e ferro e via, andare.

Eppure, forse le mie gambe scalpitano per fuggire lontano.

Puntano la frontiera, varcano il confine della notte, mentre io sono inchiodata a casa mia, loro superano la veglia e continuano anche nel sonno.

Vorrei andarmene via dritta, sempre nella stessa direzione, avanti per chilometri, continuativamente, camminando a bordo strada, inarrestabile, come il frusciare delle idee che mi rimuginano silenziose tra le occhiaie. Sempre più spesse, con una curvatura obliqua, a chiudere lo sguardo stanco in due parentesi. Come una didascalia in un dialogo, un suggerimento di uno stato d'animo (esausta), la testa inchinata a salutare la bellezza con il dispiacere di un addio.

Vedere la mia faccia ogni mattina, sempre immobile, ma sempre di un giro del sole più guastata, mette spavento. Mette il panico. Bisogna andarsene e lasciarla lì in quella cornice sopra al lavandino. Provo a non pensarci e mi aiuto con la lista della gratitudine.

Il 20 febbraio 2020 partecipo a una serata di teatro che prevede perfino una mia intervista. Io, che ho una paura atavica delle macchine, a mezzanotte saluto e impugno con coraggio il volante per andare in montagna dalla mia famiglia. La testa sfarfalla di gioia. Sono una persona nuova. La luna sembra essersi riaccesa nella mia notte, intorno a me spazi sconfinati, un futuro sfolgorante che mi aspetta, mi sento cambiata, felice, risorta. Non mi fermerà niente! Cercherò di rialzarmi. Punto in alto con la testa e mi dirigo più su, attraverso la valle. Mentre tengo il volante nella statale buia, sorridendo convinta di aver superato anche la mia paura di guidare, una pandemia decide di fare la sua comparsa sulla scena mondiale.

DAL PRINCIPIO 3:
BLACKOUT E GAMBERI CAPOVOLTI

Buio. Luce. Quattro mesi dopo. Alla fine della quarantena, tutte le speranze sono fallite, tutti gli sforzi vanificati e io mi butto giù. Ci hanno liberati ma non esco se non per lo stretto necessario; il lavoro c'è sempre, per fortuna, ma dopo aver perso le forze sul fronte delle ambizioni, ora mi applico come un automa, come se non provassi più nulla. Finisco ciò che devo e poi stop.

Il corollario della routine domestica non esalta. Cucina, lavapiatti, pulizia di casa. Uscire a fare la spesa è l'unico evento elettrizzante, provare il tonno vegano l'avventura più ardita che mi concedo. Resta sempre la meraviglia dei giochi e del solletico, ma la scuola del Covid ha devastato ogni maestra e ogni madre, al rientro ci sono cinque coppie divorziate in più.

Al parchetto, adesso, i bambini paiono più nervosi, mi sembra di sentirli arrabbiati. Fanno gli intervalli in piedi fermi in fila e distanziati. Qualcuno ha divelto un palo di divieto di sosta, non sono certo stati i nostri angeli. O forse sì. Li capisco. In fondo, non è l'atto in sé a preoccupare, è solo lo specchio di una inquietudine grumosa e interiore che cresce come blob e si prende tutto, e io ho il piombo nello stomaco. La lista della gratitudine a fine giornata diventa un foglio bianco e un digrignare di denti. Mi hanno regalato un libro di imprecazioni disegnate in bianco e nero. Come fossero dei mandala, coloro insulti, così, almeno, non li pronuncio. Quando ho terminato un bel *vattelaapigliare* in rosa antico e lillà, di solito mi sento meglio.

A vedermi così scura e abbattuta, in cerca di solitudine e demotivata, con un malumore pesante come una tenda bagnata, mio marito ha quasi timore di chiedermi come va.

– Sì.
– E poi?
– E poi no.
– Ma non c'era uno spettacolo in ballo?
– Non serve più che scriva il testo.
– Ma non dovevi fare quella consulenza?

– No, no, no! Accetto tante cose che non so dove porteranno, capisci? Magari è perché non conosco questo o quello, non vado a feste e salotti, oppure perché non sono under trenta, under trentacinque, under qualcosa.

– Ci sarà qualcosa per gli over…

– Sì! C'è!

– Cosa?

– L'overdose!

Per uscire dal buco nero della crisi, leggo sul web che bisogna fare qualcosa di manuale. Provo l'origami. Bevo acqua e piego carta. Pipì e forbici. La pelle è più luminosa, ma l'umore resta amaro.

C'è qualcosa di ipnotico nel piegare la carta, nel seguire le linee, nel trasformare un semplice foglio in una creatura mitologica. Divento così abile che posso creare a memoria almeno sette tipi di uccelli, un'abilità che richiede una certa dose di ossessione furiosa.

Quando sono molto forte in cigni, oche, cicogne, farfalle e scarafaggi e arrivo perfino a saper piegare a memoria il complicatissimo gambero rosa di Hachinohe, completo di antenne in avanti e coda ricurva, roba da cintura nera di origami, mi rendo conto che sono alla frutta.

Spesso mi alzo e corro in camera del figlio per ricordarmi di quando era piccolo e di quanto ero stata brava a promettergli che l'avrei protetto dall'intero catalogo dei dolori umani, che non lo avrei lasciato in balia del caso. Lo guardo dormire e lo abbraccio. Lui non lo sa. Mi sento molto colpevole. Sono convinta che sia importante ritrovare un po' di serenità, inventare qualcosa di assurdo per dare una scossa all'esistenza, almeno per lui, almeno un tentativo. Non è possibile che veda tutto nero: il cielo senza stelle e le panchine dei parchi scure e fredde come atroci divoratrici di sogni.

E così, eccomi qui. Dopo la vacanza di aprile a Londra, quella con la spesa di curry da Tesco e l'incontro con un uomo pisciato, premonizione di morte quasi in stile David Lynch, in un modo che potrebbe sembrare paradossalmente sia prevedibile che totalmente inaspettato, arrivano dei soldi dal vecchio progetto di scrittura. Ho toccato ormai il fondo e questo stato mentale aiuta a recuperare il coraggio, o almeno quello che basta per pensare a questa fuga a Londra.

Lo propongo e la considerano tutti un'idea sensata. Anche il gambero origami è d'accordo. Poverino, nessuno lo comprende mai. Lui è un gamberetto e lo appoggiano sempre sullo scaffale con le antenne rovesciate e la punta della codina arrotolata verso la pancia. E non si capisce cos'è. E per forza, poi, ci lievita il caos e la paura. Le cose sembrano indecifrabili e poi ti accorgi che erano solo capovolte. A guardarla con la prospettiva del gambero origami, tutto può diventare più semplice, insomma. Basta solo *ribaltare* tutto!

E infatti è così, in fondo mi sento dire da mio marito:

– Potrei accettare una proposta che mi hanno fatto i colleghi in questi giorni…

– Quale?

Scopro così che il marito ha un lavoro in partenza a Londra con due soci, e, dato che i nostri più cari amici che si sono già trasferiti con i loro figli a frequentare la scuola italiana a Londra si trovano bene, l'idea di riunirci a loro e scappare a gambe levate da qui, inizia follemente a farsi concreta. Si può fare.

Io posso lavorare da remoto. Ho un contratto per un libro da ghostwriter che mi mantiene per qualche mese e l'idea di assorbire gli stimoli e trovare ispirazione in una nuova città… mi eccita. Spostare le lezioni all'anno successivo? Grazie agli amici e ai colleghi che mi regalano questa occasione, si può fare.

Ho insistito molto, sono stata testarda, ho progettato e pianificato e ho avuto fortuna. Ho approfittato di tutte le carte buone. Pensando che a volte, nella vita, si allineano gli astri e ti permettono di saltare da uno all'altro e andare verso il sole. Quando mi ricapita prima di morire?

Mi manca solo un po' il coraggio. Superare la paura. Un bel tuffo in tutto lo spettacolo dal vivo della scena più vivace del teatro mondiale? Imparare un livello accettabile di lingua inglese? Vivere in una nuova metropoli quasi sconosciuta? Passeggiare per Hyde Park, dove gli olmi di Virginia Woolf, quelli che lei ama e descrive, sono vivi e ondeggiano? Farsi le foto sotto la casa di Orwell? Eh?… che dite? Che dice? Dottore? Me lo porto via, il gamberetto di carta origami?

– Non è una buona idea? Dottore, mi aiuti? Io mi voglio buttare.

REPRISE
AMBULATORIO DEL MEDICO DI BASE CHE HO ASCIUGATO ALLO SFINIMENTO

– Oddio. Da dove?
– Nell'avventura!
– Ah. Quale avventura?
– Il viaggio a Londra. Secondo lei ce la faccio?
– Secondo me, no.
– No?
– Così, no.

Ed eccomi qui, oggi. A tre mesi dall'ipotetica partenza con tutti i biglietti da comprare. Mentre ho la netta percezione di non essere stata minimamente ascoltata, vedo che il medico dondola la testa con disapprovazione, più scoraggiato di me. Si dirige dritto alla scrivania, si siede, lasciandosi cadere sulle palle, come tutti gli uomini sopra la settantina con le palle piene, settant'anni di palle piene, apre il cassetto della scrivania e tira fuori Ansiolev. Una bella confezione bianca con la scritta azzurro cielo della Liguria. Speriamo che non sia la solita boiata a base di valeriana.

– Potrei consigliarle questo composto a base di valeriana.

Sì, è la solita boiata a base di valeriana.

– Noo! La prego, che palle voi e questa valeriana, ma mi consigli lo yoga allora, la meditazione, le bestemmie! Ho già fatto abbastanza origami. Le dico una cosa, io la valeriana me la mangio solo come insalata.

So che potrebbe andare peggio, potrebbe anche parlarmi di pilates. Allora mi alzo e lo guardo con le sopracciglia inclinate, una mossa terribile che utilizzo solo nelle peggiori emergenze. I pugni sulla scrivania. Dritto negli occhi, lo prendo e lo distruggo. Sento il bisogno di riempire una bella valigia di pasticche, spiego, con relativa prescrizione, e non pensarci più. Anche se non ne assaggio nemmeno mezza. Giuro. Nemmeno al decollo dell'aereo, quando di solito stringo l'avambraccio del malcapitato che mi si siede a destra. E se sono a destra, alla destra estrema, strizzo quelli a sinistra. E se sono in mezzo, artiglio l'uomo a destra e la donna a sinistra, strizzo gli occhi, stringo la bocca per non urlare che su questo volo non ci sono paracaduti per tutti! La voglio sentire che mi scava dentro, la paura. Insomma, mi basta l'idea di partire con dei rimedi farmacologici in valigia come paracadute personale. Non li prendo.

– Dunque, se non li prende i farmaci e vuole solo averceli in valigia non le servono i farmaci, mi segue?

– No.

– (sospira)

– (sospiro)

– D'accordo.

– Grazie!

– Le piacciono i cani o i gatti?

– Scusi?

– Risponda. Cani o gatti.

– Gatti.

– Molto bene, non mi resta che prescriverle un gatto.

– Di che cosa sta parlando?

– Un gatto.

– Devo adottare un gatto?

– Ha mai sentito parlare di *pet therapy*? Secondo me se si prende un gatto… allora sì, ce la può fare.

– È sicuro, dottore? I miei genitori hanno un gatto maschio, si chiama Cesare e il rischio che poi magari non vadano d'accordo i due gatti è altissimo, se voglio andare a trovarli in montagna… gestire un gatto è difficile…

– Hanno un maschio? Facile, le prescrivo una femmina.

– È sicuro che un gatto femmina mi aiuterebbe ad affrontare il viaggio con meno ansia e meno difficoltà? Aiuterebbe la mia voglia di cambiare vita e viaggiare?

– Sì.

– Gatta?

– Sì, col gatto, sì, ce la fa.

COL GATTO SI PUÒ FARE TUTTO

– Vieni, amore, siediti. Siediti. Tieni.

– È un bel regalo?

– Sorpresa…

– Cos'è?

– Apri e leggi. Apri.

– È la gattina? È femmina?

– Lo sai già? Apri, no? Apri.

– È quella, lo so. la gattina. È così?

– Sfila il fiocco e apri. Cosa c'è scritto?

– Ciao, sono la tua gattina, sono appena nata e arrivo presto tra le tue braccia mi coccolerai tantissimo? *(pausa)* è femmina? MIAOOOOO!

– Miao!

– Quando arriva?

– Eh, adesso la andiamo a prendere e la portiamo a casa.

– Ma allora non partiamo più per Londra?

– E invece sì, adesso che abbiamo anche la gattina, sarà tutto più facile: ho preso i biglietti aerei!

– Ma il papà lo sa?

– Li ha presi lui i biglietti dell'aereo!

– Allora si vola a Londra con la gattina! *(pausa)* MIAOOOOO!

LA SPOMPA SOTTOVUOTI

Dunque. Adesso la situazione è che abbiamo i biglietti per il volo il primo di agosto. Ho preso la gatta, l'ho portata a casa e cerco di vedere se mi aiuta a rilassarmi, seguendo la prescrizione. Ed è l'inizio di un luglio mostruosamente afoso. C'è la canicola e lei miagola nella calura e nella casa sottosopra. E vomita palline di pelo. Questo sottofondo mi ispira l'idea di iniziare a preparare le valige un mese prima della partenza, in linea con la mia ansia anticipatoria, così posso essere certa di non dimenticarmi niente e dimostrare che sono riuscita a fare i bagagli senza isterie. Cosa sono poi, in fondo, i bagagli? Il bagaglio reale e figurato che portiamo via è uno specchio dell'anima. È un momento catartico in cui ci si pongono domande agghiaccianti.

Cos'è essenziale? A che cosa posso rinunciare? Dove lo sistemo il diffusore per capelli ricci?

Ogni volta che si gira la cerniera di una valigia si aprono due concavità delimitate da bordi artificiali che ci costringono alla scelta e allo svelamento delle zone d'ombra della nostra identità. Lì ci puoi mettere quello che tu pensi non possa essere lasciato indietro.

Pensiamo con rispetto a chi non può fare a meno delle scarpe con i tacchi. A chi deve portarsi lo yogurt con il probiotico di quella marca introvabile all'estero, altrimenti teme di perdere il controllo del sistema nervoso parasimpatico. Il quadretto di Lenin. I libri. Quelli da leggere, alcuni già letti che ci fanno sentire a casa. Tipo i *Demoni* di Dostoevskij in edizione con copertina cartonata nel bagaglio a mano da massimo otto chili. Chi infila in borsa il vecchio peluche. Il rettangolo della borsa da viaggio ci ricorda che c'è anche per noi un limite geometrico: di spazio, quando non di peso. Passo le notti senza chiudere occhio a fare e rifare la lista e questa diventa sempre meno pratica e sempre più simbolica. Che cosa mi servirà? A che cosa posso rinunciare?

A non rendere più semplice la questione insonnia da viaggio è l'attrazione irrefrenabile per i video promozionali dei social, quel nervo scoperto che abbiamo tutti anche se ci immergiamo ogni sera nella lettura di autori di spessore.

Io sono un'estimatrice della soluzione di design per le menate quotidiane. Nell'ultimo mezzo anno di oscurità e tormento, durante la pandemia, ho fatto scorrere parecchio il dito sullo schermo, indugiando quel momento in più sul prodotto rivoluzionario, capace di essere piacevole alla vista e ingegnoso nell'applicazione. Il mio occhio curioso fa scattare l'algoritmo, e subito vengo bombardata di contenuti simili a scope elettriche senza fili, portatili che amplificano il segnale del wi-fi, zaini impermeabili, massaggiatori plantari che emettono odori e suoni. Quasi che ti facessero un favore a raccogliere i tuoi dati, come se ti aiutassero a cercare proprio quello che ti interessa sulla base del tuo polpastrello più o meno indeciso. La statistica dell'indugio. Qualche volta, purtroppo è vero, l'algoritmo intercetta la mia debolezza: l'oggetto del desiderio schizza dritto nello spazio consigliato per soddisfare le pulsioni dell'inconscio. E lo compro. Soprattutto se è notte, se ho mal di piedi. E se ho un problema che mi toglie il sonno. Come il bagaglio essenziale. Mentre sono lì che cerco l'oggetto irrinunciabile.

Non è corretto cogliermi con le difese abbassate, ma ormai è fatta: mi sono soffermata troppo sulle valige piccole, sui traslochi, su cosa mette un terrapiattista nello zaino per partire per il bordo finale. È stato scoperchiato il bisogno di risolvere il caos che affetta la mia casa con altri gadget che creano un caos ancora maggiore. Accumuli di arnesi che dovrebbero risolvere problemi creati da altri arnesi.

Io per ora sono in balia di questa corrente disfunzionale, soprattutto nei periodi in cui l'ansia, come una nuvola minacciosa, si raddensa e mi divora. Nel tempo, anche se mi brucia confessarlo, ho collezionato una serie di congegni innominabili. Lo stampo triangolare per riso giapponese, la spara biscotti, la piramide di cacciaviti per occhiali, le scarpe ballerine ripiegabili da taschino. Nessuno deve sapere. Molti giacciono nel ripostiglio, incastrati nello scaffale più alto.

Mi do un limite: non più di una invenzione tecnologica miracolosa al mese. Economica.

Avendo il dilemma del poco spazio nel bagaglio per partire per Londra e dell'equipaggiamento per attraversare tutte le stagioni, sono molto sensibile allo sciacallaggio delle mie debolezze. E così mi accorgo che mi manca la mostruosa invenzione, allo stesso tempo enigmatica e inquietante, che salva lo spazio per le valige, eliminando il superfluo: l'aria.

Esatto.

Non ti serve l'aria. Nella vita puoi toglierti l'aria e nessuno se ne accorgerebbe, non sarebbe come partire senza vestiti, senza documenti o senza denaro.

Riempi il tuo spazio vitale di molti oggetti senz'aria, schiacciati anche tu, dentro in quel rettangolo con tutte le tue cose, spompa via l'aria.

Ci farai stare tutto! C'è spazio per una caffettiera, volendo. È diabolico.

L'ho fatta arrivare subito.

Sto parlando della pompa per *sottovuotare* i sacchetti e il loro contenuto. Comprata apposta per poter spremere vestiti al minimo e rimpicciolirli in modo da fare più posto nella valigia. È tutto così virtuale che quando ti porti questi miracoli ingegneristici a casa ti accorgi che l'ideale (metto l'intero cambio dell'armadio in una valigia 55x40x20), non si avvicina nemmeno un pochino al reale. Prima di tutto perché nei video dimostrativi i piumini matrimoniali vengono ridotti con due stantuffate a dei dadi Knorr; in secondo luogo, non si considera che la trasformazione dell'oggetto da morbido a pietrificato porta con sé la creazione di macigni dalla forma non più modellabile e si tralascia infine di sottolineare l'estrema fragilità dell'equilibrio anaerobico.

Soprattutto se hai un gatto.

Un gatto cucciolo che si nasconde dietro la porta e non può crederci di vederti armeggiare con un sacchetto frusciante per succhiar via una dimensione dai maglioni di lana. Sudi come un corridore, mentre espelli con una pompa a mano – tipo quella dei palloncini ma al contrario – ogni sacchetto, levando fino all'ultima molecola l'ossigeno dall'interno.

Poi, dopo aver perso quasi tutti i liquidi perché non stai accendendo il condizionatore per salvare il pianeta, è ora di farsi una doccia. Soddisfatta, ansimante, puzzolente, grondante, guardi il tuo lavoro facendo due passi indietro. Metti tutto in fila, piena di dopamina per la giusta fatica e per aver levato una riga alla *to do list*. Pazienza se adesso i vestiti sono buoni per l'Uomo Roccia, impilati nel bagaglio come dei sassi. Sembrano quelle palle di carta da giornale che faceva il nonno per accendere il fuoco nel camino, impregnate di kerosene, spigolose e pesanti. Ma sei contenta, sei sfinita ma hai ottenuto che ce ne stiano tre in più, di maglioni, rispetto ai conti iniziali. Un vantaggio importante su tutte quelle persone che sono costrette a rinunciare alla giacchetta in pile nero puffoso, al golfone di ciniglia rosso o alla casacca di ecopelliccia viola perché ancora non sanno, perché non spompano! Quei trogloditi che ancora credono di doversi portare dietro la loro orrida aria di casa, che volgarità. Che meteorismo campanilistico.

Soddisfatta e sudata, ti volti e guardi le valige aperte. Bisognerà ora pensare all'incastro dei blocchi. Li lasci un po' lì, quei crepacci di lana sgonfiata, in attesa di capire come comporre la scultura. Ci vorrebbe del cemento, pensi, si può costruire un piccolo muretto, ricavarci un trolley menhir di maglioni sgonfiati.

Apri l'acqua e ti godi la meritata pausa.

Al ritorno dalla doccia, mentre ti strofini i capelli con l'asciugamano, butti l'occhio e riconosci con orrore che qualcosa non va: i maglioni si sono tutti smollati. Inizi a controllare tutte le valvole delle buste, piangi, ti domandi dove hai sbagliato, provi a spomparli di nuovo con la pompetta, niente, non vanno più sottovuoto… come mai? E poi li vedi. I morsi. Tutte le buste sono state azzannate e bucate. Sono da buttare. Come è stato possibile, che cosa avrà provocato quei morsi? Un ladro con il pugnale dentato?

E poi senti…

– Miao

La mia terapia affettiva. Il mio Emotional Support Animal. La guardo: è nascosta tra gli scaffali della libreria con un brandello di plastica tra i denti, lo sta aggredendo come se si trattasse di un malefico roditore.

Aveva aspettato nell'ombra che tu ti allontanassi.

Contenta del suo scempio, si lecca il dorso e ti guarda con estrema soddisfazione.

Levi tre maglioni, che tanto la ciniglia è brutta, il pile non è sicuro perché prende fuoco troppo facilmente, l'ecopelliccia, si sa, è fuori moda, e fai una valigia normale. Per schiacciare meglio i vestiti dentro, ti ci siedi sopra.

Come tutti.

LE BUONE IDEE HANNO DELLE FALLE

Nel grafico che traccia le complicazioni logistiche che mi aspettano nelle prossime settimane, una linea, adesso, schizza verso il cielo. La procedura di esportazione di un animale nel Regno Unito è l'inferno in terra. Sembra che del certificato ESA (Emotional Support Animal) per avere l'animale in cabina le compagnie aeree non se ne facciano più niente da pochi mesi, da quando un signore si è portato (si vocifera) un pitbull in cabina. Me lo racconta in via del tutto confidenziale l'assistenza clienti di ITA Airways. Il cane deve essere impazzito in giro per il veicolo sbranando ferocemente qualcuno. Un tizio che oggi ha bisogno di un supporto emotivo lui, contro i cani.

I nostri biglietti dell'aereo? Sì ma senza la gatta. Mio marito mi dice di risolvere il problema. Io ho una crisi di panico.

– Ma non doveva semplificarti l'ansia prendere un gatto?
– Sì. Doveva.

L'ARTE FELINA DI FUGGIRE DALLA GABBIA

Per l'esportazione di un *pet* in UK in pratica mi incastro in una trafila burocratica orribile, che non lascia in pace nemmeno i cani per ciechi. Lei è una gattina diplomata, ha la pettorina e il certificato. E il bacio accademico. Vuol dire che posso portarla con me ovunque perché serve per curare la mia ansia... Mio figlio l'ha chiamata Pepita. Non ama molto l'acqua ma appena ho saputo che posso portarla anche in piscina, diventa la massima tentazione: immagino scene apocalittiche. Io che languidamente apro l'accappatoio ed estraggo la gatta tutta arruffata. La gente in acqua zitta, le facce rivolte verso di me, una signora di ormai quarant'anni suonati che accede a bordo vasca con un felino al guinzaglio. Sogno i dialoghi.

– Ma lei è pazza, che fa col gatto?
– Ho il certificato.
– ESA?
– Proprio così. È una Emotional Support Animal, ma resta modesta.
– Ma è sicura?
– Legga bene... l'ha redatto la psichiatra in persona.
– Ma cos'è 'sta roba?
– È la *pet therapy*, si aggiorni. Sarà mica rimasta ancora al Tavor?
– Fate la doccia prima di entrare in acqua.
– Va bene.
– Si ricordi le ciabatte.
– Il gatto può stare senza ciabattine?
– Posso rivedere la sua diagnosi, signora?

Comunque, un mio amico avvocato le leggi in vigore per espatriare il gatto me le mette tutte in fila, due per volta perché sono in gran ritardo, e mi dice in che ordine procedere. Mi paga il centrifugato e mi lascia a me stessa e alla mia vita contorta. Leggo gli appunti sgomenta.

Ritengo il piano troppo difficile da rispettare, mi viene l'ansia e faccio confusione: alla fine decido che la cosa migliore è procedere in ordine sparso senza una strategia precisa. Che a me le cose poi riescono meglio così, seguendo un mio dettato interiore totalmente raffazzonato. Bisogna chiamare il consolato inglese, l'ambasciata, la Famiglia Reale! Dagli appunti estrapolo una lista furiosa di antirabbiche, passaporti, certificati, antiparassitari, ripettinature, temperature, letture di microchip registrati in due enti in conflitto tra loro, confusione animale, aggiornamenti delle regole da cardiopalma, permessi di espatrio.

Nel frattempo, ci sono i saluti. È assolutamente necessario seguire il protocollo affettivo: dobbiamo dire ciao tutti i parenti. Con tutte le carte ancora da finire ci rechiamo in montagna.

La gatta miagola come un allarme antiaereo per un'ora e trenta di viaggio. Senza sosta. Povera felina, soffre l'auto. La tengo in braccio appena posso e mi pianta le unghie nella carne con l'espressione di chi si è appena fatto di crack. Ansima, paonazza, la lingua di fuori. Io questi sintomi li conosco: sembra che abbia un attacco di panico.

– Mi sa che non le piace la macchina.

Dico mentre gocciolo sangue dalla guancia. Ma non doveva essere lei a fare da supporto emotivo a me? Provo a richiamarla al suo dovere, ricordandole l'addestramento. Le dico:

– ESA, Pepita, ESA! Emotional Support Animal!
– Miaooo!

Non funziona. Miagolio implacabile. Il marito non riesce a guidare. Bestemmia. Miagolio. Imprecazione. Miagolii. Miagolii. Miagolii. La macchina è un po' rave *techno acid*, un po' centro per le malattie nervose. Ci fermiamo, proviamo a metterla dietro, esasperati, nella cuccia a zainetto, la chiudiamo dietro la grata, coperta con un foulard, sia mai che le dia fastidio il sole, le diamo l'acqua, riblocchiamo la gabbietta mentre lei espande zampe affilate fuori e comunque a un certo punto anche basta. È uno strazio. Non la guardiamo più.

Si sente che gratta un po' la parete di stoffa e poi… cala il silenzio. Esultiamo a gesti come protagonisti di un film muto a bordo di una decappottabile. Seguono dieci interi minuti di pace.

Miao.

Ci giriamo ed è in piedi, le zampe sul sedile del guidatore, con lo sguardo da squilibrata. È evasa. Silenziosa e malefica come un serpente. Mi guarda e mi grida *m-i-a-o* a seimila hertz. Ansima. Ringhia, ruggisce come un giaguaro con la tosse canina.

Sta per saltare sul volante, il marito tira un'altra imprecazione da curva sud, rischiamo l'incidente frontale! Scatta il delirio totale: va intercettata prima che acceda al volante. Neanche un Gremlin. La afferro in parabola e con uno slancio, continuo il movimento avvitandomi, la trascino dietro. Ralenti. Gran parata da rigore. Presa!

Non finisce qui. Anzi. Tu la schiacci giù con una manata in testa, per infilarla dentro la cuccia, lei spunta con la testa da un'altra parte. Afferri la cerniera e lei ti scivola fuori, approfittando di una leggerezza dei tendini del tuo polso. E miao. Si libera per la macchina ansimando istericamente, occhi a palla, in cerca del finestrino automatico, con la zampa troppo vicina al pulsante. Che stia cercando davvero di abbassare il vetro? Potrebbe sapere come funziona? Ti viene voglia di stenderla con un pugno in testa. E lanciarla fuori. Ma è troppo carina. E così la abbraccio e mi pulisco il sangue che cola dalla mia guancia con un fazzolettino.

– Soffre la macchina!
– Ma va?
– Accosta!
– Non posso qui!
– La tengo ferma!
– Imbrigliala.
– Si divincola.
– Afferra la collottola...
– Mi graffia in faccia... esci, esci dall'autostrada!

Arrivo in montagna e saluto mia mamma con la faccia coperta di sangue. Pulisco la macchina dai peli che la gatta ha perso per lo stress, mentre faccio su un bel gomitolo che rivela che anche io ci ho perso metà dei capelli. Per fortuna è finita. Il gatto grigio dei miei genitori entra in competizione, corre e sale sul ramo dell'albero come Baghera per intimidirci, mentre la nostra creaturina me la porto a spasso per il giardino con il guinzaglio, dato che ho paura che si perda.

Il resto del soggiorno è sudore e lavori di fatica.

Ammucchiare i sassi franati giù con la pioggia (da un dirupo), quindi sassi a cumuli, con la pala, poi riempire di pietre la carriola. Un bel carico da circa 50 kg di macigni, completi di forbicette, formiche, ragni e due scorpioni.

Nonostante lo sforzo fisico, la cosa più faticosa sono le conversazioni. Commenti allarmati ed allarmanti nell'aria.

– Ma come te ne vuoi andare via! Proprio adesso? Con la guerra, la Brexit, il caldo...

Sipario.

INTERMEZZO NOTTURNO
SOTTOSUOLO ONIRICO

I sogni e gli incubi occupano una parte importante nelle azioni speciali che commettiamo. Sono di ispirazione o inconsciamente deterrenti, a seconda. Io sono mossa spesso dal mio scenario onirico.

Una notte particolarmente agitata, appena prendo sonno, sprofondo al centro del mio inconscio, dritta giù per la scaletta a chiocciola. Entro nella *cantina di Freud*, quella che lui descrive forse da qualche parte nell'interpretazione dei sogni, la cantina buia, le stanze oscure. Sono doppia: là sotto ci sono io. Afferro me stessa per la mano, mi porto fuori e mi guardo negli occhi. L'una guarda l'altra, disorientata, in cerca di una risposta convincente ma vera, un concetto profondo, abissale e unitario, consapevole del senso ultimo che deve assumere la mia vita dopo i quarant'anni in Italia. E la mia figura subconscia, quella informe ombra paludosa, estratta per mano dal fondo della psiche, diventa sempre più evanescente a mano a mano che la fisso interrogativa. Cosa significa tutto questo? Le chiedo. Che devi provare a cambiare vita, pensaci. *Why not?* Perché no?, mi dice quella specie di fantasma, e sparisce. E dato che il sogno entra in una modalità autoironica, al risveglio continuo a dirmi: *Why not*?

Mi tiro su, cercando ricomporre mentalmente i pezzi del puzzle e decodificare il senso di quell'immersione. Forse anche Morfeo, che con le sue morfine vince il premio di dio più inaffidabile dell'Olimpo, forse anche lui certifica che sto facendo la cosa giusta. È così che poi ho fatto quasi inconsciamente un passo dopo l'altro.

LA SEMPLICITÀ DELLE DOGANE

Sarebbe bastato buttare per tempo un occhio a qualunque pagina sulla Brexit, per rendersi conto che trasferirsi in controtendenza era una scelta catastrofica, anche solo per il numero di documenti da fare in vista dei controlli in dogana. Probabilmente ci sono alcune stagioni della vita come la mezza età, in cui la scelta più misurata è confondere le acque, moltiplicare gli ostacoli e crearsi intralci per sviare lo sguardo da mostri ben peggiori: il fallimento, la solita e ben nota paura della morte, della vecchiaia o del vuoto. E così non trovo incomprensibile aver intrapreso un viaggio familiare un po' strampalato: già il bellissimo saggio *I persuasori occulti* rivela che la chiave per capire gli esseri umani e convincerli di qualcosa sia levarsi dalla testa che le persone facciano scelte razionali. Nessuno prende una decisione semplicemente perché è sensata!

La ragione è una delle chiavi dell'indagine filosofica, ma l'irrazionalità muove sottilmente ogni arbitrio.

Un passo dopo l'altro, lo faccio anche io. Il gatto, primo tassello utile ad avere un peloso coraggio per affrontare la vita, il gatto che invece che essere un ansiolitico si rivela un farmaco a effetto paranoide.

L'iscrizione alla scuola primaria italiana di Londra. Quella in cui vanno i figli dei nostri amici. Davvero bella. Iscriviamo il ragazzetto al primo trimestre delle elementari.

Poi le ricerche sulla casa in affitto, all'inizio in zona Sheperd's Bush, Hammersmith o simili. Non so nulla. Innumerevoli telefonate ai conoscenti. C'è da svenire dai racconti di chi è rientrato. È economicamente un bagno di sangue. Ma si può fare, chiedo a mio marito con il mio conto aperto? Si può fare qualche mese. Contiamo quello che abbiamo. Si può fare. Ci nutriremo di licheni, una volta lì, pare ne siano pieni i parchi. L'idea è di studiare il mondo del lavoro e vedere se riusciamo ad accedere a uno stipendio UK, stabile (almeno uno dei due).

Nessuno mi ferma, nessuno è in disaccordo. Nemmeno il figlio. Nemmeno lui trova un motivo per dire... perché no? Poco per volta imbocco l'affare trasferta, sempre più di corsa.

Un po' di coscienza ci avrebbe forse fermati. Ci avrebbe spronato a pensarci meglio, aspettare di avere un lavoro concreto con una prospettiva meno inconsistente, lì, nella grande metropoli inglese. Ma anche un minimo di intuito avrebbe aiutato. Si sarebbe potuta scegliere Parigi, magari, che era comoda per tutto, era in Europa, ci saremmo semplificati la vita. (Forse.) Sarebbe stato tutto molto più praticabile. E poi, come mi piace ricordare quando non capisco una mazza di quello che mi dicono in inglese, *Io ho studiato francese*. Una scusa come tante. Un po' come quando chiedi agli inglesi come mai non hanno il bidet e loro dicono che *si fanno la doccia*.

Il primo passo, quindi, è compiuto. Tutta la storia del gatto... be' quella va ancora risolta. Ma si potrà fare, a costo di salire a piedi. La decisione è proprio presa, non si indietreggerà più.

Inizio a comunicare agli amici che me ne sto per andare. Le reazioni sono unanimi.

Un anno molto particolare, questo, per partire. Tutte le conversazioni seguono una traccia di questo tipo, carica di enorme allarmismo:

– Con tutto quello che sta succedendo?

– Proprio quest'anno vi mettete in viaggio?

– Siete pazzi?

– Ma il figlio viene con voi?

– Non andate: c'è l'inflazione! La crisi di governo! Rischiate di perdere il lavoro e non ritrovarlo più quando tornate! L'aumento dei prezzi!

– Non avete paura?

– C'è la guerra!

– Ma il figlio ve lo portate dietro?

– Anche voi, scusa, vuoi partire con la guerra, il Covid, la Brexit, la pandemia in strascico, gli aerei che non partono, la siccità, scioperi in dogana e l'estate più rovente della storia! Ma come vi è venuta?

– Mi sembrava una buona idea...

– Ci sono varianti di Covid che hanno solo in UK.

– Lo sapevate della peste degli scoiattoli?

– Lì non mangiano il coniglio. Vi verrà voglia di coniglio.

– Gli scoiattoli portano la rabbia, il vaiolo delle scimmie, influenza stagionale...

– È diffusa la gotta, per via dell'alimentazione carnivora, costipazione occlusiva.

– Questi medici disponibili solo via teleconsulto che ti negano un antidolorifico anche in punto di morte.

– Il pomodoro della pizza è cattivissimo!

– Ma il figlio parla già inglese?

Nessuno resiste. Devono raccontarti le leggende più famose e spaventose a sfondo British. A cominciare dal mostruoso sistema sanitario inglese: pare che i dottori britannici non curino mai nessuno. E tu rantoli disperato sul pavimento di un piccolo bagno freddo e spoglio nella casa che hai affittato, urlando *mamma!*, ovviamente, dato che sei italiano, e non ti curano. Se ti fratturi una caviglia ti chiedono se sei alcolizzato così l'assicurazione non ti copre. Se vuoi un antibiotico il medico non te lo darà mai: devi produrteli da solo coltivando funghi con zuccheri e muffe.

E comunque ci sono gli hacker, gli stessi che hanno provocato la Brexit e che possono succhiarti tutto il conto della carta di credito con il phishing mentre compri una bustina di Pokèmon con il bancomat, puntualizza qualche amico.

Questi hacker si aggirano per le strade della capitale inglese con dei teaser elettrici e ti rubano i documenti, sottolinea il complottista. Creano delle identità virtuali con cui comprano armi, hanno degli occhietti minuscoli e cattivi come Mr. Hyde, bevono birra di Camden al posto dell'acqua e si sciacquano i denti con il Gin Tonic.

E ci sono le dogane, gente schierata con il mitra, che ti ammazza se provi ad attraversare la linea del confine con in valigia un calzino non dichiarato in un elenco preciso, anche se hai la bandiera bianca. E poi ci sono i Pirati del Tamigi.

– Le nuove norme per viaggiatori e lavoratori in UK le sapete?

– Ingresso, controllo accettazione, antiparassitari, antirabbiche, letture microchip, permessi passaporti animali in dogana.

– Le so.

– E il *Right to Rent* per la casa? Il visto? Il lavoro?

– Il figlio non parla inglese?

– La riesci a mangiare la pizza cattiva?

– Non prendere il caffè espresso eh, quello è veleno!

– Ma il figlio come fate a portarvelo?

Avremmo desistito di sicuro, se avessimo davvero previsto a tavolino questa quantità impressionante di incidenti burocratici, avvertenze, nota bene, asterischi, numerini, parentesi, punti esclamativi, osservazioni a fondo pagina, avvertenze speciali, pizze cattive cui siamo andati incontro. Ormai il piano è operativo. Non mi resta che non ascoltare o far finta che non mi tocchino. Vedere che sono tutti più allarmisti di me mi restituisce una certa fiducia in me stessa.

Anche la scuola del figliolo ci comunica che sono state accorpate diverse classi perché gli italiani sono tutti scappati. La quinta si fa insieme alla sesta. Be', a noi non cambia molto. Per noi la sesta elementare non esiste. Meglio così. Può tornare a casa e dire che ha fatto perfino la sesta elementare. L'idea lo fa felice e saltiamo tutti sul lettone.

È difficile, certo, come tutte le cose difficili è elettrizzante e spaventosa allo stesso tempo. È complicato ma non impossibile. Per me, poi, il mio bambino può anche fare la settima elementare: la scuola media è un approdo spaventoso per una mamma, non è così facile dire che hai un figlio che già fa le medie... Paralizziamolo alle elementari due lustri. Dieci anni di elementari è un bel pensiero: così ogni mamma ha più tempo prima di sentirsi una cariatide. Certo, bisogna sopravvivere ai lavoretti artistici di Pasqua, Natale e di primavera, ma io sono forte, sono superstite a ogni festività, ce la posso fare. Salpiamo per l'isola che non c'è senza le medie per sempre! Sì! E mentre rido e salto facendo partire le molle del letto, so che anche questo non è vero, so che morirò di paura per ogni cosa.

Ecco. Con questi orizzonti rassicuranti, mi appresto a studiare meglio la logistica del gatto.

MA I VERI VIAGGIATORI PARTONO PER PARTIRE

Tutti possiamo riportare alla mente l'attimo prima di un cambiamento, di un tuffo, di un bacio o quel momento in cui, arrivati al crocicchio tra i sentieri, abbiamo preso quello più a valle. O rivolto a monte. Partire. "Loro i cui desideri hanno la forma delle nuvole", dice Baudelaire dei viaggiatori.

La persona che parte per un viaggio non è la stessa al suo ritorno, nel bene e nel male. E la parte più facile è lasciare a casa i vecchi vestiti per indossare la nuova pelle, come i serpenti. A Londra, poi, c'è un mercato dell'usato pazzesco, l'usato di altri mi inebria. Infilarmi nei panni di altre persone che con quella stessa maglietta hanno vissuto un'altra vita. È bellissimo pensare di lasciare indietro la propria forma, quella che, in termini di ruoli, è la mia ombra proiettata sul muro nella solita piazzetta di Milano che mi vede ronzare sempre lì.

Ciao ciao panchina.

Sempre che la burocrazia non seppellisca di menate lo slancio lirico baudelairiano.

LA LOGISTICA DEL BIGLIETTO

Come paventato da alcuni amici catastrofisti, poco prima del viaggio si scatena un mostruoso sciopero degli aerei che fa slittare e cancellare migliaia di voli a Heathrow, con servizi del telegiornale che mostrano famiglie confuse, stanche, sedute sulle sedie dei gate con tutti i bambini appresso, a piangere. Non promette bene.

E io ho l'idea geniale. Potremmo andare in treno? Come può essere affrontare il percorso in treno? Ti siedi e vai di rotaie: come da adolescente, negli anni Novanta, quando si faceva l'Interrail. Lungo? Meglio che stare un giorno per terra in aeroporto, più facile magari da gestire anche con la gatta, tutti, anche lei, belli comodi in cuccetta notte e via che ci svegliamo a Londra! Un incanto! Non so ancora che non ce n'è di caricare un felino in aereo e che quindi il treno per me sarebbe perfino obbligato. Vado per gradi. Qui sono al livello *dolce inconsapevolezza.*

In rete non si trovano molte indicazioni specifiche sulla questione spinosa: che devo fare una volta arrivata a Parigi, magari in aereo, come posso salire sul treno e passare la Manica con una gatta di quattro mesi? Scopro, telefonando a una agenzia di viaggi, che per avere migliori informazioni sul trasporto animali da dopo Parigi bisogna andare allo sportello. Mi dicono che, di sicuro, i bigliettai dal vivo hanno più aggiornamenti. Esistono ancora i bigliettai vivi? E quanti anni avranno? Li ho lasciati lì che ero al liceo! La biglietteria umana è un'esperienza che mi intriga un po' come vedere il telegrafo al Museo della Scienza e della Tecnica.

Metto nelle orecchie *Summer of '69* di Bryan Adams. Back in '80s! Viene voglia di portarmi dietro un vecchio numero di *Dylan Dog* per ammazzare l'attesa in fila.

È luglio, fa un caldo torrido, per strada non c'è quasi nessuno in giro, solo qualche turista con cappellini e ventagli. Non so dove l'hanno messa questa biglietteria in carne e ossa, anche perché non ci ho mai più fatto caso: di solito tiro dritta al mio posto. Vago per un po' fino a trovarla in un angolo, sulla sinistra. È affollata. La gente è ferma a guardare un tabellone con dei codici. Qualche passo più indietro, un menhir giallo dal quale estrarre il tuo numerino. A61.

E mi metto pazientemente ad aspettare.

Le persone attendono il turno guardando il tabellone, chi con la valigia, chi con le borse in mano, chi con le palle piene. Tanti al telefono. L'attesa promette di essere molto lunga. C'è un signore che sta leggendo *L'ordine del tempo* di Rovelli. Chissà se tra le pagine ci trova segno di me e di lui in una sospensione esistenziale davanti alla biglietteria.

È tutto molto vintage e un po' delizioso. Un po' come riscoprire che esistono le agenzie di viaggi e andare al negozio a comprare il chilometrico per raggiungere la nonna al mare. Ci sto bene qui: il fatto è che io sono vintage.

– Mi scusi, lei che numero ha?

Mi chiede una donna di mezza età. Mi domando sempre se anche io sembro una donna di mezza età. Forse.

– A61.

– Esatto! Ci ha fatto caso? Io sono A78 ma siamo ad A97, hanno già chiamato? Come funziona?

– Guardi non lo so, forse quando arriva a 99 torna ad azzerarsi.

– Come dal macellaio.

– Sì.

– Quindi mancano più di cento persone?

Annuisco. Chiudo veloce lo scambio e giro impercettibilmente le spalle, alla maniera introversa milanese.

– Ma secondo lei... – riattacca, e io giro gli occhi verso l'alto – ... secondo lei ci sono altre biglietterie?

– No. Non credo. Mi scusi...

E chiamo una mia amica che non sento da sei anni, così per chiudere. Come sono poco socievole. Inizio a chiederle come sta, come sta la figlia, e la madre, e il fratello, e cosa fa, come va al lavoro. Amiche: quando vi arriva la chiamata di una persona che non sentite da tanto tempo, sappiate che questa è quasi di sicuro in coda da qualche parte e vuole evitare che le attacchino bottone.

Due ore dopo, arrivata davanti alla biglietteria, questa mi dice che il mio numero è già stato superato. Ma come? Un nanosecondo, ci ho messo un istante, ho solo fatto tre falcate per raggiungere il suo sportello appena apparsa la mia cifra. Non ci si può sbagliare, stavo fissando il monolito dei numeri, ho vissuto in prima persona il momento dell'apparizione di A60, ed ero lì, al suo capezzale, quando è passato e ha lasciato il posto al mio glorioso A61! Glielo dico, le spiego tutto. Rievoco l'istante dello scatto numerico con forza e convinzione.

Le racconto del viaggio del gatto e dell'espatrio, degli aerei impietosi, del parassita che in UK non esiste, la traversia del biglietto fino a Parigi che devo acquistare da lei e le chiedo come si possa poi da lì passare al treno che attraversa la Manica con il gatto.

Mi lascia finire tagliandomi le ultime parole a metà come una mannaia. Digita qualcosa di insondabile sul suo computer, conclude il nostro rapporto con fermezza. Mi dice di guardare se trovo informazioni in merito su Google.

– Arrivederci e buon viaggio.

Chiama la signora A62, che mi sta già alitando sul collo.

Sento che sgrida la signora A62 perché è arrivata tardi.

Impreco. È giusto essere puniti perché non ha senso rifugiarsi nel passato per risolvere problemi del presente.

Siamo sempre lì a idealizzare i tempi che furono ma diciamolo, dai, era una merda fare la fila, è molto meglio adesso. Lo sportello è una cassa da morto che proviene da un mondo parallelo, fermo e sempre uguale dove viene talvolta collocato un individuo alienato, al quale vengono date delle indicazioni da delle emanazioni direttive multiformi e non sempre chiare.

Solo le ciliegie è meglio raccoglierle ancora a mano. Credo. Il resto va fatto con il web. Scartato il viaggio in treno da sola con la gatta, per impossibilità di capire come funziona, dopo molte discussioni (accese), si decide che in definitiva è meglio andare in macchina. Dovrò solo preparare i documenti della felina. Comodi. Quindici ore in cui guiderà unicamente il marito, da dividere in due tappe dense di miagolii e implacabili maledizioni.

– Miao, miao, miao, miao, morirete tutti male per avermi portata in macchina, miao, miao.

Già inizio a immaginarmi la polizia frontaliera inferocita che controlla il mio passaporto urlando *nein nein!* E, anche se la frontiera è Francia/Regno Unito, lo urla in tedesco, perché i mostri dei miei incubi urlano sempre in tedesco.

INTERMEZZO NOTTURNO
MEZZALUNA

Tre di notte, meno venti giorni alla partenza. La mezzaluna è essenziale?

Avrò bisogno di una mezzaluna ben affilata a Londra? Ho un pensiero intrusivo che riguarda gli utensili da cucina, soprattutto la mezzaluna per tritare il prezzemolo, servirà, ce l'avranno? In UK come usano la mezzaluna, se non serve per il *fish and chips*? E se dovessi fare l'ossobuco in gremolada alla milanese per gli amici con la nostalgia di casa, come farei senza tritare?

Potrei partire senza nulla. L'essenziale va tutelato. Chissà a Londra che utensili andranno per la maggiore. Tritano ancora a mano?

La mezzaluna mi tormenta. La mezzaluna, simbolo della mia dea preferita, Artemide, che ancora da quando ero bambina mi affascinava, cosa avrebbe detto di me con il suo arco e frecce, nella sua forma più simbolica proiettata nel mio cervello come mezzaluna. Perché l'ossessione non mi abbandona?

Non devo portare oggetti privi di senso. I bagagli sono pronti da due settimane e stazionano in un angolo, gonfiandosi sempre di più, come la mia irrequietezza. Sono assalita dalle mezzelune. Momenti di ripensamento. Il figlio, poverino, deve subire questa mia bufera, lui che forse non ha la luna storta, non stava attraversando la crisi di mezza età in Italia. Mezza luna. Avrò fatto bene? Sarà un passo di evoluzione o di involuzione?

Non bisogna dimenticare i suoi Pokémon!

Prendo il coltello del pane, mi intrufolo nella sua cameretta, lo guardo dormire, mi sale la lacrimuccia dello strazio nostalgico materno, afferro le preziose carte Pokémon da collezione *speciali olografiche reverse full art holo Ex Gx*. Un tesoro inestimabile. Sto per spegnere la luce e andare a letto. Mi blocco. Infilo in valigia 'sta mezzaluna di cui, nel frattempo, ho deciso di avere un bisogno assoluto. La prima parola che ha pronunciato mio figlio da piccolo è stata proprio LUNA.

Mezza, almeno, l'abbiamo presa, dai.

INCUBO BUROCRATICO VETERINARIO

Il tormento burocratico dell'esportazione della gatta continua. Per fortuna ho avuto qualche aiuto e l'imbeccata di iniziare dalla ASL veterinaria di zona. Al Paolo Pini, il manicomio milanese, per intenderci.

La stanza dei bottoni si trova quindi in un seminterrato di un ex ospedale psichiatrico che ti fa subito venire il dubbio che sia una specie di scherzo, una messinscena di un funzionario delirante che non è mai potuto uscire dal suo reparto ma che da lì è riuscito a controllare il sistema, facendo impazzire tutti, a cominciare dagli amanti degli animali che ne hanno adottato uno.

Quando scendi quelle scale (che somigliano alle scenografie di *American Horror Story Asylum*), roba da gelare il sangue, ti accoglie la signorina bionda, un po' ossuta, giovanissima, efficientissima e, nel complesso, carina. Sembra uscita dal Castello (di Kafka). Solo lei può salvarti nel labirinto che stai per affrontare, troverà la strada e la soluzione all'oscurità delle gerarchie di potere attraverso la comunicazione implicita. Ti aggrappi alla speranza che risolva il problema, guardandola con venerazione, come fosse un cardiologo che deve operarti alle coronarie.

Ha le unghie di 16 cm tutte decorate con dei disegni che ricordano i murales di Diego Rivera, digita sul computer con una scioltezza delle nocche che sembra il Dracula di Francis Ford Coppola quando rade la barba a Keanu Reeves e ti aspetti da un momento all'altro che incida di netto il collo di un gattino per succhiarne il sangue con un gorgorglio rumoroso. In realtà è eroica, è l'unica persona al mondo in grado di destreggiarsi in una fitta rete infernal-burocratica in continua mutazione, nella quale la ASL di Trezzano ha una lettura diversa di microchip animali dalla ASL di Bollate, figurarsi da un paese all'altro in Europa o se vuoi addirittura espatriare extra UE.

Inserisce i miei dati continuando a fare questa sua danza con le dita, le unghie puntano i tasti e poi solleva ad arte la parte affilata e va di polpastrello piatto sulla barra spaziatrice. Si è creata una specie di handicap per bellezza, come con i tacchi a spillo che non puoi correre via a meno che tu non sia una Charlie's Angels. Almeno è costretta a fare una cosa per volta. Astuta manovra per limitare le richieste dei viaggiatori con animali che affollano la sala d'attesa.

Ci penso spesso a questo fatto strano che le donne finiscono per crearsi degli handicap estetici. Quanto è scomoda una minigonna, che devi stare attenta a non mostrare le mutande, ti muovi come una mummia per non sembrare scostumata, lo stesso per i capelli giganti cotonati o con il boccolo perfetto, gli orecchini a lampadario. E i tacchi? Tutte robe fatte per stare lì, ferma, a farti ammirare.

Io non ci riesco. Neanche una collana troppo pesante. Devo essere a mio agio perché così posso pensare. Analizzare. Osservare. Abbassare il livello dell'ansia sociale scomparendo in modo surreale. Ecco come risolvere la mia fobia di essere troppo al centro dell'attenzione. C'è un film di Jodorowsky, un regista cileno, che mi ha regalato un'immagine calzante. Nella sua pellicola *La danza della realtà*, una madre si appoggia al muro della stanza e viene dipinta di bianco e coperta di calce fino a diventare tutt'uno con il muro e scomparire. Per sempre. A volte vorrei svanire nella parete e lasciare l'interlocutore con gli occhi sgranati a domandarsi se sono davvero mai esistita o meno.

La veterinaria è in camice bianco e viso pulito. Come unico vezzo porta, alle sneakers, una stringa azzurra e una nera, i capelli rasati e il fiato corto. Si riconosce subito il respiro della persona ansiosa. E come succede a tutti quelli che vengono sequestrati (forse) si crea una specie di fascinazione supplichevole nei confronti di colei che tiene in pugno le nostre sorti. Tutti i quadernini sulla sua scrivania sono in ordine ossessivo. Io spero di non sbagliare nulla. Davanti al mio sguardo atterrito, compila con dedizione estrema sette fogli di codici, trascrive i numeri degli stessi documenti in ogni pagina: il numero di serie del vaccino, il numero di serie del passaporto, mio, della gatta, del microchip, il numero della boccetta di antiparassitario... e timbra con forza.

Poi torna, timbra, fotocopia, tira le righe con il righello, verifica la marca di un prodotto anticrittogamico per vedere se è compatibile con quelli richiesti dall'espatrio, mette date di scadenza, timbra, pinza, inspira, espira, si gratta e si spiega.

– Signora adesso è una cosa lunga...

Mi dice, dopo mezz'ora. E io, che pensavo che avesse già finito la parte più lunga! Non basta mezz'ora? Mi devo rassegnare alla morte per inedia.

– È complicato?
– Ho detto che è lungo, non complicato!
– Sì, scusi.

Lei si indispettisce senza motivo. Mi micronizzo, taccio completamente e la fisso ansimando silenziosamente. Sia mai che si innervosisca, si confonda e debba ricominciare a compilare a mano da capo.

E sento le voci nella testa. Portare un gatto in UK? Che idea! Prendetevelo lì l'animale, con tutti i gatti che hanno loro! Prendetevi una volpe!

– Le consiglio di fare l'assicurazione veterinaria.
– Perché?
– Guardi che in UK tagliare le unghie al gatto costa 250 sterline, la sterilizzazione 3000, una rimozione di un cancro 7000.
– Sì, capisco: le limerò le unghie da sola con la mia stessa pelle.
– Le conviene. Auguri.

Mi consegna un plico di scartoffie del peso di 2 kg che sostengo con un gesto atletico e mi dice di aspettare in sala d'attesa per l'ultimo timbro, perché deve ancora ricevere un'ultima conferma. Mi restituisce il passaporto, poi dovrò portarlo in dogana e sperare che tutto fili liscio.

Torno in questa saletta che nel frattempo si è riempita di cani e gente con il cane. Si scambia qualche impressione tra viaggiatori con animali.

– Io mi muovo solo in macchina, con l'aereo te li uccidono i cani. A un mio amico... no, è troppo triste la storia.
– È morto con la decompressione.
– Non fa ridere.
– No. Non fa ridere.
– Ah, va a Londra? Ma lì non si può entrare con gli animali, come farà?
– In macchina.

– A Londra a vivere? Auguri, lo sa che per le lenti a contatto ci vuole la prescrizione di un oculista?
– Attenta che in Gran Bretagna sono tutti alcolizzati.
– Gli inglesi non fanno colazione: si fanno il Gin Tonic.
– E la gattina?
– Ce l'hanno ancora la mucca pazza?
– Certi virus girano, lì. L'aviaria da loro era stata devastante.
– Ah, ne sono morti di animali da compagnia.
– Lo sa quanto costa il cibo per animali a Londra?
– No, non lo so, lo scoprirò.

Intorno a questo viaggio ho incontrato solo gente che non riesce a trattenersi dal dirti qualcosa di orribile che potrà succederti in Gran Bretagna, anche gli sconosciuti. In questi mesi ho imparato a raccogliere tutte le avvertenze. E le domande più curiose e preoccupate. Tipo:

– Il tonno ce l'hanno? Sei sicura? Volete portare via qualche scatola di tonno?
– È un'isola. Pescheranno. E se no mangio il merluzzo.

TENDENZE NO KIDS

– Quando arriverete a Londra non ci saranno nemmeno i nostri amici, fanno tutte le vacanze estive in italia.

– Ma sapete già dove alloggerete?

– Difficile trovare una casa in affitto che accetti gatti, no? Io non li accetterei, mi rovinano tutto e lasciano i peli. Poi, gli inglesi usano la moquette e sulla moquette il pelo di gatto… eh… no, non va più via…

– E invece… l'abbiamo trovata. Sì, è stata una ricerca estenuante ma… il prezzo è abbordabile e accettano anche la gatta. È bellissima, un po' piccola, ma ci stringeremo, la carta da parati è meravigliosa. Vedi l'annuncio? Abbiamo già sentito l'agente immobiliare ed è tutto molto bello.

– Ah. È *pet friendly*? È vero.

– Sì è un requisito che…

– Scusa se ti interrompo. Ma hai visto che è *no kids*, vero?

– In che senso?

– Leggi qui. È *pet friendly* ma qui sotto c'è scritto NO KIDS.

– D'altronde è un trend in certe zone urbane.

– Ehi?

– Non lo avevi visto?

– …

– Non lo avevate visto?

– Lei mi ha fatto vedere il video dell'appartamento…

– Ma tu hai parlato con l'agente?

– Dovevi parlarci tu…

– Era tutto confermato ha visto la foto della gattina. Gli ho girato la *kitten* e lui ha fatto oooh… ed era in agenzia, e tutte le colleghe hanno fatto oooh.

– Non gli hai detto che hai un figlio di otto anni? *No kids* vuol dire niente bambini, lo sai?

– *(pianto disperato)*

– No kids.

– Eh, no. *Kids*. Leggi: *No Kids, Kinder verboten. No kids* vuol dire… va be'. Preoccupata del gatto non hai visto qui. Eh dai, non fare così.

Cercate ancora. Comunque, per me la carta da parati era una vera merda. D'oro. Con su i ghepardi.

Forse questo viaggio non s'ha da fare.
Sarà meglio dormirci un po' sopra.

INTERMEZZO NOTTURNO
IMPARARE TUTTO DAL BOSCO

Ho pensato a *Walden* di Thoreau, lui che rinuncia a tutto ciò che è offerto dalla società civilizzata, perfino al lievito, che impara tutto dalla porzione del creato che ha deciso di occupare, accanto a un lago, la casa costruita con le sue mani.

"Andai nei boschi perché volevo vivere veramente, affrontare solo i problemi essenziali della vita e vedere se non potessi apprendere quello che la vita aveva da insegnarmi invece di scoprire, alla mia morte, che non avevo vissuto."

Ma basta fare una passeggiata a casa dei miei in montagna. Ci sono persone che trascorrono la loro intera vita in una baita a far venire il latte alle mucche, curarle, mungerle, pascolarle. Ci fanno formaggi. Ogni mattina la stessa strettissima routine. Non escono da un fazzoletto di territorio perché non possono lasciare da sole le bestie. Amano le loro bestie. E anche loro ci stanno bene immersi in quel tutto d'abeti e ghiaioni. Qualche volta sono stati nelle grandi città ma soffrono il caos, soprattutto se è più rumoroso dell'abbaiare dei cani nei pascoli.

Io invece funziono al contrario: mi intristisco se non ho l'abbaglio di qualche fanale nella notte, mi piace la pioggia che batte sull'asfalto, mi rassicura guardare il brulicare indaffarato della gente da dietro il vetro di un condominio.

Siamo delle formichine. Ci costruiamo questi formicai. A un certo punto capiamo come sarà la nostra vita e lì ci piazziamo. Nel nostro formicaio personale. A meno che non venga devastato da un illogico tornado mentale.

La casa, la stessa via, la piazza con il parchetto, Milano, il teatro, i libri, la scuola, un lavoro di ghostwriting, un computer e una camera. Passeggiata nel parco, bambini, biciclette e cani. Panchina verde a cui ancorarsi. Scrivere qualche *voice over* per il cinema. Ed è comunque una vita enormemente invidiabile, circondata da atti di generosa complicità con amici selezionati.

Ugualmente, però, un giorno i piedi vogliono correre via, come Forrest Gump nel suo film. E chissà perché, chissà da dove viene questo domandarsi il senso delle cose senza sapersi accontentare. Forse perché prima dei venti anni c'era questa idea del futuro inarrestabile, che ti si proponeva davanti agli occhi come un fiume in piena da imparare a navigare. E poi a un certo punto il futuro arriva, è adesso. È tutto presente, è tutto un adesso. Adesso, adesso adesso. E tu affoghi. È tutto quasi sempre uguale, ora dopo ora.

E poi è davvero sicuro ciò che è rassicurante? Un destino, che se non cambio, andrà a chiudersi sopra di me, come la carta argentata su un panino. Di quelli buoni, al prosciutto San Daniele, però stringe qui, in mezzo alla vita e mette ansia, no?

E i sogni? Ogni cambiamento mi spaventa e mi sembra che possa essere solo in peggio. Come il girovita che non diventa più sfilato. Se è tutto uguale fa ancora più paura. In qualche modo. La famiglia. Sarà per sempre? E se non lo fosse, sarebbe tutto da ricreare di nuovo? Ripartire sempre da zero? Dobbiamo restare radicati a dove siamo nati o possiamo spaziare per davvero? Siamo cosmopoliti? Il fatto è che anche chi si allontana dalla stessa città per cercare un futuro migliore altrove, prova una rovente e perenne nostalgia di casa. Non c'è rimedio. Magari è nato nella baita e ha lasciato lassù i genitori, le mucche, o gli amici d'infanzia. C'è un margine di dolore da attraversare a ogni addio, per accogliere il nuovo e l'incerto.

Noi ci sradichiamo con il figlio e proviamo una nuova scuola, chissà com'è. E se si trova male? Ma no, non si troverà male, c'è il suo amico che si è trasferito da un anno. Starà benissimo. È tutto organizzato in modo adulto. Sicuramente è un orizzonte meno dissestato di quando si partiva per l'Olanda, in treno, con la fascia per capelli e i sandaletti, con poche robe in uno zaino e il campeggio da cercare sotto la pioggia. Anche lì era per vedere se si poteva vivere altrove, all'avventura. Al freddo. Le sigarette, gli anfibi infangati, a scoprire che c'erano macchinette del cibo in stazione e biciclette senza catena.

Mi sembra che manchi davvero poco tempo per fare un turnover. Sono pure femmina: sorte molto ben tracciata. Zaino in spalla? Bosco? Bacche e licheni?

Troppo estremo. Sottrarmi a tutto questo a tratti mi sembra mostruoso perché mi piace così la mia vita, mi dedico a quello che amo per passione. È un conflitto multiforme. Restare senza divincolarmi, purtroppo, appare altrettanto asfissiante.

So solo che adesso ho bisogno di infilarmi nei sentieri urbani di un'altra grande città per cercare me stessa, sperando che si riesca a trovare la casa giusta perché questa missione sta diventando disperata.

Volevo imparare tutto dal bosco, seguire le orme di Thoreau, scoprire l'essenziale e la spiritualità della natura non civilizzata.

Un giorno lo farò. Ma, per adesso, è il caos metropolitano.

L'AGENTE IMMOBILIARE ITALIANO A LONDRA

– Signora? La chiamo perché avrei la possibilità di fare un accordo. So le vostre esigenze. Sono un agente immobiliare di Londra, ma sono italiano, amico di P. Eh sì... lui. Grandissimo!

Allora, questo appartamento è *Ok kids*, *Ok pets*, casa in zona Ladbroke Grove, è *quasi* Notting Hill, guardi, questione di qualche isolato. Prezzo d'eccezione.

P. mi ha dato il tuo numero, se posso darti del tu, sì, il vostro amico italiano che si è trasferito qui a Londra... sì. Lui. P.! Eh sì, che lo conosco! Un mito! Tra italiani ci si aiuta, ma va chiuso subito, il contratto, perché come le dicevo, è eccezionale veramente, è *quasi* Notting Hill, ma non è lì, è meglio, perché lì hanno tendenze un po' *No kids* un po' snob. Per voi ci vuole un'altra zona, un po' più in là, insomma che sia, come dicevo, *quasi* Notting Hill, poi con il vostro budget, dovete andare verso un quartiere come dire... più alla mano, etnico e accogliente, anche per i bambini. Per la scuola? Ma sì, siete vicini: con gli autobus a Londra si arriva dappertutto.

Sì, allora, vado al punto, senti qua: capita che un mio amico, qui a Londra, grandissimo, un mito anche lui, si sia rivolto alla mia agenzia immobiliare, ma ci sono io che ho subito capito che era l'occasione per voi. E l'ho intercettato. Sì, lui affitta la casa, sì... passeremmo tutto attraverso l'agenzia, certo, tutto *regolare*, ma tu rivolgiti a me, che te lo tiro via scontato, un'occasione. Sì, il mio amico non affitta di solito, lascerebbe le sue cose in un armadio, il resto ve lo svuota subito, ma per voi non è un problema, no? Come vi dicevo ci sono già stati molti animali, i proprietari sono degli animalisti, attirano gli scoiattoli, sono vegetariani, tostapane incluso, bagno su misura, sedie in pelle, grande living, finestre con esposizione... Non vi servono tutti gli armadi, no? Mi ha detto P. che partireste con poche cose. Brava, brava... bisogna viaggiare leggeri. Vedrai che qui a Londra c'è tutto. Perché il mio amico deve affittare in tutta fretta? Perché se ne va? Vuoi sapere? Ma no, niente di losco. È in burnout e ha deciso di fare una vacanza lunga in Italia, un paese rilassante. Anche tu? Ma tu ti vuoi rilassare a Londra? Che magnifico scambio di burnout. Tu curi il burnout in Regno Unito e lui se lo cura in Italia. Che affarone! Ti mando il video dell'appartamento. Non pensarci su troppo che va a ruba. È un affarone.

Cambridge Gardens. Vi piacerà!

Deal?

BUONUMORE TRACK

Sembrava impossibile, ma da questa mattina siamo in macchina. E via. Spensierati e canterini: c'è un sentimento di calma serena. Una bella luce. Un paesaggio imperdibile. Chiuso il tunnel del San Gottardo, si deve salire in cima alla montagna ed è una vera meraviglia. Su, in alto nel cielo come le aquile!

In macchina si è deciso di mettere la *buonumore* track. Tutti sorridono. Prima di un autogrill sembrava che ci sarebbe stata la catastrofe della nostalgia, dopo, improvvisamente, era tutta un'allegria. E lì capisco che siamo davvero partiti.

Partire! Che sogno! Che agitazione! Mi sono innervosita a caricare la macchina, poi mi sono mortificata, mi sono ammutolita, sembravo pronta per essere appallottolata e cestinata con il cuore ridotto a un sasso di agitazione, e invece, dopo qualche chilometro di silenzi è scattata la cantata collettiva. A rompere nostalgie e incertezze. Io sono molto stonata. Ma stavolta me ne frego.

Posso solo pensare che *non importa*, *Whatever Will Be, Will Be* e cantare *Que serà... serà*. Mi domando che umanità mi lascio alle spalle e chi troverò all'arrivo, chissà che mutaforma umani strani incontrerò a Londra. Chiedo a mio figlio una cosa idiota.

– Ti mancheranno gli amici?
– Ma che domande gli fai?

Ma che idea del cazzo, ha ragione il marito: se ne stava tranquillo e io vado a stuzzicare la malinconia. Mi dispiace, amore mio! È vero, ma le mamme sbagliano sempre il momento e gli interrogativi, siamo programmate apposta dalla notte dei tempi, poi è arrivato Freud e ci ha fatto carriera sulle colpe delle madri, ma lo sapevamo anche da sole. Non si può sentire la frase consolatoria che esce in automatico: *Ti farai dei nuovi amici*. Ma che significa, dovremmo azzerare il dispiacere di non vedere più quelli vecchi? Credo che l'amicizia fermi il tempo, soprattutto quella che affonda nei primi anni di vita e, come quella con le mie migliori amiche, in alcuni casi resiste ai percorsi diversi, alle differenze di carattere, alle cazzate che ci si dice, ai momenti di sconforto, alle distanze. I bambini se la spassano ancora, non hanno imparato che c'è sempre il rischio che finisca tutto e chi resta per tutta la vita, quei pochi di cui ti fidi, è davvero prezioso.

A una certa età, non ancora a dieci anni, molto più avanti, dopo un po' di addii, inizi a renderti conto che quel: *non essere triste, con gli amici a scuola vi vedete l'anno prossimo*, non è come te lo dicono, no. Qualcosa non torna. Gli anni ci cambiano. Uno magari se ne va con una ONG in Cambogia e non lo rivedi per un decennio. Uno magari si innamora di una persona con cui non ti trovi e le strade si separano. Ma non è ancora l'età di questi *mai più*. Lui è lì, tranquillo, sul sedile posteriore a suonare la chitarra, tra le gambe la gabbietta della gatta che miagola come un'assassina. Tra l'altro quel vedersi di anno in anno resta immobile e ugualmente bellissimo fino al liceo, di solito, fermi allo *Stand by me, ricordo di un'estate*, uno dei miei racconti preferiti di Stephen King e il vero mostro è la fine dell'infanzia. Guardo mio figlio dietro e penso che ci sia ancora tempo, pochissimo, una manciata di mesi, anni, abbastanza da poter respirare e cantare affascinati dal volo delle aquile. Me lo voglio spupazzare prima che cambi tutti i dentini da latte! Lui non lo sa ancora quanto voglio stargli addosso.

L'intensità indelebile di questo momento della partenza sarà per lui mastodontica. Lo sarà anche per me.

Che si goda tutto.

Bisogna stropicciare il foglio già scritto e tornare a meravigliarsi, attimo dopo attimo. Sentire spaventosamente. Essere colpiti nel profondo. Ci leviamo le scarpe. Sento una specie di aroma di profumatore al lime, puzza di piedi e aria di montagna. Un quadro romantico indimenticabile.

Chi non ci riesce, perché ha paura di soffrire (e si capisce: chi è che non ha paura del dolore?), però si perde il fuoco sacro che offre la vita. Ecco, noi raggiungeremo una giungla urbanizzata dalla quale vogliamo imparare a resuscitarci, attaccati a ideali liane, tra muschiosi supermercati, tra vetrine riverberanti, vogliamo tentare di non dare di nuovo tutto per scontato, per non dirci un giorno, da vecchi, alla fine della vita, di esserci dimenticati di osare. La fortuna poi di andare a vivere in questi giardini, questi verdeggianti Cambridge Gardens!

Adesso, per esempio: bisogna guardare fuori e registrare lo splendore nella memoria: attraversiamo dei panorami bellissimi, sembra di perdersi senza tempo, c'è il sole della sera, la predominante rossa su tutto, le striature bronzee che fanno innamorare le coppiette, macchine ferme negli spiazzi. Tutti fuori a guardare: le persone parcheggiano e si intrattengono a fotografare il cielo e il profilo della valle che si inoltra sinuosa tra rocce e boschi, fino a sparire all'orizzonte. Come si può fermare l'attimo di felicità? Quesiti umani universali. Qualcuno piscia. (Uomini.)

– Non incrociate i flussi!

Grida goliardiche. Ripartiamo. Ascolto *Space Oddity*. Mi sembra di partire con David Bowie accanto, in viaggio senza sapere dove. Mi vengono in mente tante cose innominabili, tutte ammantate di spensieratezza e tabacco. Quanto sarebbe bello poter tornare a registrare sulla pellicola dell'infanzia e scrivere ancora inedite e personali *scene infantili*, senza però cancellare quello che c'era su di buono. Ripenso al pianoforte quando lo suonava mia mamma e io che impilavo mattoncini sul tappeto e mi stupivo che le mie torri fantastiche stessero in piedi. Sarà davvero già finita l'età delle nuove scoperte e delle speranze?

– Allora, stai pensando ancora alle tue menate?
– Assolutamente no.
– A che pensi, mamma?
– A niente!

Dico. Cambio musica e piango riascoltando Schumann. Ma dato che mi commuovo e piango sempre i due maschietti alzano gli occhi al cielo. Mio marito sbuffa.

Questa notte dormiamo a Calais, in un motel che ospita gente come noi, con cani e gatti che vanno in UK, un posto allucinante, una notte difficile tra ululati mostruosi e miagolii. Pepita, alla prima pausa in albergo, esausta della paura da macchina, mi dorme sul collo. Come indossare una sciarpa di pelliccia a fine luglio. Resto immobile per non disturbarla finché non vengono a controllare se sono morta. *Sono qui, levatemi la gatta dalla giugulare!* Spiego con gli occhi.

– Si va a cercare un posto dove mangiare qualcosa?

Dice il marito. Finiamo in una specie di autogrill. Io, per tenere vivo il morale della famiglia, mi entusiasmo eccessivamente per ogni cosa:

– Che buone le patate fritte, vero?
– Che bello questo tramonto sulla zona industriale di Calais, vero?
– Che spettacolo questo motel francese un po' decadente, no?
– La maionese è perfetta!

Mio figlio mi guarda come una pazza.

– Mamma? C'è qualcosa che non va?

Andiamo a letto. La gatta mi dorme di nuovo sulla giugulare. Rimango immobile e praticamente non chiudo occhio. Al risveglio mi faccio una doccia orribile: dallo scarico sale puzza di cane bagnato. Un'asciugata col phon che si fulmina e via, siamo di nuovo in pista, è il momento della verità: ce la faremo? Sono terrorizzata e non voglio darlo a vedere.

– Che bello il porto di Calais, eh? Non è bellissimo?
– Mamma: dillo. Stai male? Se fai così ci preoccupiamo! Stai tranquilla, ti vogliamo bene.

Stress documenti gatto a livelli altissimi: allerta. Allerta! Allerta! È la resa dei conti. Non mi hanno prescritto un cavolo di semplicissimo Xanax che ora mi ci vorrebbe ancora di più perché devo affrontare la dogana per esportare il gatto con funzioni medicali antipanico! È lei il mio calmante. Andiamo bene, che idea da fulminati. Morirò d'infarto. Verremo fermati e costretti ad abbandonare l'impresa? Mi danno una specie di pistola aliena con delle lucine in mano. È un poliziotto che mi porge l'attrezzo misterioso; un lettore di microchip, spiega il marito *data scientist*. Cerco di tenere in una mano la pistola, mentre con l'altra stringo la gatta per la collottola. Mi sono dimenticata di chiedere alla ASL dove le hanno infilato il microchip quindi devo stirarle tutto il pelo. Lei si dimena nel tentativo di recidermi la giugulare. Io urlo perché evito per un millimetro una zampata affilata in faccia. Provo anche sotto la coda. Soffia. Le spalmo il ferro rilevatore su tutto il corpo, non senza qualche ferita. Tutto sotto controllo: tra ringhi e miagolii inudibili, la pistola si accende, intercetta il dispositivo, la gatta mi sta mordendo l'avambraccio da quindici minuti e con la punta del canino ha raggiunto l'osso, il radio o l'ulna, adesso non lo ricordo, ci penserò quando mi occuperò dell'infezione più avanti, ho perso la sensibilità nella mano, impreco in italiano con costruzioni sintattiche complesse e letterarie, davanti agli occhi del controllo doganale francese. Deve avermi reciso un'arteria perché esce un fiume di sangue, tampono l'emorragia con un fazzolettino. Più mi pulsa il dolore della ferita e più la amo, questa *kitten*, come ogni degno rapporto sadomasochistico. A graffi, miagolii e stressanti ricerche del microchip il gatto femmina attraversa agilmente tre dogane, e naviga senza problemi. Le bianche scogliere di Dover emergono all'orizzonte, mi appaiono davanti agli occhi in tutta la loro magnificenza, il mare mosso, il vento che turbina furioso, increspando l'acqua e le mie inquietudini.

Siamo ufficialmente in territorio britannico, abbiamo attraversato la Manica e io sto gocciolando sangue copiosamente.

Fin qui tutto bene.

LONDON MOTH

(a chi non piacciono le tarme?)

La situazione è questa: moquette dappertutto, manca solo sul cesso. Posso dire che siamo fortunati perché di water felpati ne ho visti nelle foto dei nostri amici. Moquetterebbero anche le finestre, gli inglesi.

La casa in affitto in Cambridge Gardens è abbastanza grande per tutti, sono felice, lo scambio con il proprietario in esaurimento nervoso è stato fortunato. Faccio perfino in tempo a conoscerlo.

– Anche lei in burnout?
– *Yes!*
– *Oh!*
– *The same burnout!*
– *Wow! Where are you going to take a break?*
– *I'm going to Italy!*
– *Ok! Good luck. I came from an Italian burnout.*
– *Looking for an English break?*

Speriamo. Ci scambiamo il burnout. Si tratta di un amico giornalista televisivo dell'agente immobiliare, originario dello Yorkshire, che vuole viaggiare e farsi sei mesi di vacanza a causa di un esaurimento mentale gravissimo per il lavoro stressante e infinito durante il periodo del Covid, quando era più facile girare interviste che fiction. Ed eccoci a casa sua, recentemente restaurata e divenuta perfino a lungo un set da talk show. E infatti è tutto *scenografato*, più che arredato. L'offerta è, tutto sommato, un'occasione. Lui ha già fatto due valige e se ne va via lontano, e ci tiene a farcelo sapere. Divertitevi e tante grazie. Dove? In un posto rilassante: andare a Roma. Milano, sicuramente. Ma prima vorrebbe andare più a sud. Mi piacerebbe introdurmi nel discorso ma marito, documentarista e agente immobiliare fanno un muro di lingua inglese in velocità mitragliatrice che nelle mie orecchie suona tipo:

– Enjoy, ye, ai hev nails absolutely wow! Uai dontiu? Shizzle laic redi shazzle, iu sey! Dingity dang, whobble snorf, chamba uamba truly... marriage!

– *A moment!! Are you going to get marriage?*
– *Yes! Sure*!

Ecco che qualcosa sono riuscita a intenderla anche io. E se ne va a sposarsi in Italia. A noi invece lascia l'orizzonte elettrico cittadino, la pianura di argilla e catrame di Londra.

Me la immaginavo un pochino diversa la posizione della casa. Mi ero fatta l'idea che Cambridge Gardens fosse una specie di parco di erba inglese, a circondare un romantico appartamento silenzioso. Picnic a Cambridge Gardens. Un cortile tutto pieno di aiuole fiorite, gli uccellini, con una vecchietta in stivali che annaffia le petunie in fiore. E invece il cortiletto antistante consiste in un albero e quattro bidoni della spazzatura neri e lerci. Rovesciati.

Gardens (Cambridge) non è un giardino, è solo il nome di una via asfaltata che taglia Ladbroke Grove e si immette nel mercato di Portobello, tra cassonetti della differenziata e lampioni: se fai lo *street view*, l'immagine esala perfino il forte aroma di hashish. Io ho avuto il piacere di controllare solo una volta arrivata. Siamo in un crocicchio tra due mondi: la nostra strada è quartiere popolare dall'incrocio in poi. Un incrocio dopo, e siamo nel quartiere ricco.

Odore di palo santo. Oppure di marijuana coperta da palo santo. L'agente e il proprietario scappano rapidissimi appena sigilliamo l'ultimo foglio con una firma tremante. Ci dicono qualcosa tipo *è vostra, e tante congrats!* E si dileguano.

Eccoci qua. Ed è tutto perfetto.

È stata un'occasione, no? Per loro sicuramente. Ci sono solo degli elementi un po' critici che, messi insieme, possono scatenare effetti collaterali inaspettati.

Estate, caldo e moquette: un mix letale che significa molte tarme, moltissime. Non avevo idea che la città ne fosse popolata. Non sono farfalline qualsiasi, sono tarme brandizzate, sono proprio le famigerate *London moth*. E io che pensavo che i volatili più famosi di qui fossero i corvi malefici della torre di Londra. Scopro che è una tradizione locale allevarle nei peli dei *carpet*. Anzi, c'è da esserne orgogliosi: vuol dire che la moquette è d'epoca, risale a Elisabetta I, e ci sono, a sottoscriverlo, questi onorevoli animali da compagnia. Magari anche quell'aria viziata mascherata da abbondante incenso che si sprigiona dopo un po' non aiuta a sentirsi in un posto da sogno. Scendiamo a prendere i bagagli per due piani a piedi su minutissimi scalini moquettati. La scaletta moquettata ci farà rischiare la vita ogni giorno. È scivolosissima. Meglio, così staremo sempre un po' all'erta.

E, mentre ci rassodiamo la muscolatura posteriore, inerpicandoci su e giù, sorridiamo, tenendo stretti i nostri bagagli di piombo (pieni di vestiti-macigni e di tormentanti speranze).

Non c'è da sconcertarsi: noi abbiamo scelto Cambridge Gardens W10 London UK. Va tutto bene. È solo che manca ossigeno. Un po' di aria ci farà bene. Non possiamo aprire le finestre perché i cornicioni collegano tutta Londra e abbiamo la piccola pantera maculata, che potrebbe inoltrarsi fino alla City e non tornare mai più, miagolando tra i tetti e dominando la giungla urbana, come un Batman felino: lei non può andarsene, lei è la mia terapia! E io ho una tachicardia terribile da quando siamo arrivati. Niente ossigeno, proviamo il palo santo. Accendo un incenso lasciato lì dal *landlord*, il proprietario, sul tavolino. Mi volto e dico a mio figlio:

– Non è una casa meravigliosa?
– Bellissima!

(Sudo per l'ansia, imperlata di incertezza, ma voglio esagerare con l'euforia).

– Di più, di più! Io la trovo meravigliosa! Eh? Eh? Che fortuna, miei cari!

Il marito sbuffa su per le scale trascinando altre valige pesanti (lo so, lo sto dipingendo sempre che sbuffa… ma gli ho imposto quindici ore di viaggio in macchina con il miagolio continuato come la sirena dell'ambulanza. Qualche volta è anche di buonumore, ma non adesso). Al figlio per fortuna piace la casa, corre su e giù per la scala di moquette in calzini, rischiando la vita, va a vedere la cucina e la camera. Io posso tirare il fiato. È andata bene, per ora, se non si spacca il cranio su un gradino. Si risolverà tutto. Da qui in poi, basta un paio di antiscivolo e andrà sempre meglio.

Arriva nello stesso momento anche un enorme pacco per noi. È un alberello tiragraffi da montare perché così siamo certi che la gatta lo distruggerà di graffietti e lascerà in pace i divani del proprietario… speriamo. Va montato con urgenza perché l'animala si sta proprio sgranchendo le giunture, osservando con brama da dietro la grata. Ci pensiamo subito, brugola alla mano e marito che sbuffa. Apriamo il cancello della gabbietta e la squilibrata felina ci si arrampica immediatamente. È lei quella che si mette comoda per prima. Fin qui, di nuovo, tutto bene.

Una volta fatto il giro della casa, figlio e marito si rilassano e la gatta inizia la sua caccia indoor alle tarme, infestazione che scopre con gioia, quasi fosse lì in regalo per lei. Ne insegue subito una, slanciandosi come un cobra da dietro la porta, la blocca con le zampe vicino a uno scaffale, salta sopra, facendo traballare un abat-jour di ceramica, prende l'insettaccio nelle fauci, lo mangia e poi, soddisfatta, si lecca i baffetti.

La caparra, se rompiamo qualcosa a quanto ammonta? vorrei chiedere, con quel senso di pericolo e batticuore di essermi cacciata in un pasticcio, ma sempre fingendo calma e ripetendo:

– Una casa meravigliosa...

Farò in tempo in questi cinque mesi a disfare i bagagli? Guardo tutte le nostre cose accatastate. Alla fine, a parte la mezzaluna, non ho portato quasi nulla di insensato. Sono solo un'accumulatrice di media intensità. Non ho mai buttato via nemmeno l'abbigliamento da liceale e infatti eccoli qui: ho optato per caricare i miei vestiti viola, pensando di potermi sentire libera di sfoggiare nuovamente il mio grunge. Il porpora. Colori che la vita da teatrante mi aveva fatto relegare nel cassetto più in basso per scaramanzia (degli altri). Ed eccoli qui oggi: tutti i viola, i plum, i glicini, i pervinca e gli indigo sono venuti a Londra con me. Casomai li posso lasciare qui, a vivere una nuova vita, magari vendendoli alle bancarelle dell'usato vintage o delle *charity*, prima di tornare.

Credo che non avrò aiuto dal lato maschile: padre e figlio sono in catalessi sul divano, incantati a guardare la BBC.

Vorremmo essere anche noi euforici come la gatta, questa bestia felice con il guizzo satanico di lussuria da tarma, che se le sgranocchia in modo ripugnante, tipo snack, questa bestia che deglutisce, si dà una grattata dietro alla guancia e sbadiglia. Un'altra farfallina schifosa è morta e sono soddisfatta un po' anche io prima di considerare che però non potrà mangiarsele tutte. È un po' troppo pieno di questi disgustosi lepidotteri che si aggirano sulla superficie calpestabile. Quante se ne potrà divorare? Dodici? Trenta? Finalmente a tutta la famiglia appare l'utilità di questa bestiola.

– Ci mangeremo insetti anche noi, non è divertente!? *Into the wild!* Eh?

– Mamma, qui sotto ci sono due supermercati... autobus, metropolitane. Non c'è nulla di selvaggio!

– La casa è bella, c'è solo questa piccola infestazione, ma sarà rimediabile...

– Come diceva il cuoco della serie *The Bear*, cara mamma: *It's not perfect but it's beautiful!*

Il marito, sopraffatto da quindici ore di guida in macchina, da quindici ore di miagolii, da tre dogane, dal traghetto lentissimo e dalle tarme, sbuffa.

I LOVE WESTFIELD

Le valige, dopo la prima notte, sono accatastate all'ingresso ancora chiuse. Mi sbatto a sedere sul divano bianco. Ho deciso di esplorare la zona urbana circostante con il navigatore dello smartphone. Trovo il gigantesco centro commerciale vicino: è molto famoso. Il fantomatico Westfield. Mi ricordo anche che la compagna di P., l'amica G., me ne aveva accennato e aveva detto che era così grande e importante da aver riqualificato tutta una zona che prima era considerata un po' malfamata. Lì, sicuramente, avranno qualche rimedio alle nostre *London moth*.

Mi sembra una buona idea! Una bella immersione nel centro commerciale della città della rivoluzione industriale, cosa potrebbe essere più selvaggio? Cosa più simile a una giungla urbana? Lo sentite come ulula lo spirito del consumismo?

Credo che non ci sia quasi niente di più rivelatore delle abitudini di una civiltà sconosciuta degli scaffali dei grandi magazzini. Il prodotto specifico rivela gusti, abitudini, debolezze e necessità. Dispenso queste teorie ad alta voce per giustificarmi, e comunque, anche se la spiego male a mio figlio che mi guarda come si guarda una matta, ci precipitiamo fuori. Sono venticinque minuti a piedi, niente di drammatico: mano nella mano. Appare immenso come la Piramide di Giza. Il centro commerciale di Londra risplende come un totem di metallo e promesse sotto un sole cocente, simile a un miraggio metropolitano, ci scruta e ci giudica con la sua scritta stimolante *Westfield*. Noi siamo solo due piccoli scarafaggi: mio figlio è la mia ombra curiosa e irrequieta, io lo sfido. Trappole per le tarme: una ricerca che sembra banale ma che si rivela più rognosa del previsto. Dopo due ore di cunicoli, scale mobili, vestiti privi di originalità creativa, completi da cavallo e androidi che ti vendono telefoni, trovo il supermercato alimentare. Se già il Tesco mi era sembrato strabiliante, questo mi pare un supermercato alieno, da esplorare alla ricerca di quei dispositivi che ancora non conosco, ma che sicuramente potranno risolvere tutti i miei problemi.

Lo percorro tutto, infilandomi nelle corsie labirintiche e guardo in ogni scaffale con occhi giganti. Tiro su articoli indefinibili e li butto nel cestino, fino a farlo straboccare. Alla cassa mi accorgo di aver racimolato un sacco di prodotti pesanti, un arsenale il cui trasporto a casa appare, subito dopo lo scontrino chilometrico, come un'impresa titanica. Sono in trappola, con due buste da due tonnellate. Torniamo indietro ripercorrendo il cammino dell'andata molto più piano, grondando sudore, carichi di frutta e verdura: banane, zucchine enormi e abbondanti, broccoli scarmigliati a mazzi, sale grosso che scricchiola, bottiglie di acqua frizzante che pesano come piombo fuso, e due merluzzi quasi vivi, che emanano un odore di mare lontano. C'è anche pane croccante misto con semi sconosciuti e altre cazzate da shopping che non elenco perché mi vergogno, ma che pesano come palle di granito. Non ho trovato trappole per tarme, si vede che non ho guardato nel settore giusto. Erano solo 265 negozi disposti su cinque piani, avrò avuto la sindrome di Stendhal. Per altro, se spendo così tanto ogni giorno finisco il budget in due settimane.

Arrivati a casa, svuoto il sacco sul tavolo. Dopo una serie infinita di oggetti più o meno inutili, dulcis in fundo, emergono anche tre asciugamani da bidet, l'acquisto più sconclusionato della giornata. Non mi ricordavo nemmeno di averli presi, dovevo essere in trance. Senza un bidet, quegli asciugamani sono simboli di un'abitudine persa, inutili frammenti di un passato italiano. L'igiene che mi riporta al materno, all'infanzia, a Freud o Lacan e al culetto pulito. Mi sento sopraffatta dalla nostalgia, quasi sul punto di piangere. Perché qui non si lavano il culo? Mi ero dimenticata! Come farò per cinque mesi?

Mi sforzo di rivedere la lista delle cose che mancano ancora. Detersivi, saponi e shampoo. Tutti. Sabbia per la lettiera del gatto. Oggetti pesantissimi. Uscire a comprare e riportare a mano sotto il sole venti chili di sabbia igienica per lettiera è un pensiero ributtante. E poi dove si comprerà? Un labirinto di complicazioni che rende il tutto una fatica insostenibile.

Bisogna ordinare online. Non ricascherò mica nella routine dello shopping da divano? Ma sarebbe troppo stupido non accettare la comodità del progresso e passare ore inutili in giro per una città enorme a cercare il tipo di shampoo per capelli ricci fini o il giusto dentifricio alla menta, sbiancante ma non troppo.

L'e-commerce sembra l'oasi felice.

La logica del *delivery* si insinua nelle prime giornate risolvendo i problemi, ma incute quasi timore: è troppo comodo, troppo identico al ménage ordinario di casa mia e mi illumina a freddo sulla forma che potrebbe assumere la nuova gabbia londinese. Finirà per paralizzarmi! Le sbarre mi appaiono come ombre sottili sul pavimento, o meglio sul tappeto *fuzzy*, morbida ciniglia dove farsi divorare e sparire come in catalessi aspettando, scrollando, riempiendo carrelli virtuali, con le tarme a mangiarmi i bulbi oculari, attendendo l'arrivo di infinite consegne a domicilio. Non voglio intrappolarmi anche qui a Londra tra le mura domestiche! La soluzione potrebbe essere semplice: iniziare a fare a meno di tutto quello che non trovo.

Per scacciare il pensiero mi dedico con convinzione alle altre faccende: bagagli, lavatrici, stirare le magliette stropicciate dalla spompa sottovuoti, fare i letti, sistemare armadi, riempire la dispensa, piegare asciugamani per il bidet fantasma.

Sono isterica subito. Ma perché? Nessuno me l'aveva chiesto di mettermi al lavoro domestico forzato. Figlio e marito mi fanno notare, soprattutto, che sto prendendo in mano il ferro da stiro per la prima volta nella mia vita. Il fatto è che anche a voler fare la spigliata, che non si fissa con il collettino rivoltato e il polsino stirato, è proprio un po' impossibile appendere negli armadi dei capi d'abbigliamento estratti dopo quindici ore di viaggio. Alcune maglie che hanno resistito alla *despompazione* delle unghie feline sono arrivate in forma di sassi. Io di solito indosso vestiti comodi che fanno dell'effetto sgualcito il tocco di charme (di tarme?), ma qui è troppo.

Il bagno su misura, in realtà, è microscopico, sarà di un solo metro quadrato, ovvero, seduto sul water ti puoi appoggiare e lavarti la testa nel lavandino, molto pratico. Sono solo disturbata dal bidet mancante che torna ripetutamente a visitarmi come la peggiore delle mie ossessioni. Accarezzo l'idea di comprare un *Italian bidet for wc*: praticamente il catino della nonna che si riempie d'acqua con la brocca e si incastra sul water. Non voglio essere l'italiana stereotipata che si porta dietro la moka e non sa adottare le soluzioni inglesi. Però, poi di fatto, a ben guardare, ho portato la moka dall'Italia e sono posseduta dal bidet fantasma, non mi resta che accettarlo come essenziale in una nuova accezione di essenzialità. Sì. Se fossi nel bosco a vivere da ragazza perduta forse mi costruirei un piccolo lavatoio in legno. Quindi… compro un bidet pieghevole.

Ho le mie fissazioni, sono figlia di medici e ho passato le estati con l'amica di mia madre ginecologa: cosa direbbe di me che non mi lavo le parti intime? Cistite! Batteri! Orrori. Anzi, ho un'idiosincrasia vera e propria per la vita senza bidet, io senza farmi un bidet alla mattina non riesco nemmeno a connettere. Mi immagino ogni tanto tutta questa gente che se ne va in giro dicendo *noi ci facciamo la doccia* un po' con la stessa paraculaggine con cui dico alla gente che *io ho studiato francese*, quando non capisco una mazza di inglese.

L'idea che non si lavino là sotto è ributtante, mi ricorda certe scene di sesso sporco medioevali. Non perché io abbia visto molta pornografia medioevale ma perché mi immaginavo così i corpi nudi leggendo *Le Nebbie di Avalon* e lì non fanno che accoppiarsi.

Lo ordino. Color *mint*. Che rinfresca al sol pensiero. Ho bisogno di un po' d'aria ancora, mentre i due maschi dicono che devono terminare di sistemare i bagagli. Il marito apre la sua valigia. Sei capi in totale. Fatto. Finito. Sbuffa e ricomincia la sessione di BBC News. Quanto lo invidio. Vorrei imparare da lui.

Esco. Nessuno se ne accorge. È quasi sera. Sono irrequieta, non riesco a stare ferma. Me ne vado a vedere il quartiere. Portobello.

Che pensiero bizzarro che mi assale: non starò mica cercando di liberarmi della vecchia me stessa nel più grande mercato dell'antiquariato mondiale? Voglio reinventarmi? Riciclarmi? Rottamarmi? Come un oggetto che trova nuova vita in qualche sgangherato negozio dell'usato. Rinnovamento o restauro? Sarà sufficiente una rinfrescata, o è necessario smantellare tutto e ricostruire da capo? Quante contraddizioni. Confusione e mille stimoli, frustrazione e smarrimento. Che disastro. Stanotte sicuramente non ci dormirò!

Seguendo itinerari improvvisati per non chiedere indicazioni, mi ritrovo bollente e sudata e mi viene voglia di vedere se c'è una piscina in zona.

La mia disorientata ricerca mi porta a volgere l'attenzione verso l'insegna di una palestra. Qui un ragazzo muscoloso, con un alito da salsiccia di fegato all'aglio, inizia a parlarmi come una mitragliatrice impazzita, mentre io cerco di annuire in modo convincente. Alla fine, capisco di aver accettato di fare un tour serale della palestra con lui. Ringrazio cercando di spiegare che non mi importa di questa piscina.

– *Nevermind the pool.*

Un altro album dei Nirvana. Mi capita spesso, con la mia lingua zoppicante di citar canzoni e diventare criptica come Kurt Cobain.

Indietreggio allungando le mani in difesa. Aggiungendo imbarazzo, vado via correndo come una scema.

Tra l'altro, temo di essere anche diventata un po' sorda. Se mi sussurrano in inglese, senza eccedere nel labiale, sono rovinata. Senza gesti o mani che indicano io non capisco una mazza.

Arrivo a casa scoraggiata. È sera. Il merluzzo è sul fuoco e neanche lui è troppo contento.

– Scusa, amore ma perché hai comprato gli asciugamani da bidet se qui non c'è il bidet? Non avrai ordinato un bidet?

– Arriva domani.

Il marito sbuffa.

BAG?

Il giorno successivo lo trascorriamo tutto attaccati ai computer per rimetterci in pari con il lavoro. Il figlio fa i compiti, disegna e gioca con la gatta. Sono tutti e due sul grande divano bianco, comodo e accogliente, così candido e nuovo che fa paura. E se lo roviniamo? Vedo un pennarello minacciare pericolosamente il tessuto e la felina infilzare quattro artigli nel bracciolo. Questa gatta mi procura ansia a non finire. Allarme *sofa!* (Che tra l'altro si dice uguale in inglese e in romano.)

Mentre sono qui sul divano a scrivere il penultimo capitolo del libro da ghostwriter, sento arrivare dalla finestra uno spiffero mostruoso. Una piacevole frescura adesso, ma... mi proietto in avanti con preoccupazione. L'ansia anticipatoria, con esiti mentali catastrofici, mi suggerisce che sarà freddissima questa casa in inverno. Già adesso la mia spalla sinistra rabbrividisce, addio cervicale ed è agosto appena iniziato. L'estate più torrida della storia.

Appena concludo, poco prima di cena, sono tutta bloccata, decido di procurarmi dei cerotti per la contrattura al collo e di trovare una soluzione per il divano. Ritorno al centro commerciale passando nella farmacia e poi arrivando al negozio di articoli per la casa. Tiro su una enorme copertura antimacchia e antigraffio. La cassiera, che mi vede agitata, storta, goffa, con un enorme fagotto di stoffa tra le braccia, si commuove e mi dice cose che non capisco. Non si arrende, inizia a farmi dei cenni per offrirmi dei sacchetti, chiedermi se voglio la ricevuta cartacea, tutto esasperato dai gesti, come nel gioco dei mimi. Sembra volermi dire: *me lo chieda lei, mi chieda la cosa per metterci le cose, quella che non le viene il nome, quella roba che ci infili gli acquisti, la vuole signora questa cosa fonda, non ha che da chiedermela? Signora, tre lettere, serve a metterci la spesa, inizia per B.*

– Bad? Bath? Big? Bag!
– Good girl.

Mi dice la cassiera, ammiccando mostruosamente ed estraendo un enorme sacchettone per il mio copridivano da tre posti. *Brava, signora! Dai che ce la fa con l'inglese,* sembra pensare. *Quante ne vediamo come lei. Ma cosa faceva al liceo quando si studiava lingua? Andava in bagno a limonare?*

Per fortuna le commesse provano a essere gentili con i *diversamente confident* in inglese e per trovare una comunicazione iniziano a mettersi in modalità Taboo. Il vecchio gioco da tavolo. Mi immagino di schiacciare il pulsante rosso e dire:

– Bertuccia? Banana? Bonifico? Borsa! Ho indovinato? Sì! Ah! No, no, grazie, non serve.

LA GATTA E IL LANCIAFIAMME

Di domenica ci infiliamo tra la gente del mercato di Portobello: musica caraibica in chilometri di asfalto, turisti di tutti i tipi, treccine, magliette candeggiate. Tutto è un po' funky e un po' assurdo. Poi un sacco di italiani chiassosi come noi.

Incontriamo sulle scale di casa una donna bellissima, si presenta: si chiama Agne, abita di sotto, al primo piano. È alta una spanna più di me, bionda, capelli lisci, sguardo affilato, fisico simile a quelle atlete dell'est forti nel salto con l'asta. Metto le mani avanti, inizio già a scusarmi per il caos che faremo.

– Siamo i vicini. Vicini (gesticolo con le dita a mostrare la vicinanza) *italian caos people, son and husband play pianofort. Very sorry.*

Proviamo a scambiarci qualche parola raggiungendo il portone e faccio una fatica impressionante a capire. Ogni tre frasi invento un nuovo album musicale pop rock, sembra un po' il mio unico retaggio culturale in lingua, e così mi rassegno. Confesso ed espongo il dramma dell'inglese.

– *I have studied French, when I was young, and now it's a nightmare.*
– *Why London?*

Giustamente. Diciamo che mi fa una domanda più complessa e lunga, ma quello che capisco io è *perché allora a Londra, eh?* Se non sai l'inglese che ci sei venuta a fare? Ma perché non a Parigi? Io mugugno qualcosa di irripetibile sulla Comédie-Française ma non so proseguire e mi sale il magone. Borbotto incomprensibili piagnistei. *I do not know!* Ho sbagliato tutto, è vero? Non ce la farò mai, dovevamo andare a Parigi! Mi siedo nella *court*, accanto alla spazzatura. Le mani in faccia. Attenzione, sto per scatenare l'inferno di lacrime e rifare i bagagli.

Lei percepisce solo che sono diventata muta, verde, probabilmente ho un collasso e mi consola: mi dice ce la farò, che in tre, quattro (cinque o sei) mesi inizierò a capire meglio. Che già ho un ottimo accento.

– *Rilli? Iu tiincc?*
– *What?*

In realtà credo che mi abbia rassicurata, ma non ho capito nulla. Mi scuso di nuovo se nostro figlio corre con la gatta da una parte all'altra della casa e lo faccio improvvisando uno show dei mimi che farebbe invidia al maestro Marcel Marceau. (Con il quale ho avuto il privilegio di studiare, vorrei aggiungere, ma non so con che parole). Lei sorride e fa cenno di non preoccuparmi. Le lezioni di mimo però si rivelano salvifiche, in queste situazioni. Provo, mimando farfalle con le mani che sembrano più piccioni, a chiederle come fanno loro con le *London moth*.

– *We removed the carpet.*

Certo. Giustamente hanno tolto la moquette, il *carpet*. La soluzione finale per tutte le bestiacce. Rimozione con il lanciafiamme. Impraticabile purtroppo, siamo in affitto, ma un ottimo consiglio. Noi, invece, per ora, le facciamo divorare alla gatta. Lanciafiamme alternativo ma ugualmente fatale. Mi vedo che nel giro di qualche mese impazzirò e darò fuoco anche io al *carpet*. La saluto, mi saluta, la sua ruga in fronte mi sembra dire che è dispiaciuta di non essermi stata d'aiuto. O forse sta pensando che no, non ce la farò mai.

Quando rientro in casa la gatta, in cima alla finestra, fa un salto di due metri e dieci e schiaffa la trentesima tarma sul vetro, la butta a terra e se la mangia. Poi se ne va, con fare da teppista. Lei sì che si è adattata bene.

Io no. Mi forzo nel tentativo di non tornare a essere bloccata, forse devo fare il contrario di quello che mi verrebbe istintivo considerare. Poco alla volta. Le cose non si sistemano magicamente, il mio modo di essere mi ha seguita. Sono qui da una settimana e ho scambiato tre parole con una vicina. Ma è già un progresso. Adesso devo fare uno step importante: la lingua, la lingua è alla base della comprensione, della creazione di relazioni, dell'espressione di desideri e sentimenti. Inglese. Non vivrò mai il contesto se non lo parlo: devo sbloccarmi, non basta cambiare città.

È un momento di rivelazione tragico e spaventoso: che cazzo ho fatto tutti questi chilometri se poi mi chiudo in casa a lavorare al computer anche in una città straordinaria come Londra? Va bene avere un'occupazione, ma così non va: potrei essere ovunque, per esempio, che ne so, a Cascina Gobba. Devo schiodarmi immediatamente, non devo farlo accadere, agendo da subito! Alla sera mi deprime che siano passate le ore a correggere e rispondere a mail senza realmente muovermi, senza stimoli dalla nuova vita. Non ho conosciuto nessuno e non è questione di aver avuto poco tempo: dato che ho portato con me la *me stessa* della panchina verde, se non mi sforzo finirà tutto sempre nello stesso modo.

Che fare?

Ammetto che pensavo sarebbe bastato uno shock a cambiarmi la personalità; invece mi sembra di aver coinvolto tutti in una gigante idiozia. Questo dilemma mi distrae e fatico con il libro che sto revisionando. Non sono libera di lasciar scorrere le emozioni e trovare l'ispirazione poetica a cui ambivo: sono ancora troppo molle e paralizzata. Lo so, lo so, che creatività mi devo inventare, sto scrivendo un manuale di donne che viaggiano! Ma non è questo, devo andare oltre, devo ritrovare il respiro, un nuovo ossigeno. Chi mi corre avanti nella vita, con il coltello tra i denti, ha molta più forza d'animo. Si schioda dalla sua panchina, si alza! Un tempo l'avrei fatto, un tempo ero tenace. Mi manca spina dorsale e devo ritrovarla qui, adesso. Che consistenza ho? Liquida. In fiocchi. Sono una crema di me stessa con i grumi. Qualcosa di materialmente informe. Dov'è finita la mia identità più profonda?

Nella mia insonnia, camminando per casa e rimuginando sul da farsi, vengo ai talloni dalla felina che di profondo mi fa solo dei tagli nei piedi. Mi riporta sulla terra. Mi affaccio alla finestra.

Un nostro vicino, quello che sta nel palazzo di fianco, di notte rimane seduto fuori. C'è una specie di recinzione, con una staccionata di ferro nero, ci si può sedere sul muretto basso e appoggiare la schiena sulla staccionata. Il muretto se ne va avanti perimetrando tutta la via fino a immettersi nel mercato di Portobello. Io non riesco a dormire. Ogni tanto sposto la tendina e controllo dalla finestra, non so nemmeno se è un sogno o sono sveglia. Tutta la notte. Seduto lì fuori, sul margine di mattoni. Il suo contorno. Ogni tanto attacca a urlare come un pavone, piange squarciando l'aria di gemiti di dolore, seduto sui gradini in maglietta; mi affaccio subito ma sono l'unica a preoccuparsi, nessuno dai caseggiati si è scomposto. Alle tre di notte vocalizza sgangheratamente cose che non capisco con lunghe vocali allungate, che adesso sembra un muezzin… ma più disperato. Poi, dopo aver terminato la sua canzone, a un certo punto se ne rientra. Schiaccio una tarma contro il muro.

Oh no! La chiazza nera del cadavere nella casa in affitto ciao caparra! (Di notte i pensieri hanno una sintassi difficile).

Corro in bagno a prendere la spugnetta e pulisco i resti creando un alone di morte. La parete sembrava essere stata riverniciata di beige da poco, non si può mascherare. Basta. Mi metto a letto.

Domani dico alla famiglia che torniamo a Milano e che ho sbagliato tutto.

Mi sveglio che mi sembra di aver appena preso sonno.

È mattina presto e il vicino inquieto è di nuovo sulle scale davanti al portone di casa sua, tranquillo, la bottiglietta di bibita energetica sportiva in mano. Gli chiediamo come funziona la raccolta differenziata e lui ci manda a fare in culo.

– *Fuck off!*

Elegante, giusto. Sintetico.

SQUIRRELS

La finestra che dà sulla sopraelevata della Circle Line, in cucina, è luminosa e grande. Però non si può aprire, niente ricambio d'aria, pazienza, cercheremo di non grigliare il pesce. Ma dal vetro sporco, uguale a tutti i vetri di Londra, si vedono i tetti delle altre case. La calma e lo splendore di questa vista sono la vera pace interiore dopo esserci lasciati alle spalle il tumulto del viaggio e delle difficoltà di adattamento dei primi giorni. Alberi oscillanti. Olmi? Magnolie? Non so ancora la botanica del quartiere. Le piante mi fissano slanciandosi verso il cielo, infondono speranza come se mi rivolgessero uno sguardo d'amore. Sono eloquenti e superbe. Almeno questo non ha eguali! Mi aggiro per il salotto, scruto il verde brillante e mi dico: saranno pioppi, tigli, platani o querce? Svettano alti, sfiorano con i rami la nostra facciata.

Mi fermo a sorseggiare il tè guardando fuori, sì, in questo esatto momento tutto è perfetto e mi sento *british*. Mi sento adeguata. Scorgo un movimento. Uccelli? Esseri magici? Allucinazioni? A un tratto arrivano fin su in alto e mi fissano con gli occhioni neri dei bestiolini pelosi. Scoiattolini! Chiamo mio figlio: scoiattolini! Grassi. Ci sporgiamo fuori, corrono giù, che bellezza, rovistano nella spazzatura un po' come i gabbiani a Roma o i topi di fogna nel Naviglio. Ma lo fanno con molta più grazia. Dimenticando che sono dei topi pestilenziali dotati di coda di peluche, lanciamo delle noccioline e li guardiamo. Sono tre. A volte, tre eleganti roditori che mangiucchiano noccioline possono essere quell'essenziale che basta a far tornare il senso di fiducia e meraviglia. Ne resta uno. Io e mio figlio ci abbracciamo e sorridiamo felici guardandolo mangiare un anacardo. Che dolcezza. Lo scoiattolo si volta nella nostra direzione. Gli manca un occhio. L'orbita vuota ci scruta. Forse ha la peste.

– Andrà tutto bene, figlio mio.

DIETRO LO SPECCHIO

Due giorni dopo lo *squirrell*, decido di farmi forza, eliminare i dubbi e di tirare avanti con la nuova vita inglese. Riesco a rincuorare anche mio figlio: gli scoiattoli con la peste bubbonica non ci intimidiranno, non ci intimidirà l'uomo che urla, non ci farà tornare indietro la moquette con le tarme perché noi siamo italiani... ed è arrivato il bidet a salvarci.

Il bidet portatile. L'essenza dell'italiano all'estero condensata in un oggetto. È inquietante, ma ormai l'ho comprato e lo userò. Lo impongo come presenza nelle abluzioni serali, ma non viene accolta con fervore. Mentre tutti dormono me ne vado in soggiorno. Il pavimento scricchiola, nascosto dalla moquette tarmata, sotto i miei passi. Mi siedo al tavolo, circondata dall'odore di legno umido e muffa, e apro il computer per lavorare di notte. Da qualche giorno abbiamo trovato un equilibrio.

Il progetto di agosto è girovagare con il figlio di giorno e finire il libro che mi hanno commissionato durante le ore piccole, sfruttando l'insonnia. Anche le mie gambe hanno poca voglia di muoversi dopo aver camminato sotto il sole, ma l'insonnia rimane.

Scrivo un capitolo, o almeno ci provo: devo raccontare la vita di questa donna che viaggia per il mondo solo con il suo zaino. Un capitolo difficilissimo: anche se lei esiste davvero e posso testimoniarlo, non riesco a immaginarmela. Come fa una persona a viaggiare per il mondo con uno zainetto, e il phon dove lo tiene? Ma non ce l'ha una valigia? E dove mette tutte le sue cose? Il libro sulle donne e le loro avventure nei viaggi intercontinentali, che deve mostrare un tipo di donna anticonvenzionale e fuori dagli schemi, mi riesce ostico. Mi servirebbe essere meno stanca perché, di sera, la sola idea di questa tizia che è entusiasta di far fatica fisica, sportiva, una signora fresca e poco problematica, non mi riesce. Ma come fa, penso, buttandomi sul divano.

Mi gratto una caviglia e mi sembra quasi di sentire la moquette che mi guarda, ostile, piena di parassiti e polvere, come la mia esistenza. Mi alzo a fatica e rileggo l'ultima frase scritta. Forse è troppo. Forse non abbastanza. La finestra cigola al vento, e mi immagino che scomodità dormire nel sacco a pelo all'aperto. Forse io mai. Le zampette della gatta che balza sui mobili. Come è rumorosa questa notte. Qualcosa non va. C'è un suono sinistro. Un salto e uno spostamento dell'aria alle mie spalle. Mi volto.

La bestia, curiosa come sempre, si infila dietro il grande specchio appoggiato sopra il camino. È un vetro enorme, con tre punte ovali che si protendono come artigli. Il mio cuore accelera: se si muove anche solo un millimetro, lo specchio di un metro per due potrebbe precipitare a terra, l'intera stanza si riempirebbe di schegge e io sarei condannata a settemila anni di sventura e di sterline di debito. Addio caparra. Addio vita tranquilla!

Mi alzo di scatto, corro a tenere fermo il quadro infernale, pesa tantissimo. MIAO. Ma come ha fatto a smuoverlo una gattina di un chilo e quattrocento grammi? Le mani tremano mentre lo spingo di nuovo contro il muro e guardo la parte posteriore. La bestia è immobile dietro, nell'intercapedine che lo tiene in appoggio alla parete. Lo spazio è un piccolo tunnel della larghezza di un braccio. È lì, gli occhi gialli nel buio. Fissa un punto misterioso, come se fosse a conoscenza di qualcosa che io non vedo. Avverto una minuscola presenza schizzare via. Fantasmi? Alieni? Topi? Topi! No, è impossibile. Lo escludo. Ma perché allora ha quell'aria così tesa? Che cosa ha visto se non topi? Cosa facciamo se i topi ci invadono casa? Cerco di tranquillizzarmi, allungo il braccio per prenderla mentre tengo ferma la cornice. La sgrido sottovoce, le chiedo di smetterla di inseguire spettri inglesi che non sono sicuramente topi, le regalo dei croccantini dall'odore orrendo e sistemo meglio lo specchio prima di sedermi di nuovo.

Dovrò fare qualcosa. Fissarlo con dei chiodi. Cerco di riportare la mente al lavoro rileggendo gli appunti della biografia. Cosa farebbe lei, questa tizia famosa, una grande viaggiatrice, una donna emancipata che ha fatto foto di ogni anfratto del mondo in cui è stata, senza nemmeno il filo interdentale nello zaino. Cosa farebbe la donna essenziale e ideale, in questa situazione? Forse fisserebbe lo specchio al muro con uno spago trovato a terra e qualche nodo da barca. O forse, senza pensarci due volte, si libererebbe dello specchio stesso, un di più in una vita senza eccessi. Perché per lei non esistono problemi, solo viaggi. Questo è il motto della storia.

Che ansia! In che pasticcio mi sono andata a infilare, io che quando percorrevo tutta la metropolitana milanese mi sentivo già di aver esplorato l'universo? Mi ritrovo bloccata tra il cigolio della sedia e il timore che lo specchio cada, pronta a scappare alla minima vibrazione. E intanto, la gatta mi guarda allarmata, come se sapesse già cosa succederà nei prossimi mesi. Devo dire, però, che anche se mordicchia, graffia, miagola, scava nella sabbietta e si fa le unghie sul divano, le si perdona tutto solo accarezzandola. Ha un pelo morbido come la seta, è una sensazione magnifica. E poi, che dire di quando si accoccola accanto a me e attacca con le sue fusa? Il paradiso.

Per stanotte non riesco più a lavorare.

READINESS IS ALL

Dopo poco più di una settimana scalpito già per smarcarmi un po' dal ruolo di madre e moglie anche solo per qualche ora. Ho superato in meno di sei giorni la sindrome della brava massaia e ho buttato il ferro da stiro dalla finestra. Mi tengo solo il piacere materno di girovagare con mio figlio per le vie di questa straordinaria città e stupirci insieme di tutto ciò che ci è culturalmente estraneo o incomprensibile.

Oggi in particolare ho uno spasimo di ribellione: la scadenza della consegna si avvicina e devo aumentare il ritmo. Voglio lavorare seduta in un posto dove io possa sentirmi in sintonia con l'ambiente, dare un tocco di dignità alla mia immagine. Per di più sto affrontando un capitolo complesso, uno di quelli che ti si attorcigliano nella mente come un serpente, e devo assolutamente finirlo. Ho la consegna domani e ho assoluto bisogno di concentrarmi di giorno, con meno stanchezza. Devo trovare un posto che mi infonda un nuovo fervore creativo. Almeno per finire la prima stesura, che mi stressa un po', voglio vedere se circolano idee migliori senza che mi si chiudano gli occhi.

Anche in questo devo attuare in modo risoluto una strategia di cambiamento personale, qualcosa di tipicamente londinese.

Devo immergermi nelle abitudini della città. A Londra, gli scrittori gravitano verso i piani superiori delle public house!

Esco di casa e mi dirigo al pub più vicino.

Già mi immagino a trovare ispirazione attraverso i sensi, prendere contatto con la superficie appiccicaticcia del tavolino, lasciare che il rancido della birra fermentata mi invada l'olfatto e il ruttare inglese si mescoli al suono dei tasti sulle pagine sudate.

Il piano è semplice, quasi un rituale d'iniziazione alla nuova vita british: confondermi con le loro abitudini, cercare il pub giusto, entrare, scegliere un angolo appartato, ordinare una birra e lasciarmi avvolgere dal brusio di conversazioni indistinte, dettagli sconnessi e aneddoti privi di contorni rubati alle confidenze semi alcoliche. Sentire l'energia creativa fluire dal profumo di legno vecchio impregnato di storie, come se i fantasmi degli scrittori passati potessero sussurrarmi le parole giuste al momento giusto e resuscitarmi dalla mia crisi. Posso immaginarmi le loro voci incoraggianti: *non fare come me, non ti sparare, non gettarti nel fiume, non soffocarti con il gas!* (Talvolta gli scrittori che mi appassionano di più hanno di questi vizi un po' *terminali*).

Mi dirigo verso un pub di Ladbroke Grove, The Elgin. Il primo un po' libero che trovo, gli altri due sono già affollati. Questo mi sembra bellissimo, molto pittoresco, grande, un che di liberty curvilineo e sinuoso, le vetrine, i tavoli fuori, l'angolo della strada dove si attraversa l'incrocio, vetrate ampie e alte, a mosaico, in toni dell'ambra, che richiamano cieli di birra. Mi ispira. Sono pronta. Mi faccio coraggio e spingo la grossa porta che sembra di cristallo, come varcare la soglia di un castello in una fiaba. Non faccio neanche un passo che vengo avvolta dal chiacchiericcio e dalla luce calda che si irradia obliquamente, per colpirmi in fondo agli occhi. L'atmosfera ha un che di sfolgorante e ramato. Subito mi cambia l'umore. The Elgin Pub: questo posto ha una venatura storica e io, qui dentro, mi sento un po' più vittoriana di prima.

Il pavimento trasuda luppolo marcio e c'è un po' di gente qua e là, mollemente appoggiata al bancone. Ecco un angolo meraviglioso: divano in pelle verde scuro, come usa qui, e tavolino appiccicoso e rotondo di marmo. Era proprio quello che mi serviva. Soddisfatta, mi siedo, cercando una posizione comoda, aggredita da quei dubbi atavici che ti assalgono quando ti siedi in un pub: dare la schiena alla vetrina o guardare fuori? Birra IPA o Lager? Rossa o bionda? Accidenti, mi sono imbambolata di nuovo. Mi stanno fissando da dietro il bancone. Verranno loro o devo andare io? C'è un sottofondo musicale importante, molto da bar, ma non so definirlo. Mi accorgo che il barista sta muovendo le labbra per dire qualcosa proprio a me... non capisco (come dicevo... ho studiato francese e mi faccio il bidet).

– *Are you ready?*
– *Yes!*

Pronta per ordinare? E il gesto è chiarificatore: mi indica la fila di spine della birra.

The readiness is all, dice Amleto. Essere pronti è tutto. Ma in realtà non sono pronta per nulla, ho un attacco di panico di fronte alla varietà delle birre. Mai viste così tante tutte insieme, non so cosa scegliere.

– *Are you ready?*

Ripete il tizio.

– *Yes, yes! Ready.*

Sono pronta a tutto? Che faccia ho? La mia figura si riflette dall'interno nello specchio della vetrina. Sono quasi sorpresa di spuntare in questo nuovo quadro. È incredibile come si prenda coscienza di chi siamo solo quando ci troviamo in un contesto diverso da quello a cui siamo abituati, la percezione che avevo di me stessa era completamente diversa. Indosso i miei pantaloni fuseaux degli anni Novanta, con la gamba a sigaretta. Si chiamavano i pantaleggins, e non mi fanno sembrare al passo coi tempi. Per nulla. Ai piedi ho le scarpe da ginnastica un po' vecchiotte. Non sono truccata, che fino ai trenta non era un problema, nemmeno fino ai trentacinque, adesso è peggio che non avere le mutande.

Ho delle occhiaie naturali. Naturali come la morte. Profonde come crateri lunari. Le orbite nere sono un regalo genetico che il mio viso un tempo portava con orgoglio, quel difetto che ti fa carina, un po' ambigua. Adesso me le ritrovo addosso con intimorita vecchiaia.

All'Elgin si suda. Il tizio del bancone non ha capito che cosa sto indicando con l'indice sospeso nel vuoto. Non sapendo proprio che differenza c'è tra una e l'altra di ottantacinque spine diverse mi esce:

– *Lemonade!*

Devio lo sguardo vero la grossa boccia di vetro con l'etichetta *Homemade lemonade*. Non ci posso credere, ma io volevo solo una birra, ma perché? L'uomo del pub mi versa un'enorme pinta che afferro ghiacciata tra le mani provando un grande sollievo. Lemonade lo so dire, so cos'è e non ha alternative, è solo quella. Riflettendoci non sono contenta: ogni volta che la vita mi mette di fronte a troppe alternative o troppe possibilità scelgo il limone, come con il gelato.

Mi giro e faccio un passo verso la mia agognata postazione, ma il barista mi ferma con un richiamo intimidatorio. Una specie di verso da orango, un baritonale UH! UH! Uuh!

Mi arresto spaventata. Dove ho sbagliato? Eh? Si scatena una guerra di versi e gesti che riporto così, di seguito: i*o che dico di no, no non voglio altro, nothing else... ma lui UH UH e io no, no, thank you, ah no? E lui No! E io ma va macché, e lui UUU! E io eeehhh? Lui Aaah e, infine, sempre lui: MONEY!*

Che figura, vuole i soldi. Che vergogna. Mi avvicino al POS che lui, nel frattempo, mi ha allungato con fare minaccioso.

Dalla grande vetrina picchia forte il sole d'agosto e si suda come lottatori di sumo in sauna. Tiro su i vecchi pantaleggins, li arrotolo al ginocchio, mi rassegno: diventerò un pollo allo spiedo ma resto lì, in quel piatto, eccitata dal contorno. C'è gente che ride, gente che sgranocchia o che siede a leggere. *Readiness is all?* e io adesso, sono pronta, è tutto a posto: ho pagato, sono sola. *Readiness is all:* ho il mio computer, ci saranno una trentina di persone, ma almeno nessuno mi interromperà, non importa se ha finito la lavatrice e c'è da stendere, per intenderci. Ho ancora la testa che va a spasso per conto suo. Vorrei solo limonata e tranquillità dentro di me. Cerco di ricordarmi i principi della meditazione e dell'attrazione del successo universale che ho ascoltato in un podcast terapeutico molti mesi prima di venire qui. Immergersi nell'essenza vitale, essere vicina al tuo centro, connessione interiore. Crearsi la pace... e niente.

Al pub devi bere la birra, se no sei scomoda, è una specie di maledizione su chi prende *soft drinks*. Il pub non è progettato per accoglierci. Si ribella. Non trovo la distanza tra tavolino e divano. Non posso spostarmi e mi devo allungare in avanti a battere sui tasti. Che disagio, ce la farò mai? Come faceva il giallista Andrea Pinketts che scriveva interi libri seduto al bancone di un vecchio locale milanese, *Le trottoir*? Perché non ho preso la birra doppio malto? Perché non ho una salvietta al Cif per pulire il ripiano? Respiro. È sempre un processo difficile, per me, quello iniziale. Ma poi tutto parte. Mi immergo nel testo con la musica di sottofondo *onde binaurali delta qualcosa*. Roba consigliata online per raggiungere il *deep focus*. Ce la faccio: finalmente sono dentro i labirinti del mio cervello.

È un istante. Mi passa il tempo veloce, come uno schiocco di dita: un attimo prima fatico un sacco, poi emergo di colpo e sono passate tre ore.

Centottanta minuti di scrittura continua. La schiena è storta e il corpo mi ricorda che esisto in questa dimensione. Mi sento, per la prima volta da quando ho passato il confine, in pace con me stessa, in comunione con la giungla urbana in cui ho scelto di smaltire la mia crisi. Che meraviglia: verrò sempre qui a scrivere, si sta davvero concentrati. Mi mancano due pagine e ho finito il capitolo, non sono mai stata così efficiente, domani consegno e sono felice. Sarebbe bello chiudere il racconto del pub qui, con questo senso di idillio, questa speranza ritrovata, come una luce delicata che filtra attraverso le finestre color ambra del pub, un ultimo raggio di sole prima della notte.

Sarebbe bello.

SONO FUORI GIOCO

E invece no. Mi fermo a finire la mia limonata. È calda. Osservo che è aumentata la gente intorno a me.

A un tratto il mondo si rovescia e inizia piano per prendere un'accelerazione esponenziale. Parte così: entrano un padre con due ragazzini in maglietta bianco-azzurra; bizzarro, penso, come mai si sono messi la maglia con la bandiera della Grecia? Forse è una usanza di quartiere. Arrivano altri due, tre ragazzi già molto allegri, si siedono ovunque intorno a me e iniziano a incitarsi. Urlano. Ancora più gente. Noto un cartello, invita a rispettare il vicinato mantenendo il silenzio, sotto però c'è un altro cartello, c'è scritto che è uno scherzo, che siamo al pub e nessuno deve rompere i coglioni. Divertente.

Catastrofe.

Cadono due bicchieri, all'improvviso. Un disastro di frammenti di vetro e liquame a terra. Qualcuno va a raccogliere. Due tizi si spintonano e poi ridono, scherzano maneschi, battono i bicchieri pieni fino all'orlo e la schiuma di birra finisce dappertutto: brindano così forte che ho paura sia scattata la rissa. Comincio a sospettare (a ragione) di essere un po' fuori posto con il mio computerino e la mia limonata, qui ingobbita a scrivere, dimessa, ordinaria, silenziosa.

Forse devo tornare a casa e ricordarmi chi sono? Sì, rientrare. E invece no. Eccolo in azione, lo spaesamento di questa donna: la mia eterna contraddizione. Da una parte ho paura della gente, dall'altra non vedo l'ora che scatti la rissa. Una scintilla di adrenalina mi fa cortocircuito in testa e genera in me una curiosa elettricità. Decisamente: l'idea di vedere uomini che si picchiano mi accende qualcosa dentro. Finalmente succederà qualcosa in questa vita paralizzata. Magari verrò coinvolta nella zuffa, chissà se faranno a sberle, a pugni, a nasi rotti, a testate contro il bancone, chissà se schizzerà sangue come nell'*Uomo tigre*. Ritorno a invocare le vibrazioni dell'universo imparate con la meditazione per finire l'ultimo capoverso, ma è più forte di me: resto ricettiva all'esterno perché voglio che succeda qualcosa di terribile. Qualsiasi cosa. Perché mi sono infilata in questa situazione? Che cosa succede?

Realizzo. Il maxischermo non trasmette notizie sportive, è qualcosa di molto più grosso: un campo in erbetta verde che non è tennis, no, è calcio. Potrebbe essere la Champions? Non conosco bene il calcio, ma comprendo che non si tratta di una normale partita, è una megarissa sul campo di gioco. E, guarda caso, al pub, ci sono due tifosi che sembrano usciti dal set di *Braveheart*, con i colori dipinti sulle facce. Bianco azzurro… Grecia? No. È la partita Chelsea contro Tottenham. È scritto a fondo schermo.

Scatta un urlo che proviene dalla cassa toracica di un gigante della morte. Un orso? No, è un avventore che ulula nell'atto di mostrare il suo scontento per qualcosa che avviene nel campo da gioco. Grida furibonde.

Alcuni tifosi, già belli carichi di entusiasmo e alcol, si avvicinano al mio divanetto con occhi febbrili, chiedendomi se ci siano posti liberi, o magari solo di togliermi di mezzo. Mi guardano con sospetto, quasi con disprezzo, mentre confluiscono attorno al bancone. Urlano in un linguaggio gutturale, primitivo, che sembra comprensibile solo a loro e al barista. Gorgheggiano cori, brindano con bicchieri che tintinnano in un'eco di vetro e metallo, e ingollano birra come ad aver un pozzo senza fondo al posto dello stomaco. Mi sento in balia degli eventi: come su una nave nel cuore della tempesta, tutti barcollano. Ho paura che qualcuno faccia traboccare il boccale sulla mia tastiera.

Mi devo salvare. Devo salvare! Salvare il file. E poi meglio se mi levo di torno, rinunciando all'eccitazione, al fermento della fermentazione, prima che succeda qualche disastro.

Mentre penso troppe cose insieme, paralizzata come mio solito, altre urla disumane mi fanno vibrare di paura la colonna vertebrale.

Sento qualcosa di bagnato all'altezza dei calzini. Guardo giù: una birra si sta versando tra i miei piedi, un altro boccale vola per aria. Non dico niente, mi sposto solo un po', sollevando le suole dal rivolo appiccicoso. Cerco di concentrarmi, manca poco, tipo *salva con nome* per fissare la data del documento. A che punto sono arrivata? Dovevo rileggere? Cosa stavo scrivendo?

Bicchiere che sbatte. Giuro che vado via. L'odore di un alito amarognolo mi arriva alle narici, alzo lo sguardo di nuovo e mi trovo faccia a faccia con un tizio con i capelli bianchi, alto, magro che si è piegato per interloquire con me.

Eh? Chiedo io. Mi fa segno se si può sedere accanto, ma intanto si è già piazzato vicino, facendomi arretrare contro la vetrina come un adesivo. Mi fa un sorriso, dall'alto allungandomi una birra. La sua? Attacca bottone. Caos e slang, sono davvero imbarazzata, e a quel punto sorrido come una scema, iniziando a creare l'equivoco: sembro una che ci sta. In due secondi e mezzo me lo trovo seduto sul divanetto coscia contro coscia, il sorriso mi si gela sulle labbra. Mi porge ancora la sua birra con insistenza.

Sembra molto felice, evidentemente è arrivato già pronto al pub lui, molto più *ready* di me. D'altronde l'ho detto io che essere pronti è tutto e lui deve conoscerlo bene Shakespeare. *Readiness is all.* E lui lo è. Più che *ready*, lui è *happy*. Come vorrei essere anche io un hooligan gioioso.

Invece no, sono una quarantenne complessata spiaccicata contro la vetrina, sudata. Non ho molte via di fuga. Guardo la gente fuori come a capire se posso chiedere aiuto. Potrei alitare sul vetro e scrivere HELP ME con la saliva? Realizzo, inoltre, di essere l'unica donna presente, l'unica da sola e sobria, l'unica sopra i quaranta, l'unica senza una maglietta di una squadra. Mi giro verso questo tizio che mi sta guardando, un occhio a me e uno alla partita come un camaleonte strabico. L'unica situazione in cui gli uomini sanno dissociare le azioni e gli interessi. Figa - calcio. Dico che gli sto per lasciare il posto, mi affretto a chiudere. Lui mi guarda con sorpresa e mi sfiata in faccia.

– *Please don't go... stay with meeeee!*
– *It's time to go... for me.*
– *Nooooo!*

Il suo alito potrebbe prendere fuoco alla prima scintilla, tanto è carico. Inizio ad avere una certa ansia. Mi volto per mettere le cose in borsa.

– *Where?*

Andare dove?

Mi chiede a bruciapelo, senza però perdere il calcio d'inizio con l'occhio libero dal mio campo visivo.

– *At home...*

Allungo la mano, che a volte torna utile, l'anello nuziale, così, tanto per spiegare senza spiegare. Non attacca. Continua a farmisi vicino. Provo a dire che la mia famiglia mi aspetta a casa.

– *They are waiting for me at home!*
– *At... home? Really?*
– *Yes, my family...*

Mi fissa adesso dandomi tutta l'attenzione, ma solo per deridermi... a lui non fa nessun effetto il mio anello. *It's a marriage! It's serious*, vorrei dire.

Spiego, docilmente, ancora, che sono sposata. Cerco di far intendere con una chiusura totale del corpo che non sono lì per tirarmi nel letto qualcuno. C'è a casa l'*husband* che aspetta. Devo andare. È stato bello.

Come da tutte le esperienze inattese mi porto a casa degli insegnamenti: so che se mi dovesse mai capitare di aver bisogno di avventure, questa è la situazione perfetta per accalappiare un tipico esemplare di hooligan dall'erezione incerta per una nottata indimenticabile di birra e vomito. Mi alzo un po' a metà e un po' di scatto sgraziata, prendendo il bordo del tavolino dritto nell'anca e urlando:

– Ahia!

Ed ecco Londra: ecco che tutte le teste si voltano. Cala il silenzio. Sopruso? Il signore insistente adesso sbianca, cambia faccia e inizia a inanellare una serie di:

– *Sorry, sorry, sorry...*

E io una serie di:

– *No problem, no problem, no problem...*

Qualcuno sta pensando di intervenire. Sembra che dovrò difendere il tizio per evitare che venga linciato dalla folla che lo crede un molestatore. Gli astanti si avvicinano allarmati, fissandolo con sguardo accusatorio, mi guardano, qualcuno chiede se è tutto a posto. Annuisco preoccupata. Devo trovare delle parole giuste per spiegare la situazione. La tensione sale alle stelle finché... di colpo, se ne sbattono tutti le balle.

Gol!

Delirio completo. Si sta come durante un atterraggio di fortuna su un gremito volo di linea. Insulti e gesti irripetibili. Terremoto. Sembra l'aereo più pazzo del mondo che sta per precipitare. Per un minuto è tutto così assurdo e assordante che potrei venire accoltellata nell'indifferenza generale. Tizio mi abbraccia. Ma dov'è il *respect* di qualche secondo fa? E la parità dei sessi?

Questo signore *galante* in ogni caso, non ha i capelli bianchi, ora che lo guardo meglio, le mani in avanti a scusarsi. È uno di quei biondi cenere che si vedono solo al nord, tipo uscito da *Intervista col vampiro*, ha questa faccia chiarissima che se prende un raggio di sole si incenerisce, è alto e aguzzo. Avrà trenta anni al massimo, ma proprio a esagerare, e devo dire che non è per nulla brutto. Bel ragazzo, dai. Osservazione che fa di me la tipica donna di mezza età sensibile alla bellezza maschile.

Restando sempre gentile, spiego che non c'è problema, ma devo andare.

– *No problem never mind*, accetto il *sorry* ma s'è fatta una certa *hours* in cui… la cena da preparare… la *washing machine* e *peel the carrots for dinner*.

E non si sposta per farmi passare, mi sorride ancora. Sbuffo. È un martello pneumatico. Ma cosa si è fissato a fare? Deve avercene di appetito o di birra nelle vene questo ragazzo per fare il disco incantato. Sono a tutti gli effetti una quarantunenne senza trucco con i pantaloni arrotolati male, come se mi dovessi muovere in giro per Venezia con l'acqua alta, sono spettinata e i capelli hanno le prime striature grigie. Come abbigliamento, è accettabile solo la maglietta viola uscita dalla valigia con varco temporale sul Novecento. Sono tutta sudata, di un umore acido, anche se non credo si percepisca, qui, in questo posto dove il deodorante per ambienti va a doppio malto e alito da cirrosi epatica.

Una donna da sola in un pub di Ladbroke Grove di sabato durante la Champions a pretendere di scrivere una pagina intimista sulle femministe in viaggio da sole, che occupa un tavolo da sei: ammetto che da fuori potrei sembrare una che vuol farsi rimorchiare.

Lui mi fissa ancora. Che per sfinimento sarebbe da dirgli che ci sto. Dai. Dai. Ci sto. *I stay*!

Invece giro la schiena veloce, con la mia testa che schizza via, figurati se sono qui per continuare a ripetere gli stessi errori che facevo da ragazza.

Me ne vado. Cammino verso casa e rimugino. Mentre mi butto a letto, poi, la sera stessa, in quel momento sospeso prima di addormentarmi, circondata dal rassicurante caos del mio bestiario familiare, così confortante nella sua tiepida quotidianità, mi ritrovo per contrasto a ruminare affannata nel buio, con i pensieri che tornano e ritornano. Verso le due mi sveglio definitivamente e ho gli occhi spalancati al soffitto.

INTERMEZZO NOTTURNO
LE ETÀ DELLA VITA TI CAMBIANO MA NON È SEMPRE UN MALE

Come si arriva a questa età senza accorgersene? Un attimo prima eravamo degli sconsiderati e ne facevamo di tutti i colori, anche solo urlare da un finestrino e ridere fino alle lacrime e trovarlo originale e ribelle, o tagliarsi i capelli da sole, salire su un treno a caso e scendere a Voghera senza un perché. Poi è come se mi fossi svegliata e tutto questo era evaporato. Mi ritrovo che sono una specie di donna di mezza età con una valigia di pensieri, roba pesante, caricata sulle spalle senza chiedermi il permesso, stracolma di tutti i sogni andati storti, una valanga di responsabilità a cui fare riferimento, dei sacchi di piombo e sabbia che mi tirano giù e una gran voglia di scrivere, soffocata dalle contingenze, dalle promesse, dagli obblighi, dal senso di colpa e pure dal lavoro. Mi guardo allo specchio con i capelli più bianchi, disconnessa dall'anima, mi sembro sempre irrealizzata. Cerco ossigeno da lunghi cicli di depressione, ansia, e continuo a rimuginare su quella singola scelta sbagliata, sul fatto che non si ride mai. Nostalgia. Insonnia. E gambe senza riposo.

Non è sempre così drammatico vivere: ci sono i no, i fallimenti e le vittorie, si fanno cazzate, errori, ma ci si rialza e si riprova. Ci si può collocare con appagamento anche a un buon livello intermedio di autorealizzazione. Con compromessi dignitosi. Anche a un livello base, mi dico. Ma non sono convinta.

Errori, errori. Una slavina di errori. E che fare, adesso?

È andata così, dice Zerocalcare.

Così va la vita, dice Kurt Vonnegut in *Mattatoio numero 5*, il libro che sto leggendo mentre cammino avanti e indietro per il corridoio. (Ma letture meno disturbanti, no?) Eppure. Dentro di me c'è quella scintilla pazza sempre da tenere a bada. Che fatica. Penso a quanto sarebbe liberatorio uscire un attimo, avere di nuovo trent'anni e fare qualche atto sconsiderato, per poi rientrare in questo rifugio sicuro e dirmi: ah, meno male. Ma non si può. Le cose belle sono delicate e fragili, e devono essere trattate con la massima attenzione. Ci sono dei momenti di seria lucidità in cui mi rendo conto che quei ricordi sono molto idealizzati, quei momenti non erano poi così cruciali, e che il disegno di quel periodo, che tanto mitizzo, somigliava più a un centrino ricamato male. Con tutte le fatiche del caso l'oggi è reale e non ci rinuncerei per nulla al mondo, voglio solo cambiare (un po') vita, ma non ho intenzione di aprire di nuovo quel finestrino della macchina in corsa e buttare via ogni cosa. Abbiamo intrapreso una rocambolesca avventura tutti insieme, due maschi, una gatta e io. Se ci penso è davvero straordinario che mi sia riuscito di trascinarli qui. Mi piace questo nostro modo di stare insieme e non è scontato riuscire a restare uniti.

Da piccola guardi al futuro con aspettative eccezionali, immaginando che tutto sarà grandioso e seguirà il tuo piano perfetto. E poi la realtà assume un aspetto più misurato. Non si centrano tutti gli obiettivi, compromessi e aggiustamenti fanno un po' l'effetto della tortura dello schiaccia-pollici, però, certo, era anche troppa l'ambizione. Non possiamo avere tutti successo per tutta la vita. Questa ammucchiata nel lettone nel presente, questa piccola situazione comune è straordinaria e basta. Scomoda e felice, con felina acciambellata sotto i talloni. Il mio personalissimo miracolo qui e ora.

Gli occhi si richiudono. Sono una ragazza mite, penso, addormentandomi. È andata bene: almeno non mi hanno versato la birra sul computer con tutte le pagine che avevo finito… il lavoro non salvato, che se no gli avrei spaccato la limonata in testa e sarebbe partita di certo la rissa come in *Trainspotting*. E ricordo che sono piccolina, sì, però sollevo pesi da dicembre scorso. Piccoli e in una palestra casalinga, ma li sollevo.

E il peso dell'anima è quello con cui sono mi sono fatta più muscoli.

PORTOBELLO & SON

I primi giorni sono di esplorazione. La divisione dei compiti è ancora questa: al risveglio invento qualcosa da fare con il figlio; con il crepuscolo, dopo le cinque di pomeriggio, posso lavorare io, che sono un vampiro. In realtà, a parte una volta ogni tanto, normalmente non mi pesa impiegare la notte. Sarei sveglia lo stesso. È incredibile, anzi, come sia più facile trovare la concentrazione profonda quando tutto il resto tace, niente messaggi, mail, niente da fare perché i supermercati sono chiusi e se hai dimenticato di passare l'aspirapolvere ormai è tardi: tutto rimandato a domani, adesso ci si può immergere solo nelle pagine. Nessuna interruzione. Ecco perché amo la notte.

Durante le ore piccole nessuno può fermarti, a parte il sonno, che magari piomba all'improvviso con la sua polverina negli occhi, immagine poetica e deliziosa che si usa con i bambini piccoli. Per ovviare a questo crollo-palpebrale, ho scoperto che bere due *big americano black* comprati da Caffè Nero e scaldati ogni tanto nel microonde, può essere d'aiuto. Mi piace Caffè Nero, qualche volta ci vengo a lavorare: l'assenza di alcol lo rende un luogo meno pericoloso del pub. Esagero? Farà male? Sono qui da meno di due settimane e la commessa che serve alla macchina del caffè è già preoccupata per la mia salute. Il venerdì, in particolare, ne prendo tre *incandescenti e big*, mi servono anche per svegliarmi al mattino dopo, altrimenti addio giornata di passeggiate. La signora mi regala due cartoncini per portarli via meglio.

– *Are all three of these for you?*

– *Oh no… my husband and… my son…my 18-year-old son. And… I go… gotta run!*

Per tutta la famiglia, è chiaro che è una menzogna. Non ci casca, per l'imbarazzo le dico che devo correre a casa e scappo via balbettando *go-go*, che sembro una tacchina.

Il sabato me lo prendo libero, le consegne dei capitoli sono andate bene. Dopo un litro di caffè e con un sonno alle spalle di due-tre ore, optiamo per una bella passeggiata a Hyde Park di mattina e poi gita al mercato di Portobello. Giornata di coppia, madre e figlio, perché il marito preferisce aspettarci a casa e recuperare le sue di scadenze lavorative.

In questo quartiere ci sono così tanti italiani che sembra di essere in corso Buenos Aires. Una signora dall'accento milanese passa accanto a me, chiede al figlio adolescente, con entusiasmo:

– Uè, alora, amore, ti piace? Eh? Ti piace il Portobello market?
– È un mercato, ma', cazzo. Sono tutti uguali. Dai, che palle.

Chissà quanto manca prima che succeda anche a me, quel momento inevitabile in cui sentirò *mamma, non rompere* e sentirò il cuore spezzarsi in mille frantumi. Ma per adesso di fianco a me trotta il mio novenne, quasi pronto per i dieci, e sono perdutamente innamorata di lui.

Ce ne andiamo in giro, allegri e spensierati, esplorando ogni angolo del market. È una giornata spettacolare. In un piccolo negozio punk trovo la stessa tinta che compravo sui Navigli negli anni Novanta. La sorpresa in sé mi mette allegria, riportandomi ai ricordi più leggeri. Come stavo male con i capelli color prugna. Chissà se lui si farà i capelli colorati o se girerà in camicetta e papillon per fare il contrario.

Guardo il mio splendido esemplare di bambino e sospiro. Miscela di adorazione, preoccupazione e gelosia. E in questa afa serale alla fine della passeggiata, quando il mercato sta per chiudere, tutta la strada tamburella di bonghi. O djembe. È come se ogni colpo mi risuonasse dentro sciogliendomi un nodo, alleggerendomi di un pezzo, slanciandomi in alto. Sto saltando? Sto trotterellando anche io... quasi senza essermene accorta, che deliziosa meraviglia! Attenzione alla troppa felicità, che rischi di fare indigestione.

Ci fermiano un attimo al Makan café. Si tratta di uno street food malese, che già conosciamo fin dai primi giorni. Qui preparano non solo delizie come palle di banana da miliardi di calorie, capaci di resuscitare i morti, ma anche samosa dai sapori misteriosi e curry di verdura. Optiamo per quattro fette di torta di cocco e carote, gonfia di burro all'inverosimile, da portar via.

Appena torniamo a casa, il figlio mi suona una musica un po' irlandese o scozzese. Abbiamo una tastiera elettronica presa a noleggio. Lui ha orecchiato al mercato non si sa bene che ritornelli, e poi li riproduce a modo suo. Quando tira fuori quel gioco improvvisato è fantastico. Non smette di commuovermi. Lo osservo dalla porta, ma mi nascondo se no si arrabbia e mi dice: *mamma non starai piangendo di nuovo!* Con la sinistra tiene il tempo sulla chitarra a mo' di tamburo e con la destra corre sui tasti, poi di nuovo completa il *main theme* a due mani.

Mentre lo guardo divorando la torta unta, non posso fare a meno di percepire che una parte di me, un tempo vibrante, è ora avvolta in un silenzio strano, sospinta ai margini. Sento che la mia gioia, oggi, si nutre della sua felicità e creatività, come se la mia stessa essenza si fosse fatta un po' da parte. Come se mi fossi trasformata in un terreno fertile per vederlo crescere rigoglioso. Forse non è un male. Farsi un po' da parte. Quasi quasi mi scendono lacrime di grasso di cocco.

Sorrido, piena di orgoglio, e penso a questi talenti che quando sono innati continuano a perfezionarsi sull'onda del puro piacere. Perché io a dissociare così mano sinistra e mano destra, finirei per avere una crisi isterica.

Le mie fantasie si interrompono quando bussano alla porta. Ecco. Lo sapevo. Adesso ci diranno che siamo degli italiani rumorosi, mi batte il cuore a mille. Speriamo di non far arrabbiare i vicini, che bisogna convivere qui per mesi interi! Pianoforti, chitarre, tamburi e gatti miagolanti. Lo sapevo. Apro con la faccia di una penitente.

– *We thought you were at home.*

È Agne, è salita dal piano di sotto e ha portato della birra. E suo marito Jerry è con lei, ha delle birre anche lui. Un domino di preoccupazioni si srotola nella mia testa e tra le mie guance si incide il sorriso di gioia più sincero degli ultimi quarantauno anni. Possiamo condividere le rimanenti fette di torta del ristorante malese!

Non so come si dice, non so come si esprime, mi esce solo una sintesi…

– Party?

BARRICATE E VICINI

Verso la seconda metà di agosto, quando tutta la zona entra in agitazione per il carnevale di Portobello Road, è un balletto di preparativi e di ansie che si scontrano e si mescolano. Io, come al solito, vivo la contraddizione di temere tutto e non vedere l'ora che accada di tutto; quindi, attendo l'immane carnevalata con un formicolio di aspettativa indecifrabile. I proprietari delle ferramenta turche montano pareti di compensato, fissandole con trapani davanti alle vetrine, creando ambienti bui all'interno, quasi come piccoli bunker improvvisati. Negozianti in piedi su scalette di alluminio, con le cinture degli attrezzi, le viti in bocca e le birre nei tasconi, fissano transenne arrangiate, mentre altri allacciano griglie di ferro attorno ai giardini. Per chi non ama il fai-da-te, sbarramenti di acciaio vengono portati dai camion del Comune.

Gli abitanti della strada si aggirano nei cortili con fare inquieto, come formiche che percepiscono un'imminente tempesta e se ne corrono ai ripari accumulando qualcosa di commestibile per rintanarsi o aghi di pino per rinforzare il formicaio. Da noi, un piccolo cancello, ad altezza cosce, viene chiuso attorno alla colonnina con un grosso lucchetto a combinazione: 67076, il codice segreto lasciato dal proprietario con un biglietto di istruzioni prima di darsela a gambe. Ovviamente è sbagliato. Quando proviamo la combinazione non funziona e dobbiamo tagliare la pesante catena con il seghetto, se no le anziane del piano seminterrato non usciranno per quattro giorni. Anziché i sacchi di sabbia che preparavano a Odessa, qui gli esercenti si trincerano con la doppio malto. Il supermercato, con la sua vetrina foderata internamente di casse di birra, ha eretto una parete molto inquietante di lattine di Brewdog calda. Si mormora che il grosso problema sarà dove pisceranno tutti. La vera piaga di Londra: la pipì.

Alcuni vicini dominicani si preparano ridacchiando e rollandosi canne. In un volantino si vedono delle foto del carnevale precedente: giamaicani che friggono, frullano, sculettano. A me sembra divertente, anche se c'è dell'allarmismo nell'aria. Da Tesco ormai c'è sempre una guardia a sorvegliare la porta, non ci avevo fatto caso prima. Forse temono che ci sia un aumento dei furti di birra in previsione della festa? Si aggira inquieto e annoiato.

Rientriamo a casa e incrociamo il vicino del piano di sotto. Il marito di Agne è pronto alla fuga. Evidentemente non è così entusiasta del carnevale. Il suo nome completo è Jeremy, è pakistano; lei invece è lituana. Jerry ha una trentina d'anni, informatico come mio marito, dal fare allegro. È una coppia sposata da poco con tutto da costruire. Si chiacchiera di questo tizio che grida sulle scale della casa di fianco, va a periodi, questa deve essere la fase urla di notte, ma in generale è innocuo. Il vero pericolo è la festa in arrivo. Questa mattina Jerry ha fissato una telecamera di fronte all'ingresso. Ci chiede il permesso di tenerla accesa durante il Notting Hill Carnival. Vuole registrare eventuali danni. Così sapremo chi ha pisciato di più nel nostro giardino.

– *No problem!*

Vorrei continuare il discorso ma la barriera linguistica mi impedisce di andare oltre dei semplici sorrisi e lunghe infilate di *ehm*. Dietro di lui appare Agne: il suo viso limpido che trasmette pace interiore. Trattiene un eccitatissimo cane di mezza taglia di nome Sandy, diminutivo di Alexander. Non so che razza sia ma è di quelli sempre felici che assomigliano un po' a salsicce bianche e beige, le zampe corte e la coda tozza che termina in una punta ridicola.

– *Is he a Corgi?*

– *Nooo! He is a miniature of Jack Russell Terrier but probably he thinks he is human.*

Il cane è l'unico inglese purosangue tra tutti noi.

Assomiglia a Sparky in *Frankenweenie* di Tim Burton, molto simpatico. Ci sediamo un po' nel nostro cortiletto della spazzatura a chiacchierare. È incredibile come lo sguardo esaltato da tutto mi deformi la realtà con un filtro e me la faccia recepire in modalità splendore.

Agne si ferma a fare qualche domanda a mio figlio, prova a intervistarlo, gli chiede se si trova bene a Londra, cosa farà, che scuola frequenterà, che cosa gli è piaciuto di più, che musei ha visitato. Io provo a tradurre, non si sa cosa ci diciamo, un disastro, ma lei è la regina della pazienza. Gli fa accarezzare il cane. Sandy è mostruosamente felice di essere coccolato: così vorrei essere anche io, con la felicità dei cani felici, almeno una volta ogni tanto. Agne ci racconta di essere una architetta di spazi pubblici, se ho capito bene, mi spiega una cosa importante che ha fatto qui a Londra e che le piace il suo lavoro perché è utile, è un'artista ma ha anche molto senso pratico, in un ambito creativo e sociale, ha bisogno di concentrarsi molto in silenzio e lavora fino a tarda notte. Immagino che non sia facile con degli italiani al piano superiore. Per il momento non si lamenta. Dice (credo) che è un lavoro duro, il suo, è soddisfatta quando le opere arrivano a compimento. Un giorno le persone abiteranno piazze che sono uscite fuori dalla sua testa. Sbocciate dai solchi del suo cervello ipercreativo.

Le chiedo se mio figlio che suona, canta e corre per casa la disturba.

– *Noo! I love him, he is just a kid!*

Leghiamo subito, Mi piace come cerca sempre di includere mio figlio nelle conversazioni: parla prima a lui e poi a me.

– *Do you like Sandy?*
– *Sandy can be the friend of Pepita.*
– *We should try.*
– *You have seen her at home but you do not know that she can came with us like a dog. On a* guinzaglio…
– *On a leash? Really?*

Ci mettiamo d'accordo per fare una passeggiata con lei e la gatta. Mio figlio spiega che Pepita è una *kitten* combinaguai a cui piace passeggiare come un cagnolino, che è vivace e che speriamo non ci spacchi tutta la casa (anche perché vorremmo indietro la cauzione).

Il loro appartamento, comprato e ristrutturato, ha il parquet; in realtà, la cosa non è ben vista nei condomini britannici perché il legno non assorbe il rumore dei passi. Non sono mai contenti questi inglesi. Però il concetto in sé non è così malvagio e potrebbe anche rispecchiare una buona idea di vicinato: mi ricordo con fastidio gli zoccoli della signora del piano di sopra al mio, quando abitavo con i miei genitori. Questa zoccolava per casa dalle sei del mattino, era terribile. Strascicava e strascicava. Se pulita, la moquette è anche bella, in fondo. Ci appoggi il piedino nudo e fa calore anche a Natale. Quasi perfetta, peccato per l'infestazione di queste farfalline disgustose e la polvere.

Chiediamo, finalmente, che cosa li preoccupa dell'allegra sfilata di carri caraibici in arrivo, tanto da farli scappare via. Capisco solo *catastrophic devastation* e *pissing everywhere*, ma non è sufficiente ad allarmarmi. Lei dice che ogni anno va via perché non si può fare proprio. Il carnevale di Notting Hill è una brutta situazione per tutto il quartiere. Poi parliamo a lungo, non so in che lingua: riporto in italiano quello che ho capito. Chiedo loro:

– Sarà divertente, però, ci si traveste?

– Si mettono le piume, ci si trucca la faccia e si fanno balli caraibici.

– Se non fai transennare il cortile quando c'è tanta gente viene invaso di ubriachi che mangiano sui gradini, nemmeno puoi rientrare a casa e poi *pissing everywhere* perché non ci sono bagni.

– Molti bevono e si drogano. Fanno pipì ovunque in strada.

– Molta gente, una grande folla! Tante persone, non si cammina, ti schiacciano per le strade. *Pissing everywhere.*

– Mettono le casse della musica proprio qui sotto.

– Spaccano tutto.

– Meglio andare via.

– Sì, noi andremo a fare un viaggio dalla mia famiglia in Lituania per una settimana, ma quando torniamo verrete a cena da noi!

– Vi portate il cane? Non è terribile rientrare poi, con la dogana?

– Sì, infatti per via del cane andremo in Lituania in macchina.

– Per un bel pezzo però si va in nave.

– Per il cane?

– Sì.

– Fino in Lituania in macchina?

– Sì, si arriva via mare, ci sono delle spiagge bellissime.

– Il cane in aereo non si può portare.

– Eh, ne sappiamo qualcosa.

– Sì, lo abbiamo scoperto: gli animali non possono volare qui.

– Noi andiamo sempre via in macchina.

Agne dice che ne approfitta per fare un po' di mare.

– *You don't know what wonderful beaches we have in Lithuania!*

Spiagge lituane? In effetti non riesco a immaginarmele. Ci credo, sulla fiducia, i continenti sono tutti bagnati dal mare, anche a diverse latitudini.

Credo mi nomini Palanga Beach e vado a cercarla su Google Earth. Sembra bellissima: strati di onde che si accavallano l'una sull'altra, mar Baltico, sabbia e spazio sconfinato.

In ogni caso arrivare in Lituania via mare deve essere lunga. Eppure, anche loro per avere il *pet* in UK devono fare i viaggi a piedi, in macchina o in barca. Tutti gli inglesi se la vivono così, senza che abbia nulla a che vedere con la Brexit. Credono che il viaggio degli animali in aereo possa portare nuovi parassiti. (Ufficialmente).

Penso che questo paese sia assurdo, con tutti i proprietari di animali, tutti i *pet friendly*, nella patria del Corgi, che è un cane privilegiato, al di sopra di qualunque suddito, nel regno dei corvi neri della Torre di Londra, dotati di servitori personali a misura di volatile, non è possibile che sia un limite così grande viaggiare con una bestia.

Mio figlio si mette a giocare con Sandy, Agne mi fa i complimenti, sembra divertita, lo prende in simpatia e gli dice che può portare un pochino il suo cane al guinzaglio, se vuole provare. A spasso per Portobello. Andiamo subito a farci un giretto nei dintorni, per ora senza Pepita, giusto per prendere le misure. Lui accetta e corre via sulla strada trascinato dal cane: sono felice come ormai non ero più da tanto tempo, cambiare paese è anche un po' rinascere… e sapere che staremo per un periodo lungo, provando a integrarci, mi mette in uno stato d'animo costruttivo, una sensazione che non ho quando sono in vacanza, dove i giorni sono contati.

Ce ne stiamo tutta la sera insieme, riprendendo a passeggiare con loro. Si parla ossessivamente ancora del carnevale, un po' come quando ci si conosce poco e si rimarcano gli stessi argomenti per trovare una visione comune: adesso l'evento carnevalesco viene dipinto con toni sempre più accesi, tanto che pare l'assedio di Troia. Una situazione spaventosa, e in un silenzio orrendo con l'indice ci mostrano le vie di fuga e quelle da non frequentare perché, ripetono, (se non si fosse capito) *pissing everywere*. Torna ancora questa pericolosa idea del fiume di urina. Passeranno dei camion colorati, tutti balleranno dietro ai camion, sarà il delirio. Ci dicono. A me continua a sembrare divertente, non capisco perché se ne debba parlare come del terremoto in Irpinia, ma non commento. I nostri vicini sono preoccupati per la loro macchina che è parcheggiata nei dintorni. E questo lo capisco.

– Se vi lasciassi le chiavi della macchina di Agne? Partiremo con la mia e, sapete, nel caso in cui vi accorgeste che sta in una via assediata da gente potreste spostarcela?

– Certo.

– Se vi fidate. Io non guido, lui non è abituato a guidare al contrario.

Devo essere sincera. Secondo me la macchina è più al sicuro se non la tocchiamo, noi rischieremmo comunque di perderla in una Londra ancora misteriosa. Non dico nulla, però, e li rassicuriamo che ce ne prenderemo cura noi.

Ora di cena: rientriamo, dopo aver fatto giocare Sandy e il figlio nel parchetto. Ci salutiamo sul portone di casa.

– Il carnevale è una merda! Una merda! Fa schifo!

Dice quello della casa di fianco, quello che urla di notte. Il comune arriverà con transenne per loro e cancello di ferro per proteggere gli ospiti, mi spiegano Jerry e Agne, prima di risalire. I pazienti fragili sono molto seguiti qui. Lui sta sempre fuori, spazza le foglie, beve bibite sportive, rimette in ordine il cortile e butta via l'immondizia. Si vede che non si rassegna a viverci dentro, a questa struttura. Sarà anche bella ma è una specie di gabbia. Si siede lì. Verranno a chiuderlo dentro e a lui non piace avere tutto il recinto come una prigione. Ce lo ribadisce più volte, composto come sempre.

– I hate the carnival. The carnival fucking sucks.

ANATEMA

È quasi mezzanotte a Londra. Ho un gran sonno. Padre e figlio sono rimasti a casa a dormire, domani è giorno di lavoro, la sveglia è alle sette, le otto italiane. Mi chiedo quando smetterò di vivere con il raddoppiamento orario.

Ho chiarito che qui a Londra è obbligatorio fare una vita speciale, ovvero realizzare che posso scegliere io se a) essere a mezzanotte impigrita a letto a leggere i post di Stephen King o Elon Musk, se b) buttare il tempo a inacidirmi sbirciando le vite degli altri sui social e sentirmi sempre inadeguata o c) se essere di ritorno dalla City dopo una serata al Barbican. E quindi ho crocettato con una X mentale l'opzione c) e sto tornando in metropolitana, sono stata da sola al cinema, novità assoluta e proprio al Barbican, il più grande centro per le arti dello spettacolo che si possa sognare. Architettura brutalista, così la chiamano, un po' grigio cemento e un po' cemento grigio. Dentro però esplode di fascino, e io volevo cominciare a curiosare con una scusa come un'altra, un film, per esempio, per praticare un po' la lingua.

Per me, da sempre, una cosa qualunque ma in costume va meglio di una cosa qualunque non in costume. E così mi viene naturale scegliere il film su Emily Brontë. Scrittrice in costume! Un intrigo disperato, di quelli in cui lei se ne va un minuto prima che lui riesca a chiederle se ha letto il bigliettino che cambierebbe le sorti della loro vita, che però è stato intercettato dal fratello geloso e lei non saprà che lui la amava. Muoiono tutti, titoli di coda. (Non è uno spoiler, la gente nata nei primi decenni dell'Ottocento è tutta deceduta.) Il melodramma mi sconquassa sempre un po', cerco di non far breccia nella mia scorza da quarantenne nichilista, combatto la commozione, che più che romantica rischia di essere cranica se non guardo bene le scalette che scendono verso la Circle Line.

Arriva il mio treno e salgo, devo andare verso Hammersmith, guardo la mappa: ho tante fermate da Barbican, ma l'attesa è stata zero e sono soddisfatta di come sia facile girare questa città con il trasporto pubblico di notte, felice di non dover aspettare il treno mezz'ora anche se è tardi e di non sentirmi inquieta. Mi siedo ad ascoltare la musica in cuffia e a riflettere su quanto io sposi la tesi della regista che il romanzo *Cime Tempestose* sia un prodotto dell'oppio e della passione erotica (almeno così ho capito, ma potrei anche aver frainteso), intanto il treno non parte, le porte sono ancora aperte. A un tratto, una signora indiana minuta e sulla cinquantina, segnata in fronte con il bindi, l'occhio spirituale induista, mi guarda e mi chiede una cosa che io capisco essere la direzione di viaggio. Annuisco. Il treno è per Hammersmith, guardo per sicurezza anche l'insegna luminosa e rimetto le cuffie mentre lei si siede, rassicurata, e le porte si chiudono. Riprendo i miei pensieri e scrivo tra gli appunti di rileggere la biografia di Emily Brontë.

Alla fermata successiva salgono tre tizi giganteschi con i capelli lunghi: sono alti come dei vichinghi, carnagione chiarissima, tra un po' sfiorano il soffitto della Circle Line. Uno ha i baffoni biondi e i capelli sciolti sulle spalle e quasi bianchi, un misto tra Thor e Hulk. Gli altri sono ugualmente pericolosi a vedersi ma meno biondi e con meno baffoni, avranno lasciato la nave, quella con un dragone sputafuoco di legno in prua, le vele rosse e bianche, con gli scudi tutt'intorno, ancorata al Tamigi. Smetto di fissarli, si siedono tranquilli, hanno delle birre chiuse in mano, rispettosi (è vietato bere sulla metropolitana). Indossano delle specie di divise aderenti in pelle, un che di vagamente motociclistico, odore di cuoio. Due si schiacciano accanto a me, uno si è accomodato dall'altra parte, stretto, come seduto su una di quelle sedie microscopiche che ci sono nelle scuole materne. È piazzato accanto alla piccola donna. L'effetto è assurdo, come quei libri in cui si mettono a confronto enormi dinosauri con la figura di un uomo. Questi mostri non badano a me, sono presi dai loro discorsi tra vichinghi.

A un tratto, tutta la conversazione si anima e si scatena l'agitazione. Vedo salire l'allerta. I vichinghi si mettono a interloquire con l'indiana: non li sento, nelle orecchie ho la musica alta, voglio stare fuori dai guai di notte. Abbasso la testa e appunto nelle note dello smartphone idee a caso, giusto per sembrare molto impegnata e dare l'idea di una che non deve essere disturbata. A un certo punto, però, l'indiana drizza il braccio con violenza e punta il dito contro di me, come a scagliarmi una maledizione che vedo solo nel labiale, un vichingo mi dà una manata sulla spalla, tolgo le cuffie e sento la donna urlare:

– *She told me Hampsted Heath!*
– *Sorry?*
– *You! You! You told me Hampsted Heath*
– *No, sorry, I said Hammersmith!*

Io alzo le mani come a sottolineare la mia innocenza, lei, inferocita, mi dice qualcosa di brutto, anzi di orribile, un dittongo dietro l'altro in una lingua demoniaca, mi augura di morire male, credo. I vichinghi sono pronti a prendere le sue difese, inaspettatamente solidali mi rivolgono uno sguardo truce che preannuncia ossa spezzate… e io mi faccio più piccola.

Non uccidetemi! Vorrei spiegarle che mi succede spesso, che una volta è capitato che dovevo prendere il treno per Tirano e ho preso quello per Torino, erano affacciati alla stessa banchina, uno a destra l'altro a sinistra. Io mi confondo tra i nomi già in italiano, figurati in inglese.

– *Sometimes it happens… like Tirano Torino in Italy…*

Non funziona, provo a difendermi con altre argomentazioni ma non mi esce che un muggito a braccia aperte. Mi arrendo. Opto per un ossequioso silenzio. Sento che l'indiana continua a dialogare animatamente con i tre giganti indicandomi con disprezzo, con il braccio steso, a volermi smaterializzare con un raggio laser dall'unghia dell'indice come un X-Men. Forse vuole farmi picchiare, da loro! Questi, con una gentilezza che sembra dissonante con i panni da motociclisti vichinghi, le dicono che la accompagneranno al treno giusto, *keep calm*, provano a calmarla in imbarazzo, intimoriti, in balia delle furie della minuscola signora. Forse temono i dittonghi che hanno rivolto a me. Provo ancora a giustificarmi, dicendo che può succedere.

– *It can happen!*

I motociclisti mi fanno dimessamente cenno di no con la testa. Si alzano tutti: lei si avvicina alla porta, scortata dai tre spilungoni che piegano il capo per non picchiare sul tettuccio dell'*underground*. Capisco una cosa importante: non è necessario essere grandi come degli armadi per girare di notte sulle metropolitane di Londra se sai come maledire intrecciando due trittonghi in un idioma demoniaco. Guardo la donna, definitivamente regale, arcaica. Stizzita, mi rivolge un lampo di odio puro, mi indica di nuovo e lancia l'anatema:

– *Don't speak to me!*

Mi viene in mente la scena del film dell'orrore *Drag me to hell* di Sam Raimi: una vecchietta maledice una ragazza scatenandole addosso la Lamia, un demone spietato proveniente dall'inferno. Sono spacciata. Rimetto le cuffie e taccio fino a casa. Speriamo che non venga qualche mostro in forma di caprone danzante a pretendere la mia anima in meno di tre giorni, che già ho i miei problemi.

INTERMEZZO NOTTURNO
RIEVOCAZIONI METROPOLITANE

E in questi momenti di insonnia, nel dormiveglia, l'idea di essere perfino stata maledetta, mi regala nuove angosce e visioni. È tutto nella mia testa, ripercorro la giornata in un caos surreale. Mostri fantastici che svaniscono in barlumi per poi rivelarsi semplici treni della metropolitana. Oppure sguardi e voci di sconosciuti, ogni tipo strambo incontrato nelle strade londinesi affollate, tizi dalle facce inquietanti che forse erano solo impiegati in burnout o turisti col jet lag. Tutto si rigira nelle sinapsi deformandosi.

Per le strade ci sono davvero animali al guinzaglio di ogni tipo: maialini, gatti, scoiattoli, volpi che sembrano ridacchiare. Ma a ripensarci ora sembra tutto amplificato: sarà l'incantesimo misterioso scatenato dalla tizia indiana?

Nell'induismo, molte divinità incarnano insieme il benevolo e il terrifico, e stanotte, la maledizione mi rimbomba in testa con una logica mistica che mi sfugge e mi attrae verso quella dimensione surreale. Forse sono solo incubi da curry mal digerito. O magari ho intercettato troppi personaggi improbabili attraversando la strada, e ora il mio cervello sta trasformando la vita reale in un teatro onirico. Al buio sbocciano visioni strampalate e si moltiplicano in mille riflessioni.

Non posso fare a meno di prendere appunti su un vecchio quaderno. Dipingo ritratti a parole. Li scrivo di getto e mi accorgo, notte dopo notte, che sto collezionando cartoline reinventando questi frammenti umani.

UNA GUARDIA

Da qualche giorno c'è questa guardia fuori da Tesco.
È una specie di sorvegliante, un deterrente umano, serve come le finte telecamere sui pianerottoli.
Ti potrebbe fermare
ma non gli va.
Se fai scattare l'allarme uscendo ti richiama malvolentieri, fa cenno di aprire il sacchetto
lancia dentro un'occhiata di circostanza forse giudica silenziosamente la tua spesa.
Troppo formaggio.
E ti lascia andare.
Ma è più le volte che ti lascia uscire, che, tanto, l'allarme è guasto.
Credo che si annoi.
Ti sa indicare dove trovare il latte, la farina di lenticchie, lo zucchero, i cereali.
Ha delle mani piccolissime,
una volta gliele ho viste.
Credo sia armato.
Esce fuori a fumare, ma è sempre interrotto a metà sigaretta.
Un altro straniero che non capisce come funzionano le casse automatiche.
Suonano sempre.
Ci si sente imbarazzati, colpevoli, mani alzate!
Sono stata anche io una di quelle.
Lui spegne il mozzicone,
arriva con calma e ti spiega
che devi appoggiare il cestino su questa bilancia di precisione
e poi ogni oggetto che hai fatto passare attraverso la cassa
può essere messo nel sacchetto a sinistra.
Il codice a barre.
Ecco fatto.
È una bilancia sensibile, non puoi fare come vuoi.
Basta che invece di mettere il prodotto sull'altra bilancia, tu te lo metta in tasca, e suona.
Prima di sollevare il sacchetto devi finire di pagare.

Altrimenti scatta l'allarme.
Tutti si fermano.
La fila si fa lunga e insofferente.
Il sorvegliante interviene.
Si mette accanto a un signore un po' anziano e lo aiuta a capire come funziona la moderna cassa automatica di precisione.
Prende le uova le fa passare lui.
Gli ricorderà suo nonno?
Sarà stufo del frastuono della campanella
che si porta anche a letto a dormire?
Sembra gentile.
Probabilmente, nel frattempo, sono scappati in tre con la carne di maiale stufata.
Forse li ha anche visti.
Forse a lui non piace questa carne già cotta, confezionata.
Sottovuoto, fredda, che te la scaldi a casa.
Pulled pork. C'è chi ne va pazzo.
Forse è vegetariano.
Preferisce finire di spiegare a te, straniero, anziano, sbadato, affrettato, come funziona la cassa automatica di precisione.
E tonarsene poi al suo posto, accanto alla porta, a fare l'antifurto vivente, il deterrente umano.
Il sorvegliante.
Se uscendo lo saluti sembra contento.

NOTTING HILL CARNIVAL
DAY ONE

L'apocalisse è arrivata, alcuni tecnici iniziano anche a sistemare le casse acustiche in stile rave per la notte. Molti abitanti della zona, nei palazzi, allestiscono i balconi e le finestre con bandiere colorate, palloncini e luci.

Col favore delle tenebre, operano gli street artist e affrescano tutte le pareti di protezione in un trionfo di acrilico che appesantisce l'aria ed è quanto di più lontano dai Caraibi io possa immaginare. E anche quello sembra un rituale consolidato. La mattina dopo ci sono dipinti strabilianti, volti, scritte, murales raffiguranti animali, scene punk, sirene, pinguini fluorescenti e altre connessioni multiculturali.

Bisogna decidere il nostro look, non possiamo arrivare impreparati. Io scalpito e trascino anche mio figlio nell'entusiasmo e iniziamo a procurarci i trucchi da carnevale. Il marito sbuffa. Non credo riuscirò a dipingergli la faccia con l'ombretto, ma magari le labbra viola? No? Fa cenno di no. Pazienza. Io devo trovare piume da pollo, molte perline, lustrini, rossetto colorato, ombretto brillantinato, trombette, trombette... ci vogliono molte, molte trombette! Mio figlio vuole degli occhiali un po' esuberanti e ne sceglie un paio verde fluorescente con una riga di lente tutta unita, come il visore di Ciclope, l'X-Men che lancia raggi ottici devastanti. Ottima scelta. Io mi decido infine per un trucco sobrio con le matite colorate e una colla per il viso cosparsa di brillantini blu. E perché non un bel rossetto nero? In fondo, non conosco nessuno. E poi ci vogliono le piume di struzzo blu nei capelli e un po' di vernice dorata accanto agli occhi. Sobria, insomma. Abbondo di brillantini, avvolta da quella libertà luccicante che viene all'idea di essere nuova in un posto nuovo, senza che ci sia la possibilità di incontrare qualcuno che sa che sono timida.

Come se potessi scrostarmi di dosso il guscio cristallizzato di me, calcificato dallo sguardo degli altri, basato su un frammento di tempo, una visione parziale, interpretata senza conoscere il fondo. Succede così quando ci troviamo in un paese straniero, il nostro cervello diventa anche un po' come cera sotto il sole: soprattutto al caldo di questo agosto, si fa malleabile e pronto a ridisegnarsi. C'è qualcosa nell'estraneità del nuovo luogo che ci dà la libertà di sfuggire ai ruoli che ci sono stati cuciti addosso, e forse, lontano dagli occhi familiari, possiamo riscoprirci coraggiose, estroverse, tutto ciò che temevamo di non essere mai state.

Il confine tra me e il mondo esterno si dissolve, la paura sembra evaporare in un intreccio di impressioni e riflessi, l'aria del nuovo paese potrebbe aprire di nuovo i polmoni? Farmi ridere della fragilità delle etichette che ci portiamo dietro, essere molto più di quel che gli altri pensano o vedono.

Una volta comprato a Portobello anche un bel mazzo di piume variopinte, torniamo a casa: la prima notte la guarderemo senza uscire, giusto per studiare la situazione. Ma non sfuggiremo, voglio buttarmi nella mischia. Lo penso mentre sto cercando di raggiungere Cambridge Gardens attraversando distrattamente la strada. Vengo fermata da uno sbarramento umano.

Un boliviano di duecento chili è piazzato davanti al cancello di casa nostra con un mixer grande come l'organo di una cattedrale. Sorrido e faccio per entrare scansandolo, ma lui mi ferma. Gli dico con una vocina ridicola di protesta:

– *We live here.*

– *Oh, nice! Ok!*

– *Are you getting ready to play all the night?*

– *Certainly, we'll start at seven or eight, but then we have to turn everything off by two.*

– *We will dance at home!*

Nel chiedere se avrebbero suonato tutta la notte forse sono sembrata una vicina scontenta, invece dentro di me scoppio di gioia, quasi mi dispiace che mi abbia detto che spengono per le due di notte. Ho voglia di ballare, anche in casa, tanto sotto di noi Agne e Jerry non ci sono, può solo crollare il pavimento. Guardo mio figlio, l'idea di avere il privé con finestra sulla festa mi diverte moltissimo. Sarà una notte spettacolare!

Rientrando, ci divertiamo a provare i costumi da pennuti. Voglio darmi una scossa dalla vita stanca che sto vivendo da qualche anno a questa parte, anche forzandomi. Ho bisogno di sconquassi fisici. L'idea di cominciare la quarantina arrendendomi al declino e continuare ad andare a letto a rimuginare, valutando se devo iniziare ad assumere il sale iposodico, mi atterrisce. Magari a trent'anni avrei detto che non mi andava di ballare e avrei preferito guardare un film tranquilla, chi lo sa, ma ora mi è venuta questa furia. Posso essere un po' più gallina, per una sera? Sapendo di poter poi tornare composta. Che può succedere, che prenda il sopravvento un primitivo coccodè?

Il mio rimuginare si interrompe.

Senza che nessuno di noi potesse prevederne la violenza, subito dopo cena inizia il delirio musicale. Trema tutto il condominio, i vetri delle finestre tintinnano come durante un terremoto. Raffiche di bassi che ci sballano i ventricoli cardiaci e ci fanno aggrappare alle tende della sala, tanta è la sensazione di perdere l'equilibrio. Mi piace. Penso al povero vicino Alex, che lotta con il tornado dei suoi pensieri, lo immagino sotto al letto come Pepita, che si è trasformata in una bestiola spaventata. Mi sdraio sul tappeto per guardare sotto al matrimoniale e vedo due occhi gialli tondi e strabiliati che luccicano nel buio.

Torno nel salotto, c'è allegria e stupore anche tra gli umani della mia famiglia. Ci affacciamo a guardare una sfilata di biciclette con i led nelle ruote o con pile colorate, gente che pedala suonando trombette e proiettando dal manubrio luci intermittenti sulla strada. Bandiere, tamburelli, clacson. È la festa della mia vita. Il caos infinito a me ha sempre dato una certa gioia incomprensibile. Stranamente mi calma, mi rallegra e da piccola mi faceva anche addormentare. Quando vado a dormire, alle due di notte, naturalmente il dj set sta ancora andando avanti come un martello pneumatico, con la leggerezza di un rullo schiacciasassi sotto al letto, ma il sonno, che ha già travolto tutta la casa, Pepita compresa, mi sembra quasi che sia facilitato dal caos anziché disturbato. Mi ci vuole un rave in camera ogni sera.

Mentre ascolto i bassi della cassa dal mio giaciglio, fissando le luci intermittenti che le tende filtrano sul soffitto, avverto uno stupido entusiasmo. Erano tutti elettrizzati là fuori. Voglio circondarmi di persone capaci di entrare con me in questo gioco, di specchiarsi nel prisma di richiami che emano per condividere il mio stato dionisiaco. I nervi a fior di pelle, sbarcata in questo pianeta strano, inglese, quotidiano, come se fossi entrata a casa di altri un po' d'improvviso.

Ognuno di noi è arrivato fin qui attraversando un percorso che avrebbe potuto essere diverso, magari migliore. Ma ormai il passato è passato, un insieme di strade chiuse dietro le spalle. E qui mi trovo, oggi, ferma nel letto, la mente in agitazione, cercando di ordinare i ricordi come fili intrecciati, ognuno una scelta, una direzione. Eppure, guardandomi da una prospettiva straniera mi sento di avere ancora una possibilità: un carnevale colorato, una mascherata per ridisegnare un nuovo percorso, fare un nodo in quei fili, e cambiare il mio destino. Magari è più facile di come sembrava: basta colpire il punto giusto, prendere la distanza necessaria per capire dove e come posso ancora aggiustare la traiettoria.

E mi addormento nella carnevalata.

NOTTING HILL CARNIVAL
DAY TWO

Il giorno dopo, metto in testa tre piume blu. Ho comprato un intero boa per mettermi tre piume di numero nei capelli, fissate con le mollette. Dovevo andare fuori da dove ero per scoprire che sono carina addobbata di struzzo e truccata come una gallina ubriaca ma un po' livida e un po' più gotica.

Prendo il figlio con me e ci buttiamo nella mischia. L'idea è di partecipare il più possibile, orbitando nel quartiere in festa. C'è un mare di folla e bisogna infilarsi nella corrente, affidandosi al percorso di uno dei camion completi di casse e ballerine sculettanti, piene di piume. Tettone imponenti ovunque, esibite con fierezza. Guardo il mio giovane accompagnatore: non sarà per un po' di poppe agitate che resterà turbato, ricordo che noi in televisione avevamo *Non è la Rai*.

Camminando allegri rischiamo, però, di finire schiacciati in una strettoia. Non riusciamo ad andare né avanti né indietro, la folla ci stringe e, notizia drammatica, adesso ci scappa la pipì. Un signore sembra che stia quasi per cadere addosso a mio figlio e schiacciarlo. Nelle situazioni in cui il pargolo sembra in pericolo mi trasformo in una lama di fuoco: lo prendo di mira e gli rovescio sul trapezio una scarica di pugni. Le sue spalle portoricane corrispondono alle ante dell'armadio della mia trisavola Augusta nel vecchio casale ad Inveruno, roba di legno massiccio e falegnameria robusta di sfondo in una vecchia fotografia. Probabilmente per lui ho avuto l'impatto che ha un moschino sulla pelle di un rinoceronte. Mi avrà appena percepita. Sarò sembrata una musicista o una matta esaurita, scappata da una clinica per le malattie nervose.

A un tratto l'energumeno si gira e mi squadra: non ho paura, mi manifesto nella mia forma di madre italiana feroce, il tipo che solleverebbe un camion con due dita, per salvare il virgulto sangue del suo sangue. Mi sembra di avere i capelli di Medusa, gli occhi che sputano fiamme, le narici fumanti, sono pronta a pietrificarlo con il mio odio.

– *Don't touch my baby!*

Urlo come una furia. Silenzio. Tutto si ferma. La gente si ferma. Silenzio. Lui mi guarda per tre decimi di secondo cercando di realizzare, e poi gli parte una risposta inaspettata: guarda il bambino, impallidisce nella sua pelle nera, si sgonfia e, appena si fa un quadro della situazione, si rigonfia, gli si accendono le sinapsi ed entra nella modalità bodyguard. Allarga le braccia e ci fa strada fendendo la folla a pugni.

– *Follow me.*

Che non puoi dirgli di no perché sembra Terminator. Ci dice che è pericoloso quel casino, o almeno credo dica così, non è per la lingua inglese è più che il frastuono non mi fa sentire niente. Sulla strada, schiaffa via la gente a destra e sinistra facendoci spazio, lascia corpi umani schiacciati come spighe di granoturco quando passa la falciatrice, infine ci fa raggiungere un angolo con Ladbroke Grove dove c'è spazio per muoversi e soprattutto il bar portoghese che ha il bagno.

– *Be careful and take care.*
– *Thank you.*

Lo saluto con la manina, un po' commossa da cotanta protezione. Vorrei il suo biglietto da visita per farmi strada anche nel lavoro in Italia. Aspetto che mio figlio esca dal bagno e rimango ferma a notare il contesto, c'è gente che si sgonfia nei polmoni dei palloncini e ride o sviene. Mi avvicino al marciapiede e tiro su una bombola buttata via. *Laughing gas.* Gas esilarante. Probabilmente non l'ho mai provato ed è meglio di come sembra, ma non sono tentata. E poi il contesto di questa rinascita londinese è esilarante anche senza gas.

Tiro il figlio tenendolo per mano, sono determinata a stare dietro al camion che ho scelto e dimenarmi. Una reminiscenza del periodo post-adolescenziale o pre-adulto: mi ero dimenticata che i bassi a bruciapelo nelle tempie ti fanno venire una specie di ipno-dipendenza e non vuoi tornare più al silenzio. Una sorta di furore maniacale dove far esplodere la parte istintiva e babbuina. Con il sorriso di soddisfazione stampato a sbirciare la gente più eccentrica che si porta zaini carichi di cose colorate, da cui escono cannucce lunghe, arrotolate come code di porcellini. Sembra una festa in stile *La fabbrica di cioccolato,* piena di uomini e donne di tutti i tipi che succhiano misteriosamente intrugli inebrianti. Attorno ci sono bancarelle che vendono queste sacche di bibite da mettere nelle borse e da ciucciare senza mani per poter suonare e ballare liberi senza bicchieri pericolosi o bottiglie di vetro che sono giustamente vietate. Una flebo di prosecco? No grazie, lo proverei ma mi piace sicuro di meno che nel calice. Questo non mi fa allontanare dall'allegria dei partecipanti. Gente che gira raggiante con calze a rete strappate e cosce enormi, con mutande metallizzate, ali di piccione, ali di angelo, di farfalla, corone di struzzo, code da pavoni, tette pennute.

Io sono felice. Mi sento leggera. Ci sono ritmi, tensioni e pulsioni differenti nell'aria: la Repubblica Dominicana è il carro più seguito, la Giamaica è ovunque, Porto Rico fa la musica più alta, mi sembra di non conoscere nessun'altra bandiera e di sentire nomi di decine e decine di luoghi del mondo caraibico di cui non sapevo l'esistenza.

I djembe vanno quasi a fuoco, da quanto vengono picchiati duro, pelle di vacca incandescente, bassi potenti, il figlio si aggira divertito, suona a tempo la trombetta giamaicana, il musicista afro gli sorride e continua con il suo ritmo.

C'è il servizio d'ordine della *street parade* che monitora che nessuno scavalchi i cortili per svuotarsi la vescica, ma è un controllo chiaramente destinato a non reggere.

Ho moltissima voglia di andare ancora sotto la cassa, con il cuore che batte e sembra schizzare fuori in modo irreale. Mi porto il figlio nella danza e ci avviciniamo trotterellando a queste ragazze procaci che sculettano da sopra il camion. Sotto il carro della Giamaica ci si droga per aspirazione passiva, io sono ipersensibile al THC e dopo un po' mi sento un rettiliano. Esaltata, mi aggancio qualche piuma nuova alle mollette a mo' di corona, forse sembro un po' Lucia Mondella in versione disco etno-punk. Voglio essere una parte vera della festa, vivendo qui voglio diventare un po' più dominicana, un po' più struzza, un po' più molleggiata se no, poi, scoprono che vado lì solo per grattare via un po' di divertimento dalla pelle degli altri.

È bello ma faticosissimo. A fine pomeriggio, storditi, io e il figlio dobbiamo rientrare, dopo essere passati a prendere un pacchetto di *jerk chicken*. Il fatto è che lo sballo generale sembra diventare un po' più pericoloso con l'arrivo della sera. Andiamo di buon passo dritti a Cambridge Gardens. Quando raggiungiamo il nostro indirizzo mi fermo spaventata: davanti al cancello c'è un ragazzo steso, addormentato. No, non ha la faccia di uno che riposa tranquillo. Il suo amico gli assesta dei calcetti nelle gambe, lui non reagisce. Fine della festa allegra.

Per fortuna respira. Decido che bisogna chiamare l'ambulanza immediatamente. Mi dirigo verso la prima poliziotta come un fulmine… e sbaglio tutto. Dico che c'è un ragazzo ubriaco…

– *Excuse me, there's a drunk boy!*

Ride.

– *Yes… a lot of… everybody is drunk!*
– *He seems dead!*
– *Yes I know!*

Mi guarda come una scema completa: cara straniera, cara italiana allarmista, la notizia è se c'è un ragazzo sobrio, cara, sembra volermi dire.

Le spiego che questo qui non è ubriaco normale, mi sembra andato giù di traverso. Mi dice di portarglielo lì. E come lo trascino? Mollo il colpo. Il codice deontologico adolescenziale direbbe che non si deve mai avvisare la polizia, ma l'effetto mamma interventista che ha fatto in me il compimento e l'avanzare della quarantina d'anni mi spinge a entrare in fissa che bisogna fare qualcosa.

Considero di richiamare l'attenzione della guardia del Tesco, ma poi incappo in un gruppetto di volontari dell'ambulanza un po' più in ascolto e li porto dal ragazzo, che nel frattempo ha letteralmente la schiuma bianca alla bocca. In un attimo chiamano aiuto e arrivano sette poliziotti. Si piegano, lo provano a tirare su, gli puntano la pila in faccia e gli scrutano le pupille. Io chiedo se serve dell'acqua o una coperta. Un minestrone? Metto su del brodo di pollo? La gallina? Ho del Moment. Lo facciamo vomitare? Acqua e sale? Mi mandano via perché metto agitazione.

Dopo un po' tornano a prenderlo perché l'ambulanza non riesce ad avvicinarsi. Lo sollevano in due sotto le ascelle e in due per le gambe, tre fanno strada.

Quindi la mia serata è andata così, a cercare la polizia facendo la figura di quella che esagera. Anche perché l'artrosi e le dita torte sono brutte, a settant'anni, ma se ti vengono gli acciacchi degli anni vuol anche dire che ci sei arrivato a diventare vecchio, al netto di tutte le cazzate che ti sono capitate. Chissà quante volte uno sfiora la morte, mi piace pensare che quella persona che si preoccupa per te un filo di più, questi paranoici che girano per strada come me, come Batman ansiosi, magari sono il motivo per cui a una certa età la tua maggiore preoccupazione sarà la conta delle rughe e non sei schiattato prima. Magari davanti a un cancello, su un marciapiede di Portobello, tra il vomito e le piume colorate, alla fine di una festa.

Il carnevale fa urlare di gioia e tira fuori il dolore. Può darsi che agli umani serva anche questo. Sbandare. Vomitare mostri sull'asfalto per non coltivarli dentro lo stomaco.

PULITO BENE?

Il giorno dopo. Mentre un vicino sta giusto rilevando che è tutto pulito bene, io trattengo i conati per l'odore acido di spazzatura mista a liquame di birra che non sono più riusciti a levare da sotto casa. Concezioni diverse di pulito. Non è passato ancora il furgone lavastrade. Scopriamo che gli spazzini non hanno potuto terminare perché è arrivato l'ordine di interrompere tutto. Indagini in corso. Le sirene della polizia fanno il giro del quartiere. Un ragazzo è morto. Pugnalato. Transenne a chiuderci dentro. All'inizio mi agito, penso sia il nostro *amico* ubriaco, quello che abbiamo assistito; poi alcuni vicini mi spiegano che c'è stato un accoltellamento proprio dietro l'angolo, a pochi metri da noi. Uno tra tutti doveva essere sacrificato dall'orda festante, è il lato oscuro del carnevale, sembrano dire con un sospiro. Non per questo la festa verrà cancellata, con la sua parte di violenza. È tutto molto tribale. In realtà.

L'odore dei giorni passati è quello che resta più impresso nelle strade di stamattina. Aleggia un'ombra perturbante del carnevale che c'è stato, proiettata nelle piume e nei bossoli di gas abbandonati agli angoli della strada. Nei palloncini sgonfi. In qualche osso di pollo.

La musica, i culi sfoggiati gioiosamente, senza vergogna, i perizomi indossati sopra le calze a rete: piccole tessere della festa seminate in giro nei rifiuti. Il ricordo di una massa scatenata di gente si è depositato in pezzetti sul marciapiede.

I camion, come carri arcaici, con le casse di musica e chi le segue, la folla che ti schiaccia… tutto scomparso. Sono andati nei loro garage, pronti a tornare operativi per il trasporto commerciale. Resta solo lo spettro silenzioso della festa.

Il giorno dopo c'è la puzza macilenta della vita di ieri.

INTERMEZZO NOTTURNO
L'INSEPARABILE INSONNIA

In valigia devo aver trovato spazio per portarmi la solita insonnia. Ho fatto dei tentativi inconsulti, nella storia della mia vita passata, allo scopo di addormentarmi prima di sera, tra questi possiamo annoverare: sostituire il caffè con aceto di mele o succo di limone tiepido, la sveglia che suona in una stanza lontana, un'altra da spegnere in cima all'armadio, il bagno caldo, spruzzino d'acqua in faccia, la doccia fredda, una fetta di cassata siciliana per affogarmi in zuccheri e vedere se mi faccio un viaggio di glucosio allucinante, schiaffeggiamenti, i cinque tibetani, il saluto al sole, il radiogiornale di Radio Popolare, la doccia fredda, la televisione del mattino con oroscopo, la sveglia alle 5 in sinergia al club degli albisti. Tutti tentativi vani per combattere il mio ritmo circadiano spostato in modalità gufo, non ultimi, la finestra spalancata d'inverno, l'orologio a cucù, il rilassamento dei marine. Ricordo un triste periodo universitario, nel lontano passato, in cui per svegliarmi all'alba e studiare di buon'ora, avevo anche impostato la telefonata sul telefono fisso. Rispondevo ogni volta, con *pronto, pronto, chi è?* E ci mettevo venti secondi interi a ricordarmi che non c'era nessuno, solo una registrazione un po' sintetica che diceva più o meno così.

Attenzione: questa è la sua sveglia telefonica programmata.
Buongiorno.

UN AGOSTO LETALE

Finito il carnevale e la sua euforia, si scatena *la tristezza*. Ancora non conosco nessuno qui, a parte i vicini. I nostri amici italiani sono su una spiaggia ligure, agosto è alla fine e devo dire che non è un periodo del tutto facile. A volte mi sento in agonia. Non siamo davvero in vacanza e non c'è ancora la scuola. Una specie di fisiologico down da dopo festa mi invade.

Questo ritmo di lavoro di notte, applicato senza sosta, mi sta un po' mettendo in difficoltà sulle mattine. Inizio a essere cerebralmente lesa dal sonno ma, ugualmente, tengo duro e resto curiosa. Voglio portare il figlio in giro il più possibile per la città, per farlo innamorare di Londra.

– Dove vuoi andare oggi?
– Al parchetto!

Gli piace andare al parco. C'è un lato positivo in questa richiesta: almeno i ricordi del parchetto sono stati piacevoli per lui e non ho fatto trasparire del tutto le mie crisi mistiche in panchina verde. Rilancio sorseggiando l'americano: butto lì l'interessante e agile idea di visitarli tutti. (Una sciagurata, come ho potuto dire… *tutti i parchi di Londra*?)

Su Google trovo un elenco spropositato, roba da autosabotaggio materno, quel sottile meccanismo che fa dire a noi mamme: tesoro ma se vuoi andare su Marte, mamma ti ci porta! Basta chiedere.

Megalomania. Tutte le madri ne sono state affette in un momento o in un altro e arriva proprio a colpire più duro quando ci sentiamo in colpa. Provo a ridimensionare.

– Visitiamo *alcuni* parchi.
– Quali? Quanti?
– Iniziamo con *uno*, che dici?

Guardiamo l'elenco dei migliori: Hyde Park, Regent's Park, Richmond Park, St. James's Park, Kensington Gardens, Kew Gardens…

– Hyde Park lo abbiamo visto, mamma. Andiamo in quello dopo.
– Dopo cosa c'è?

– Regent's Park!
– Perfetto! Domani facciamo un picnic a Regent's Park!

(Per la cronaca, ci fermeremo qui: visiteremo solo Hyde Park e Regents's, poi finisce agosto, inizia la scuola e inizia anche la pioggia.)

È mattina. Sento che andrà tutto bene. Prometto di staccarmi dal computer entro mezzogiorno, finisco il capitolo. Un momento che devo rileggere. Aspetta che non sono convinta. Sì adesso arrivo, ci sono. Verso l'una sono ancora lì. Non ho finito. Non finirò mai, penso. Sale l'ansia, avevo promesso tutti i parchi di Londra, poi alcuni, adesso almeno uno, dai, ce la devo fare. Devo uscire al più presto di casa se no superiamo anche l'ora di pranzo. Perdo la concentrazione settanta volte. Respiro. In un manuale di motivazione personale si diceva che, per riprendere il controllo, ci vuole un bel sorso di acqua. Purifica la mente e rinfresca i pensieri. E giustamente, presa dalla fretta, allungo la mano verso il salvifico calice di tap water, naturale, estratta dal rubinetto come una bevanda magica, sollevo il bicchiere continuando a tenere l'attenzione sulla pagina del computer, mi scivola, urlo, riesco a pensare: c'è la moquette, non si spaccherà… e invece no, lui prende lo spigolo del comodino, accanto alla finestra e, con un rumore sinistro e infernale, va in frantumi. Senza pietà.

Per rendere l'idea della portata tragica del fatto devo illustrare bene la moquette ricoperta di una granita di vetro, il gatto-belva in posizione da scatto, che sta per spiccare un salto a piene zampe nelle schegge, i miei piedi nudi, le mie urla disumane. Blocco la bestia se no il veterinario per levarle i vetri dalle zampe mi fa aprire un mutuo, la felina si terrorizza e mi graffia con le unghie delle posteriori che sono perfino più spesse e si dimena tra le mie mani, mentre realizzo il fatto drammatico che l'aspirapolvere è situato al piano di sotto. Il marito sbufferà di certo! Le diverse, pregresse, ripetute, raccomandazioni di non lasciare in giro per la camera oggetti fragili, a cui avevo risposto con sufficienza, ora mi suonano nelle orecchie sinistramente. Sono costretta a chiamare aiuto mentre tengo la gatta schiacciata sul letto.

Mi viene da piangere: avevo solo fretta di uscire. Sono spacciata, i pezzetti sono dappertutto davanti a me. Non posso muovermi o mi sfugge la felina. La vedo: l'essenza fragile dei nostri propositi, granelli di vetro luccicante tra i nodini del tappeto. Lancio un urlo strozzato.

– Mi porti su l'aspirapolvere, caro, per favore? È molto urgente…

Il marito sbuffa. Come avevo predetto. Sento il suo muggito dal piano di sotto, seguito da qualcosa di incomprensibile, forse una preghiera a Satana, mentre io ho una colluttazione con la gatta che è attratta dalla micidiale idea di saltare in mezzo alle schegge trasparenti e acuminate del bicchiere di cristallo.

Il marito mi viene in soccorso prontamente. Perché lui è così: sbuffa, sospira, fa gli occhi bianchi, fa no con la testa, ma poi lui c'è!

Il figlio entra per capire se può essere d'aiuto. Gli chiedo di portarmi un cerotto. Anzi sei cerotti.

– Ma per i vetri, mamma?

– No, per i graffi della gatta, tesoro.

Mando tutti fuori, chiudo la porta. Raccolgo i vetri rotti con lo scopino e con l'aspirapolvere. Un agosto davvero letale.

PICNIC A REGENT'S PARK
(Parte prima)

Lui, il figlio, è ormai impaziente di uscire, io spazientita e sudata. E poi infiliamo la porta, le scale e il portone, direzione Regent's Park, molto tardi per il pranzo anche per lo standard italiano, tra mille indecisioni, con l'idea di fare il picnic con due coperte rimediate dall'armadio del proprietario e infilate al volo nello zaino. Già in Ladbroke Grove, solo all'inizio, cambio marciapiede in continuazione. Il fatto è che c'è troppa offerta e io sono gravemente indecisa su dove prendere i panini. Non capita tutti i giorni di avere nove locali che vendono panini da asporto di ogni cultura culinaria in meno di cento metri sotto casa.

Ma il vero sandwich, l'originale cibo tradizionale inglese, inventato per il quarto conte di Sandwich, consiste in una fetta di carne salata tra due fette di pane. Brutale e pratico, nasce dall'esigenza di non interrompere il gioco di carte per nutrirsi. Non è niente di romantico o nostalgico.

Alla fine, andiamo decisi sulla catena semi industriale. Prendiamo il pranzo in un posto di caffè e cibi *pronti da portare via à manger* facilmente, anche in francese, anche camminando. Io lo adoro. Quando entri nel locale sembra di aver varcato le porte del Polo Sud e di trovarsi nella sala da ricreazione dei pinguini. È tutta colpa dell'aria condizionata fortissima combinata con un frigorifero da esposizione che occupa tutta la parete. Quando hai fame è una specie di idillio, puoi scegliere anche i pudding guarniti con frutti di bosco o caramello. Mi ricordo il racconto che fa la Woolf del pranzo destinato alle donne nella mensa dell'università. Ogni portata era misera e spiacevole e il pasto finiva con biscotti secchi e acqua, senza particolari decorazioni, come la vita stessa offerta alle donne.

Ecco, qui è diverso. Il Pret-a-manger è un'istituzione. Tutta una festa di panini, wrap, mousse, salads, cheesecake, yogurt con granelle, uova sode e centrifugati. Tutto un po' veggie style o simil salutista. C'è perfino l'*italian pesto wrap*. Lì, buttando l'occhio, vedo che la gente è piazzata ai tavolini con enormi bicchieroni di *broda calda* e i tablet. Potrei anche tradire il caffè di Caffé Nero che scandisce ormai le mie giornate e le chiacchiere abituali con la barista (ho scoperto che si chiama Elena), e venire qui a lavorare. Ci penserò domani, intanto ci piazziamo tremanti e congelati di fronte all'immensa offerta, trascorrendo più tempo del dovuto a leggere gli ingredienti di ogni sandwich. Non possono avere venti elementi ciascuno! Così è tutto più complicato.

Io scelgo quello al pollo. Arrotolato. Con coriandolo e spinacini freschi e non so quale intruglio di salsa. È il mio preferito da quando sono qui, ha il sapore di una scelta improvvisa ma ponderata, c'è qualcosa di sicuro nel pollo e di esotico nel coriandolo. Come i giorni che stiamo vivendo.

Il figlio, curioso ma nostalgico, sceglie di provare pollo e pesto.

Povero pesto. La condizione drammatica di un umile quanto delizioso sugo ligure che è vissuto come una salsa, come una specie di alternativa mediterranea al ketchup o al curry. Ho un brivido lungo la schiena. Inquietudine, ansia o principio di assideramento?

Riguardo la pianificazione della strada: Circle Line, cinque fermate e scendere a Baker Street. Facilissimo. Non mi sono mai sentita più fiduciosa! Andiamo per mano con il pranzo ben riposto nello zaino e la carta di credito pronta per passare il tornello. C'è una folla infernale sulle scale, stanno tutti uscendo. A ripensarci, su Google Maps c'era un punto esclamativo in un triangolo giallo, accanto alle indicazioni della nostra linea *underground*. A un tratto sospetto, senza darlo a vedere, che quel segno di interpunzione non simboleggi nulla di positivo. Tormentata dall'atroce dubbio, sorrido mascherando l'incertezza. Già è una linea bastarda perché il treno che passa potrebbe fare il giro a destra o a sinistra e se non stai attento ti trovi dall'altra parte di Londra. E infatti a Paddington ci fanno sciamare tutti fuori e ci abbandonano sulla banchina. La gente prende tutte le direzioni possibili scomparendo e io e il figlio restiamo lì impalati. La metropolitana torna indietro. Una voce avvisa che la linea è interrotta per motivi che bla bla e *stop* e *direction*, *end of service* e mica capisco il resto. E poi, di fronte al dramma, all'inconveniente, all'ansia di perdermi, mi fermo a respirare e mi decido a non farmi sopraffare. Ma sì, è un pomeriggio libero, ma chissenefrega di quando arriviamo al parco. Troveremo un'altra via. Un'altra metropolitana, magari. Non ne passano altre?

Inizio a guardare dappertutto in stazione ma, a giudicare dalle imprecazioni in arabo, in cinese, in hindi dei pochi rimasti, mi sa che non va più nessun treno. Non c'è la sostitutiva come a Milano? Guardo meglio sul cellulare per capire se passa ancora la Circle. Forse la maledizione della signora indiana sta colpendo ancora. Mi accorgo che premendo sul punto esclamativo si apre un avviso. *Fine servizio ore 1 pm. Strike.* Sciopero. Ecco il perché dell'allerta: sto per imprecare anche io, per mescolarmi alle imprecazioni multilinguistiche dei sotterranei. Mi mordo la lingua. Il figlio si agita, io fingo di avere tutto sotto controllo, con la faccia di quella che lo sapeva già da prima.

– Stai calmo, la mamma lo sa come si arriva al parco, adesso.
– *Really*?

Con un controllo di me recitato molto male, la faccia bloccata in un'espressione equivoca, usciamo dalla stazione. Paddington. Maledetto orsetto, hai un che di falso e non mi sei mai piaciuto. Preferisco il Gabibbo. E ho detto tutto.

C'è una fila di barche ancorate lungo il canale, guardiamo bene e capiamo che sono dei ristoranti. Il mio compagno di avventura adesso ha fame e vuole improvvisamente andare a pranzo su una chiatta ormeggiata! Mi indica la lista delle pietanze saltando come un indemoniato. Con un occhio rapidissimo ai menù bambino da ottanta pound, gli faccio presente che ci siamo procurati dei prelibatssimi wrap al Pret-a-manger, in particolare la specialità italiana al pollo e pesto che lui ha insistito a comprare, e gli dico che voglio proprio assaggiarlo e che dunque raggiungeremo il parco e faremo il nostro (cazzo di) picnic! E inizio a cercare la linea 18, come da indicazione di Maps, seguendo il navigatore a testa bassa, come una cercatrice con il metal detector. Neanche godersi un po' i dintorni di Paddington con orsetti e turisti annessi.

Seguo il percorso segnato. Un sottopassaggio, un ponte, una strada trafficata, un tunnel e finalmente, sotto la sopraelevata arrivo in un posto poco raccomandabile, dove un minuscolo marciapiedino costeggia la via principale: qui c'è la banchina dell'autobus per Regent's Park. Credo. Sorrido mostrandomi all'altezza del ruolo di guida. Controllo ancora per sicurezza, e qui mi frego: proprio mentre sto verificando la direzione e ho lo sguardo abbassato, non mi accorgo che l'autobus spunta dalla curva velocissimo e, come d'abitudine londinese, non si ferma. Qui se non fai un cenno con la mano non si accostano, non hanno mica tempo da perdere o da far perdere agli altri passeggeri, lo vedo scomparire. La situazione si fa grave. Anzi, si fa quasi atroce: il successivo è dopo venti minuti, proprio a causa del traffico stradale provocato dallo sciopero della Circle Line.

Siamo nella seconda metà di agosto ma ancora ci sono 39 gradi all'ombra, il sudore della fronte non fa in tempo a sprigionarsi che ci evapora. Ho i wrap nello zaino e una bottiglia di acqua frizzante calda, come uscita da una teiera. Giustamente il mio socio affamato si lamenta che questi autobus inglesi sono deficienti: che ci fanno due persone a una fermata dove passa solo il 18, secondo loro perché se è l'unica linea devi anche chiamare la fermata? Be', dai, ha ragione. Su alcune regole sono dei fanatici con i paraocchi. Io mi devo ancora ambientare a Londra, non è che ho la mappa dei mezzi pubblici nell'ipotalamo e non so a questo punto che alternative provare. Si soffre. Gli dico che vivere è una condizione che prevede il dolore. E il caldo. E la fame. Ma arriveremo a fare 'sto (cazzo di) picnic a Regent's Park.

L'atmosfera si sta facendo tragica: è ora di passare ai rimedi pesanti. Tiro fuori il cellulare e prenoto un taxi black cab immediatamente. Il primo accetta la corsa, sta per arrivare, lo seguo sulla mappa, vedo la macchinina stilizzata che è vicina a noi e che scompare, ci buca la corsa quando è a un minuto dalla mia posizione. Sorrido e mantengo la calma ma sto per sprizzare acido molecolare dagli occhi. Ci riprovo. La vita è dolore e delusione, affermo tagliandomi un labbro per non dire di peggio. Giornata piena di pedagogia nera. Tragedia, insulti. Recensione negativa al tassista che ci ha abbandonato. Subito. Poi riprovo e una seconda persona accetta. Sharon's taxi. Mentre ci avviciniamo a Regent's Park, arrabbiati ma divertiti, con il caos che ci si rovescia attorno, sento che qualcosa dentro di me si smuove, un respiro diverso, eccitato, più libero, più leggero, pronto a cogliere il mondo da un'angolazione diversa… chissà.

SHARON STA ARRIVANDO

Sharon arriva, lei non ci abbandona.
Dalle recensioni sembra il top.
Al vertice dei black cab della capitale.
Gli occhi addensati di rughe, strizzi di sorriso,
e il suo sguardo dallo specchietto promette tanti racconti
avventure al volante di una grandiosa città.
Una vera pilota.

Con uno sforzo cervicale impossibile, si volta per sentire meglio le mie parole,
infastidita dall'inglese incerto.
Non ci capiamo minimamente.
Alla fine, gira il collo come la bambina dell'Esorcista.
Guardo il suo viso attento da mastino, incorniciato da un caschetto di capelli immobili. Le sopracciglia rotanti. La frangia fissa e imperturbabile.
Ha quell'aria di chi va dritta, svolta, sbarca il lunario e va via, senza drastici cambiamenti di direzione.
Sa sempre che strada prendere. Una vera combattente su quattro ruote.
Dalla recensione si legge che Sharon è una tassista di lunga esperienza (una vecchia babbiona, insomma) ha cinque stelle piene su cinque.
Mi sento già un pochino meglio. Sono a mio agio.
Il taxi è un cubicolo incandescente
a metà tra cabina telefonica anni Novanta esposta al sole e sauna turca.
Niente aria condizionata, solo un vetro spesso ci separa e silenzia.
Rende ogni conversazione un gioco di congetture,
come intrattenersi con un fantasma attraverso un vecchio walkie talkie.
Questi black cab hanno alzato vetri infrangibili e comunicano solo con microfoni dal Covid in poi.
Pulsanti che si accendono sulla portiera rovente.
– Regent's Park!
Annuncio, ma Sharon mi corregge con tono professionale.

La mia pronuncia è un insulto al decoro e bisbiglio una risposta insicura, mentre il caldo mi fa sudare a fiotti sulla fronte, una goccia scivola giù, giù come la mia autostima in questo cubicolo rovente.

– Yes yes. (E poi non dico altro).

Credo di aver premuto il tasto per spegnere le comunicazioni.
Siamo quasi arrivati, di fronte a noi si materializza l'oasi verde.
Il tono si fa solenne dalla cabina.

– Here we are: Regent's Park!
– Rieegiens's Park!

Ripeto io.
Mi corregge ancora.
Ora ho gli occhi bianchi, soprassiedo, lei è più brava e io non ho ancora tutte le stelle.
L'eccellenza ha un prezzo.
Chiede qualcosa relativo alla porta.
A che gate?
Io non lo so, non ci avevo pensato, balbetto:

– All gates are the same!
Non so bene se ho detto giusto e ripeto all gates are the same.
Ma Sharon non risponde nemmeno, frena, pragmatica e veloce, decide lei.
È all'angolo della strada, di fronte all'ingresso principale.
Finiamo con un'ultima domanda, non la capisco con il mio inglese zoppicante,
rispondo yes, yes, chissà se ho detto la cosa giusta.
In realtà sto autorizzando una mancia automatica sul POS.
Alla fine, in imbarazzo dopo diversi tentativi,
non funziona la macchinetta per il pagamento con la carta,
tiro fuori otto sterline in moneta.
Sharon cinque stelle mostra qualche piccola crepa nell'umore.
Ha altre chiamate. Scuote il caschetto.
Io conto lenta le monetine sparse nella borsa.
Temo che mio figlio, prima o poi, si stanchi di questo impaccio materno perenne.
Magari vorrebbe una madre un po' più Sharon, spigliata con il suo mezzo.

Mastodontica al volante, con il vociare del clacson a scostare la gente.
Una che taglia corto. Che si azzarda a fare più di un sorpasso.
Una che suona per smuovere la situazione sulla strada.
Chissà cosa penserà di me un giorno, guardandosi indietro e ricordandosi che fatica raggiungere un parchetto a Londra con sua madre, incapace di gestire anche un semplice taxi.
Chissà come ho fatto a sopravvivere, penserà. Scendiamo.
Sharon mi lascia lì, sul marciapiede.
E lì, aprendo la mano, vedo che ho due monete,
mi ha fatto uno sconto, e io nella mia fretta, non l'ho nemmeno ringraziata.
E mentre si allontana, mentre cerco di metterle una recensione a cinque stelle, mi chiedo se mai riuscirò a padroneggiare questa città che, come l'esistenza tutta, sembra sempre un passo avanti rispetto a me.

PICNIC A REGENT'S PARK
(Parte seconda)

– Dunque, figlio, facciamo 'sto picnic a Regent's Park, *now*?

Mi fingo soddisfatta e quieta. E intanto penso: *'sto cazzo di picnic facciamo 'sto cazzo di picnic…* Lo penso con rabbia e così forte che si sente uscirmi in lettere tangibili dalla mente. Ecco che davanti a noi si staglia Regent's Park. I giardinetti di Milano e le sue panchine sono un ricordo sfumato: ci troviamo di fronte a un'area di circa 166 ettari con una gigantesca mappa all'ingresso. Uno dei parchi reali più grandi della città, i laghi sono puliti e i giardini appaiono subito incredibilmente curati, anche se sono affumicati dal sole dell'estate più infuocata della storia.

– Perché si chiama così mamma? Perché Regent's?
– E io che ne so?

Varchiamo il cancello del giardino leggendario che abbiamo una fame e una sete da allucinazioni. Fa un caldo mortale, sembra di essere alle Bahamas (dove per altro non sono mai stata). All'ingresso del parco, tra l'erba divenuta ormai fieno sterile, ci sono molti volatili piuttosto grassi dallo sguardo sinistro.

– I cigni neri, mamma! Eccoli!
– Ma che cigni neri! Ma che dici!

Lui li chiama *cigni neri* perché sul comodino mio marito ha un libro (che io non ho letto), *Il cigno nero*. Mi ha spiegato, il mio compagno *data scientist*, che il saggio analizza gli eventi imprevedibili che scompaginano il corso della storia. L'improbabile che cambia la nostra vita (in bene, speriamo, nel nostro caso), sfidando i limiti dell'esperienza: se i cigni sono bianchi, noi diamo per assodato che siano tutti così perché non ne abbiamo mai visti di neri. Poi si scopre che il cigno nero esiste e a quel punto cambia tutto. Ma si tratta di una metafora, penso io con supponenza, il cigno nero è un essere inventato! Per assonanza famelica mi viene in mente il pollo nel nostro wrap. Probabilmente se fossi su un'isola deserta e avessi fame questi polli neri dalla classificazione ornitologica a me sconosciuta finirebbero allo spiedo. Trafitti da una lancia rudimentale ricavata da punte avvelenate. La fame ha sempre qualcosa di paleolitico. Mi mangerei questi pennuti galleggianti anche crudi, vivi, con o senza pesto o coriandolo. Faccio a mio figlio una serie di domande a raffica, troppo intricate per le nostre menti obnubilate dall'assenza di zucchero e acqua.

– Come stai? Hai fame? Sei tranquillo? Tutto bene? Sei stanco? Dove vuoi sederti?

Il figlio è di un estremo pallore e, ragionevolmente, non risponde. Devo sopperire al calo di zuccheri, questa mattina non abbiamo fatto colazione e sono già le tre del pomeriggio. Ci sediamo lì dove siamo a mangiare. Stendiamo le due coperte. Apro l'involucro in plastica con modi primitivi, come un indigeno della foresta pluviale che sbuccia una banana o, che ne so, un frutto esotico mutante e sconosciuto, una pannocchia primordiale. Affondiamo i denti.

– Ma sono buonissimi! Il mio è buonissimo e il tuo?
– Sì, mamma. Buono.
– È al pesto? Sì. Vero? Il mio ha il peperone, lo spinacino e il coriandolo!

Un istante dopo aver detto che è delizioso, mi viene da pensare che non lo comprerò mai più, questo rotolo di carta schifoso. Tanta aspettativa renderebbe buona anche una suola di scarpa impanata. Guardiamo il laghetto. Mi rilasso.

– Mamma. Sono sicuramente cigni neri.
– No, ti dico di no.
– Come si dice in inglese cigno nero?
– Black *suoamm*.
– Sono black *suoamm*...
– Ti dico di no.
– Ti dico di sì.
– No! È impossibile, guarda sono sicura che non esistono, se quelli sono cigni neri, giuro che mi faccio chiudere allo zoo!

Mastichiamo come ruminanti e fissiamo, un po' catatonici, 'sti pollastri brutti. Ci sono piume da tutte le parti e, con il fieno secco a terra, sembra di stare in un campo dopo la mietitura. Ora che lo avverto c'è perfino un vago odore di escremento da pollaio. Il laghetto offre un panorama prezioso: risplendono i coreani sulle sdraio, pullulano indiani tra le fronde, poche nuvole, un gregge di Corgi sciolti. Davanti a me, oltre quello stormo di misteriosi anatroni scuri, nello stagno, c'è un pedalò per bambini, ma non abbiamo intenzione di salirci.

Mastichiamo come caprette e siamo contenti. Che bella la vita bucolica.

Lascio scorrere le immagini nel cervello che, come rintocchi del Big Ben, vanno a stuzzicare delle corde, suonando un po' a caso.

Com'è caldo questo paese in estate, chi l'avrebbe mai detto. Alla fine, sono partita, eh, che testarda, ce l'ho fatta. Eccomi qui a masticare wrap al pollo e coriandolo.

Prima di uscire dal parco chiedo al tizio che affitta i pedalò se questi misteriosi polli neri sono di una razza conosciuta. E lui risponde sicuro, correggendo la mia orrenda pronuncia e ribaltando ogni mia convinzione in fatto di cigni:

– *Black swan.*

È TUTTA IN SALITA...

La Londra che ho conosciuto da turista, con l'iconica immagine di piogge continue e ombrelli aperti, è un ricordo lontano. Quella che vivo ora, sotto questa luce implacabile e cristallina, sembra un'altra città. È tutto diverso.

Non ci sono ombrelli, niente pioggia fastidiosa, neppure gente ubriaca che muore di freddo sul marciapiede. Ci sono invece cigni neri (esistono!), tarme, volpi e nuovi (e deliziosi) tipi di broccoli. L'erba di Hyde Park, che si nota girando a piedi o in autobus, è fieno secco, scipito e giallognolo. Sulla BBC, nei notiziari sempre accesi per esercitarci a comprendere la lingua, gli approfondimenti dicono che la terra è così arsa da non riuscire nemmeno più a inumidirsi. I giornalisti mostrano un bicchiere d'acqua rovesciato sul terreno: la terra è secca e granitica, ha fatto una crosta durissima, non beve più, il liquido rimane nel bicchiere. La vegetazione è stecchita. E io che mi sono portata dietro impermeabile e stivali! C'è, invece una luce cristallina, che dal cielo si riversa sull'asfalto con un bagliore sfavillante. E mi illumina, dando un nuovo riverbero alla mia percezione della realtà.

È faticoso, non conosco nessuno e a volte mi sembra di vagare senza una bussola, come se la città mi chiedesse di reimparare a orientarmi e tutti i rassicuranti vecchi automatismi non riuscissero più a guidarmi. Forse non è, poi, un male, magari è proprio in questa incertezza che troverò una nuova direzione, non devo scoraggiarmi.

Oggi mi sento esausta e mi coglie di soprassalto la voglia di tornare indietro, un risveglio malinconico e sfinito che arriva proprio dopo una sequela di giorni infuocati ed esaltanti come quelli trascorsi. Ecco che mi sento confusa e sperduta, con la voglia di respirare di nuovo l'aria di casa mia, del mio paese. Ad esempio, oggi mi manca la possibilità di poter prendere un po' di fresco sfuggendo in montagna; lo facevamo spesso, prima. Mi viene in mente che potrei correre a rifugiarmi dove viene creato artificialmente un microclima da ghiacciaio. Il centro commerciale allora, mi attrae, con il suo richiamo consumistico e goloso.

Scendiamo a prendere l'immancabile caffè da Caffè Nero sotto casa per avere un po' di energia. La barista con cui ho fatto amicizia, Elena, inizia a guardarmi con curiosità, ma io le sfuggo via. Oggi non mi va.

Attraversiamo di nuovo la città che sembra riflettere al massimo livello il caldo come una lastra d'alluminio. Ho il mio bicchierone incandescente tra le mani a ribadire che tutto intorno a me non fa che bollire.

Il fascino frescolino del centro commerciale prende forma nella nostra mente come una specie di rifugio d'eccezione, consolatorio, uguale (quasi) in ogni parte del mondo. Le mie collezioni di tazzine da caffè, di cibo di plastica, le tovagliette. L'attrattiva consolatoria del consumismo.

Mi infilo dentro questo infernale edificio di cinque piani in cerca di qualcosa di primitivo e idiota, il sollievo di uno spremiagrumi o un rassicurante tostapane, ripromettendomi che prenderò un unico elettrodomestico, nulla più. La famiglia al seguito, ognuno ha una piccola sua cosina essenziale da comprare, qualcosa che non si è portato dall'Italia. Coltelli, mannaie, lame giapponesi scintillano dalle vetrine, affettatrici, schiaccianoci e c'è più di una mezzaluna, ma tant'è. Io quella, ce l'ho già.

Il marito se ne va, è stanco e preferisce rilassarsi a casa, detesta questi luoghi capitalistici e aggressivi. Lo salutiamo perché abbiamo voglia di restare ancora un po' al frescolino.

Io e il figlio ci concediamo una pausa nel piano dei ristoranti per pranzare e approfittare del clima artico. C'è una ravioleria che attrae l'attenzione del ragazzo. Io non sopporto i ravioli italiani, ciclicamente tornano nel nostro frigo e fanno parte dei compromessi domestici, ma posso per assurdo anche accettare quelli cinesi, turchi o polacchi e qui è pieno di cucine etniche strabilianti. C'è un vietnamita di quelli specializzati in zuppa da ritirare al desk. Con cosa bolliranno questi brodi? Sarà lì che finiscono gli avventori dispersi? I ristoranti di ispirazione asiatica non smettono mai di cucinare e servire, fanno brodo dalla mattina alla sera, ci si sente come bagnanti, immersi in una sauna di glutammato, a spazzolarsi la schiena tra i vapori caldi. E ti vien voglia di ribellarti al brodo. Ma scorri in avanti, brodosamente, liquidamente, fino al punto in cui, nella catena di montaggio del self-service, ti spettano le posate, la tovaglietta, il bicchiere e il tovagliolo. E la cassa, si capisce. È tutto logico, pratico e veloce: in men che non si dica sei su una bella tavola di plastica al tuo posto. Ti tocca succhiare consommé artificiale e dire *non è così male...* come un'esistenza sintetica.

Sorseggiare. Inspirare ed espirare, tutto passa, anche la domenica allo *shopping center* inglese, con il solito indimenticabile odore di broccolo lessato. Però, come tutto, anche la zuppa ha una fine. Basta crederci. Ci si alza e si va via.

Attraversiamo il corridoio per mano, madre e figlio, pieni di brodo, circondati dagli store e dalle grandi occasioni inutili. Io inizio a sentirmi soffocare e cerco furtivamente l'uscita da questo gigantesco edificio a Shepherd's Bush, il budello di un gigante. Mi sento persa, ma poi... ecco la porta. Il mondo libero è dall'altra parte della soglia, la varchiamo solennemente e prendiamo la strada per rientrare. Sudo e ho il batticuore, ansia, fragilità. Inspessimento delle paranoie. Determinazione e tentennamenti. Questa è la mia eterna minestra. E mentre sono ancora a spasso coi demoni nella testa, mentre stiamo ben attenti a guardare da dove arrivano le macchine, nei pericolosi attraversamenti londinesi (che qui è tutto al contrario) ci ritroviamo, proprio a un passo da casa nostra, in un posto del tutto particolare.

... TANTO VALE SALIRE

Ad attirarmi per prima cosa è il cartello in cima alla porta d'accesso: climbing.

Io qui, senza alcun motivo razionale, mi butto dentro, tenendo mio figlio per mano e la vedo: la parete della scalata artificiale. La stessa che è pubblicizzata per tutto il centro commerciale con giganteschi manifesti colorati. La pubblicità ha fatto colpo da un po' in una zona remota del mio cervelletto: si vede una donna felice, forte, altezzosa, le mani bianche di polvere e le gambe sode, aggrappata a delle protuberanze rosse. Sorride mentre è quasi in vetta a un muro grigio costellato di maniglie arcobaleno. Come vorrei essere lei.

Il figlio si mette a saltare dalla gioia. È pronto. È pronto anche lui ad andare fino in fondo. Ad arrivare fino in cima. D'accordo, io ho paura, ma ho già paura di tutto quello che non succede e non sta succedendo niente, che altro può succedere di peggio?

Arrivo al desk e non capisco niente con il mio inglese di livello B1. Solita storia, insomma. Dico che sì, vorrei fare climbing, se è quello che mi ha chiesto. La ragazza orientale, canottiera e muscoli da culturista in un visino dai tratti dolcissimi, le trecce, la pelle liscia, sembra la *sniper* che alla fine uccide tutti in *Full Metal Jacket.* Io continuo a fissare le sue spalle e le sue braccia. Mi conturba. Quei bicipiti saranno il risultato di chissà quante zuppe asian style, sicuramente non di pesi da due chili che sono orgogliosa di sollevare io ogni mattina. Senza uscire dalla postazione ci spiega, parlando velocissima, come funziona la palestra. La guardo con gli occhi socchiusi come se metterla più a fuoco mi svelasse i segreti di quel suo bla bla,dal quale estrapolo qualche inquietante DANGER e vari DO NOT e poi di nuovo bla bla, gesti e indicazioni. Alla fine, annuisco, sicura che cadrò fratturandomi la spina dorsale, pazienza, avrò modo di saggiare le barelle inglesi.

Lancio uno sguardo alla parete che vedo da dietro la spalla della coach: c'è una ragazza alle prese con un uomo che, da sotto, le dice cosa fare. È bloccata in un angolo in alto e non riesce più a muoversi né laterale né verso il basso, ha le mani e i pantaloni tutti imbiancati. Lui le urla frasi astruse, sembrano indicazioni nervose. In italiano, mentalmente, le traduco un po' così:

– Allungati ed estendi, slanciati e scendi. Piede sinistro sull'holder alla tua sinistra, staccati e appenditi. Scendi! Dai scendi! Scendi giù!

– Nooooo! *I'm scared!*

Lei tiene le dita attaccate, incastonate nella parete, sporge il sedere in fuori si sbilancia, gratta con le unghie per tenersi e guarda in basso con terrore. Brutta storia. È panico. Non mi fermerà. Vado avanti decisa nel mio intento. Vediamo di cosa sono capace, io con la mia ansia. Mi consegnano un tablet e avviano un video. C'è da seguire una videolezione di quindici minuti. Dopo aver capito un pochino meglio cosa non fare se non voglio morire, il tempo che hai quando una situazione drammatica ti prende di soprassalto, tipo un tir in autostrada che vedi sbandare davanti a te e hai quindici centesimi di secondo per salvarti la vita, restituisco alla signora *Full Metal Jacket* il tablet. Lei ci interroga e incute timore. Un po' mi piace, devo ammetterlo. Intervistano anche il figlio che sembra più convinto di me. Io cerco di tradurre le domande.

– Dove non devi fermarti mai?

– Dietro agli altri che scalano.

– Chi è responsabile per te?

– La mamma!

– Promosso!

Nemmeno io posso fuggire a ulteriori domande, i muscoli gonfi della coach sono univoci sulle regole. La procedura è chiara. E quando mi chiedono chi è responsabile per me mi guardo intorno, mi chiedo se ci sia un tranello. Poi dico l'ovvietà.

– *I am responsible for myself!?*

Un tripudio. La rivelazione finale. Applausi. La mia analista virtuale, nella testa, mi stacca un assegno con scritto che ho risparmiato altre cinque sedute! Sono adulta, sono matura! Sono responsabile di me stessa! *Full Metal Jacket* mi fa un applauso enorme da dietro al desk, come se avessi pronunciato qualche rivendicazione importante.

- *We are responsible for ourselves! Yeees!*

E via, a pugni alzati, lei sembra volermi abbracciare ma con quella stazza da culturista mi potrebbe spezzare le ossa, l'idea mi mette i brividi. Poi sembra sempre che le donne ti facciano l'occhiolino qui, e non so mai se sorridere o lasciar correre. Io, nel dubbio, sorrido, prendo con gioia la penna e il tablet e mi trovo a firmare qualcosa che credo in sintesi sia una dichiarazione che se ti spezzi la spina dorsale in più parti sono fatti tuoi. Responsabilità. Una parola che torna. Una volta fatto per me, mi fanno firmare non so quante carte per il figlio. Sottoscrivo che se lo rompo me lo porto a casa io.

Mi danno delle scarpe strette, strettissime, un po' da ballerina classica, un po' tipo quelle che compro sempre in saldo taglia 36 anche se ho il 38, con la speranza che camminando si adattino. Un ragazzo mi dice che devono essere molto strette per dare più stabilità. (Qualcosa del genere). Mi sento come una delle sorellastre di Cenerentola che cerca di farsi stare comoda la scarpetta amputandosi le dita dei piedi. Queste non sono di cristallo: hanno una gomma ruvida che, scopro appena metto il piede sul primo piolo, fa come per agganciarti alla presa. Ecco che un segreto c'è! Mi sento l'uomo ragno. È bellissimo. C'è ancora la possibilità di essere felici anche quando si oscilla tra paranoia, ansia e sconforto. In rari momenti ma c'è. Mai perdere le speranze. In qualunque contesto si stia vivendo c'è quella bolla, un attimo, un respiro, un pomeriggio, quei quindici minuti in cui i pensieri non ci assillano come catrame nero e insidioso rimasto incollato tra le sinapsi. A cancellare i sogni.

A me piace questo viaggio a Londra, penso ai piedi della parete di muro, qui mi sembra di avere un respiro cosmico, uno sguardo planetario e, allo stesso tempo, sei su un'isola. Robinson Crusoe con più gente intorno e molte *facilities* in più. Non ci sono muschi da raccogliere per sopravvivere, d'accordo, niente insalata di tarassaco colto dal prato dopo l'alba. Ma se si deve proprio cercare una giungla, questa è la miglior giungla urbana che esista. E io sono ai piedi di una roccia di pura, autentica, plastica.

Tutto inizia con la sensazione imperdibile di mettersi in moto e scalare, attaccata con le dita a degli appigli, i piedi sui pioli colorati, cerchi la forma che può tenerti dritta, quella che ti sostiene, fidandoti, anche se è storta, anche se devi fare perno con il corpo sulla parete, visualizzare percorsi possibili per arrivare in cima. Scrostarmi dall'immobilismo che avvelena l'anima, salire a cercare aria più su, tra gli strati dell'atmosfera. Ci vuole un'attenzione rigorosa. E pazienza se c'è un soffitto e l'aria in alto sembra addirittura più calda.

Se non riesco a scalare via dalla buca in cui sono precipitata sollevandomi con la forza della mente, devo riprovare a farlo con il corpo, arrivare in alto, riuscire in qualcosa di visibile. E mi sembra che questa di scalare sia un'abilità un po' innata. Ripenso a tutti gli alpini e agli alpinisti di famiglia. A mia mamma, che ha ricevuto in gran cerimonia la sua medaglia come la prima bambina (ai tempi era piccolina) iscritta della sezione milanese del CAI, l'emozione di ricordarsi quando era stata la più piccola in cordata e io che, invece, ne sono sempre sfuggita. Ritornano le *Scene Infantili* a far da colonna sonora alla nostalgia che affiora appena, e mi riporta a lei e alla montagna. L'ho evitata fino ad ora, la salita. Mi sbagliavo. Prendere quota significa anche uscire dall'invisibilità per un po', significa che ti vedranno aggrappata a un qualche soffitto. Significa non essere sempre pavida. Attirare l'attenzione per un attimo e riconoscersene la legittimità. Non so per quanto ci perdiamo a giocare, salgo senza nemmeno troppa paura, solo che dopo un po' sono distrutta e si parla di seguire solo i percorsi di training. I pioli per gli inesperti hanno le prese con su scritto VB.

Vogliamoci Bene? *Vogliamoci bene e cerchiamo di non precipitare*, mi dico in testa, afferrandoli. A volte però metto il piedino sul V0 che è il livello zero di chi si spinge più in là, e lo seguo tutto, prima di provare timidamente un percorso V1 e perfino V2. Alcune prese sono degli agglomerati informi, non sai come agganciarti con le dita.

Tutti e due stremati, la vecchia e il bambino, arriviamo quasi alla fine della giornata che siamo pieni di vesciche alle mani e ai piedi, per via degli holder che sono ruvidi e che stringiamo come pazzi per non cadere. Il gesso liquido mi brucia la pelle arrossata. Sono sfinita! Ma di quello sfinimento felice. Avevo un'agilità fisica un tempo. Che incredibile ricordo. Prima di andare voglio provare anche la parete a ponte: ci sono dei ganci tipo maniglie a cui appendersi e ci si sporge all'indietro, dondolando nel vuoto. Sotto c'è sempre il gigantesco tappeto elastico che non mi dà la minima fiducia. Le gambe te le spezzi lo stesso se cadi ma, nel caso cerca di fare una capriola, ci tengono a dirmi dal desk. E io resto un po' ferma prima di capire più o meno cosa intendono, mentre sono lì, appesa come un pipistrello. Però è anche vero che sono perennemente aggrappata a una roccia friabile, in un continuo pensare fermo, ghiacciato. È così l'esistenza.

E così, oggi mi sento un po' meno pessimista. Non si deve drammatizzare. Potrebbe anche andare bene, del resto, no? Penso che questa strada della roccia indoor mi appartenga, visibile ma riparata, senza troppi sguardi, coraggiosa, pensata, tracciata, anche se non lo sa nessuno che sai arrivare in cima, quando arrivi in cima non importa. Si può sempre tornare indietro, qui. Scendere con cautela e fare un altro percorso. Mi appartiene questo movimento in su e in giù, meglio con la corda di sicurezza. Così come molte cose artificiali sono a volte più adatte a me di quelle naturali. Forse per via del Natale che, in fondo, è la mia festa di compleanno e che crea sempre quell'atmosfera finta e piacevole (per me) con le casette in miniatura e la neve di polistirolo espanso. Io sto bene ogni Natale. Mi piace sentirmi trasportata dalla sua gioia sintetica: tutto è inventato. Artificiale e rassicurante.

Ci rimettiamo le nostre scarpe e mi chiedono se mi interessa fare ancora qualche scalata, in futuro, se voglio prendere lezione c'è anche un coach italiano, magari, un certo Ivan, quello che incoraggiava la ragazza appesa come un ragno che ho visto agitarsi prima. L'ha fatta scendere, poi? Se ha fatto scendere una così impanicata, farà anche salire me, penso. Accetterò pure un po' di *mansplaining*, se è per fare lezione.

L'aria ci scivola tra le orecchie rivelando la dolce malinconia di fine estate. Più in alto le foglie iniziano già a tremolare sui rami, creando ombre incerte sul marciapiede. La stagione più poetica dell'anno. Chissà se prima o poi si scatenerà la pioggia londinese.

Mi volto verso la casa-famiglia. Alex è lì, sempre all'aperto, con la sua felpa da ginnastica e la scopa in mano, immobile. Il suo sguardo è fisso sulle fronde traballanti, quasi in contemplazione. Cosa aspetta? L'arrivo inesorabile di qualcosa. Una presenza silenziosa che, come l'autunno, sembra già conoscere il suo destino e quello delle foglie, prima ancora che tocchino terra.

Osservo di nuovo gli spazi tra i rami e il cielo, il tramonto, tengo la manina di mio figlio, siamo sorridenti con il cuore impazzito, ci fanno male le mani. Siamo felici. È autunno.

È ora di andare a casa.

MI MANCA CASA MIA

A quasi un mese dall'arrivo a Londra con la famiglia, fine agosto, di sera.

– Mamma come si dice in inglese quando a uno manca la casa?
– *Homeless*?
– Ma tipo: *I am homeless?*
– No amore, tu non sei un senza tetto, tu la casa ce l'hai.
– No, ma io intendo come si dice uno che ha la casa, ma gli manca.
– Ah.
– Eh?
– Intendi la nostalgia?
– Ecco. Brava: nostalgia.
– Hai nostalgia di casa?
– No, no, volevo sapere la parola: come si dice in inglese la nostalgia di casa, così se mi viene e se me lo chiedono so come si dice.

THE FIRST DAY

Il primo giorno di scuola è arrivato. Un momento tanto atteso, forse il cambiamento più manifesto, che reca in sé l'opportunità di aprirsi al mondo, alla società, ai gruppi umani dopo cinque settimane da soli. L'incognita della fobia sociale che potrebbe affacciarsi a salutare dopo un mese trascorso senza ancora avere mai avuto un contatto profondo, a parte Agne e Jerry.

Si avverte una certa tensione nell'aria dalla sera prima. Si percepisce dentro di me, mentre non prendo sonno, con gli occhi sbarrati a cercare di ammazzare il tempo fino al sorgere del sole. Sveglia puntata all'alba per non fare tardi, ci sono venticinque minuti di autobus, l'entrata è alle 8.20, io ho un risveglio lentissimo e l'idea di perdere la corsa o di imboccare la strada sbagliata mi si affaccia, scatenandomi un'ansia incontrollabile.

Organizzo un programma prevedendo un livello di anticipo agghiacciante. Ma sono molto nervosa. La sera prima cucino una carbonara pessima, un segno di decadimento culturale grave, da domandarsi se perderò l'italianità nel corso del prossimo mese. Mi chiedo quando arriverà il momento in cui sostituirò definitivamente il parmigiano con il curry verde e cuocerò gli spaghetti per ore con il brodo di dado sintetico.

La sveglia alle sei e trenta dopo un mese senza orari mattutini è, in ogni caso, una mistica tortura: quando mio figlio alza la testa mi urla, gravato dalla mia stessa ansia.

– Dobbiamo andare subito! Non voglio fare tardi!
– Chi? Cosa?

Non ho nemmeno il tempo di spegnere i Prodigy (che sono la mia suoneria per gli eventi ansiosi) e dirgli che sono io che ho esagerato, che abbiamo un'ora e mezza prima di arrivare alla fermata. Potrei tranquillamente impastare e cuocere degli scones e fare la colazione della regina Elisabetta. Lui esce dalla cameretta alle 6.31 quasi tutto vestito, serissimo e con in mano la cravatta, per chiederci come si fa un bel nodo. Gli inglesi, anche a nove anni, hanno una uniforme da piccoli adulti. Io sono ancora a letto, rintontita dal sonno, un po' accartocciata nei sogni, un po' mi sembra di essere in discoteca: non so nemmeno perché ho impostato *Smack My Bitch Up!*

Sicuramente è un orario in cui, se vuoi essere presente alla vita, è necessaria una certa aggressività.

La caffettiera è programmata con un timer, la moka dall'Italia, immancabile, e ha già erogato le tre tazze di rito, dose fissa per la persona insonne. Tutte per me. Questo è l'ultimo strumento, l'unico che funziona, la caffettiera con orologio, l'ultima spiaggia dopo nove anni di risvegli insopportabili. Alla fine, ho capito che il conforto di un caffè appena pronto a consolarmi non mi migliora il cervello, non mi fa amare l'alba, non fa miracoli, ma mi conforta un po'. Sono indubbiamente un gufo, non sono un'allodola. E, tra il temperamento saturnino e mercuriale, due caratteri principali in cui Italo Calvino divide tutto il genere umano, non posso che riconoscermi nel primo. Sono saturnina: avverto quella scontentezza per il mondo così com'è che forse non mi facilita l'addormentamento. Né a me né a Italo.

In ogni caso, quale che sia la definizione a cui più corrisponde la mia indole, ho sonno. Lo testimoniano gli sbadigli impressionanti con cui mi dirigo al water. Dico a mio figlio di stare tranquillo, minaccio la gatta che non deve distrarmi, imploro tutti di stare calmi: l'autobus comunque passerà tra un'ora, ci mette venticinque minuti e ne passano dieci, uno ogni tre minuti.

– È tutto sotto controllo, è prestissimo, andiamo con calma, è solo la mia ansia anticipatoria che mi fa essere eccessivamente prudente e ho messo i Prodigy alle 6.30, ma abbiamo una montagna di tempo.

– Va bene ma potresti disinnescare i Prodigy? – sbuffa mio marito.

Lui deve restare a casa per il lavoro e avrebbe la possibilità di dormire ancora un'oretta. Dopo esserci lavati e vestiti, il figlio e io scendiamo per la seconda colazione: una specie di rito che mi sono trovata a ripetere ogni mattina, quasi senza pensarci, con una metodicità che potrei associare più a un impiegato che timbra il cartellino che a un essere umano alle prese con il concetto vacillante di scelta. Prima c'è la necessità: il caffè, quello forte, che ti arriva dritto al cervello come uno schiaffo, un piccolo elettroshock autoindotto per ricordarmi che il mondo esiste ancora e io, a quanto pare, ne faccio parte. Dopo l'attacco violento alla coscienza, le abluzioni mattutine e i vestiti, si passa alla fase due: sorseggiare con calma una tazza di tè locale, il mitologico tè di Camden, che di per sé non significa niente se non che sono a Londra e che qui il tè lo bevono tutti, sempre, con una certa devozione. Io ho scelto quello del quartiere più punk. E mi piace così tanto che ne farò un'abitudine consolidata. Mi sorprende la facilità con cui si è insinuata una nuova routine anche qui, credo che sia quello che succede a tutti gli italiani che si trasferiscono a Londra: che dopo tre settimane si trovano a domandarsi perché mai a casa loro il tè delle cinque del pomeriggio non sia mai stato una cosa imprescindibile.

A proposito di scelte, è incredibile come il tripudio di possibilità riesca a far sembrare anche il più semplice dei compiti un enigma indecifrabile. Quale sarà la soluzione migliore per il nostro destino? Litighiamo per venticinque minuti, io e il ragazzo, sulla fermata da cui partire per raggiungere la scuola. Abbiamo a disposizione tre percorsi diversi, tre soluzioni apparentemente uguali, ma ognuna con la sua leggera sfumatura di complicazione. Quando ti viene offerta una gamma così vasta di opzioni, il rischio è quello di farsi bloccare dall'impossibilità di decidere quale sia davvero il migliore dei tuoi destini. È come se l'atto stesso di scegliere diventasse una minaccia alla libertà di movimento, un sabotaggio, una falla nell'illusione di avere tutto sotto controllo.

Mi viene in mente quella teoria di Mark Fisher (il sociologo, economista punk o filosofo culturale), che parlava del biglietto per il futuro. L'idea per cui siamo circondati da mille strade apparentemente percorribili, convinti di poter intraprendere qualunque avventura esistenziale, e poi ci rendiamo conto che il biglietto in mano è per un viaggio che non faremo mai, mentre intorno a noi il mondo cambia a una velocità che ci lascia al palo. Davanti alla mappa dei trasporti londinesi, con tutte le sue fermate e linee e possibilità infinite, la sensazione è la stessa: l'illusione della scelta si disintegra davanti alla paralisi decisionale. Rischiamo seriamente di rimanere a casa bloccati a discutere, come quando si passa mezz'ora a decidere cosa guardare la sera e poi ci si addormenta sul divano.

Alla fine, cedo. Il figlio ha studiato il percorso meglio di me, si è informato, ha fatto i conti con la frequenza e la durata delle corse e ha capito che la 295 ci porterà a destinazione più velocemente del 228. Che il 316 non è nemmeno preso in considerazione, troppo lungo.

Quello che mi rimane, come madre, è solo accettare, prendere atto della realtà: il figlio è più risoluto di me negli spostamenti. Forse si sente rassicurato che si può andare ovunque con una pianificazione ben meditata, forse il fatto stesso che ci siamo trasferiti gli ha fatto prendere dimestichezza con il mondo. Chissà. Si sale sulla 295 e si va. Quasi senza pensarci, facile come bere una tazza di tè a Londra.

Mentre saliamo sull'autobus, fotografo il ragazzino con orgoglio. Polo verde, giacca blu, cravatta tartan e jeans. Ai piedi calzini rossi, sneakers colorate, nel complesso a me pare elegantissimo. So di aver sbagliato tutta la divisa: ingenuamente pensavo che ce l'avrebbero data a scuola, non sapevo fosse da comprare, mi ha avvisata il giorno prima l'amica che vive qui da anni. Ho ordinato tutto ma non sono arrivati i capi. Mi sembra così contento che non sto a dirglielo. Lui però lo sa già.

– Stai benissimo...

– Ma mamma, ma sono vestito sbagliato, ho visto sul sito della scuola che sono azzurri e blu! Mi metteranno la nota!

– Come lo sai?

– Mamma lo sanno tutti che ci sono le divise a Londra, dai!

– Tranquillo, tra qualche giorno arriva tutto, figurati se ti mettono la nota perché non hai la divisa: li incenerisco.

– Mamma ma anche con la divisa poi posso tenere la cravatta blu e verde?

– Certo.

Dentro di me so che potrebbero decidere di non farlo entrare ma confido che la metà italiana della scuola bilingue prevalga anche nel sostenere la sottile arte di aggirare la regola, tipica della nostra penisola come il pesto e la pizza. Rimugino sulla miglior strategia per recuperare il completo fuori tempo massimo, anticipando l'arrivo della spedizione, giusto per avere tutto per domani, palpitando per l'ansia. Intanto osservo il mio ragazzo seduto sul sedile di un autobus inglese. È immerso nei suoi pensieri, ma sembra felice. È interessato solo alla cravatta. Sogna di andare a scuola con giacca, cravatta e capelli lunghi e scompigliati. Un po' anarco punk anni Ottanta, in uniforme ma arruffato. Sono soddisfatta di me, ho fatto un buon lavoro a crescerlo.

Arriviamo alla scuola tranquilli, in netto anticipo. Siamo stati comodi, seduti in un mezzo semivuoto, una rarità per me. Tutto è chiuso, tranne uno stand dell'Ucraina aperto. Sì, la scuola è situata sopra l'ambasciata dell'Ucraina. Potrebbe diventare un obiettivo militare? Pensieri paranoici dell'ultimo momento, corroborati dal ricordo delle facce aggrottate di tutti quegli amici a cui lo raccontavo prima di partire. Sale in un micro secondo l'ansia di una bomba H, nulla di eccessivo, mi prometto che non guarderò le notizie sul conflitto per i prossimi tre mesi (o anni). Una signora apre la porta e ci chiama indicandoci di entrare.

– Ma tu sei nuovo!
– Sì.
– Questo è l'orario della colazione! Il *breakfast time*. Vieni!
– Ho già fatto colazione.
– Non c'è nulla da mangiare, però chi arriva presto può stare qui.

Che *breakfast time* è senza *breakfast*? Sono due donne ad accoglierci, una italiana con forte accento siciliano, e una inglese dal forte accento scozzese, entrambe vivacissime, allegre come animatrici di un villaggio turistico. Queste simpatiche signore si mettono a intervistare mio figlio, gli fanno mille domande a cui non sa bene come rispondere. È giustamente un po' titubante, sorride e dice:

– Sto bene qui fuori, grazie.
– Mio figlio aspetta qui il suo amico italiano.
– Chi è il tuo amico italiano?
– Il mio amico L.! Un italiano.
– Ne abbiamo sei di L.! Sono tutti italiani, qui. Quasi. Ci sono anche figli di coppie miste che vogliono conservare un po' di cultura italiana.

Arriva correndo un'orda di frugoletti nostrani, bambini sotto i dieci anni con genitori, in tanti con monopattini, due catapultati fuori dai taxi, sei trascinati dai loro cagnolini al guinzaglio, nessuna bicicletta. Braccia che sventolano con foga. Tutti i pargoli sono vestiti uguali, in divisa regolare con i colori della scuola: azzurro cielo, blu navy, calzino bianco. Mio figlio si guarda e mi guarda, mi sento in colpa per l'uniforme mancata, la mia tragica suggestionabilità si innesca a molla, rischio di partire con il ruminamento mentale che ruota e ruota a ripetere che inadeguata che sono, non capisco niente di divise, non sono abbastanza pronta. Non voglio che si appannino gli occhi di nuovo davanti ai suoi interrogativi, provo a lanciargli uno sguardo rassicurante, gli dico che è bellissimo ma sento di avere l'espressione da baccalà.

Mi avvicino agli esseri umani festanti per socializzare. Sono tutti allegri. Ci presentiamo a madri e padri. Non siamo gli unici appena sbarcati, è la natura di questa struttura, essere inclusiva e funzionale all'andirivieni delle famiglie, dall'accoglienza al commiato. Già vedo che è una scuola bellissima. Ci presentiamo tutte e tutti noi nuovi, finché vengono aperte le porte e i piccoli si riversano su per le scale, saltellando verso l'ingresso. La preside esce a ricevere i bambini accarezzandoli, come se fossero cerbiattini. Ho la bocca aperta e qualcuno deve venire a sollevarmi il mento.

– Prego, salga a vedere la classe di suo figlio, benvenuta! È la prima volta, vero?

– Sì...

– Si troverà benissimo!

COFFEE BREAK

Raggiungo il gruppetto di genitori per bere un caffè con altri italiani che, diversamente da me, sono ansiosi di godersi l'espresso buono. Intenditori. No Starbucks o Caffè Nero? Black Americano Big? No, no, mi guardano schifati, *torrefazione italiana*, dicono quasi all'unisono sorseggiando il ristretto con un cannolo in mano.

Dopo trenta giorni, passati a massacrare le vocali per pronunciare correttamente la "O" di *Loandon*, e a farmi piacere il *caffè americano* (che all'inizio mi pareva più simile a una punizione che a una bevanda, ma che ora amo smodatamente), posso finalmente rilassarmi nella mia lingua madre. È come se mi stessi togliendo un paio di scarpe strette. Trovo i vecchi amici italiani l'amica S. e l'amico P. mi hanno raggiunta. Loro, che ci avevano incoraggiato a trasferirci e che finalmente posso salutare. Ci mettiamo d'accordo per passare una serata insieme quanto prima, anche con il marito, che poverino è sommerso dal lavoro, ma che da qui in poi si è offerto di accompagnare lui tutte le mattine il figlio, gestendo le call durante il tragitto. Io mi prenderò le uscite. Alcuni nuovi genitori mi raccontano di come si stava prima della Brexit, di come adesso non ci si aspetta nulla, solo un naufragio lento e inesorabile.

Conosco una donna, che lavora in un affascinante giardino botanico, toscana, intelligente e graziosa. Mi sembra uscita da un romanzo di Calvino, un po' il femminile di un *Barone Rampante* che sale sulla cima dell'albero perché a voler ben vedere la terra bisogna prendere la necessaria distanza. Affascinante e regale. Il suo compagno di vita è spagnolo. C'è una coppia che ha iniziato con una piccola panetteria artigianale e ora ne gestisce due, un'attività che sta prosperando (*stava,* ovviamente, prima della Brexit). Un'altra donna, illustratrice e designer di interni, una volta approdata sull'isola e capito che non si sarebbe trovata bene a lavorare con gli inglesi ha deciso di abbandonare tutto per dedicarsi a un sito di favolose illustrazioni per bambini. Ancora non lo ha aperto ma dice che a breve lo farà. E non posso fare a meno di pensare che a volte le strade meno battute portano ai percorsi più originali. Due consulenti finanziarie mi raccontano delle difficoltà burocratiche per adattare la loro formazione universitaria al nuovo contesto e io annuisco come se avessi qualche competenza nel settore, ma la verità è che il mondo della finanza mi sfugge completamente. È un mosaico di percorsi tra realizzazioni, sogni e dubbi infernali. Per far passare il tempo finisco per ordinare un altro caffè ma quando arriva non lo bevo, altrimenti mi ricoverano.

Uscito da scuola, accolgo mio figlio in estasi. L'esperienza gli è piaciuta. Sono le quattro, c'è il sole. Andiamo al parco.

– Com'è andata?
– Bene.
– Cos'hai mangiato?
– La pizza.
– Com'era?
– Come nella mensa di Milano.

E poi mi racconta di lezioni in inglese, di gite scolastiche al museo, di programmi strampalati e testi da memorizzare per la lezione di *drama*, teatro e musical e delle straordinarie iniziative per le feste comandate.

– Devo procurarmi la divisa e un vestito da mostro.
– Per cosa il vestito da mostro?
– Per la scuola.
– Eh?
– Ma dai, è chiaro, il mostro è per Halloween, è solo tra due mesi!

Halloween è un momento davvero serio e se ne discute già molte settimane prima.

E così il suo sentiero sembra sgombro. È tutto avviato.

La seconda giornata di scuola arriviamo all'ora giusta. La madre toscana ha un sacchetto per me e mi si avvicina con fare losco.

– Tieni, nascondilo.
– Cos'è?
– Tutto un completo di mio figlio, è più alto del tuo, secondo me è perfetto. A lui va piccolo.
– Grazie ma non dovevi…
– Zitta, zitta, non alzare la voce, non dovrei darteli perché la scuola li ritira e organizza un mercatino di beneficenza per la scuola stessa, vendendo le divise usate. Acqua in bocca.

– Ma non dovevi…

– Anche io sono arrivata qui un primo giorno e non ci capivo niente.

– Grazie…

– Ce l'hai l'accappatoio blu?

– Anche quello fa parte della divisa? Oddio!

– Comprane uno blu scuro, andrà bene lo stesso, vedrai.

– Navy blu?

– Che domande: qui è tutto navy blu.

INTERMEZZO NOTTURNO
IL POETA ZANZOTTO

I giorni passano e si accorciano, le notti trascorrono e si allungano, facendosi sempre più buie, in un fluire imperscrutabile e spietato che ha quel sapore familiare del tempo che scivola via senza chiedere il permesso. Lo stesso fluire che mi ha fatto fare una specie di balzo dai trenta ai quaranta senza appigli. Un volo a piombo di dieci anni per volta. E mentre tutto scorre, mi ritrovo a pensare a quanto sia felice che mio figlio stia frequentando questa scuola bilingue.

Ma non è tanto la scuola, né le persone nuove che incontra, quanto il sollievo che mi dà il vederlo vivere queste piccole cose, come svegliarsi ogni mattina senza paura, il modo in cui si lascia sorprendere dalla vita con la stessa naturalezza di chi assapora il vento autunnale sul viso. È in quei dettagli, nei passi leggeri che fa mentre cammina verso l'ignoto, che trovo la bellezza. Non c'è bisogno di grandi eventi o nomi illustri, ma di quella quieta certezza che lui sappia già, in modo inspiegabile, godersi il presente, mentre io ancora imparo, un passo alla volta, a fare lo stesso. Lo vedo che incontra persone, si muove in questo terreno sconosciuto come se fosse nato per farlo. E io, che alla sua età ero timida persino a chiedere indicazioni!

Andare a scuola però mi piaceva molto. Anche per le occasioni uniche che mi ha offerto: incontri con poeti, pensatori, scienziati, e artisti. Adoravo i giorni in cui in Aula Magna si materializzavano persone di tutti i tipi, a raccontarci le loro vite, noi tutti seduti sulle vecchie panche di legno e i compagni dietro che ti facevano la cerbottana con le Bic. Nostalgia pura. Peccato che quando la vivi, la pura perfezione, non sai di viverla, e ti preoccupi della pallina di carta impregnata di saliva che qualcuno ti ha sparato nel colletto. Credo che la bellezza della scuola risieda non solo nelle cerbottane di sputi, negli insegnanti e nei compagni con cui dividere germi e prime sigarette, negli intervalli catastrofici, in cui qualche coppia si lasciava piangendo in corridoio, ma anche nella sua capacità di diventare una porta sui mondi.

Mi viene in mente un episodio della mia adolescenza, quando invitarono il poeta Andrea Zanzotto a parlare della sua vita e delle sue poesie. Zanzotto mi affascinava. Era un autore complesso e profondo, capace di trasmettere come l'esperienza umana fosse avvolta dallo splendore e dalla vastità della natura.

Ricordo che diceva che stavamo andando verso un mondo iperspecializzato, un impoverimento umano. Non ricordo le parole precise, ma il suo messaggio era chiaro: vedeva in quel progresso un pericolo imminente, il disastro di una società frammentata, dominata dalla specializzazione estrema. Mi aveva colpito profondamente la sua visione, una tensione infinita tra lo sviluppo tecnologico e la preservazione della natura, tra la modernità e le radici culturali tradizionali.

Oggi, il monito di Zanzotto, l'urlo del poeta, risuona come il rintocco di una campana nel mio cranio. Eclettica. Troppo eclettica. È una rivelazione: per uscire da questa paralisi, devo seguire la sua riflessione. Zanzotto mi aveva avvertito! Non importa se sono d'accordo o meno: se voglio stare a galla, devo specializzarmi. Puntare su un unico obiettivo e diventare la migliore in un campo preciso. Devo uscire dalla paralisi e scegliere una strada. Ma sarà ancora possibile? Farò ancora in tempo a quarant'anni?

Forse è il momento di fare scelte più radicali. Forse dovrei smettere di essere dispersiva, pur andando a deludere il magnifico Zanzotto e cedendo all'idea di omologarmi. Il dubbio viene a ogni outsider: dove ho sbagliato? Non è che ho fatto troppo disordine nella mia carriera? Troppe direzioni, troppe strade diverse... Guardo indietro e vedo teatro, poesia, cinema, narrativa... un po' ovunque. Mi perdo tra le pieghe delle scelte, come se avessi voracità di provare, come se mi facesse innamorare il lavoro su ogni tipo di espressione della scrittura.

Ho bisogno di vedermi bene dall'esterno, lontana dalla vecchia routine e di raccogliere gli stimoli della giornata e della luce del sole di settembre che impressiona ancora a occhi chiusi le mie insonnie notturne. La mia vita sembra bloccata in modalità disco incantato, e la musica è disturbata da un granello di sabbia: non suona mai bene sulla puntina.

Poi, come accade spesso nelle mie insonni notti, dove la mente si accende con contraddizioni e sussulti improvvisi, decido l'opposto in un lampo. Mi sorprende una sorta di pace che si fa strada tra i pensieri: perché continuare a tormentarmi? Ogni passo, ogni progetto, è stato parte di me, parte della mia esplorazione. Non è caos, è evoluzione. E quel senso di frammentarietà? Solo un riflesso della fantasia che si muove in tante direzioni. Non è un caso perso. Va solo eliminata un po' di polvere, protetta la complessità dell'umano, staccato qualche ramo secco e ripulita la stanza al meglio. La visione deve essere rispettosa dell'essenza creativa ma più a fuoco, e il suono più limpido. Crollo giù di nuovo sul cuscino e mi lascio andare a un sonno pesante con un ultimo pensiero.

È tempo di risistemare questo giradischi!

CLIMBING

Raggiungo la palestra anche oggi. È a dieci minuti da dove abitiamo, mi riesce facile andarci spesso perché il tempo di percorrere il marciapiede è quasi parte del rituale.

Corro, così la distanza è già un riscaldamento, una preparazione. Intanto stacco dal lavoro mentale e mi abituo al moto del corpo, ogni muscolo in tensione, ogni pensiero va alla parete che mi aspetta. È sorprendente scoprirmi portata per qualcosa, mi aiuta a distogliere l'attenzione da tutti quei *non sono capace* o *non mi riesce bene* con cui mi martirizzo di notte.

Mi sono innamorata dell'arrampicata in quel pomeriggio d'agosto, da lì, il viaggio è stato graduale ma inesorabile: dal quarto grado al quinto grado di difficoltà, ogni passaggio una piccola conquista. Cosette da principiante, ma sono sempre felice. Ho imparato ad annodare la corda, a scalare *da seconda*; si dice così quando qualcuno (il coach) ti tiene dall'altro capo ancorandoti e non devi assicurarti ai rinvii. È anche un po' un legame invisibile con il terreno, un filo che mi tiene attraverso l'altra persona, legata al suolo, mentre cerco l'altezza senza troppi spaventi.

Esiste però anche l'auto belay, una macchina inquietante che fa da contrappeso. Nessuno a trattenere la corda, se non quel meccanismo silenzioso che ti osserva da sopra, pronto a lasciarti cadere controllando la velocità. E rallentandola. Così mi dicono. Non mi fido. Le dita si aggrappano agli holder rossi, due punti minimi, mentre i piedi cercano appoggio su spunzoni così piccoli che tutto il peso si concentra solo sulla certezza di avere due alluci.

Sento la voce di Ivan, il mio coach, nemmeno mi sporgo a guardare giù.

– Come?
– Staccati!
– No!
– Fidati! Buttati indietro.
– No! Non sono mica matta!

– Allora afferra la corda se ti fa stare meglio e lasciati cadere.

Giro la testa e guardo giù.

Da qui in alto, posso vedere Ivan, che mi guarda e ride, e mio figlio che mi fa segno che è tutto ok! Con il pollice alzato. È venuto con me questa volta. Non posso farmi vedere sempre così codarda e poi ormai sono salita: con un po' di forza di volontà posso anche farcela. L'insegnamento è che bisogna sempre confermare un livello e terminare buttandosi un po' oltre il limite.

– Mi sono bloccata!
– E allora ti sblocchi, dai. Lasciati andare!
– Nel vuoto?
– Ti tiene la corda! Buttati nel vuoto! Vai! Decisa!

In quell'istante, come la vita stessa, l'arrampicata diventa qualcosa di più. Non è solo forza fisica, è tecnica, è mente, è fiducia in ciò che non vedi, in ciò che senti sotto le dita, sotto i piedi.

Sono salita parecchio in alto con questo autosostegno. Ho una scarica elettrica che attraversa le gambe. Buttarsi giù? Senza appigli?

Sento Demetra dentro di me, tra le dee quella che rappresenta l'archetipo della madre e tra quelle che possono abitare dentro alla donna (Shinoda Bolen, una seguace di Jung, le raffigura tutte), quella che fa perdere la presa sul mondo ma ti fa aggrappare ai quattro angoli di casa. Una presenza che può diventare soffocante, senza alternative, che spinge verso il basso, come se l'unica via fosse il controllo assoluto, il focolare da proteggere.

E mentre vedo il fuoco, il focolare, tutto brucia, la corda brucia, i muscoli prendono fuoco, la testa evapora in mille schizzi d'ira, mi lascio cadere indietro e rimango penzoloni sospesa nell'aria per poi essere calata giù. È bellissimo.

Fanculo Demetra.

LE FOGLIE DURANTE UN TORNADO. ALEX

Torno a casa con i sacchetti e getto sempre uno sguardo alla casa-famiglia.
Oggi fa freddo di colpo e un bel vento forte mi spinge in avanti.
Accanto a casa nostra c'è questo ricovero, ci vive un uomo, ci siamo presentati.
È lui che, a volte, urla. Si chiama Alex, non so quale ritardo abbia.
Non ha i capelli e trascina un piede.
Indossa sempre la stessa giacca impermeabile un po' corta di braccia, di un grigio che ha vissuto periodi più argentei.
Gli piace tenere il giardinetto pulito con la scopa, sta perennemente fuori dalla casa dove abita con altri che non ho mai visto.
Lui è fuori, a qualunque ora.
Ogni tanto è arrabbiato. Non capisco bene cosa dica alla gente che passa, è per questo che mi inquieta, non so cosa potrei rispondere.
Ha sempre una bottiglia di Gatorade o qualche cosa con le proteine, lo spettro triste di uno sportivo.
Lo saluto.
Mi fa un cenno.
Torno sempre con qualche sacchetto e guardo come sta Alex.
Una sera è steso all'aperto, in posizione fetale, davanti alla porta.
La bottiglia d'acqua.
C'è un altro uomo, con il maglione di lana, forse un assistente sociale, è accovacciato, cerca di convincerlo ad alzarsi.
Gli parla, senza più insistenza.
Come se la condizione del feto davanti a lui fosse fuori dalla sua portata.
Scivolasse fuori dal raggio della capacità di operare cambiamenti del mondo.
Si alza, lo lascia lì con delle parole che avverto appena.
Si gira, va alla porta.
La luce è dentro, lui è ancora lì. Anche quando si accendono i lampioni.

Alex rimane immobile appallottolato di sera, la finestra dà su una sala dove altri ospiti stanno cenando.
Esce anche una donna, apre la porta resta in piedi prova a convincerlo.

Cosa gli avranno detto.
Che non uscirà mai da quella casa.
Che non verranno a trovarlo.
Che non può andare più fuori a passeggiare.
Qualcosa di così triste da portarlo a considerare la sua condizione di feto e rievocarla. Vuole tornare a quel momento e chissà magari chiedere di avere un po' di pena. Quando è stato messo al mondo non sapeva che avrebbe consumato la sua vita a spazzare le foglie.
A me scivola un sacchetto a terra.
Lui non si muove.
Lo vedo da dietro il cancelletto di ferro.
Torno a casa.
Tutta la notte è rimasto immobile.
Mi affaccio alla finestra della camera da letto e lo vedo ancora laggiù, con la bottiglia d'acqua.
Il giorno dopo sta spazzando le foglie. Mi saluta.

– Hi how are you?

Mi sospendo. Lo saluto.

– Fine, and you?
– Fine.

Poi c'è l'autunno che avanza.
C'è il vento di Londra, quello che fa volare le donne con gli ombrelli aperti.
Lui spazza il marciapiede davanti a casa.
Le foglie in un mucchio.
La folata di vento scompagina tutto il cumulo e dal cielo cadono altre foglie ma non cambia nulla.
Lui non alza lo sguardo, lui non sbuffa nemmeno, lui spazza e rifà lo stesso accumulo.
Le foglie rosse. La scopa un po' spelacchiata.
La sua fatica sulle guance.
Lo sguardo focalizzato sul marciapiede.
Vorrei dirgli che conosco la sua lotta contro il tornado.
La sua lotta contro il vento, le stagioni e la sua prigione.

ERA IL D-DAY MA NON LO SAPEVAMO

È l'8 settembre 2022. In Francia c'è un terremoto di magnitudo 4.5, l'Ucraina ha iniziato la controffensiva più forte degli ultimi sanguinosi mesi, scacciando i russi, e in casa nostra a Londra si è improvvisata una festa di compleanno per mio figlio con dodici bambini vivaci.

L'occasione, in origine, nasce sullo slancio di invitare i nostri amici P. e S. e i loro figli L. e M. per farci dire qualcosa di più sulla comunità italiana. Ma poi, dopo la scuola, vengono a casa nostra tutti i compagni nuovi. È dichiarato lo stato di... *festa*! O meglio, lo è prima che quel giorno si riveli uno di quelli che non dimenticheremo mai.

Noi adulti (che poi siamo solo quattro timidi quarantenni in balia di una dozzina di novenni scatenati) ci affanniamo per cercare di evitare che i teneri piccoletti si fratturino una tempia contro lo spigolo di marmo di un tavolino durante una rievocazione della lotta greco-romana improvvisata nel salotto. Ci sembra giusto esportare le tradizioni mediterranee, quindi non li dissuadiamo. Imbottiamo, invece, gli spigoli con dei miei maglioni (viola, molto usati nonostante portino sfiga) attaccati insieme con lo scotch di carta. Non so se temo di più che questi bambini si spacchino la testa o che rovinino il raffinato arredamento del proprietario, mettendo a repentaglio la cauzione.

Siamo all'erta, insomma. Nondimeno, ci paralizziamo tutti drammaticamente a sentire questa frase:

– Forse è morta la regina.

Il momento ci coglie così. Fermi, i colli ritorti e le facce bovine, in una specie di tableau vivant della *Guernica* di Picasso.

Io sono appesa alla porta della cucina con l'espressione penetrante di una triglia, intenta a guardare il brucia incenso a forma di elefante che traballa sopra lo scaffale; l'amica S. sta cercando disperatamente di ottenere l'attenzione dei riottosi leggendo dal sito WikiHow le regole del gioco dei mimi. Senza successo. Ma le sono grata che ci stia provando.

I padri presenti alzano la testa abbandonando gli smartphone per la prima volta, mentre i bambini ansimano sudati, la gatta ha appena vomitato una schiuma verde per l'agitazione di aver giocato ad acchiappare le piumette colorate con gli infanti scarmigliati.

Ed è lutto universale.

È morta la regina d'Inghilterra? Qui? Ora?

Realizzo istantaneamente di trovarmi in una di quelle situazioni della vita che uno andrà avanti a rievocare con la formula del *dove ero quando...* soprattutto se ti trovavi a Londra.

Tutte le situazioni catastrofiche mondiali preesistenti finiscono inevitabilmente per passare in secondo piano. Il fatto viene annunciato con gravità dall'amico P., che sta scrollando le breaking news della BBC mentre cerca di ingoiare una fetta enorme di torta a forma di Pikachu, glassata con così tanto zucchero che per un attimo pensiamo stia straparlando per una intossicazione di glucosio.

– Forse è morta la regina.

– In che senso?

– Eh, i medici sono preoccupati per la salute.

– Allora è spacciata.

– Perché?

– Sì, ma è morta. Sicuro. Se no non lo direbbero.

– Oh, poverina.

– Eh, sì: è morta.

– Non si sa!

– Quando hanno detto così di mio zio dall'ospedale, poi era morto. È un modo per darti il tempo di arrivare.

– Arrivare dove?

– A Balmoral.

– Quanto dista?

– Ci arriva il treno? Ci metteranno una vita. C'era lo sciopero ieri, mi sa.

– Ma non lo so, ma che c'entra, che domande... siete delle fallite.

– Perché?

– Perché i reali andranno lì velocissimi, in elicottero, via siluro o con una catapulta, figurati.

Suona il citofono, iniziano ad arrivare i primi genitori per recuperare qualcuno dei bambini, scatta il lamento di una piccola ospite.

– Nooooo, è mia mamma, sicuro!

Due donne salgono le scale ed entrano. Dietro di loro altri due papà. I bambini continuano a giocare, a saltare, a rincorrere la gatta, a rotolarsi sulla moquette. Suona ancora il citofono. Salgono altri genitori. La casa è invasa da una folla e non si distingue più chi dice cosa a chi.

– Cos'è successo alla regina?
– Sta morendo?
– Zitti! Accendi la BBC.
– Bambini, silenzio, accendiamo la BBC.

Arriva un'altra mamma, accolta dalla figlia con la frase di rito:

– Non andiamo via adesso!

Ormai nessuno fa gli onori di casa, le apriamo la porta rimanendo incollati alla televisione in attesa che sia ufficiale, che il siluro catapulti i reali a Balmoral e che si dia la notizia. La donna, molto carina, entra in casa con un pacchettino, presto dimenticato dal coro degli astanti davanti a BBC News:

– È morta la regina.
– Oh, poverina!
– Ma tua figlia sta bene.
– Eh, sì.
– Ma non è ufficiale.
– Non si sa ancora.
– Ma sì, che sto bene!
– Giocavamo al gioco dei mimi.
– Mi fa schifo il gioco dei mimi.
– La gatta ha vómitato di nuovo!
– Come mai avete imbottito gli spigoli?
– Chiuderanno la scuola domani?
– Raccogli tu il vomito dalla moquette amore?
– Si è fatto male qualcuno?
– Siiiii!
– Chi?
– È morta!
– Chi?
– La regina!

– Ma non si sa ancora! Magari sta bene.
– Non è vero mi stavano picchiando.
– Ma non parlavo di te.
– Della regina, che è morta.
– Forse.
– Oh no! E dove la trovo adesso una baby-sitter non a lutto?
– Non so, una irlandese?
– Allora sarà chiuso anche il lavoro! Evviva!
– Io lavoro per l'Italia, cosa gli dico al mio capo se chiudono la scuola, che sono in lutto per la regina?
– Guarda che sarà un po' in lutto anche l'Italia...
– Il mio capo non farebbe il lutto nemmeno per la morte di sua madre.
– Ecco, guardate! Zitti, zitti! Sssht! Zitti tutti! Guardate la BBC, leggete il sottopancia: *The Queen has died*, mi sa che è morta.
– È ufficiale.
– È morta. *Has died. Hammorta*!
– Ma si usa l'ausiliare *avere* con *morta*?
– Se è participio passato sì, è evidente, l'ho studiato a scuola.
– Ah, giusto, è il verbo morire, se no si usa il verbo essere con l'aggettivo.
– Si dice *the Queen is death*!
– Non si usa, che dici, mamma, è un errore! Death è un sostantivo.
– E allora *the Queen is died!*
– Sì ma quello se è già morta da tempo, se è appena morta, adesso alle sei e mezza allora *has died!* Si usa il *present perfect*.
– Vedi: se c'è scritto nel sottopancia vuole dire che è la forma più corretta. *The Queen has died.*
– Bravi bambini, come studiate bene in questa scuola.
– E comunque... poverina.

Dunque, la regina è morta, qui nel *present perfect*.

– E adesso che facciamo?
– Piangiamo?
– Adesso scatta il protocollo.
– Un macello, una veglia infinita.
– Tutti in nero.
– È la paralisi di Londra!

– E dato che è morta a Balmoral, in Scozia, scatta *l'Operazione unicorno*.

– Cosa?!

– Eh. Informati. Leggi. Sto leggendo in rete. Dieci giorni almeno. Il lutto durerà tantissimo! Arriveranno gli inglesi da tutto il mondo! Ci sarà un collasso dei voli per Londra.

– Ma non piangiamo?

In quel caos di voci, riesco a pensare a una sola cosa: io ci sarò. Sì. Voglio vedere anche io il *Queen's coffin* appena lo riportano a casa. A Londra. Sì, va bene, non lo so, ho un momento di isteria monarchica esploso da una gioventù da simpatizzante anarchica.

Lo avevo detto che ero contraddittoria. Di fronte alla morte della regina Elisabetta che mi ricorda mia nonna Ernestina, ho un crollo e sento le lacrime che minacciano di scendere.

Lì per lì, non riesco a seguire bene il notiziario della BBC acceso e il presentatore commosso, perché bisogna far rimettere le scarpe ai bambini, abbinare a ogni bambino in uscita la relativa giacchina dell'uniforme, con cartella. Sembra facile, ma non lo è se hanno tutti la stessa divisa con il nome sulle etichette sciolto dai lavaggi o dalla pioggia. Nomi che non hai ancora imparato perché la scuola è appena iniziata.

Senza riuscire ad ascoltare, eppure con la smania di sentire, vedo con la coda dell'occhio questo famoso giornalista sempre più scuro e contrito. Il *mourning* parte. Al segnale, Londra defibrilla. Tutti sanno che a quel richiamo scattano dieci minuti di countdown per vestirsi in completo scuro e mettere a mezz'asta ogni bandiera. Questo è l'obbligo. Se l'aspettano. Credo.

I mezzibusti della BBC hanno rispettato il tempo a loro concesso per indossare il nero: lo tenevano in un armadietto, forse. Oppure sotto la sedia, come il salvagente nell'aereo. È un'operazione segreta dai codici rigidissimi. *Signore e signori, questa non è un'esercitazione. È morta la regina: non agitatevi e non alzatevi, si prega di mantenere la calma, respirate sommessamente, allungate la mano sotto al vostro sedile, estraete il sacchetto e indossate il completo nero rimanendo nelle vostre postazioni.*

Resto in piedi sul grande tappeto, ho in mano le carte di alcuni regali tutte stropicciate ma non voglio uscire dalla stanza per non perdere ora quello che viene raccontato sulla rete. Sento dei bling! Sono messaggi. Apro lo smartphone, fioccano le comunicazioni dalla madrepatria Italia:

– Ehi, guarda che sei lì in un momento storico!
– Ciao! Ma è morta la regina d'Inghilterra! Lo sai?
– Di cosa è morta la regina? Lo dicono?

O, i meno delicati:

– Uè, sei arrivata tu ed è morta la regina.

Eh sì. È morta la regina Elisabetta II.

Guardo fuori dalla finestra: strade immobili abitate da passanti pietrificati, fermi a leggere, increduli, la notizia sul cellulare, il capo chino, come se fossero i cittadini di Pompei inceneriti dall'improvvisa pioggia di lapilli e lava. Chi accosta con la macchina e ascolta una telefonata di un parente che lo avvisa del triste decesso.

Il fenomeno non si può non avvertire nell'aria. E c'è qualche angolo impazzito dell'inconscio che accoglie l'emozione della perdita ma anche quella mia curiosità timida per l'ignoto. Ascoltare, guardare, lasciarsi attraversare è liberatorio. Talvolta in grandi momenti di cambiamento mi sento aspirata fuori da me stessa e fluttuo sul mio corpo per vedere e realizzare poco alla volta i fatti. Che cosa succederà adesso? Siamo arrivati noi... ed è subito catastrofe cosmica. Le poche certezze che iniziano a crollare: saranno aperti i supermercati? E l'autobus ci sarà? E la scuola? E il mio Caffè Nero non sarà chiuso per lutto lasciandomi senza caffeina?

Arriva l'uragano e noi siamo proprio nell'occhio del ciclone. Sono in stato confusionale, in piedi a guardare il muro oltre la televisione. Mi sembra addirittura di sentire i topi che corrono nel caminetto e con tutta probabilità stanno radunandosi in massa per capire come parteciperanno loro, i rinomati topini londinesi al funerale della cara nonnetta. Mi sento un po' topo anche io, intrappolata nelle intercapedini di un paese che non è il mio. E a domandarmi se non sarà anche divertente questo cataclisma. Sono lì, con l'occhietto curioso, schiacciato nella fessura del muro, a sbirciare il popolo inglese là fuori e a chiedermi... ma non è che ci sarà anche una pioggia di formaggio?

THE MOURNING

Allora. Ricapitoliamo. Innanzi tutto, io sono viva. Sto bene. Mai stata meglio, almeno fisicamente. Ripasso con la mente i fatti del pomeriggio per assicurarmi che non siano stati un'allucinazione: il caos dei pargoli, la paralisi collettiva davanti alla televisione accesa, il lapidario sottopancia della BBC, vomito di gatto, piattini e tovaglioli dappertutto. Ci guarda con faccia mostruosa, come uno zombie di cera sciolta, la torta glassata di Pikachu. È in cucina, fatta a pezzi, gli occhi zuccherosi e fuori dalle orbite, squartata, una mannaia infilzata in centro al cranio. Qualcuno, nella concitazione generale del party, ha divorato le orecchie di glucosio giallo: gli indizi conducono verso la piccola M., seienne. Lei ne va ghiotta, adora lo zucchero e una delle due orecchie è lì, con il segno dei dentini a mezzaluna, divelta e abbandonata in un piattino di carta. Dopo il primo fermento, rimane una manciata di bambini (cinque in tutto) e i relativi genitori (due appena conosciuti e i nostri due amici storici). Io sono in piedi davanti alla finestra, in mezzo a un campo di battaglia. Gli adulti chiacchierano con il marito, mentre sento il magone crescere in me.

Con un improvviso slancio di coraggio (anche perché non posso passare la serata pietrificata a guardare una parete), inizio a pulire per sbloccarmi dalla trance: prendo un sacco nero e ci butto tutto, anche la povera testa di Pokémon massacrata, onde evitare di morire di diabete per finire gli avanzi. Cerco di restare su pensieri legati al qui e ora. Chissà cosa ci diranno Agne e Jerry del terremoto che avranno avvertito al piano di sopra con questa festa-funerale. Chissà se la moquette, dopo il passaggio delle voraci *London moth*, copre ancora i rumori. E chissà cosa proveranno loro per la morte della regina, che sono pakistano lui e lituana lei, chissà se dopo tanti anni si sentono un po' sudditi. Torno a raccogliere rifiuti.

Il marito spazza e sbuffa, l'amica S. e l'amico P. con i figli aiutano, assieme all'altra coppia. Restiamo lì, poi fino alle otto, finiamo i pop-corn, e discutiamo approfonditamente di *morte*. Alla fine, non sono i pop-corn a creare le amicizie, ma quella confortante sensazione di essere a proprio agio con qualcuno nel raccontarsi a vicenda aneddoti su morte o funerali.

Lei grafica, lui consulente finanziario, a tratti ci raccontano le loro storie, si sono lanciati nella metropoli pre-Brexit e ce l'hanno fatta. A tratti ci blocchiamo e proseguiamo nell'ascoltare le notizie, fermi, come ad aspettare una scossa di terremoto.

C'è l'isteria del grande momento e l'interruzione incredula di quando tutti intuiscono che stia per succedere qualcosa ma non se ne conosce la portata. Ogni tanto la BBC tira fuori un aggiornamento o inizia a spiegare i piani previsti per il *mourning*. Pare che ci saranno ben dodici giorni di lutto nazionale, durante i quali, tanto per cominciare, tutti i giornalisti sono tenuti a essere vestiti a nero. *London bridge is down* è il nome del cerimoniale, e poi c'è *l'Operazione unicorno*, che è il trasferimento della salma dalla residenza in Scozia a quella di Buckingham Palace. Nulla deve essere lasciato al caso, e per sottolineare che si tratta di giornate fuori dal tempo, anche il calendario viene azzerato. Oggi é il D-Day, venerdì sarà il D-Day 1, sabato il D-Day 2 e così via. Mi domando se anche a scuola scriveranno queste date sui quadernini.

– Mamma ma devo andare al funerale per forza?
– Ma no, amore, non sei obbligato. È un lutto nazionale.
– Oh, povera regina, quanto mi dispiace.

Sospira la mamma del compagno che è rimasto da noi a suonare la tastiera con mio figlio.

– È stata una privilegiata.
– Certamente.
– Però una vita complicata.
– Indubbiamente.
– Tanta gente ha avuto vite d'inferno e muore in silenzio.
– Che vita però, quasi tutto il Novecento, eh?
– Anche mia nonna.
– Ma ci fanno vedere il cadavere, mamma?
– No.
– No.
– Speriamo di no…
– Perché no?

– Io voglio vedere il cadavere.
– Sì sì vediamo il cadavere!
– Bambini, dai.
– Ma cosa dite?
– Ma la mummificano?
– Non è mica Lenin.
– La espongono di modo che si possa portarle un saluto.
– Allora un cadavere c'è!
– Avete compiti per domani?
– No.
– Ma non puzza dopo dodici giorni?
– Sicuri che non avete compiti per domani?
– Che succederà adesso?
– Mamma posso vedere il cadavere?
– Prima fai i compiti. Poi vedi il cadavere.
– Be', noi andiamo a casa. A dormire.
– Ah, certo.

Anche io sono un po' intontita dal sonno: dopo un agosto impegnativo in cui tutto era nuovo e da organizzare, dopo i primi tre giorni di scuola, sono in piedi, ma con mezzo cervello. È in quel momento che escono tutti, figlio e marito vanno a prendere qualcosa di pronto da mangiare, con grande probabilità dei ravioli cinesi (forse loro non si considerano sudditi e restano aperti?) e io finisco di tirare su gli ultimi pezzetti di carta.

Guardo la porta che si chiude con in faccia ancora il sorriso dei saluti. Sono sola. Cala il silenzio, nonostante il parlottio gorgogliante della BBC accesa, mi sembra di essere l'ultima persona sulla terra. Il peso del mondo sulle spalle. Un magone ormai soffocante.

Mi butto a sedere sul divano, lascio cadere le carte da regalo che ho raccolto e cedo. Avviene tutto in un istante, come se ogni emozione trattenuta si riversasse fuori. Il tappo salta. Scoppio a piangere scompostamente. Non c'è motivo! Non la conoscevo nemmeno Elisabetta! Ho passato un'adolescenza nei centri sociali! Eppure, le mie spalle tremano mentre la stanza sembra avvolgermi con tutte le mie scelte, la parabola della mia vita.

Piango mentre guardo le clip in bianco e nero della regina in macchina, nel dopoguerra e poi sempre più avanti negli anni, fino all'altro ieri, con le sue mani violacee e il sorriso sul volto. Non lo confesso, è tragicomico, ma mi trovo segretamente a paragonare me stessa e il mio destino al suo, alla sua vita e morte e alla mia vita e morte.

Certo, io non ho l'autista per tragittarmi nell'aldilà (anche se sarebbe bellissimo), non ho dieci cani col menù speciale, niente dispacci segreti dalle ambasciate, mi manca la corona tempestata di diamanti da quattro libbre e non ho la servitù a pulire la cucina. Ma non importa. Anche io, come lei, sono un essere vivente e morirò.

La gioia e la fatica di cambiare tutto nell'ultimo mese abbondante, l'ansia della vita che inizia la parabola discendente, esplodono in questo pianto disperato. Respiro.

Intorno a me, la luce della sera filtra dalle foglie degli alberi. Colpisce, con raggi intrisi di senso di colpa, il caos di cui dovrei occuparmi mentre aspetto che mi portino da mangiare. Inerme. Le sedie in disordine, il chiasso ancora nelle orecchie, odore di vaniglia e zucchero. E vomito di gatto. Coperto dall'incenso che qualcuno ha acceso. Guardo se la moquette è sporca. In tutta la stanza c'è confusione, giochi e pennarelli, in ogni angolo si diffonde il tremolio del riverbero dello schermo. Sono ferma, sospesa in un'atmosfera amorfa e irreale.

Quando a Pasqua ho accarezzato l'idea di venire qui, lontano da tutti, cercavo la resurrezione senza sapere bene a cosa sarei andata incontro. Ho passato un mese a perdermi per Londra prima di trovare la risposta. Ma certo: eccola qui, la resurrezione, con calma è arrivata. O meglio, in futuro magari, perché ora c'è la morte, e non si può risorgere senza prima morire. E poi di nuovo devi sentirti viva, uscire dall'imbambolamento. Era quello che volevo, ma sapevo che mi sarei trovata davanti a uno specchio enorme, che avrebbe messo a fuoco ancora di più la mia identità, in ogni sfaccettatura? No. Me ne sono venuta via senza un'idea precisa, questa è la verità. Forse mi dispero per questa donna scomparsa, salutando anche qualcosa di me che ormai è andato via, come tutte quelle cose del passato che non torneranno più e che devi lasciar andare. Non puoi aggrapparti al *sarebbe potuto* in eterno e quel condizionale va anche seppellito con la corona e lo scettro di quella bambina che non c'è più, dell'adolescente che per fortuna è svanita e della ragazza che non tornerai ad essere, neanche se t'impegni in palestra. Il ciclo della vita non si ferma, e non si riavvolge neanche per le regine.

È così, con questa realizzazione, che inizia la lunga catarsi di tutte le angosce che ho portato con me, schiacciate dentro, zitte, invisibili, spompate dall'aria, pressate nelle tasche nascoste del mio pesante bagaglio, ritorte nell'animo.

INTERMEZZO NOTTURNO
D-DAY NON ANCORA I

Accarezzo l'idea di seguire il cerimoniale così da potermi mimetizzare tra la folla e, finalmente, nel rito collettivo, singhiozzare insieme agli altri.

Credo che le mie doti di improvvisazione degli itinerari non siano sufficienti per questi giorni. Di notte, messi tutti a letto, nel silenzio della casa, mi mangio le pellicine delle unghie e leggo le notizie. Cerco di capire i dodici giorni di *mourning*. Studio e prendo appunti. Capisco che ci saranno cavalli, palle di cannone, canti e l'esposizione della salma per molti giorni, perché possa essere salutata da tutti i sudditi. Ci saranno i maxischermi a Hyde Park per trasmettere le cerimonie. È un incredibile miscuglio incoerente di tradizione secolare e mondo che cambia. Imperdibile. Non importa se neanche sono mai passata di fronte a Buckingham Palace, mi sento in dovere di essere culturalmente partecipe e integrata.

Cosa significa essere suddito? Come si può accettare con fervore, nel mondo del progresso, l'idea di essere sudditi? Mentre la parte rivoluzionaria e forse più razionale di me partorisce questi pensieri, continuo a commuovermi per questo personaggio del Novecento che muore: era nata nello stesso anno di mia nonna, ma soprattutto... nelle immagini che passano, io scorgo la ragazza. L'arco di una vita. È commovente vedere il cerchio che si chiude e penso che nel suo *coffin* (nel suo sarcofago, nella sua bara), idealmente butterò dentro anche le mie cartoline delle vacanze passate, chiudere con rimpianti, piombare tutto e ciao, sottoterra. È così che bisogna fare per ripartire.

E di nuovo la consapevolezza del dito torto, ovvero che bisogna operare i cambiamenti che ci premono, uscire dall'intontimento, fare in tempo a compiere le azioni che ti interessano, perché la linea corre e si ricongiunge con il nulla da cui venivamo, che si tratti di gente comune o di grandi sovrani. Mi si tendono i muscoli, ho il batticuore: mi prende la frenesia, bisogna assolutamente uscire subito, stanotte, sotto la pioggia con l'ombrello nero e l'impermeabile scuro, andare in mezzo alla folla davanti a Buckingham Palace, assieme alla gente che appare nel servizio della BBC, stringersi agli altri e stare lì. In casa tutti dormono. Scendo le scale e mi chiudo alle spalle la porta di Cambridge Gardens, in preda a una strana impazienza. Allungo il passo fino al cancello, scavalcando la spazzatura che qualche volpe deve aver rovesciato. Apro il cancello e mi fermo: ma dove sto andando? Calma, calma, c'è tempo: la regina è morta anche domani. È morta sempre. È crollata l'architrave del Novecento. E io sono qui a vedere la storia da personaggio attivo. Non sarebbe successo se fossi rimasta dov'ero, nulla succede se non ti sporgi un po' fuori.

Siamo qui da un tempo relativamente breve, a vivere nel quotidiano una città così diversa. E, nonostante tutte le difficoltà, il mio sguardo sull'esistenza si sta facendo più vivido e curioso. A volte perché non capisco quello che si dice e affino l'osservazione rimanendo a margine di molte conversazioni. E rifletto, senza essere troppo coinvolta. Altre volte perché penso che uscire dalla routine e dal paesaggio abituale mi metta nella condizione di trasformare gli occhi. Succede anche nella vita di tutti i giorni, in piccolo: a volte cambio marciapiede perché fa caldo e l'ombra sta sul lato opposto, che non percorro mai, allora mi accorgo che i cartelli sono diversi, le vetrine sono nuove, l'aria ha un altro sapore. E così, avendo determinato un percorso preciso, a volte finisco per scavare un solco nel terreno, trascinandomi sempre sugli stessi passi con la scusa che cambiare strada, anche solo per una volta, allunga il percorso di due minuti. Adesso ho un'opportunità di rinnovare le percezioni, immersa in questa enorme metropoli, e tutto questo mi sembra evidente.

Magari poi proseguirò esattamente come prima, tornando in trance, seguendo il solco già scavato ma con l'idea che l'ho anche scelta (almeno un po') questa qualità dell'esistenza, che ho rinunciato ad altro perché era meglio così ed era quello che volevo. E, anche senza dovermi scusare in anticipo se sono così melodrammatica, in qualche modo, arrivare e partecipare al più grande funerale della storia recente, attraversando giorni di rito funebre pubblico, sento che mi farà un gran bene.

Come al solito di notte tiro le fila e divago fino a tardi.

Mi sveglia in tarda mattinata la telefonata della mia agente, tutti sono già usciti.

REPORTAGE

– Allora è morta la regina… ottimo, ottimo! No, non ottimo per lei, ottimo per te. Sì adesso ti spiego, sì. Certo scusa ma… come stai non mi hai detto, come sta andando la tua vita inglese? E non piove sempre? Qui piove. Ah, ma molto bene anche qui, sì certo, le solite cose, i libri vendono, gli agenti languono. Ma raccontami di te, riesci a finire il libro sui viaggi di quella influencer, sei puntuale? Molto bene, allora consegna che chiediamo il saldo. Adesso, torniamo a noi. A lei. Sì. Lei. È morta la regina, ieri, dicevo, ah… lo sai? Be', certo che lo sai. Mi è venuta un'idea, potresti scrivere ogni cosa, fare un bel reportage, hai tempo di seguire tutto? Ah, lo volevi già fare! Benissimo! Ogni giorno, come no. Andando a tutti gli eventi, almeno quelli principali tutti, eh? Sì, mi mandi i pezzi anche di volta in volta. Non so cosa ci faccio ma tu inizia a lavorarci. Ci penso io, al resto. Segui quel feretro e non te ne pentirai. Appunta ogni cosa. Scrivi tutto. Sì, anche quella cosa che mi hai scritto che i giornalisti erano tutti in nero due ore prima dell'annuncio ufficiale! Straordinario! Esatto: reportage!

IL PIÙ GRANDE FUNERALE DELLA STORIA (RECENTE)

D - DAY 1

Venerdì, 9 settembre. È il D-Day 1. Ho un nuovo lavoro, uno scopo preciso, e, lo so, un motivo *reale* (letteralmente, stavolta) per essere qui, a Londra. Mi lascio alle spalle la casa, le cure, l'orologio del microonde e tutto ciò che tiene in piedi il microcosmo familiare. Esco sotto la pioggia, con l'unica certezza che devo farlo. Non porto l'ombrello, non posso mica buttarmi in mezzo alla gente rischiando di accecare qualcuno con le stecche! È un ingombro inutile, e poi, alla fine, a Londra non ci serve l'ombrello. Il marito mi ferma sotto casa.

– Dove vai di bello?
– Al lutto.
– Dove?
– Buckingham Palace.
– Sul serio? Ti sei fatta monarchica?
– No, solo... partecipo.
– Ancora?
– Sì, è appena iniziato.
– E durerà quanto?
– Dodici giorni.
– Ma non eri anarchica?
– Non vedo la contraddizione.

Non so risolvere questo cortocircuito. Probabilmente è lo stesso meccanismo che chiunque viva qui accetta acriticamente, come accade con le regole sociali o il consumismo. E con la monarchia. Non siamo forse tutti un po' sudditi, nostro malgrado?

Il mio bisogno di esserci è istintivo e curioso. Non è esattamente lo stesso di quando ci si sente obbligati a fare parte di qualcosa di più grande, anche se poi ci si chiede costantemente che senso abbia? C'è un lavoro da fare, appunti da prendere e il piacere di immergermi nella *grande narrazione* e farne parte. Le pompe funebri sul marciapiede di fronte a casa hanno incorniciato in un quadro gigante, la foto della regina Elisabetta con Filippo. Sconto famiglia? Bara matrimoniale in saldo? Salgo sul 52, sembra andare bene, la direzione è questa. Passo la carta di credito e vado al secondo piano, a metà mattina non c'è nessuno. Le vie di Londra sono invase da moltiplicazioni di Regine Elisabette II, in ogni età della vita. La città è immersa in un'atmosfera intima ma pubblica. Scendo a Hyde Park e trovo un fiume di gente in fila sul sentiero del parco, occhiali da sole, borse, borsette, cappellini, qualche fiore. Prendo anche io il sentiero che si inoltra nel cuore del parco.

Mi trovo davanti a una corda. A ridosso c'è un uomo in abito grigio da lavoro e valigetta, che pare uscito da uno dei grattacieli della City; arrivano altre due persone in mezzemaniche e collettino. Una signora con borsa a fiori tipo secchiello di plastica è impegnata in una videochiamata che condivide con tutti. L'uomo della City la fulmina sollevando un sopracciglio, la donna non ci fa caso, quasi urla al suo interlocutore, il sopracciglio dell'uomo si alza ancora di più e tra un po' gli schizza sopra la testa. La signora dice che ha trovato un buon punto da cui assistere, poi *Wait!*, appoggia il telefono in borsa e tira fuori un sandwich. Lo estrae dall'incarto e si mette a mangiare mentre aspetta. Donne inglesi che tirano fuori il sandwich quasi in ogni momento di attesa e diffondono nell'aria l'odore pungente di *mustard*. Mettono la *mustard* nel toast! Ogni tanto solleva il telefono, si accerta che dall'altra parte della videochiamata non sia caduta la linea, manda giù il boccone e aggiorna l'interlocutore sugli eventi: non sta succedendo ancora nulla. Un'altra donna davanti, bionda, rossetto rosa, ben curata, occhiali da sole nerissimi, tallieur e piega da manager rampante, mi chiede se ci vedo.

– *What?*

Sono davvero impacciata, mi nascondo sprofondando nel k-way e provo a confondermi con gli altri. Vorrei che non si capisse il mio disorientamento, ma gli inglesi ti rivolgono sempre la parola: il signore in completo grigio e borsa da lavoro ha abbassato il sopracciglio e mi chiede qualcosa che non capisco, io sorrido, annuisco e mi imbarazzo. Chissà che risposta si aspetta, chissà di che mi sta parlando. A dire il vero sono pazienti, capiscono che non sei very well in English e riprovano piano, indicando le cose come in una partita a Taboo.

– *They are coming*!

E si eccitano tutti, io anche, annuisco, sorrido, poi smetto perché è fuori luogo, guardo dalla parte sbagliata e incrociando gli occhi di tutti capisco che sono con gli occhi puntati dalla parte opposta e di dovermi girare di centottanta gradi. Sta succedendo qualcosa di grosso, da dietro mi si fanno addosso spingendo. Ho il terrore di cadere oltre la corda e di essere abbattuta a vista.

– *They are coming!*

Ripete la bionda con gli occhiali, fuori di sé per l'eccitazione. Chi? Ho il cuore nel petto. Chi arriva?

Un giovane poliziotto si para di fronte a noi, ha il suo immancabile casco a secchio nero, colletto bianco e cravatta, walkie talkie appeso davanti alla spalla destra, barba curata rossiccia, occhi azzurrissimi. Con gentilezza ci fa indietreggiare: i nostri passi hanno l'effetto di un'onda che ricade indietro sulla folla. Poi, a una domanda di un'altra signora, risponde:

– Sì, si metteranno proprio qui.

E indica uno spazio poco avanti a me. O almeno questa è la cosa che capisco io. La signora bionda esaltata dice al signore in completo grigio.

– *I want to live the story, not just see it on TV!*

Vivere la storia, non vederla in televisione: questa me la segno perché anche io voglio saperla dire, mi sembra appropriata. Comincio ad avere caldo e mi levo il k-way, la felpa, resto in maniche corte. In tanti hanno gli occhiali da sole, io non li ho presi, sono uscita che non poteva essere più grigio, credevo mi sarei trovata sotto l'acquazzone, si vede proprio che non sono del posto. Qui le previsioni del tempo le possono fare solo gli indovini.

Arriva piano piano altra folla, tra cui un uomo tutto commosso, in lacrime, con i baffi neri e un bicchierone di americano bollente che sembra il cantante dei Queen. Mi si piazza accanto e mi chiude completamente ogni via di fuga. Sono in piedi, in prima fila con questa corda davanti alle gambe che se mi spingono vado giù di faccia a fissarmi con il poliziotto. Passa quasi un'ora, ho una fame terribile e guardo ossessivamente la signora dei sandwich con la *mustard*, adesso che un panino al pollo e coriandolo sarebbe stato perfetto, chissà se ne ha altri in quella bella borsona. Il parco è illuminato da questa luce di nebbia chiara e l'aria trasmette il senso di vicinanza, non conosco nessuno ma c'è quella commozione irrazionale e la percezione di aderire alla massa che partecipa a un evento pubblico.

Con il mio k-way blu in mano, in quest'aria che sa di foglie, respiro anche io l'odore di autunno e caduta. È uno dei primi giorni in cui giro per la città da sola, prima ero sempre con il figlio. Freddie Mercury, a sorpresa, sospira, mi lancia uno sguardo commosso e scola per intero il suo bicchiere di caffè. Quanto ne vorrei uno anche io! La signora bionda alla mia destra ha un fremito, si rivolge a me, perde il senno e tra un po' mi afferra per l'avambraccio. Vuole dirmi qualcosa, farfuglia con la bocca piena, agitatissima. Si volta a centottanta gradi in cerca di assenso perché non la capisco, la pressione sanguigna le va alla testa e grida:

– *They are coming! They are coming!*

Signora, l'ha già detto, si dia una calmata. Invece stavolta è vero, *they are coming* davvero, il popolo gira la testa coreograficamente, come ballerine di nuoto sincronizzato, tutti, proprio tutti, iniziano ad applaudire. Anche *Freddie* tamburella con il suo bicchiere di caffè in una mano. Cavalli. Sono cavalli. Neri. Li cavalcano le guardie reali, con questi copricapi alti, i busti dorati, pantaloni con la riga bordeaux e la bandiera inglese a mo' di mantello, legata al collo.

Trombe, zoccoli, tamburi, applausi: passano i cavalli al trotto trascinandosi i carri.

– *Look!*

Dice uno all'altra. Avverto diversi *Oh my God.*

I carri portano dei cannoni. La signora a destra tra un po' collassa, si tiene il cuore o lo stomaco pieno di *mustard.* A occhio nudo li vedo vicini a me ciclopici cannoni, sono in un punto equidistante in centro al parco, il resto è recintato con corde e poliziotti. Tutto intorno adesso c'è un numero indistinto e in aumento di persone. Spero non mi scappi la pipì. Resterò bloccata qui per sempre e non potrò andare a prendere mio figlio a scuola, non potrò avvisare, non tornerò mai più.

Le guardie, uomini e donne, si dispongono in ginocchio dietro ai cannoni.

Tutti filmano, i cellulari davanti alla faccia, la signora accanto a me urla.

– *Ninety-six! It will be ninety-six!*

Sono novantasei anni, sì, la regina è morta a novantasei. Devo filmare, no, mi dico di no, che non ci devo cadere! Resisti! Resisti al filmino, vivi la Storia, come ha detto la signora che sta filmando. Così la Storia la rivede nel suo filmino. Non voglio perdere la percezione di questo sentimento popolare, questo maremoto gigantesco intorno a Hyde Park.

All'improvviso si sente:

– *Five minutes!*

Oddio. Quanto manca? Cinque minuti. Ma cinque minuti a partire da quando? La folla inizia a confrontarsi con l'ora: mancano cinque minuti alla una, dice il signore della City. Sembra Capodanno. Tutti fermi ad aspettare. Arriva una sibilante folata di vento, di quelle da fantasmi. Qualcuno sussurra:

– *She is alive!*

Intende dire che è lo spirito della monarca che soffia tra le foglie? Chissà. Faccio appena in tempo a girarmi che… *Bum!* Parte un'esplosione terribile, mi si spacca nel cuore come un enorme tonfo sordo e lancio un grido, insieme a tutti.

– *Oh my God!*

Ma sono sotto al cannone! Sono davanti a quattro cannoni! Infatti, vedo gente che era arrivata preparata, con i tappi nelle orecchie o le cuffie, di quelle per attutire i suoni. Tutti si zittiscono, adesso. Saranno novantasei esplosioni. Il poliziotto resta a testa bassa con le mani dietro la schiena. Attesa palpabile. È un silenzio che puoi percepire, senti il fragore, poi vento e uccelli. Nuvoloni bianchi che viaggiano sopra la testa. Fumo bianco dagli spari che rimbombano.

Novantasei, devono spararne novantasei. Infiniti, lenti, cadenzati. Ogni volta come un colpo dentro le ossa, letteralmente trema lo scheletro, seguito da un silenzio pesantissimo. La serie di colpi è una specie di avanzamento degli anni che arriverà alla fine prima o poi. Alla morte.

Uno ogni cinque secondi forse, un battito cardiaco lentissimo, se li conti davvero inizi a pensare alle età, anche alle tue: dieci anni, una bambina, venti anni, una ragazza, trenta una madre. Piano piano sento tra un bombardamento e l'altro la vita di tutti che si spezza e i singhiozzi che sfuggono fuori dallo stomaco. E a cascata iniziano a singhiozzare in tanti. E poi di nuovo cannoni. E pianti. Qualcuno si trattiene, digrigna i denti, si pulisce gli occhi, ha il singulto, si soffia il naso, resta pietrificato, tira su il moccio, ma una cosa è certa: non posso assolutamente resistere, il sentimento drammatico è appiccicaticcio, ti contagia, se no non avremmo inventato le prefiche, che piangono ai funerali dietro compenso per mettere il magone a tutti. Il tizio in completo grigio della City si lascia andare, lacrime che gli calano dalle palpebre, nella posa dei veri uomini addolorati: impettiti in piedi a mordersi le labbra. Chi si cala gli occhiali da sole. Chi si pulisce il naso nella manica. Chi tira fuori i fazzoletti di carta, di stoffa, il polsino, tutti con piccoli gesti composti. Il bobby ha gli occhi che brillano e questo tempo tra una cannonata e l'altra è mostruoso per le lacrime che restano a stazionare sulla palpebra e poi crollano con il boato. È un momento incredibile che non potrò mai raccontare. Anche perché tutti sono ammutoliti. Si può sentire davvero il vento tra le fronde e la scia sonora del boato. Tutto il resto tace. E quando finisce il countdown, quando si arriva al numero novantasei prima del silenzio, all'arrivo della morte, c'è un applauso lunghissimo. Si aspetta che vadano via i cavalli e poi, piano piano, la gente sciama via, ancora asciugandosi nella manica gli occhi bagnati. Io piango, piango come una fontana, senza senso. Più tardi mi faccio una foto una volta pulito il rimmel dagli occhi con un fazzolettino. Sono orribile, non è il caso di postare nulla, con questi orrendi cerchi neri di trucco sbavato sembro uscita da un film di Tim Burton.

Sarà la catarsi collettiva per la madre perduta, o per la vita che scorre. O per la morte. Non so per cosa, ecco che vedo i miei quarant'anni che sono scivolati via. La signora ripercorrerà la sua vita coi sandwich, trascorsa a girare per supermercati con la borsa a fiori dove ripone il sedano. Il tizio della City se ne tornerà ai suoi conti, nella sua scrivania accanto alla grande finestra al *non-so-che-esimo* piano. La bionda si rimetterà a posto immediatamente, correndo dal parrucchiere, si vede che si fa la messa in piega con costanza e magari se ne tornerà a fare la manager. L'amico con baffi e caffè si è già dileguato.

Ricordo l'altra nonna, madre di mio padre. Comprava sempre queste riviste. *Gente, Chi.* C'erano sempre i reali e ne seguiva le vicende con interesse. Ricordo che ogni tanto li guardavo e credevo fosse una specie di soap opera. Sono incredula: la Royal Family esiste davvero. Soffia il vento sopra la mia testa come a confermare.

She is alive!

D - DAY 2

Sfinita, mi ero miracolosamente addormentata presto, con le cannonate ancora in testa. Mi sveglio dopo mezzanotte urlando *mamma*. Il troppo pianto è un fluido sottile che si è riversato dalle mie orecchie al mio sonno.

– Oddio, abbiamo perso il matriarcato…
– In una società monarchica e classista?
– La matriarca… eh?
– Io sto ancora dormendo, domani c'è la sveglia presto.

È ancora notte, è ancora tutto scuro, c'è ancora tempo, finché è notte c'è tempo, il buio è rassicurante, al sole del mattino tutto cambia e si vede la trasparenza della pelle, i capillari, le occhiaie bluastre e qualche volta non posso evitare di guardare le mie mani. Tornano ancora le mani, e continuano a destarmi grande commozione quelle livide della regina a pochi giorni dalla fine. E domani mattina alla luce del sole guarderò le mie e mi toccherà fare i conti con lo spettro del futuro smascherato dal disegno scheletrico che si scorge sottopelle. Ma per ora è notte. Io, quando dormo, mi sogno ragazzina. Quindici o al massimo diciassette anni. Mi piacerebbe chiedere in giro alle persone della mia età se continuano a sognarsi come me: scattante, giovane, bella e piena di energie. Nel sonno corro, passeggio, ballo, a seconda della trama scomposta del sogno, ma sono inevitabilmente molto più giovane. È sottile la tortura di non aver aggiornato mai alla nostra attuale età il mondo onirico. Mi innamoro perdutamente, soffro disperatamente, credo nella felicità. Le mani delle persone fanno presa su di me come monito. Le dita torte, un *memento mori* che mi dà una nuova violenta spinta. Chi dorme non piglia pesci.

– Dormi?

E lui dorme.

D - DAY 3

Domenica. Il fine settimana non ha altri programmi così propongo di andare a Green Park insieme a vedere il tappeto di fiori per il lutto.

Il marito sbuffa, però alla fine viene.

Su Ladbroke Grove il tempo è incerto, io non conosco ancora così bene la città da andare senza aver pianificato e sto cercando di raccapezzarmi calcolando su Google Maps il percorso. Con noi sono venuti anche un amichetto italiano e suo padre.

E non riesco a essere indifferente alla pioggia di foto, lettere di condoglianze e fiori.

Ogni kebabbaro e negozio di abiti vintage ha una foto appesa sulla vetrina, i pub e i negozi di scarpe sembrano dei santuari e persino alle metropolitane trovano spazio per commemorarla. Sono impressionata. Io, da lassù sull'autobus, osservo tutto, anche i due bambini, il mio e il suo amico, che adorano correre su e giù per la scala che sale al primo piano.

Che meraviglia essere in quello stato mentale infantile in cui è tutto leggero e si può ronzare correndo intorno agli adulti stanchi e nervosi, carichi di una allegria obbligatoria. La polemica grumosa sulla morte di una privilegiata, che non si dovrebbe venerare, non mi spaventa affatto.

Sul 452 salgono passeggeri con occhiali scuri e mazzi di fiori. Alcuni guardano fuori e si asciugano gli occhi compostamente.

Una bambina seduta accanto alla madre.

– *Where is she, now?*
– *Who knows?*

Inspiegabile. Come lo è l'esistenza di una coscienza, quando esiste.

Mi piace ascoltare il vociare della gente ma non so riportarlo in originale. I commenti sono i più disparati e inizio da qualche giorno perfino a comprenderli.

– Le banconote cambieranno.
– Ci vorranno due anni, ma cambieranno.
– Le immagino, le nuove monete stile Re Carlo: avranno orecchie-cotoletta. Aboliranno le banconote prima che siano di Carlo.

– Il figlio non avrà mai quello che ha avuto la madre.
– Con tutto quello che ha aspettato, proprio ora che finalmente é Re, le aboliranno, le banconote.

Se fosse vero sarebbe strano. Ma qui a Londra in effetti, il cash è merce rarissima. E, se invece dovesse durare la banconota, magari non reggerà la monarchia, vagheggio io. Chi lo sa.

Oppure potrebbe arrivare il famoso meteorite e farci morire tutti.

Arrivati all'imbocco di Green Park, la folla è un muro invalicabile. Nel mio gruppo qualcuno parla di voler tornare indietro, ma io non ci penso nemmeno: mi prendo con me i bambini e forzando le rimostranze dei due padri mi addentro nel sentiero. Si percepisce un odore cimiteriale. È l'11 settembre e voglio vedere con i miei occhi Green Park trasformato in un tappeto di fiori.

Il fiume di folla scorre in avanti, sicuro. È tutto organizzato, sono stati stabiliti dei percorsi di entrate e di uscita dal Green Park e ci sono cartelli che indicano che strada seguire per arrivare alle zone preposte al tributo di fiori. Poi il *coffin* verrà portato a Westminster e lì esposto al pubblico. Incredibile come si tenda a gestire il dolore collettivo stabilendo regole e binari, in una tensione tra ordine e disordine. Forse c'è un bisogno naturale di controllare gli eventi che si scontra con il caos intrinseco della vita emotiva.

Una enorme coperta di petali, boccioli, disegnini, cartoline, orsetti Paddington, fiocchi, pupazzi, rose bianche e rosse, biglietti di bambini, fotografie stampate, copre tutto il prato. Attorno alle querce o ai tigli, appoggiati alla base dei tronchi, cumuli di mazzi e corone in più strati, accavallati l'uno sull'altro. Lo spettacolo ci pietrifica per un po' ma ci fa sorridere nel suo essere così sovrabbondante che anche l'odore diventa riconoscibile: odore umano della folla e marcescenza, qualche fiore inizia a putrefarsi al sole. Forse perché nella notte il temporale li ha bagnati con tanto di foglie e cellophane.

– Possiamo mettere i fiori anche se non siamo sudditi?
– Per me sì, cerchiamo chi li vende.
– Bisogna tornare indietro per il fioraio.
– Ma ci sono delle persone che vendono le rose bianche!
– Chiedi quanto vogliono.
– Vogliono dieci pound a rosa.

– Eh?
– Dieci!
– Dieci?
– Che ladri.
– Ne vogliamo solo due per piacere…
– No, tributiamo con il pensiero, io non spendo tutti quei soldi.
– Ma vogliamo mettere una rosaaaaa!
– Una in due.
– Una in due va bene?
– No, è troppo… mezza.
– Allora, cosa fate bambini, fate i sudditi?
– Sì a me dispiace che sia morta. Anche se è una ricca.
– Ma che ne sai, che legame hai, che cosa ti rappresenta?
– Ma è la regina!
– E quindi?
– È la regina.
– Ma è una monarca! Monarchia! Non siamo monarchici!
– Te la prendi solo perché è ricca!
– Voglio la rosa anche io!
– No.
– Sì.
– No!
– Si-iiii!
– Andiamo via.
– Ehm, nel frattempo quella signora mi ha dato due rose.
– Perché?
– Perché i bambini urlavano, me ne ha date due dal suo mazzo.
– Sei andata a comprare le rose per i bambini?
– No, no.
– L'hai fatto.
– No, lo giuro.
– Le possiamo avere?
– Posso dargliele?
– Le hai comprate.
– Sono contrario, anche se sono regalate, non siamo monarchici.
– Possiamo?
– Va bene.
– Le hai comprate? Dillo!

Faticosamente ci facciamo spazio tra la gente perché i ragazzi hanno deciso di raggiungere un tiglio con il tronco enorme dove vorrebbero appoggiare anche loro il tributo floreale. Ci sorride con gli occhi un Corgi, il solito cane nazionale, avvolto nella bandiera inglese. Si vede che lo tengono lontano dall'albero presso cui tributerebbe una bella pisciata in onore della monarca, dritta sui fiori. Elisabetta ne faceva una venerazione, un simbolo di affetto. Il suo animale guida, anche nel viaggio verso l'aldilà, è proprio questo canide tozzo e baldanzoso che ci guarda con una specie di sorriso ebete, ansimante, teso e la lingua in fuori. Non mangerà bene come quelli della regina, questo esemplare plebeo, ma è cicciottello, dotato di microzampe, e con la bandiera avviluppata attorno sembra un salsicciotto incartato o un formaggio cheddar nella cera.

Seguiamo i sentieri indicati nei cartelli, passando in mezzo al tappeto di fiori, e ad altri cani votivi imbandierati. L'odore è sempre più intenso e putrescente, come di broccolo marcio. Non potrà reggere per molto la bellezza di questa distesa floreale, diventerà tutto marroncino, l'umidiccio muschioso nell'aria; mi domando cosa eviterà di far tracimare in modo eccessivo la puzza di marcescenza dei fiori recisi, cotti nelle buste di plastica, che ancora si riesce a mascherare. La putrefazione è dietro l'angolo anche qui, arriva dalle piante e dal tempo atmosferico. Un aspetto della morte che la monarca aveva considerato seriamente, a giudicare dall'idea di farsi stagnare in una bara piombata del peso superiore ai cento chili.

Mi viene in mente quel passaggio incredibile dei *Fratelli Karamazov,* quando lo starec Zosima viene esposto ai fedeli e inizia a putrefarsi, nonostante una vita condotta in modo esemplare. E lì la fede vacilla, di fronte all'odore insostenibile della corruzione del corpo, la complessità e la contraddizione della vita e la schiacciante realtà organica del cadavere sbaragliano con brutalità ogni fede appena vacillante. Il santo è morto come chiunque e puzza come qualunque umano morto. Altro che odore di santità.

E penso che il protocollo abbia previsto ogni dettaglio, piombandola senza risparmiarsi, ricordando che le mani livide degli ultimi giorni avevano già iniziato il processo prima di lei.

– Possiamo mettere le rose qui, mamma?
– Certo amore.

– A cosa pensi?
– Alla vita. Non è bella? Vi faccio una foto.

D - DAY 5

Sono a casa con i pop-corn davanti alla BBC. Sono le sei di sera, non succederà nulla di nuovo, la cena è nel frigorifero in attesa di una scaldatina e per star comoda mi sono messa in pigiama e babbucce. Il figlio è a casa di un amico e il marito è uscito per andare a prenderlo.

Ma perché rilassarsi troppo? Ci pensa la gatta che con una determinazione da ninja si lancia sul bidone della spazzatura sfidando il coperchio basculante, una vera e propria trappola. Una ribelle, non si lascia irretire da un coperchio chiuso, lei è una vera selvaggia e con un grugnito mi fa capire che lotterà per il suo cibo. Con un miagolio satanico l'animale si tuffa dentro nella spazzatura, il meccanismo si richiude imprigionandola. Butto via i pop-corn e intervengo a salvarla, estraendo faticosamente quello che appare come un felino allucinato e inzaccherato di rifiuti. La belva tiene tra i denti un pericoloso cartoccio con un avanzo untissimo di *fish and chips* eliminato a pranzo. Non posso lasciarla andare, sporca e terrorizzata com'è mi insudicerebbe tutti i divani e la moquette. La trattengo con forza, nella colluttazione vengo sfregiata sulle braccia ma ho la meglio. Con la mano destra afferro uno straccetto umido e provo a lavarla un po' alla meno peggio, mentre ascolto ancora le notizie. I giornalisti annunciano che sta rientrando la bara regale e che passerà proprio vicino a casa nostra. Libero Pepita che schizza via. Raccolgo la spazzatura da terra e mi preparo a uscire, o meglio metto un impermeabile sopra al pigiama e mi giudico pronta.

Mentre sto gettando il mio sacco nell'immondizia comune, mi tornano in mente le parole del giornalista, le tappe, la strada che fa il feretro tornando a casa. Lancaster Gate è a mezz'oretta a piedi e mentre ci penso non so come sono già a metà strada. Mando un messaggio su dove rinvenire la cena fredda e dico che tornerò. Tanto vale buttarsi ancora nella folla, no? Ormai è fatta, sono in pigiama e impermeabile sotto la pioggia, ma in questa città nessuno ci farà caso perché qui sono deliziosamente invisibile. Passerà da qui il *Queen's coffin* per raggiungere Buckingham Palace, nella via dritta davanti a me. Nessuno mi noterà se mi mescolo nel fiume silenzioso di londinesi che vedo strizzando l'occhio dritto nella direzione che ho preso. Sembrano tutti seguire lo stesso percorso. Inizio a correre. Immagino di essere in mezzo a un esercito di signore o signori inglesi, segretamente in pigiama e stivali. È come se il cuore di Londra battesse in quel preciso percorso, inseguendola, segnando un momento che separa la città. E in pochi minuti mi trovo ancora lì, tra gli altri, in attesa che mi scivoli davanti, immersa in questo flusso di persone, avvolta in una bandiera. La fotografo e torno al mio divano.

D - DAY 6

In programma oggi c'è il trasloco della bara che andrà da Buckingham Palace a Westminster e si potrà dare inizio ufficialmente alla grande commemorazione popolare. È un evento enorme anche per chi non è autoctono. Si dice che perfino i pappagalli Krameri che hanno invaso Londra (per intenderci quelli asiatici, piccoli e di un bel verde brillante) stiano cantando melodie funebri per accompagnarla. Anche loro sono tipici proprio come è tipico il curry. O la pizza a Portobello. Dopo la visita dei Royal e affini, che hanno la precedenza, possono andare tutti ed è prevista una fila chilometrica, giusto per ricordare la smodata disuguaglianza sociale tra reali e sudditi. Questi ultimi, dopo fatica, caldo, mal di piedi e sacrificio, nel rispetto della tradizione, ribadiranno la devozione con un sottomesso inchino davanti a *HM (Her Majesty) Queen's coffin*. Sarà faticoso? Il motto della regina era *No complain, no explain.*

Quindi non ci si dovrà lamentare. Tutti zitti, a sopportare con pazienza e stoicismo, per guadagnarsi l'onore di inchinarsi al potere. Un gesto simbolico di cui non conosco il significato, che scatena in me domande e perplessità, prima di tutte: lo faccio?

D - DAY 7

Lo faccio: ho un reportage da scrivere.

Uscendo di casa passo a prendere il mio americano da Caffè Nero, dove mi aspetta immancabilmente Elena. Scambiamo due parole sulla regina morta e mi avvisa che ormai, a quanto dice la radio, pare che la coda per il *lying-in-state* (camera ardente), sia arrivata a una dimensione spropositata, lungo il corso del Tamigi.

– E dove posso trovare l'ultimo della coda?
– *Get the Circle Line and check the BBC website!*

La Circle, partendo da Ladbroke Grove, quindi da casa mia, affianca per un bel pezzo tutta la coda andando all'indietro, ogni fermata fino a raggiungerne il fondo. È così piena che non si respira. A un certo punto il fiume di sudditi sciama fuori tutto insieme. Scendo con calma anche io. È la fermata Tower Hill e c'è il delirio. Vedo migrare migliaia di persone, guardo avanti e indietro e, mettendo i piedi nella corrente, vengo trascinata sollecitamente. Ormai sono infilata nel flusso e mi faccio portare in una specie di cammino lento ma fluido.

Dopo una quindicina di minuti, mi accorgo che si deve aspettare quasi fermi per passare attraverso un intestino di transenne. Sulla piazza è stata montata una serpentina stretta a budello per raggiungere l'accesso ufficiale a *The queue for the Queen's coffin*. La vera fila. Dunque, ero solo in una pre-fila. Ognuno sta al suo posto, una cosa che trovo molto British, alla quale non voglio mancare di gettare un rispettoso sguardo, tra gente che si protegge dal caldo come può, e altri spaesati come me. È affascinante osservare come ogni aspetto, anche quelli più concreti, sia stato curato senza risparmio, come l'apparire di cessi chimici ovunque, dettagli pratici, che uniscono al pensiero escatologico quello scatologico. Così, anche in questa lunga coda, la gente potrà sostare qualche secondo al regale cospetto di Westminster con la vescica vuota.

La fermata ufficiale per entrare nella coda, secondo i notiziari, era a Embankment, già non vicinissima all'abbazia, ma guardando sul sito della BBC in aggiornamento, come mi ha consigliato Elena, aspettando anche che la folla mi guidasse, sono scesa cinque fermate dopo, dunque a Tower Hill. La *queue*, tra il D-Day 6 e il D-Day 7, si è spostata indietro di tre miglia. Faccio i conti. Tre miglia sono cinque chilometri. Ci vorranno molte ore oltre il previsto. La BBC mette in allerta: purtroppo forse non ci sarà spazio e tempo per il saluto di tutti i sudditi, la *bara reale* ha ricevuto molte richieste, tra londinesi e devoti provenienti dal Regno Unito o da tutto il mondo, tra simpatizzanti monarchici, semplici curiosi in vacanza, matti flippati e turisti di passaggio imbucati. Una umanità variegata e stramba che mi cattura subito l'attenzione.

Prima di riuscire a decidere razionalmente se impelagarmi in questa avventura che ha il potenziale per essere una giornata infinita, o cedere e tornare a casa, sono già stata tirata dentro. Sono subito circondata dal caldo soffocante, dal vociare dei gruppetti in fila, dall'odore del cibo proveniente dai chioschi o dai ristoranti lungo il cammino: spezie, curry, cipolla, cibo fritto, gelati. Un tizio che ha l'espressione di uno che non ha digerito bene, mi fa il gesto come a dire *vada pure, eh!* e dalle facce lievemente scocciate di quelli dietro, intuisco senza volerlo sapere davvero (come si fa con i pensieri scomodi) che devo essermi innestata saltando un pezzo. Guardo indietro. Un grosso pezzo. All'italiana. E meno male: già così mi dicono che siamo arrivati a sedici chilometri perché sono state posizionate altre serpentine di transenne per gestire l'affluenza e l'accesso è momentaneamente chiuso ai nuovi arrivati. Con una previsione ottimistica ci vorranno più di nove ore di coda.

Un cammino da compiere, un'altra cattedrale di Santiago da raggiungere. Me lo sono messo in testa e ora, il mio lutto me lo faccio tutto. Non saprei come altro decifrare questo bisogno di elaborazione a cui sono chiamata, che coincide così, per caso, con il decesso della povera regina.

Se è vero che il dolore va accettato e vissuto, e che solo con il tempo ci si può ritenere liberati, dando corpo a un po' di metafore, secondo me con nove ore di penitenza e dolore ai piedi nella *queue for the Queen's coffin*, io elaboro alla grande. Assomiglia un po' a un atto di psicomagia, come quelli prescritti da Alejandro Jodorowsky per curare i mali fisici e dell'anima. Con cinque o sei chilometri di processione lenta mi riscatto in abbondanza ed esco senza più pensieri, roba che vale fino ai cinquanta.

Mi viene incontro un tizio con la pettorina da ciclista e mi sbandiera una striscia di carta. Vuole il mio polso.

Mi *ammanetta* con un braccialetto viola. È il mio numero, il mio turno ufficiale, avrò diritto a entrare.

Comunque, dopo la prima ora di passettini pazienti, sotto la canicola, ora si fa gruppo e si entra in complicità, fosse solo perché con gli altri ti tieni la borsa e vai a pisciare nei numerosissimi cessi chimici. In effetti, era la missione più delicata da risolvere, la regina lo avrà lasciato detto nel testamento.

– Non voglio pisciate in giro per Londra, chiaro? Una città piena di urina in modo imbarazzante non è ciò che vuole il mio *coffin*. Vietate la birra!

Si sarà espressa più o meno con queste parole, ma in inglese.

Mi unisco a questi sconosciuti: un militare di non so di che tipo a cui manca anche un dente. Con tutte le medaglie, ma il dente no. Sorride sempre, per altro.

E io penso, tra me e me, che magari hai sei medaglie, ti hanno colpito alla gamba in Afghanistan e non riesci a sopportare l'impianto dal dentista perché del dolore non ne puoi più, perché, sai com'è, hai esaurito la tua quota di sofferenza. Oppure, hai semplicemente deciso di investire i tuoi soldi in qualcosa di più divertente. Non ho idea di come funzioni con gli stipendi e le pensioni dei militari. Forse, invece, hai preso in affitto un costume per far colpo in modo stravagante sugli altri partecipanti a questo rito. Non lo sapremo mai.

Dietro di me, tre signore sulla sessatina, scoppiettanti, abiti fiorati, che sembrano delle caricature da fumetto. Loro si sono portate il thermos del té.

Una signora che viene da Manchester con la figlia sedicenne, bellissima, mora, sempre sorridente, incredibilmente non ostile nonostante l'adolescenza e con un umore in stato di grazia. Un gruppo di ventenni ha zaini strapieni di cibo e offre da mangiare ai poliziotti.

Il tempo in piedi è tantissimo ma si cammina e non ci si ferma quasi mai: hanno ideato una fila che scorre molto piano ma in modo continuo. Qualche volta si corre addirittura, come partecipassimo a una maratona, superando i più anziani senza pietà, poi un attimo dopo ci si ingorga in una serpentina e si sta fermi, ed è lì che si scatena una singolare complicità con il cibo spazzatura.

Incredibile quante patatine, bottigliette di bibite zuccherate, salatini, caramelle, merendine confezionate, girino tra i sudditi, roba che spazia tra dolce-dolcissimo e salato-salatissimo, oppure tra l'insapore, l'indescrivibile e l'inclassificabile. Un tripudio di schifezze, una danza magica di *artificial flavour*, una mistica dello snack.

Il peggio è non poter dire di no a due anziani che mi allungano fiduciosi un sacchetto di caramelle gommose. Al mio diniego la signora insiste, pesca dalla busta e mi allunga (con la mano zozza!) due bruchi di cola che penzolano dal suo indice-pollice opponibile.

Ringraziando, li ingoio interi. Tutti che infilano le mani in questi sacchetti e li fanno girare come le canne al parco Sempione negli anni Ottanta/Novanta, guardandoti come ti offrissero il calumet della pace.

Si sentono affermazioni importanti, citazioni epocali e ultime parole della matriarca: li riporto per come li ho capiti, un po' tradotti dalla mia testa, un po' inglese maccheronico.

– La regina prima di morire ha detto: *We will meet again.*
– Vuol dire che sarà sempre con noi.
– No: vuol dire che tocca a tutti di morire, ci vediamo di là, dice.
– *Oh, my god!*
– E poi diceva sempre: *No complain, no explain.*
– Questo lo sapevo anche io.

Il momento di entrare in Westminster in un silenzio totale è semplicemente catartico. Ci dividono in due flussi e finisco nella fila sinistra del feretro, sorvegliato da quattro guardie reali con cappelli neri pelosi, che sembrano troppo vicini alle fiamme delle candele. Quando arriva il mio turno, sono le sette in punto e tutti si fermano. È il cambio della guardia e la BBC trasmette in diretta in tutto il mondo. E mio figlio, da casa, mi vede e mi filma indicandomi ed esclamando: è la mamma! Tutto il mondo, se si prende un attimo per mettere a fuoco, può vedermi per un quarto d'ora, immobile come un pesce surgelato, fissando con preoccupazione il gioco tra la fiamma della candela e il cappello della guardia, con un'espressione da triglia, mentre mi chiedo quale saluto dovrei fare. Inchino? Bacio a distanza? Saluto con un cenno della mano? Gesto dell'ombrello? Quando finalmente ci permettono di riprendere il cammino, mi fermo di fronte, mi giro verso la bara e la saluto con levità.

– Ciao ciao, Elisabeth! *We will meet again!*

D - DAY 8

Passo il 16 settembre a raccontare a tutti che sono stata al *lying-in-state*, alla esposizione della salma. E continuo anche il giorno dopo prendendo il figlio a scuola. Anche a Caffè Nero sfoggio il braccialetto e strappo un sorriso a Elena.

Incontro Agne e Jerry sulle scale, il tempo per darci appuntamento per il *gran funerale* a Hyde Park. Mi raccontano che con quel braccialetto al polso ero una donna eccezionalmente ricca. Scopro che nel D-Day 7, per la straordinaria affluenza, i braccialetti venivano battuti all'asta e avevano raggiunto il valore di settantamila sterline. Mi eccito e chiedo se posso fare ancora qualcosa, ma chiaramente, adesso, questa strisciolina di carta non vale più niente.

Controllo in rete. È pieno di articoli sulle aste eBay del *wristband*. Quante occasioni si lasciano sfuggire nella vita, che magia sarebbe poter avere informazioni cruciali, tornare indietro nel tempo e puntare sul cavallo giusto? Se solo lo avessi saputo, mi sarebbe servito a far pendere l'ago della bilancia sulla nostra vita a Londra per tutto l'anno, senza altri dubbi o incertezze. Nessuno che mi scriva dal futuro per avvisarmi di cogliere occasioni nel presente. Tipo: *È fatta, non espiare 'sto lutto, molla lì, vendi il braccialetto a un fanatico per OTTANTAMILA EURO e torna a casa in barca sul Tamigi.* Che vedi come la trovi la nuova te stessa a colpi di cocktail all'ananas e sashimi di aragosta.

Magari troverò dei collezionisti esaltati prima o poi nella vita. Io ce l'ho ancora questa strisciolina di carta. Numero 036890.

D - DAY 9

Caffè italiano. Mattina, dopo aver accompagnato il figlio a scuola.

– Ma l'hai fatto davvero?
– Sì.
– Ma nove ore di coda?
– Sì.
– Ma non avevi un problema alle gambe e ai piedi?
– Sì.
– Ma perché l'hai fatto?
– …
– Lo vuoi un espresso buono?
– Sì.
– Uno buono.
– Sì, per favore, lo desidero con tutta me stessa.

D - DAY 10

Conversazioni telefoniche del figlio da Londra.

– Ciao nonna. Lo sai che la mamma è stata trasmessa sulla BBC News in mondovisione perché è arrivata proprio alle sette di sera in punto con il cambio della guardia e la si vede mentre si inchina davanti alla bara della regina Elisabetta II e nessuno sa perché l'ha fatto?

D - DAY 11

Non è che ho passato tutta la settimana a seguire il lutto, ho trascorso anche tre giorni di quotidianità, un po' a Cambridge Gardens, un po' al Caffè Nero, a completare il mio lavoro sulla donna che viaggia senza valigia perché, nel frattempo, avevo anche la *deadline*. Ho terminato con frasi altisonanti e imperative, per concludere che nella vita è fondamentale lasciarsi tutto alle spalle, spogliarsi delle frivolezze e allontanarsi nel bosco munite soltanto dello smartphone per collezionare visualizzazioni con la fotografia di qualche leprotto. E basta. Solo sentieri da percorrere a piedi scalzi.

E forse lo penso. Anche se non riuscirei a vivere con un kit di sopravvivenza a base di sola acqua, aria, e un sorriso per il social, mi sono immedesimata per come ho potuto: ogni volta mi trasformo in quella persona nuova di cui scrivo, oggi ho finito. Inizia un nuovo testo: da questa mattina alle sette, sono una regina morta.

Non facile.

Devo iniziare a trascrivere il reportage per la mia agente. Sarò anche io una suddita, ma con la mente libera. Posso immedesimarmi in tante persone contemporaneamente quando entro in fase creativa; di solito, però, quando troppi personaggi si affollano nella mia testa finisco con un esaurimento nervoso, e devo poi limitarmi ad un paio per volta.

La regina nella bara è già abbastanza impegnativa. Devo però approfondire, non tergiversare qui in casa, e poi non volevo mancare proprio oggi che è il gran giorno della tumulazione.

Ne approfitto per uscire di casa assieme ad Agne. Da lei al lavoro è previsto un giorno di chiusura per lutto universale e ne vuole approfittare per stare con noi. Come tutti gli inglesi assisteremo portando una coperta e una borsa di sandwich al pollo e coriandolo che lei ha preparato per me e mio figlio. Il marito è tumulato in casa a lavorare. Mi saluta sbuffando di fatica, senza spostare gli occhi dal PC.

A Hyde Park è previsto un raduno per il rito funebre finale e la sepoltura: quattro maxischermi trasmetteranno il funerale in chiesa, la banda che suona e il tragitto della bara verso la discesa nel marmo. Tutti seduti su coperte improvvisate a divorare sandwich e piangere. Woodstock in salsa *Downton Abbey*.

Agne mi fa le foto. Ci porta i sandwich al pollo, avocado e coriandolo. Rimaniamo a lungo a parlare, quasi dando la schiena all'evento planetario. Ho scoperto che mi piace fare amicizia in inglese, mi sento un po' diversa e meno in imbarazzo, come se in un'altra lingua io fossi un'altra persona capace di aggirare l'ansia sociale. O forse sono semplicemente libera dal mio passato. Ascoltiamo un po' i vicini che commentano tutto (li traduco nella testa).

– Comunque senti: la faccia di Carlo, dai!
– Stanno già cercando di vendercelo come un amabile nonnino.
– Sappiamo che è una serpe.

Quando si alzano tutti per l'inno e applaudono, mi rimbomba un po' il petto. Poi c'è la sfilata dei personaggi. C'è, nel video in diretta, la prima delle guardie che ha sulla spalla il catafalco da due milioni di chili di piombo, è lì che sta per schiattare alla sinistra della bara, che sembra che stia per collassare, quella roba lì la fanno i maschi. Cantano le voci bianche, la gente sta zitta. Qualcuno viene preso da brividi, ancora molti con il magone, noi finiamo il sandwich. Le voci dei vicini ogni tanto ricominciano.

– Sembrava non sarebbe morta mai.
– Ha vissuto anche il lockdown, il Covid.
– Immortale.
– E la corona?
– La corona torna nella teca, non verrà interrata con la regina, non verrà piombata.

Io, fossi stata in lei, me la sarei fatta a pezzi e me la sarei mangiata con tutti i diamanti: la mia corona è mia, perché cederla a Camilla?

Mio figlio, ogni tanto, mi salta in braccio per gioco.

– Mamma, guarda quanta gente!
– Questo funerale sembra più un concerto dei Rolling Stones che una messa solenne.

Comunque restiamo ancora qui, in questo enorme parco, tra migliaia di persone. Il mio delizioso bambino corre un po' tra la gente mentre mi lascio raccontare la vita di Agne da donna a donna. È sempre vestita bene, il corpo minuto e flessibile, a gambe incrociate sulla coperta, mi guarda e mi offre un altro sandwich.

È delicata anche nel raccontare di una famiglia che con il cuore in frantumi, da ragazza, la spinge via, a studiare, a costruirsi un futuro fuori dalla Lituania dove una mente femminile brillante, secondo loro, non può trovare realizzazione. E quando parti per l'università saluti tutti, sei felice ma non sai quando e se tornerai e come trascorreranno la vecchiaia i tuoi senza di te. A Londra è una storia comune anche tra gli italiani. La mamma anziana e vedova che rimane lì nel suo paese del Sud Italia e ha bisogno di cure sanitarie che non ci sono più. Mi viene subito da pensare al destino che ci sta riguardando da vicino, in Italia. Guardo mio figlio, lo immagino emigrare in pianta stabile. Scaccio il pensiero perché è davvero troppo presto, ma è anche molto reale, tangibile.

Il futuro, anche per Agne, resta un'incognita, il lavoro è bellissimo ma trascinante, invischiante, completo di notti insonni. Ha otto anni meno di me, sono lei e lui sradicati e uniti insieme, nella loro casetta a Cambridge Gardens. Sembra un sogno, di quelli che fanno tremare le gambe, sembra che sia ancora tutto da fare e bellissimo. Come una zattera in mezzo al mare che va verso un orizzonte carico di speranza. A proposito, mi chiede come per sbaglio, come si fa a conciliare il lavoro con la famiglia? Come ci si trova?

Mi mordo le labbra. Forse certe cose è meglio non dirle.

– *Is better that you don't discover!*
– *What?*
– *Nevermind.*

Come disse Kurt Cobain.

LA FINE

È finita e lascia un vuoto. Avevo una specie di scopo limitato piccolo e preciso, alla fine resta il magone, come dopo il montare e l'abbattersi di un'onda. Guardo il soffitto nella notte e mi chiedo cosa mi abbia spinto davvero a fare questa settimana. Il reportage? Di certo. La curiosità? Anche. Il bisogno di avere tante persone attorno? Moltissimo. Però nel profondo, chissà...

E comunque lasciatemi pensare alla morte in pace, ricamando sul senso della disgrazia, soffrendo in modo soddisfacente e completo. Ha una sua ragione: devo dire *ciao* a una bella fetta di vita che andava dal consumo di caramelle gommose senza indigestioni, alle sigarette che non fumerò mai più, a certi bikini che oggi sono fuori luogo, alle scarpe coi tacchi perché ho la fascite plantare, alle passeggiate romantiche coi fidanzatini in primavera al parco Sempione. Un catalogo di affetti ed effetti personali che se ne deve andare, preso dall'implacabile grande ciclo della vita e della morte. Bisogna fare pulizia. Ma prima... fatemi sentire il peso di questo *ciao ciao*. Se no non sono pronta al resto. Serve una gigantesca elaborazione del lutto per assorbire il concetto del passaggio e accettarlo nella sua ferocia. Il carbone attivo della malinconia.

L'AMICA G.

Dopo aver accompagnato i ragazzini a scuola torno verso casa con l'amica G., mamma di C. e parliamo della morte della regina. Anche lei ha un figlio nella stessa scuola del mio, ci siamo conosciute ancora solo di sfuggita e ci siamo date appuntamento per una chiacchierata.

Anche la storia delle persone che incontro mi affascina. Ogni volta che mi trovo in queste situazioni, provo a immaginarmi nei panni di un'altra. Ad esempio, come si sveglierà ogni mattina una che (forse) si occupa di una rete intricatissima di scambi finanziari internazionali. Una sorta di consulente di altissimo livello, che si muove con l'agilità di Tarzan tra banche e governi, che sa cosa sono concetti alieni come i fondi di compensazione macro-strategici, movimenti liquidi transfrontalieri che si infilano nei meandri delle borse mondiali, i flussi capitali tra le economie emergenti e i sistemi fiscali di stati sovrani, bilanciando equilibri che *bla bla bla*... perché sto inventando. Lavora in un ambito che, anche a volerlo semplificare e spiegare, mi torna l'ansia della mia piccolezza di fronte all'immenso. La realtà è che non ne ho idea, con l'economia non sono a mio agio, fatico a capire se un'offerta al supermercato sia o meno conveniente, e non ho nemmeno il coraggio di chiedere chiarimenti. Resta la mia impressione di fronte all'imperscrutabile. Come un bambino affascinato dallo spettacolo delle stelle cadenti.

Forse questa vita così complicata deve essere come giocare a scacchi a tre dimensioni mentre parli sei lingue diverse contemporaneamente. E più ci penso più rischio di sentirmi da meno, a me prende un attacco di panico solo a mettere insieme un numero di conto con un numero imprecisato di lettere combinate a zeri che potrebbero a tradimento nascondere delle "O" di Otranto. (Chi avrà inventato la trappola rotonda degli zeri del codice IBAN?) Figuriamoci gestire trasferimenti di denaro internazionali o qualsiasi cosa faccia questa donna. La guardo come si guarda il presidente di un popolo alieno sceso sulla terra.

La sua vita è così da sempre: tre anni in Australia, tre in Francia, adesso tre qui e poi chissà, magari di nuovo in Italia. Lavorare e girare ogni manciata di anni con una famiglia al seguito, cambiare vita senza ripensamenti. I ragazzi mi sembrano magnifici, arricchiti da una situazione così variabile in cui quello che si staglia saldamente è l'assetto familiare. Sono dei nomadi di alto livello.

Vive, con tutta la sua famiglia, una sorta di espansione, come se la sua vita fosse una pianta che cresce in direzioni multiple, assorbendo ogni cosa intorno a sé.

Io, al contrario, sono riuscita a garantirmi instabilità senza neanche lavorare per la diplomazia internazionale. Riesco a sentirmi sopraffatta dal ruolo materno con un solo figlio (che tra l'altro è un angelo) da portare ad attività, parchi, a cui far fare compiti, con un sostegno per altro importante da parte del marito, e riesco a sentirmi vecchia con dieci anni di meno.

Mi affascina sentir ragionare G., mi dà la forza per continuare nella mia ricerca, apprezzo la sua tensione, la forza di questa donna sempre in viaggio, mentre guardo il suo passo sul marciapiede di Ladbroke Grove. Il suo compagno l'ha seguita trovando un accordo per lavorare sempre da remoto e lei è felice quando ne parla, è grata, è eccitata dal domani. Lui si chiama B. Il marito B. Lo ricordo perché lo nomina dieci volte con gli occhi illuminati e con il fare da fidanzatina. Quanto amo B. B. B.! Convivono in lei due nature, una affettuosa e semplice e una da donna carro armato. Una forza che si esprime con leggerezza, un po' nascostamente. Forse quando scende nell'arena, una volta sul terreno di combattimento si leva la pelle candida dal corpo e si rivela corazzata come un Cavaliere dello Zodiaco, coperta da una spessa armatura, vigorosa senza perdere la grazia. Ho bisogno così tanto di essere quel tipo di donna che prego per la prossima reincarnazione.

Intanto colgo un fulmine della sua energia, quel che basta, che sia motore di un nuovo slancio. Perciò, grazie a questi miei *incontri con donne straordinarie*, sento che ho proprio voglia di trovare il coraggio necessario per decidere, con maggiore lucidità, chi voglio essere da ora in avanti. Smettere di tornare indietro sulle mie decisioni milioni di volte e paragonarmi agli altri. Prendere fiato e ridisegnare tutto. E mentre respiro questa nuova aria, tornando a casa, non posso fare a meno di pensare: *possiamo provare a restare stabilmente?*

Anche il marito non sbuffa, questa volta, quando glielo propongo.

UN RISVEGLIO DOPO L'ALTRO, DALL'ESTATE ALL'AUTUNNO

Autobus e scuola, caffetteria italiana, incontri nuovi, lavoro, voci di un linguaggio un tempo straniero, spettacoli e cinema, qualche confidenza alla signora Elena di Caffè Nero, un bel po' di *Malaysian street food*, passeggiate con Agne, gatta Pepita e cane Sandy, il vento di Londra, l'atmosfera brumosa della città quando il sole inizia a tentennare. Tutto diventa familiare. Le trasmissioni di cucina prima di cena. Imperdibili gare di torte monumentali. La guardia giurata che si annoia all'ingresso di Tesco e qualche volta mi saluta. La lavanderia indiana mi rammenda sempre qualcosa, tutto un meticoloso ricucire, garbato, attento. Londra prova a sussurrarmi il segreto della vita e della morte e io resto in ascolto, tesa come un arco. E dunque questo mio sogno di trovare una risoluzione è nascosto nella trasparenza di questa aria nuova?

BRICK LANE

Venerdì sera. Abbiamo appuntamento con degli amici a Brick Lane, quartiere indiano, tra street art, graffiti e samosa. Il figlio è con noi, perché noi la vita gliela vogliamo far vivere in modo denso… o, più semplicemente, diciamo che non abbiamo una babysitter a Londra. (Per altro, le meno referenziate, che arrivano con la bottiglia di Gin e la sigaretta, costano almeno sessanta sterline all'ora). E dopotutto spero che sia una serata *kids friendly*, anche se sarà l'unico bambino presente.

Non aver mangiato fa parte delle emergenze, fa salire il livello di aspettativa sulla cena della sera: di cosa ci nutriremo? E il freddo è coerente con il settembre londinese, l'unico a esserlo per altro (lo penso mentre misuro il peso delle mie contraddizioni).

Arrivano entrambi, padre e piccoletto. E mio figlio è senza la giacca.

La giacca: quella cosa goffa e inutile che le madri ossessive innestano con forza sui figli in inverno, incuranti delle proteste, rincorrendoli al parchetto o fuori dalla scuola per scacciar via il pensiero del mal di gola.

Come mai mio figlio non è coperto?

Mi cascano le braccia. No, di più. In questo momento se dal mio corpo si potesse staccare qualcosa, un arto, un testicolo, un occhio, se fosse vero e non solo figurato, la parte si scollerebbe per precipitare ai piedi di mio marito in segno di sconcerto. Perché non gli mette la giacca? È così semplice!

È colpa mia. Non sono una brava madre.

Ero andata a vedere Gabriel Byrne, famoso per il film *I soliti sospetti*, in un suo toccante, personale memoir a teatro. Gli attori di Hollywood qui si possono vedere dal vivo sul palcoscenico, una delle meraviglie di Londra. Ho scelto un po' a caso e qualche volta da sola gli spettacoli. Per ora ho visto un horror gotico con creature spaventose, uno spettacolo di drammaturgia giovane di cui non ricordo il titolo, ma solo che era un musical sulla schizofrenia, un giallo di cui non ho capito assolutamente l'intreccio, né in alcun modo i motivi per cui qualcuno sparasse a qualcun altro. Sarà il fascino di non capire cosa dicono ma mi sono sembrati tutti spettacoli bellissimi. Vorrei incrementare le uscite teatrali per migliorare nella comprensione e nella scelta, ci sono anche serate sottotitolate per gli stranieri che vogliono leggere le parole per meglio discernere le trame.

Questo mi attrae e mi spinge a essere curiosa come da ragazza, ma poi mi sembra sempre di dover lottare con il fatto di essere assente come madre... ed è per questo che mi sento colpevole che mio figlio non abbia la giacchetta.

Brr.

Adesso mi arriva la frustata da aria gelida e l'odore dei marciapiedi sporchi, inutile pensare alle mie serate in giro: mi sale la responsabilità materna e mi spoglio io per coprire il ragazzo.

Congelo in silenzio.

Vorrei una pelliccia di ermellino, mi vedo calda e abbracciata dalle comodità come la regina. La strada è lontana, dobbiamo prendere i mezzi pubblici.

Sull'autobus vedo, a terra, una spilletta rosa, con scritto FEMINISM, allungo una mano e la afferro. La appunto al maglione e mi accorgo che mi fa stare bene. Il pugno alzato in manifestazione, tenace e coinvolta, a urlare *libertà sessuale*, *potere alle donne*, *parità di genere*. E poi di nuovo mi vedo da fuori, travestita della mia forma tradizionale come tornando al bianco e nero. Mi manca solo il grembiule.

La spilletta però irradia un fuoco interiore. In parte credo che mi soddisfi l'atto stesso di raccogliere qualche tesoro trovato per caso a terra e metterlo addosso. Un gioiello. Mi piace domandarmi di chi era, come mai era caduta, si sarà accorta che l'ha persa, la proprietaria? Immagino una donna giovane a cui si sia strappata dalla giacca, oppure una ragazza a cui è stata levata dal ragazzo perché la scritta *feminism* è fastidiosa. Grossolana, discutibile anche per le donne stesse. Simone de Beauvoir non si riconosceva come tale, preferiva definirsi umanista, anche Margaret Atwood si identifica come umanista, per evitare interpretazioni riduttive. Cristina di Belgioioso incarna lo spirito risorgimentale. E invece l'ornamento del femminismo è rosa confetto, piatto e tondo: FEMINISM. Mi sento femminista e londinese, senza timore. È provocatoriamente forte. Ed è giusto così.

– Mamma, a che stai pensando?
– Che è rotonda.
– E allora?

– Sto pensando alla potenza di un cerchio rosa e a quanto sia inquietante dover lottare ancora per la parità di genere.
– Ma io ho fame!

Scendiamo dall'autobus. Ci guardiamo attorno, c'è musica assordante. Non riusciamo a trovare il luogo citato nel messaggio e capiamo ben presto di essere da tutt'altra parte: abbiamo preso l'autobus nella direzione sbagliata. Fa freddo e abbiamo fame! Dall'angolo della via semibuia mi arriva una musica sincopata, alcune voci, rumore di folla; ci addentriamo fino a trovarci davanti gente in felpa con cappuccio navy blu, le mani in tasca, i pantaloni cargo, capigliature colorate, la birra in mano e qualche piercing al sopracciglio. Molte spillette. Mi sembra di essere tornata indietro di vent'anni. Il marito sembra incuriosito. Mi lascio un po' trascinare perché l'idea di andare a sbirciare, dato che ormai abbiamo sbagliato tutto, mi piace.

– Ma secondo te è abbastanza *kids friendly*?

No. Ci siamo infilati per caso in un rave, ma è divertente. Il marito indica due bambini e lo fa ridacchiando. In effetti ci sono due neonati stretti dentro a un marsupio, aggrappati a genitori instabili, radunati allegramente intorno a un fuocherello e intenti a grigliare qualcosa. Dei brandelli di copertone, forse. Certo. Per scaldarsi. È perfetto per i bambini.

Ci mettiamo un po' a ciondolare intorno, dondolando le gambe e passeggiando nelle vie. Tempo di rinsavire e ricordarci che abbiamo un figlio da nutrire.

– Non so se è del tutto *kids friendly* questa festa – dice mio marito.

Il figlio si sta già ambientando, forse possiamo restare e mangiare qualcosa, magari un morso a una gomma di una macchina arrostita? Abbiamo davvero deciso di fare nottata? I nostri vecchi amici non sono qui. Ridiamo un po', poi il marito volta le spalle e mi fa cenno che è meglio tornare a casa a mangiare.

LONDON ZOO

Nei weekend continuiamo a visitare le attrazioni della città come probabilmente non abbiamo mai fatto nel nostro paese natio, con meno frequenza rispetto all'estate perché il figlio ha una vita sociale molto attiva. Studio la metropolitana a casa e vado dritta come una freccia. Stavolta non sbaglio un colpo, oggi il punto esclamativo che preannuncia sciopero o linea interrotta non c'è. Mi sembra di sognare. Si arriva in un baleno alla fermata giusta, solo che il London Zoo è a venticinque minuti a piedi dalla metropolitana.

C'è un autobus con l'indicazione London Zoo sul parabrezza ed è proprio quello che sta partendo davanti ai nostri occhi. Andato. Mantengo la calma e sorrido al figlio. Si sta facendo tardi, ci vogliono tre ore per visitare il famigerato zoo di Londra, abbiamo perso molto tempo a pranzo in un ristorante asiatico ad arrotolare filetti d'anatra, se tardiamo ancora un po' non riusciamo nemmeno a vedere il gatto del guardiano, figurarsi le tigri.

Sbraccio in cerca del taxi perché so come va, e dopo appena qualche cenno se ne ferma uno. Pronuncio meglio che posso, questa volta, sapendo che mi correggeranno.

– *Landen zuuu*
– *Sorry? Ah, London zoo.*

Io ho estremizzato un po', ma ho fiducia in me, sto migliorando e la pronuncia buona mi verrà per Natale. Mi piace vedere come sono più padrona delle strade di Londra, anche se si fanno chilometri e chilometri per spostarsi da un punto all'altro.

Il posto è immenso, sentieri divisi in colori diversi. E infatti vuoi non perderti tra diversi tipi di felini addormentati o nascosti nelle tane, mentre stai cercando con testardaggine di vedere il portentoso leone? Non puoi andare via senza essere passato dal re della foresta.

Troviamo la zona dove si rintanano i leoni e sono tutti e due addormentati, stesi, sembra siano stati tirati fuori a forza da un armadio dove erano appesi come pellicciotti e riesumati come belve selvatiche momentaneamente in vacanza dalla ferocia. Ma poi, eccolo che, per farci felici, ruggisce. Una specie di rutto apocalittico che scatena l'applauso dei visitatori! Il figlio si emoziona, io anche. Inizio a sottolineare l'evento con inutili parole.

– Ha ruggito! Ha ruggito, hai sentito? Io non l'avevo mai sentito!
– Lo senti nei video, il ruggito.
– Sì, ma io dal vivo non lo avevo mai sentito!
– Il leone che ruggisce è vivo! Vibrava il muro!

Sembra, dall'esperienza indimenticabile, che lo abbia portato in un safari in Africa, non in una delle più urbanizzate città occidentali.

I piedi sono gonfi dopo aver fatto macachi, ippopotami, zebre, emu, struzzi, giraffe, tre ore e mezza di safari a piedi. Ma la parte più faticosa del tour deve ancora arrivare, un girone dantesco dal leone re della foresta fino agli animali che strisciano.

La prima stanza si presenta un po' tetra, ma tutto sommato sicura: c'è una galleria di scarafaggi che me la sarei risparmiata. Ma poi, (i sadici!) mettono dei ronzii in zona api e mosche che ti colgono di sorpresa, forti. Il visitatore si avvicina ignaro e curioso alla vetrinetta delle api, il sensore si attiva e un ronzio improvviso ti terrorizza a sorpresa lasciandoti immaginare uno sciame di api che ti sta venendo addosso per aggredirti e ucciderti. Loro si divertono, all'inglese. Io urlo.

Poi c'è la galleria delle farfalle, è una specie di tunnel chiuso un po' puzzolente e umidiccio, che fa sudare, pieno di piante tropicali e abitato da farfalle moribonde. L'odore di cavolo ammuffito la fa da padrone. Sono anche bellissime creature, alcune grandi come rondini, ma cerco di non eccitarle perché ho paura che mi arrivino in faccia e mi sventaglino l'ala davanti al naso, a schiaffo. Prima di uscire si passa accanto a un albero pieno di crisalidi, a me fa un po' *Alien*, un po' *Silenzio degli innocenti.*

Le formiche a piede libero che fanno la marcia dritta su una corda tesa in mezzo alla sala non sono orripilanti? Allora, io non so perché questa cosa mi possa impressionare: le formiche ci sono sempre, anche quando non le vediamo sono nel prato, nei vasi, attraversano le piastrelle sui balconi delle nostre case. Io però sono in una strana modalità sentinella e mi impressiona che non ci sia una bella gabbia di cristallo a tenerle al riparo o a tenere me al sicuro dal loro feroce formicante attacco. Guardo, provata, il cartellino alla fine della corda: *Formica comune*, c'è scritto. Che orrore. Che sia comune. La formica.

Poi si passa inesorabilmente alla zona dei ragni e qui crollo: sono da sempre disgustata dagli aracnidi di ogni tipo, me li sento addosso anche a vederli da lontano. Il massimo della vita per me, aracnofobica in remissione, è questa orrenda porta, che apre a una zona tipo serra… sto per fare un passo dentro ma mi blocco prima, e meno male. Leggo ad alta voce il cartello: *FREE SPIDERS.*

I *London's spiders* a me fanno schifo. Pure FREE! E perché devono lasciarli a piede libero? E io non solo non voglio entrare, peggio. Mi viene un attacco di fobia violenta. Inizio a pensare che la porta non è poi così stagna, che è aperta, che è entrata una signora, che un ragno potrebbe esserle rimasto attaccato ai capelli, magari altri le si sono infilati in borsa e se li riporta a casa, e come si fa? E se da questa serra ti evadono gli spiders? Perché lasciano la porta aperta?

– *Close the door, please…*

E lo dico ad alta voce che ridono tutti e un tizio che sembra la reincarnazione di David Foster Wallace appare dal tunnel dei ragni e mi dice tipo che sono gli stessi spiders che ci sono anche nelle case di Londra. Io lo guardo con gli occhi pallati. Lui cerca di spiegarmi che è solo una provocazione il cartello, che i ragni sono ovunque, se esco per la città è come stare nel tunnel *free spiders.*

– *Oh, come on, it's just a joke!*
– *What?*
– *Relax, spiders are free everywhere! Not just here!*
– *I don't wanna see them! I know they exist!* – dico io.

Lui sorride. Non si ha paura dei ragni fino a quando non se ne parla, fino a quando non si enfatizza la presenza dei ragni nella vita quotidiana. È proprio questo che mi scatena il panico: mettere l'accento su qualcosa che potrebbe capitare ovunque in qualunque momento della vita, qualcosa che è più forte di noi. Un vero incubo: sapere che non puoi evitarli. Riconoscere che non è possibile vivere nella sicurezza, nella bolla, e che la mia vita di tutti i giorni è già piena di ragni. Può sempre scattare l'imprevisto incalcolabile: il ragno che si è intrufolato nel tuo letto e ha fatto il nido mentre dormi.

– Andiamo via?
– Sì, mamma, meglio se torniamo a casa.

E ce ne torniamo ai ragni di casa nostra.

INTERMEZZO NOTTURNO

TUTTI I RAGNI DELLA NOSTRA VITA

Quindi da tutte le parti, sotto alla moquette, dietro le tende, nei tubi di scarico ci sono i ragni? È forse perché ci avviciniamo a Halloween e in questa stagione i ragni si accoppiano e fanno i loro ragnettini? E quindi anche se mi metto sotto le coperte con le lenzuola sopra la testa i ragni potrebbero essere comunque qui da qualche parte? Non c'è scampo? I *free spiders*, piccoli e neri, con le zampette, che non li vediamo ma che sono tutt'intorno perché hanno voluto rivelarmelo? Da quanti giorni conviviamo insieme noi e i *free spiders*, senza che io lo sappia? E a casa in Italia? Adesso mi concentro e li scaccio. Perché il fatto è che qui nessuno sa che ho paura dei ragni, quindi perché io dovrei aver paura dei ragni? Sono la stessa persona che ha paura dei ragni a Milano. No. Forse posso autoconvincermi che nel mio bagaglio per venire qui, quella paura non è entrata. Non era essenziale.

Come non ho voluto portarmi il torpore, quello dei gesti quotidiani. La routine anestetizzante non mi ha ancora raggiunta. Sto trovando un autentico coinvolgimento. Chi sono io qui? Senza gli sguardi familiari e le aspettative sociali, le definizioni forzate. Un po' di pausa sta spezzando quell'automatismo a vedermi sempre nello stesso modo riflessa in chi conosco da tanto tempo. Sono disposta a guardare me stessa senza filtri?

In questi giorni sospesi, a tentare di costruire una permanenza più stabile qui, posso notare con sguardo nuovo il mondo *sottostante*, osservando le vite che si svolgono attorno a me, rimuginando sui miei pensieri, se devo essere onesta, tra le strade abbellite dagli autobus a due piani, trafficate, i percorsi a piedi, gli incontri, la solitudine, la distanza da chi mi ha già conosciuta, mi sento in grado di chinarmi a guardare i mostri sotto al letto. Una specie di nuova prospettiva. Come mettersi a cercare i ragni, scoprirli, sapendo che ci sono sempre stati. E poi magari questi ragni sono dappertutto, qui come a Milano e anche in tutti gli altri posti, è uguale (a parte in Australia, lì sono grossi come padelle e non ci andrò mai). Però non sono dei pessimi ragni questi free spiders, possono insegnare qualcosa anche loro, per dire: almeno sono capaci di zampettare in giro un po' dappertutto perché sono davvero, davvero, *free*.

E al massimo li schiacci sul muro con una ciabatta.

Buonanotte.

LA GUERRA DI ELENA

Elena è stata in guerra.
Passo spesso da Caffè Nero a prendere il caffè, l'accento italiano la aggancia subito,
ha vissuto tanto in Italia, anche se è rumena e lavora per Washington.
Washington?
ONU, mi dice, e si volta come un airone sull'acqua a levar cellophane dai cartoni dell'oat milk.
Ha un corpo agile anche se appesantito, lo sguardo bello ma le occhiaie tragiche.
Lei fa bene il suo lavoro da Nero, ci tiene a dirlo.
Di giorno sta qui, di sera fa le pulizie in ospedale.
Se le dicono di no una volta, non le tornano i conti.
Cerca l'intesa su cose che non so.
Parla di tutta la sua vita in missione, che non andrà via per un po'.
Quando passo e c'è lei, mentre prepara un caffè americano, aneddotica e lamentazione,
abbattuta da orari estenuanti di lavoro, sonno, con la schiena che fa male,
ascolto sorseggiando mentre un po' si lagna un po' sorride.
Il tempo è dalla mia.

Caschi blu, rimugina affranta.
Eppure, ha l'eleganza di una piuma di cigno
nel distribuire bicchieri di carta sotto alla macchina,
ci stampa sopra il coperchio e li porge incandescenti.
Deve fare.
Se resta ferma arrivano i pensieri,
proprio come a me, ma più paurosi.

E allora non va da nessuna parte,
resta a Londra finché non la chiameranno.
E la guerra fa paura.
Meglio far caffè lunghi, latte d'avena, POS e scontrini.
È brava a fissare il circolino di carta spessa attorno al bicchiere,
roba pensata per riparare le dita dal caldo.

Il latte montato col vapore?
Te lo fa pattinando, coi capelli che sfidano il codino.
Tre lingue e due figlie, se resti lì ti mostra le foto, anche se c'è gente che si accalca.
I bar a Londra sono luoghi in cui bisogna avere del tempo.
Non sono dotati delle bariste con sei braccia che fanno dodici espressi in un minuto.
Non è un lavoro così pesante, mi dice.
Conosce bene l'Italia perché c'è stata e ci vuole tornare con tutte le figlie.
Una è in Italia a studiare,
una in Polonia dai nonni, ma il lavoro…
Le tiene lontane, per via della guerra,
dice, per via che è un casco blu.
E aspetta ancora di vedere l'effetto che ti fa.
Io prendo l'americano, stavolta mi siedo e lei ha la pausa,
arriva, dice che la sua vita è il caos, in quattro paesi contemporaneamente,
Italia, Regno Unito, Stati Uniti e Polonia e le missioni.
È a Londra a riposo, è stata malata,
un'operazione, ma cosa ci faccia a Londra sola,
con una figlia a Milano e l'altra in Polonia, non l'ho capito.
Parla di viaggi, ospedali da campo, spari, una sua amica che è morta davanti a lei,
la fatica la paura, che è invecchiata troppo e non può più farlo,
ritorna sempre più scossa,
Siria, Afghanistan, Indonesia, bombe, incertezza, baracca,
non sa mai fino alla fine dove andrà,
sta per chiudere, ma non può.
Se diserto pago, sospira, e ci beviamo il caffè insieme.
Ho portato la moka dall'Italia, non passo tutti i giorni.
Gliel'ho già detto tre volte, mi sa, ma poi passo lo stesso,
magari per il chai latte.

Passo perché mi piacciono i suoi racconti.
Lei dice che dell'Italia le manca anche il caffè, che questi filtrati all'americana sono brodaglie.

A volte si fa dare il cambio.
Se non è proprio la mattina presto o il pranzo il locale è vuoto.

Io sono qualche tavolino indietro con il mio computer a fare qualche lavoro.
Mi raggiunge e stiamo lì, sedute su sedie diverse con brevi attimi di connessione,
ha qualche minuto ma deve ritornare al bancone.
Mi guarda corrucciata, annusando il calore vaporoso del caffè,
non le va, è solo per farci compagnia,
una cosa da tenere stretta e la scusa per parlare italiano.
E parla.
Altri due anni per avere la pensione dell'ONU.
Le scelte dei vent'anni, il soldato, che idea, voleva essere infermiera in guerra.
Le scelte che fai da giovane.
Sospira.
Ma stavolta mi sento che muoio,
ho i colpi di mortaio in testa, mi dice,
ho le figlie che non vogliono,
mamma non andare.
Adesso tremo a pensarci che si rischia di morire.
Come a dire qualcosa che neppure lei aveva considerato del tutto forse,
ovvero che avrebbe avuto paura e figli,
la storia è che una poi lotta da adulta con le scelte della ragazza,
mi dice, meglio lavorare a Caffè Nero.
Quel briciolo di follia e la capacità di difendersi dalla sopraffazione,
una risposta acida,
una gentile,
giorno dopo giorno.
È una infermiera e adesso vuole lavorare in ospedale,
essere assunta, ricominciare,
ricominciare ad avere il cerchio attorno agli occhi per le notti al lavoro,
non per l'angoscia degli assalti.
Questo venerdì le toccherà partire.
Sorride, ha finito il tempo, batte i piedi a terra si alza e torna alla macchina del caffè.
La sera stacca, riprende l'ombrello nero, lo zaino e va dove deve andare.
Il giorno prima della sua partenza le regalo la mia moka, ci abbracciamo.
Il suo giorno preferito è il giovedì.

LOOK AT THE CAT!

– *Look at the cat! So cute! Sooo cuuute ooooh!*

Passeggiare con la gatta al guinzaglio è un'abitudine divertente per lei e per me, ma solo perché in questa città, piena di outsider, non ti vergogni di nulla o quasi, ed è bellissimo potersi esprimere in modo non convenzionale. La micia, con le sue zampette delicate, coi cuscinetti di vellutino nero, non ama i marciapiedi sporchi, ma abbiamo trovato un angolo verde perfetto per lei, con tanti piccioni e scoiattolini da inseguire. E scannare. È dietro casa.

A Green Park ci sono molti divieti. Il cartello mostra immagni stilizzate e barrate. Non si può entrare con il cane, non si può entrare con la bicicletta, non si può entrare con un bicchiere di vino rosso.

Il vialetto è cosparso di ghiaietta e mozziconi vari (grondanti hashish e marijuana), che ammorbidiscono l'impatto dei sassolini sulla passeggiata e, nell'insieme, emanano ancora un profumo tra l'incenso *Spiritual Guide* e la gomma bruciata.

Pepita sembra in estasi, vorrebbe lanciarsi libera a correre nell'erba, tra le fronde e le canne (di cannabis). Non mi sogno di liberarla per Green Park, qui i gatti si perdono. A ogni palo della luce c'è un wanted con la faccia di un felino disperso. *Missing Lucifer, our heart is broken, like a son.*

E sappiamo che girano le volpi mangiagatti.

D'accordo, d'impatto sono eccentrica, ma non mi conosce nessuno e nessuno lo saprà. Mi accorgo di essere filmata qualche volta dai curiosi, e solo perché ho un felino che passeggia al guinzaglio: se sapessero che Pepita risponde anche ad alcuni comandi, i fanatici impazzirebbero letteralmente. Come tutti noi, d'altra parte. Siamo pazzi di lei a casa. E siamo quasi certi che chiami me – *mao mà* – e che si rivolga a mio marito chiamandolo papà – *mamà* – ma non ho intenzione di rivelarlo a nessuno. Di sera, spesso, ci dilettiamo a vedere come risponde al comando.

– Pepitaaa usciamoooo.
– Mao ma!

Frequentiamo tassativamente solo il parco *no dogs* perché abbiamo appurato che è più prudente, cani e gatti parlano lingue diverse, a parte Sandy, che ormai è un amico. Ci sono dei cani che quando la vedono sclerano e iniziano a mugolare, altri che la annusano scodinzolando, altri abbaiano ma vengono trattenuti al guinzaglio.

Con Agne abbiamo preso l'abitudine di vederci verso sera, se non torna troppo tardi dal lavoro, per la passeggiata. Le nostre conversazioni serali sono stanche perché magari la fine della giornata è spossante. Tutte le ore immersi in una nuova lingua è estremamente faticoso dopo i quaranta, se non è un idioma che conosci. Dunque, i nostri dialoghi si inceppano e, prima di decollare, sono ritmate ancora da qualche *What? Can you repeat?* Non sono portata per le lingue, ma sono migliorata.

Le confido che vorrei provare a trasferirmi, e lei mi rassicura.

– *I'd love to stay.*

– *Sometimes unexpected things happen!*

– *I know, but it just seems too difficult.*

– *Look at Jerry and me… how lucky we were to find this house in Cambridge Gardens!*

La casa l'hanno presa quasi per caso, nuova di zecca, acquistata a un prezzo stracciato. Il precedente proprietario, un giovane promettente ma tormentato, è stato trovato senza vita. Era il periodo post-pandemia, e il caos burocratico ha rischiato di mandare tutto all'aria. Se non avessero concluso l'affare in tempo, il sogno sarebbe sfumato. Alla fine ce l'hanno fatta. Ora vivono qui da qualche mese, ogni angolo della casa nuovo e pieno di promesse, ma sempre con l'ombra di quella storia tragica che aleggia silenziosa.

È davvero strano come la vita si combini in modo imprevedibile. Siamo un po' tutti in bilico, sembriamo restare a galla per un pelo. Lo dice anche Pepita con i suoi miagolii, lei che, fregandosene del cane che le gira attorno, punta con occhi assassini un gigantesco piccione britannico. Sembra di poter captare i suoi pensieri.

– Ormai sei lì, piccione maledetto, ma se non avessi il guinzaglio ti farei a brandelli… per te, inutile pennuto, la vita è appesa a una fettuccia avvolgibile.

A OCCHI CHIUSI

Ivan mi aspetta sempre puntuale quando organizziamo una lezione, e prima di arrampicare bisogna che qualcuno ti spieghi come fare, altrimenti sbagli il nodo, indossi male l'imbrago. Sono molti gli accorgimenti per evitare di spiaccicarti al suolo. Di lui non so quasi nulla, non ci diciamo niente di personale. Una volta, mentre riprendevo la parete orizzontale, mi ha fatto una sintesi. Originario di Trieste: studiava biotecnologia, era un gran cervellone. Finisce per lasciare tutto per darsi al climbing:

– Quel tipo di vita non era per me, studiavo dalla mattina alla sera e non avevo pace, alla fine ne stavo uscendo pazzo.

Adesso arrampica. È molto riservato e diffidente. Di solito quando arrivo, sta in piedi dietro al tornello, sfila le mani dalle tasche, mi fa strada nello spogliatoio, preparandomi mentalmente agli obiettivi da raggiungere, cerca di non familiarizzare per qualche non dichiarata regola d'oro del mestiere, o per timidezza. Occhi decisi, frangia bionda.

Sono un paio di mesi che affronto i percorsi 6a e le 6b, non arrivo mai in cima, magari salgo per quattro o cinque prese consecutive e poi cado. Sono molto difficili per una *beginner* questi livelli, troppo atletici. Torno a casa con tutta la schiena stirata, gli avambracci duri come la ghisa, le mani callose. Ogni tanto ci organizziamo per fare il pezzetto in più. La sfida, il passaggio che mi fa precipitare dalla rupe urlando.

Ivan mi spinge ad aggiungere il 7 ai miei mezzi tentativi, ne puntiamo uno, uno che per me non è inaccessibile perché c'è l'angolo che mi aiuta. Mi piace avere un piede da una parte e aiutarmi con l'altra parete perpendicolare, alla mia testa e al mio corpo fa piacere incunearsi dentro un angolo retto e, stranamente, questa conformazione mi rende accessibile il livello che altrimenti sarebbe troppo alto. Forse perché in un cantuccio protetto dalla mia ansia riesco a dare di più di quanto io possa dare se esposta. Questa forma avrà un senso anche oltre l'arrampicata. E infatti ci riesco. Lo supero per due volte ma sempre con il batticuore e lo sforzo infinito, con dieci lividi neri sul ginocchio debole, sfregiandomi il braccio e il gomito. Secondo lui manco di fiducia nelle mie capacità. Che strano.

Metto le scarpe nuove, mentre mi spiega cosa devo imparare: sentire che i piedi anche se poggiano su una sporgenza di mezzo centimetro sono forti e affidabili, che posso prendere lo slancio, che devo mollare il controllo. E intanto si agita per lo spogliatoio, andando avanti e indietro dal computer all'armadietto, incoraggiandomi. Io annuisco per calmarlo, sapendo che non può chiedere a una come me di abbandonarmi totalmente, o non usare la forza delle braccia e della testa, per stare solo sull'unghia dell'alluce come un monaco volante di uno di quei film con i *ninja superdotati* che lanciano pugnali ballando per aria. Ma sto al gioco per non offendere.

Oggi a lezione se ne arriva con una sciarpa nera. Mi fa segno di mettermela in faccia, davanti, vuole che io provi a salire e percorrere tutto alla cieca. Bendata. Non sono troppo convinta, ma mi lego la stoffa dietro alla nuca, il buio mi coglie alla sprovvista fino al momento in cui Ivan mi prende le mani e me le poggia sulla parete. Forse si sta divertendo con questa mamma in crisi dei quarant'anni che inizia a scalare le montagne dopo una vita con le ruote a terra. Mi afferra a sorpresa le caviglie e mi aiuta a salire. Cambiando prospettiva si riesce anche a valicare cime che sembravano insormontabili, basta trovare il nuovo punto di vista. Di solito è vero anche quando si affronta una difficoltà nella vita. Ma c'è un'altra possibilità: non guardare affatto. Fidarsi del corpo e della direzione, così a occhi chiusi, non hai più spazio per rimettere sempre tutto in discussione, non puoi tornare indietro: alla cieca è più facile andare avanti fino in fondo. E allora lo fai. È una sorprendente scoperta. Sembra terrificante, ma poi, mano dopo piede, dopo mano dopo piede, annusando la parete e sentendo il battito del cuore, la preoccupazione diminuisce. Il pericolo non c'è se non continuo a fissarlo ingigantendone i contorni.

È vero che c'è una volontà e un equilibrio, ma quello che mi inebria di più è sentire che posso fidarmi della mia nuova forza. Una specie di uragano liberatorio, a riempire lo spazio interiore vulnerabile. Forse è per questo che si scalano le montagne, per scacciare la debolezza con la potenza, darsi una struttura esteriore, attutire il senso di inadeguatezza, mentre si vaga per le vie dell'esistenza, spaventati dall'imponderabile.

La capacità di dedicarsi a un'unica attività, in modo un po' brutale, un pensiero molto maschile, verticale, fallico: c'è solo un muro da scalare, e tu ti ci concentri senza esitazioni. Non ci sono percorsi alternativi, nessuna continua revisione del piano, nessun dubbio. Dritto per dritto. Esiste solo quella parete e la tua decisione di salirla. È una forma di forza attiva, intraprendente. Anche per me è così: una mano nel vuoto, e trovo quel muro senza punti di appoggio. Non si può nemmeno amare senza forza.

Cerco a tentoni sporgenze che non fanno per me, vago con la mano perché serve riconoscere anche la traiettoria giusta, distinguere l'holder destro o sinistro. Dopo un po' di goffaggini sento che sono vicina alla cima, mi lascio guidare dalle indicazioni senza chiedermi se non sarà troppo difficile e se avrò le risorse.

È tutto il contrario di quel che sembra: da un lato so essere passiva, quasi impaurita, mentre dall'altro decido cosa devo fare un passo alla volta, con cocciutaggine. Ma sono sempre stata così. L'altalena tra attivo e passivo è in continuo equilibrio, fa parte di me. Abbandono e determinazione. Solo dovevo ritrovare la fune a cui aggrapparmi e quella in tensione verso la risolutezza. A volte ci penso e mi sforzo. Raggiungo il punto limite, oltre quella misura io non ci riesco più, allora mi lascio tirare su di un metro, a superare un ostacolo troppo difficile. Respiro. Ritrovo fiducia. Anche nella vita. E perché no? È un male? È meraviglioso trovare chi sa convincerti e incoraggiarti. Mi ritrovo appiccicata su questa parete, sfinita, senza smettere di provare a salire, come un lombrico che si spinge verso l'alto, con una pazienza e una forza tutta sua.

Da bendata se ne va via anche il panico. Nemmeno quando cado mi preoccupo, al buio, nel vuoto, a sfidare la gravità con la certezza del peso. E poi ancora: ritrovare la parete a tentoni e attaccarmi. Con il gomito senza più pelle. Sì, avverto qualche goccia di sangue che scivola lungo il braccio, ma non mi va di fermarmi, nemmeno quando mi graffio con la corda sulla guancia, quando casco con il corpo contro il muro perché non ho imparato a fare leva in avanti con i piedi. In quel momento, a occhi chiusi, la paura è sparita, lasciando spazio solo alla decisione di raggiungere la cima.

Sono cieca, ma sento il terreno con i piedi. Trovo piccole sporgenze che nemmeno so se potranno reggermi, l'appoggio dell'alluce mi spinge verso l'alto e tutto il mio corpo si solleva. Non vedo più l'aspetto materiale né la forma. Il corpo è una funzione, un sostegno sicuro che mi accompagna, una struttura antica e ancestrale, io da sola mi porto per mano. A lui concedo di correggermi se sono fuori strada.

Salgo con il corpo e con la mente, immergendomi in una trance, fidandomi di un fiuto interiore, affilato e capace di sostenermi. Scalo sforzandomi di non avere paura e cercando l'appiglio, non è sempre così? Nella vita? Solo che non si arriva mai al traguardo, perché ogni obiettivo è solo una tappa. Qui sì, qui è diverso: è artificiale, la cima c'è ed è finita la strada. Ce l'hai fatta! La vittoria la riconosco perché lì senti con la mano dove finisce la parete, c'è una cosa simile al raggiungimento del bordo piatto della terra per un terrapiattista, per forza poi ti rifugi in convinzioni fantastiche, è così rigenerante. Non capita spesso di toccare il margine estremo. Il massimo del massimo.

Scendo entusiasta, piena di sincera felicità, levo la benda e se ne va in frantumi tutta l'atmosfera. La ragione ritorna con i ruoli, la diffidenza, la realtà. Per fortuna, a rivedere con gli occhi aperti il percorso non c'è niente di male, anzi, conto quanti pericoli ho attraversato quasi incolume. Sarebbe bello imparare ad alternare di più coraggio e prudenza, imparare a essere intermittenti, ragione e passione, luce e buio.

Al buio a volte le immagini sanno essere più vivide.

CAMMINARE FA BENE

Camminare fa bene a tutti, ma a qualcuno no. L'asfalto non è proprio la prima scelta degli amanti del trekking. Cammino tantissimo per tutti questi mesi.

Non faccio che girare come una trottola perché prima di provare a interloquire con qualcuno che forse potrebbe aver bisogno di me per lavoro, scrittura creativa nelle scuole italiane, drammaturgia nei teatri italiani, podcast da scrivere, varie ed eventuali, se no anche baby-sitter, preferisco andare a piedi all'indirizzo deputato e studiarmi in anticipo il contesto, così, per vedere di che si tratta sbirciando dalla finestra. Fosse mai che mi incastro in qualcosa di più grande di me. Puntualmente mi arrendo e rientro a casa senza propormi.

Cammino sempre tantissimo, anche di sera, per non prendere il taxi, a volte attraverso la città intera, passo dopo passo. Ore a piedi.

Cerco di assorbire tutto, voglio tutto, sento l'ansia della deadline, ho paura di perdermi qualche pièce strepitosa e, assistendo al teatro in inglese studio due in uno. Drammaturgia e lingua. Shakespeare, Martin Crimp, tutti gli spettacoli della Royal Court, nuovi autori dal mondo, Simon Stephens, Gary Owen. Poi ancora, per stare tutti insieme anche con figlio e marito: *Il Re Leone, Mary Poppins, Matilde, Il leone, la strega e l'armadio*. Sfrutto le opportunità e le offerte compulsivamente, provo a comprare tickets in anticipo, o quelli con una colonna davanti, oppure i *last minutes* a tappare il buco. Invito tutte le madri dei compagni di mio figlio, quando possibile, provo a studiare e conoscere nuove opere. Riscopro il gusto di esplorare la drammaturgia e immergermi in un'esperienza culturale di spessore. Sento di avere poco tempo. Ma non è tutto rose e fiori, non posso trascinare sempre con me il minore ogni sera a teatro; ad esempio, *Iphigenia in Splott* è un monologo ed è un ritratto poetico, ma parla di una giovane donna che affronta il marciapiede, un amore straziante, la gravidanza indesiderata e la lotta contro un sistema di disuguaglianza sociale. V.M.14.

Baghdaddy è una pièce sperimentale, riesce a tirar fuori il trauma di una bambina durante la guerra del Golfo ma esplodono tutti durante un compleanno. V.M.18.

A volte, passeggiando per la città mi vengono delle idee strambe oppure mi tornano alla mente squarci di vita. Mi fermo e appunto tutto, come non facevo da tanto tempo. Ultimamente ho compilato diari, segnato piccoli aneddoti, scheletri di personaggi incontrati per caso. Magari un giorno darò forma a tutte queste storie che mi affollano la mente, anche così imperfette e divagatorie. Mi intrigano anche i profili di gente ordinaria, come la tassista che mi ha portato a Regent's Park e che nella sua professionalità mi era apparsa eroica, ma anche un po' stravagante.

Una sera ho sbirciato dalla porta di un locale affollato. Una donna era al microfono e raccontava di una semplice colazione, una colazione con sua figlia, la sua nuova vita separata dal compagno, una piccola cosa malinconica e, a tratti, straziante. Si chiamano *Spoken Words*, le ho trovate affascinanti. Ricordano un po' *l'Antologia di Spoon River*, ma con un ritmo ancora più teatrale.

Ho pensato che sarebbe stato stupefacente per me farmi tremare le budella per il terrore davanti a gente mai vista, leggere alcuni pezzi, prendendo un microfono e andando a ruota libera su tutte le cose che mi passano nella testa. Così, senza uno scopo preciso. Devo chiedere aiuto a un'amica traduttrice, devo prendere confidenza con i locali dove avvengono queste inquietanti *cose verbali*. Gli Open Mic. Un'impresa per gente più coraggiosa, più comica, più tragica, più ubriaca, più poetica o più militante di me. Mi intimidiscono. Vago alla ricerca di quelli più strani, magari non troppo fuori Londra, altrimenti non so poi come tornare indietro. Di solito iniziano molto tardi, quando la ragione ha perso il suo predominio nelle funzioni mentali dell'umanità nottambula. Giro parecchio, quando posso, a volte mi perdo e torno camminando, fissando la Grenfell Tower con il cuore in subbuglio. È sempre la stella polare per ritrovare la strada di casa. E a furia di girare per Londra a piedi mi si riaccende la fascite plantare. Trascorro una domenica in cerca di due locali lontanissimi tra loro, volevo vederli con i miei occhi di giorno, chiusi, prima di compilare l'iscrizione, immaginando di buttarmi o scartare l'idea folle.

Invece, mio malgrado mi faccio paralizzare dalle piante dei piedi. Quando mi arrampico non fanno male, scatto come uno scoiattolo, ma devo aver ecceduto con le passeggiate e adesso quando devo spostarmi da un posto all'altro si infiammano. Loro si impossessano di me e mi dirigono, tipo *Scarpette rosse,* sanno che non sono ancora pronta, che devo fermarmi un momento e avere le idee più chiare. Devo rallentare la furia. Eccomi alla sera a lamentarmi, tenendomi le piante dei piedi in mano, a massaggiarmi i tendini e frignare che sono troppo di mezza età ormai. Uno non è preparato, non se lo aspetta nemmeno un tipo di dolore così vigliacco. Il corpo dei quaranta ti gioca scherzi meschini. Vigliacco corpo non più giovane! Tu pensi che da ora in avanti, superando le barriere mentali, potrai andare ovunque e lui ti presenta il conto all'improvviso. Anche solo con un fastidioso zoppicare.

Mio nonno insultava usando questa parola: *Vigliacco!* Fa molto Seconda guerra mondiale.

– Vigliacco di un cecchino! Ti prenderemo e ti faremo a pezzi!

Mentre mi massaggio inutilmente penso a come mi troverei a esibirmi nella *Slam Poetry* o nelle *Spoken Words* in locali che non conosco, con un inglese scarso e incomprensibile. Perché no? Cosa ho da perdere? E se poi attecchisse?

Se diventasse una specie di lavoro?

Resta il fatto che per ora le mie strategie, i miei tentativi di stabilirmi, sono totalmente pazzi.

Il tempo non resta immobile ad aspettare che io mi decida ad agire ancora, anche se trasferirsi in pianta stabile è difficile come imparare ad arrampicarsi su pareti lisce e friabili. E questi piedi che adesso fanno male? Deve essere la famosa maledizione del *Walden o la vita nei boschi,* che si è sentito offeso da me e dal mio bisogno di vivere selvaticamente ma con la metropolitana sotto casa, immaginando di risparmiarmi infinite camminate per i sentieri impervi. Le uniche bacche di cui mi nutro sono quelle di ginepro del Gin Tonic.

Che cosa sto cercando io? Chi lo sa.

In attesa di scoprirlo, intanto, concretamente, devo procurarmi dei cerotti all'ibuprofene.

Non mi arrendo.

FAI SCOPPIARE LA BOLLA

L'idea di incontrare i nostri vecchi amici, un gruppo che frequentavamo in gioventù e che non siamo riusciti ancora a incontrare, ci spinge di nuovo a Brick Lane. Vogliamo vedere che fine hanno fatto quelli che tanti anni fa hanno scelto di cambiare vita e trasferirsi in questa città incredibile. Proviamo ancora a contattarli, questa volta dandoci appuntamento in un ristorante indiano, così il nostro ragazzo può mangiare (speziato, piccante, ma almeno si nutre). Vogliamo chiedere a loro se riusciamo a trovare lavoro; in due sono programmatori informatici, magari possono consigliarci qualcosa di più stabile qui, per il marito. Vengo a sapere anche che la fidanzata di un amico è curatrice di una mostra, e io ripongo speranze che ci sia qualche cosa da fare di adatto al mio profilo: ultraquarantenne immigrata, inglese B1 e poco socievole. Spesso bloccata. Mal di piedi. Insonnia.

Ci teniamo a ritrovarci nuovamente anche perché sono i giri del passato, i miti fondativi che ci accomunano ancora oggi, forme di memoria incalzanti, chi ci era vicino e chi ha cambiato paese. Il tempo si è impossessato dei nostri calendari e ha attivato il frullatore spazio-temporale. Mi piacerebbe vedere come stanno qui. Come vivono in questa città piena di promesse e spazi astrali interculturali.

Questa volta non è difficile trovarsi all'appuntamento, ma dato che è troppo presto per cenare ci invitano a trovarci davanti a un pub. Fa freddino e c'è odore di piscio in giro (sempre). Gli amici commentano che il venerdì, a Londra, in una città che manca clamorosamente di bagni nei locali, la birra ha effetti disastrosi. Apriamo la porta su un pub chiassoso: loro bazzicano in branco il posto, la macchina del videogame a gettoni, grande attrazione, il tavolo alto in legno scuro lucido e umidiccio. Io dispenso chips e mi preoccupo che ci sia comunque una cena non troppo lurida, ricordando la presenza del minore da tutelare. Chips, Vinegar chips, tacos, pop-corn, cetriolini, peperoncini verdi. Almeno sono verdure, no? Ma lo penso solo per giustificare la mia parte materna. Tengo un orecchio ai discorsi che scivolano via, ma con le antenne allungate a proteggere la mia progenie. Neanche fossi il WWF. Inizio a calcolare se sia meno tossico nutrirlo con i pop-corn o i cetriolini in salamoia. Alla fine, credo di essere semplicemente troppo protettiva. Io me ne stavo tranquillamente seduta su un marciapiede appiccicoso a qualunque età a mangiar un panino con la salamella e per me era il cibo delle meraviglie. Come mai adesso con mio figlio sono attenta anche a disinfettare le posate. Tragiche oscillazioni di senso.

Chiacchiero un po' con una ragazza che sembra di origini polacche, la più amichevole del gruppo. Riconosco che è quella di cui mi avevano parlato, con un passato nei beni culturali, quella a cui proporre la mia candidatura come mummia da museo. Insieme a un amico italiano e alla sua fidanzata, mi aiutano a prendere in mano la direzione del gruppo, indirizzandolo con calma verso il ristorante indiano che avevamo prenotato. Qui possiamo cercare di combinare una cena dignitosa alla chiacchiera. Entriamo in questo locale alla mano ma molto accogliente, ci mettiamo attorno a una grande tavolata e le spiegazioni sono più facili con il cibo, la birra, meno freddo, in ita-nglese e curry piccante.

La conversazione si concentra sulla nuova ricerca che coinvolge gli appassionati informatici presenti, ovvero la bolle di filtraggio dei motori di ricerca, delle formule che ci inseriscono tutti in un insieme generalista, roba semplificata, capace di selezionare le informazioni e le opinioni in base ai nostri interessi e di collocarci in uno scaffale preciso da cui poi non si scappa più.

Mentre mi viene raccontato il tutto, ovviamente in italiano, altrimenti non capirei, mi interrogo sulla mia, di bolla. Sono così scombinata nelle mie ricerche online che dovrebbero propormi news dall'Italia e dal Regno Unito, articoli su malattie, curiosità sugli animali, notizie di politica estera, ricette, oggettistica dalla Cina, curiosità sulle droghe, uscite editoriali, astrofisica, lutti, nuove scoperte scientifiche, economia, molto sul ciclo mestruale, gattini, blog sulle donne e tecniche di cottura della ceramica. Invece cercano sempre di infilarmi gossip femminili. Che un po' ci sta, questo gossip, ma che noia!

Sembra che le categorie di utenti siano anche relativamente poche, un po' come i test con le quattordici personalità junghiane che ci sono in rete, quelli che ti definiscono in un certo modo, dopo che hai risposto alle domande. Una bolla archetipica di donna di mezza età indecisa ed eclettica. Che bolla sarà mai?

L'amica che prova a illustrarci il suo lavoro da ricercatrice data scientist ha un'età indefinibile, una felpa da ginnastica, poco sonno alle spalle ma riesce a spiegarsi bene, si addentra nella sua materia con gusto: siamo incollati, pendiamo dalle sue labbra, anche con la forchettata di basmati a mezz'asta. Il figlio chiede ulteriori spiegazioni, traduzioni e racconti a cui questa scienziata del computer pazientemente e rispettosamente risponde.

Mentre loro iniziano a chiacchierare di tutto e anche di fumettisti che adorano entrambi, la polacca alla mia sinistra mi racconta qualcosa di sé: un tempo curava una famosa galleria. Ecco l'occasione di scambiare qualche parola e introdurmi, non vedo l'ora di proporle il mio curriculum. La lascio parlare. È laureata in arte antica, poi ha mollato tutto perché non si sente curatrice ma ha un'anima da artista. Oh no! Un'altra artista! Dunque, non serve più a nulla. Non per trovare lavoro. Dice che fa la ceramista perché si è appassionata e vive vendendo vasetti di argilla a Brick Lane. E che si sente finalmente realizzata. Io so cosa intende e annuisco. Ama la cultura greca e le piace fare riproduzioni di vasetti e statue.

– *Do you know the Snake Goddesses?*
– *Yes!*
– *You have to come to my studio! I've made some beautiful reproductions.*

Parliamo di Creta e delle visite al sito di Cnosso, dice che tanti suoi amici si annoiano, mentre lei è appassionata. Quando si accorge che porto un orecchino con Atena e uno con Artemide, le propino la teoria della Bolen sulle dee nella donna, un libro che ho letto qualche anno prima e che ci guida a identificare quali archetipi siano più presenti nella nostra personalità e come questi influenzino la vita femminile.

Io amo Artemide, ma Artemide se ne va nuda nei boschi e non ha un'armatura. È troppo evitante, e poi non è detto che siano tutti da scansare, no?

Allora, le dico, entra in scena l'altro orecchino, mi serve un po' di Atena, un po' di Atena non guasta mai. Dovremmo permettere all'istinto e alla creatività di Artemide di fluire, mentre utilizziamo la saggezza e la razionalità di Atena per prendere decisioni consapevoli, o almeno questa è la mia convinzione. Ecco perché li porto diversi: sono attanagliata dalle contraddizioni.

È Demetra che mi toglie il fiato, spiego. Secondo Shinoda Bolen, Demetra può diventare nociva per una donna quando la sua energia diventa soffocante, limitando l'indipendenza e la crescita personale. Spero mi lasci andare un po', questa Demetra, spero allenti la presa su di me con il suo raccolto, l'agricoltura, la maternità.

Ma è curioso: è la prima persona che mi chiede perché ho questi orecchini diversi. Impasto miti greci a incognite: fede, speranze, sogni. Rivolgo le aspettative verso un ipotetico inconscio collettivo e lascio uno spazio magico a guidarmi, sperando che esistano queste strane dee. Magari sarà anche un coagulo di teorie, ma è un po' nella mia natura.

Spero nella mia luna. Anche mezza, luna.

Dopotutto ero riuscita a incastrarla in valigia.

SUCCHI RUMOROSI (UN GIORNO QUALSIASI IN UN TEMPO LINEARE UN PO' SBALLATO)

Non tutte le giornate sono estreme, non tutti i minuti londinesi sono un arcobaleno di esperienze *mostruose* nel senso primordiale del termine, non è tutto stupore e meraviglia. Anche qui, in bilico tra la fuga dalla realtà e il tentativo di costruire una nuova vita, tra vacanza lunga e curiosa esperienza formativa, può sopraggiungere la solita noia. A quel punto bisogna correre ai ripari. Annoiarsi può essere un'infinita fonte creativa o sfociare in derive distruttive per tutti: la gatta che se la prende con un vaso di fiori pieno d'acqua, che rovescia un bicchiere di birra o si scatena a strappare a morsi dei quaderni dimenticati in giro; il figlio che accenna alla nostalgia, facendo suonare i miei allarmi empatici interiori; io che inizio a studiare le diverse qualità di curry; il marito che intona sbuffi in scale armoniche differenti. Non sempre si riesce a proporre un condensato di situazioni scoppiettanti, anche se è molto più facile trovare un diversivo qui a Londra che nella vita tiepidamente soporifera che abbiamo lasciato a Milano. Qualche volta non succede niente, ma *diciotto ore di niente e poi a letto perché è di nuovo sera*, non è una dimensione sostenibile per un bambino. Ha ragione lui, nemmeno a me piace: bisogna distrarsi con una piccola attività a spezzare la giornata, andare oltre le pagine da revisionare per il lavoro mentre il ragazzo compila compiti. Si starebbe comodi a ciondolare per il salotto da mattina a sera e viene voglia anche qui, ma sono decisa a combattere l'inedia. La pigrizia è venuta via con me: deve essersi infilata in una delle valige quando l'ho aperta per controllare che ci fosse davvero la mezzaluna. Finisco quello che devo fare e propongo sempre al figlio di uscire.

– Che vuoi fare? Una passeggiata?
– Andiamo da *Joe & The Juice*?

Andiamo pazzi per lo *smoothie*, anche ora che le temperature sarebbero più da Earl Grey. Il frullato, insomma, può avere sapori colori e combinazioni diverse, anche se è pur sempre un frullato. Quelli di Londra sono epici, eccessivi, finalizzati a qualcosa di specifico. Spremuta per l'energia mentale. Succo per rilassarsi. Centrifugato per lo sport. Ci sono gli iperproteici. Quelli per il buonumore o gli energetici. Tanti detox. Quello che manca è un succo buono per il solo fatto di essere buono: se non ha un secondo fine, non vende.

Miscugli di banana, fragola, bacche acai (i primi tre ingredienti sempre *tutto bene,* e poi decollano verso l'assurdo), pepe, platano, cuori di palma. Va be'. Magari proviamo con uno di quelli alle verdure? Cetriolo, acqua di cocco (rassicurante), e poi però spinaci, cavolo, peperone, patate crude, limoni andati a male, acido lattico e Gewürztraminer.

– Lo vuoi uno *smoothie*? Ma certo!

Adoro andare da Joe, sederci, fare merenda con uno dei loro bibitoni assurdi e da lì chiamare i nonni. Tornare poi su per Portobello, sostare al Makan per un paio di palle di banana fritte e portare via la cena di samosa da consumare la sera a Cambridge Gardens, terminare il lavoro, scaldare il take-away, e per me da lì in poi va tutto a chiudersi armoniosamente con la sera che, al più, prevede la visione dei Simpson in lingua originale.

Attraversando la solita Portobello, senza far caso alla fascite plantare in un riandare avanti e indietro consolatorio come il moto della pendola di casa, mi rallegro di essermi spinta fuori, anche se su dei binari che ormai hanno fatto routine. A me qui sembra di avere tante nuove scelte, tanti diversi frullatoni, ma poi ci fissiamo su qualcosa che già conosciamo e che ci restituisce un quieto tepore.

Nonostante io provi a restare positiva, mi assale ancora il pensiero intrusivo: *sono sulla solita strada, sempre Portobello.*

Superiamo la piazza dove al sabato fanno il mercato dominicano caraibico, tradizionale e second hand, arriviamo sulla strada principale, salutando il ristorante rosticceria malese, con quelle vasche di cibi speziati a cui attingere e che non mi ha mai fatto venire ancora nemmeno un'intossicazione alimentare. Subito più avanti, c'è un tizio che frigge (in olio di canapa o di motore?) ciambelle al CBD, ma che ne spaccia altrettante al THC, bisogna solo saper chiedere. C'è un supermercato spagnolo. Olé. Si prosegue a piedi e si incontrano il macellaio, il Tesco, che è il solito supermercato, una galleria di quadri che sembrano fotografie di montagna, ma se li guardi da vicino sono dipinti, diversi negozietti di souvenir, una caffetteria che non fa un buon espresso, una gelateria molto buona, con un *pistaccio* indimenticabile, poi eccolo lì: tappa fissa da *Joe & the Juice*.

Dunque, è così: non ne uscirò mai del tutto! Maledetta routine!

Sono sempre la stessa persona immobile? Quella che non esce dal perimetro di un unico quartiere? Il dubbio si insinua come una stilettata al cuore. C'è il rischio vero che io abbia sostituito semplicemente i nomi delle vie deformati*: corso Vercelli corso vercello... corso bello... porto bello... Portobello*! Sono ancora io nel mio scipito immobilismo! Un incubo che si trasforma in una coazione a ripetere, soldi e tempo che penso di aver gettato alle ortiche con ricerche di cure psicologiche, letture di Freud, Jung, Lacan e tutti gli altri, e poi non ci ho fatto niente. Volevo seguire le orme di Virginia Woolf, trovare nuove ispirazioni e diventare un'altra persona. E di nuovo, di nuovo mi sento Mrs Dalloway che esce a prendere i fiori e, arrivata su Bond Street ormai invisibile, si domanda se è possibile che un giorno anche lei cessi di essere. La mente umana è così complessa e deve per forza farsi stringere in uno schema perché altrimenti si spaventa. E che fatica rimettere continuamente in discussione le scelte prese. È per questo che la routine è di conforto: alleggerisce e non è così male andare anche in cerca di un po' di sollievo, una mancanza di peso esistenziale, saltuaria, per navigare nell'incertezza senza disperazione. È possibile, allora, almeno un'oscillante libertà interiore e appropriarsi di un frammento del tutto? O dobbiamo preparaci ad essere soli al mondo, a un ininterrotto disastro?

Questa dell'esistenza e della ricerca di un senso profondo a tutto ciò che facciamo, è fallimentare, una catastrofe talmente annunciata che, per consolarmi dalla solitudine, ho insistito mesi fa per adottare la gatta. Che almeno mi facesse una pelosa compagnia.

Forse è normale ripercorrere lo stesso tragitto cercando il piacere che ci aspetta all'angolo, alla ricerca di piccole conquiste quotidiane. E, forse, strada facendo, sono proprio queste abitudini a riaccendere l'attenzione su un dettaglio prima trascurato, su una parola, una sfumatura impercettibile ma buona.

Ci vorrebbe una soluzione più facile, come un frullato vitaminico. Chissà se esiste il *mix scacciapensieri-juice*. Oppure il *riprenditi in mano la tua vita di donna-juice*.

Con questo proposito entriamo da Joe.

– Scegli quello che preferisci…
– Davvero posso scegliere?
– Certo.
– Allora prendo *Iron man*!
– Chiedilo…
– E tu, cosa vuoi?
– Per me va bene il *Turmeric*, un tonico alla curcuma e al pepe. Chiedi tu per favore? In inglese, così ti abitui…

Provo a ritornare a fare la mamma, un ruolo che fa molta acqua. Cedo subito e chiedo io. Soprattutto quando ho in testa le menate. Ma è perché tutto il mio fallimento mi fa sentire inadeguata, insoddisfatta e automaticamente mi sembra difficile dire qualcosa di saggio a mio figlio. Che ne so io, io che mi sento di aver sbagliato tutto, perfino il gusto del frullato. Cosa dovrei sapere di più.

– Aspetta, amore! Preferisco il *Green power*!

Ho cambiato idea solo una volta… è già andata bene. A quel punto mi siedo e vorrei risolvere anche la videochiamata alla famiglia in Italia, so che oggi sono tutti insieme dopo pranzo: zii e nonni. È un'idea magnifica, penso, e mentre mi complimento da sola, faccio partire la videochiamata.
In un bar di frullati.

– Ehi… ciao mamma!
– Ciao… come state?
– Bene!
– Eh? Non si sente…
– Ci sono i lavori stradali?
– C'è il terremoto?

Comunque, cosa può immaginare una persona di trovare come sottofondo sonoro da *Joe & the Juice*, un posto dove fanno *smoothie* e praticamente hanno dei frullatori a sette code al posto delle mani?

– Ciao nonna!
– Passami il nipote…
– Ma sono io, nonna, sto parlando io!
– Eh? Come stai?
– Sto bene.

– Trovato lavoro?
– Come?
– Come?
– Cosa fate?
– Abbiamo… ato… chine… uta… zia...
– Non ho capito niente…

La linea funzionerebbe anche benissimo, connessione pefetta ma le voci sono coperte dal mixer. Vediamo labbra muoversi, le inquadrature di pezzi del volto, strizziamo gli occhi senza capire. È tutto un *eh? Che dici? Come va? Non ho sentito,* labiali da interpretare, discorsi nel vuoto. Annuisco. Spero che stiano tutti bene. Nel frattempo, arriva un sacco di gente che ordina di mandare a manetta le macchine. Ci chiamano.

È pronto il nostro juice. Mi alzo un attimo lasciando al figlio il telefono.

– *Green power*?
– *Yes! Irouann meen* is for me.
– *Ah! You mean… Iron man!?*

Io amo molto la saga della Marvel: farsi correggere la pronuncia di Iron man è davvero umiliante. Quasi da lanciarle il succo in faccia. Però sarebbe troppo diseducativo e mi trattengo.

Torno al tavolo. Ciucciamo con foga i nostri *Iron man* (lui) e il *Green power* (io) urlando nella videochiamata come a un concerto di bonghisti, accerchiati da quel tranquillissimo clima da cantiere di marmificio, dove sembra che anche alla radio trasmettano la fresa su pietra o che ci sia una musica industrial. Guardiamo la faccia delle persone che ho chiamato in Italia che, nonostante il volume al massimo, sembrano uscire da un video di quelli della metropolitana quando tolgono l'audio perché sta per passare il treno. Stacchiamo la chiamata. E ciao ciao!

Riprendiamo a succhiare rumorosamente assordati dalle lame in movimento, guardando Portobello fuori dalla vetrina, rinunciando a parlare anche noi e, forse, pensando che è un po' così che ci arrivano gli echi della nostra vita passata. Per me sono uguali a dei labiali vuoti, forme di parole che hanno perso un po' il loro senso. Sarà un segno del cambiamento, come quando spegni e ricominci. E forse questa sensazione sospesa è proprio l'effetto che fa lo spegnimento dei processori prima del riavvio.

INTERMEZZO NOTTURNO
TORNANO SEMPRE I RAVIOLI

Trovo sempre ravioli nel nostro frigorifero e ogni volta mi domando quale sarà il giorno in cui verranno smaltiti, soprattutto se non mi piacciono. Poi, quando arriva il pasto di ravioli, lo affronto, lo supero, anche perché so che avrò il sollievo di vedere che non ci sono più nel frigo. E sono felice che sia passata. Dura poco, perché ho la consapevolezza che prima o poi arriveranno altri ravioli. Arrivano sempre i ravioli che non vorresti, è un continuare ad affrontarli, a metterseli alle spalle per scoprire che si ripropongono in forme e ripieni diversi.

PUNK

Se c'è una cosa che trovo meravigliosa è che tutti girino per strada e nelle metropolitane con capigliature variopinte senza essere per forza ingabbiati in un immaginario di sfacelo psichico. C'è una totale libertà nel dress code in questa zona di Londra, senza giudizio, qualcosa di festoso. Potrei uscire di casa in vestaglia e ciabatte con un puma al guinzaglio, che non mi noterebbero. (Che poi non è lontano da quello che faccio.) La ragazza cinese con il caschetto di capelli giallo canarino, il signore del baracchino simile a un personaggio dei Griffin, un bel po' fuori forma e incastrato nel suo baracchino, poi c'è la donna travestita da ghepardo con il cappello con orecchiette e coda spelacchiata seduta sul gradino in Tavistock Road. Beve la birra da un bicchierone di plastica e guarda avanti. Qualche volta mangia una ciambella e sembra combattere dentro in un'immobile passività esteriore.

Decido che farò qualcosa di nuovo per me per provare a vedere le cose da un'altra prospettiva, come quando ci si arrampica con una benda. È arrivato il momento di fare un restyling ai miei capelli e di dare loro colore.

Mi siedo in questo hair salon molto alternativo, chic, trovato sul web. Ho preso un appuntamento e quando arrivo chiedo di farmi una bella tinta blu. Voglio andare oltre senza limiti. Oltremare. Verde acqua. Mi fanno sedere davanti allo specchio. Per me è un luogo insolito, principalmente perché se sto con la testa indietro sul lavandino più di dodici secondi mi sento male, se capita una o due volte all'anno è tanto. E poi, ma come si può passare un'ora con uno specchio in faccia a farsi pettinare? Non rientra nella grammatica delle mie abitudini. Dopo un quarto d'ora che fisso la mia faccia mi viene sempre il latte alle ginocchia, noto l'asimmetricità delle narici, del sopracciglio, i pori della pelle, l'espressione contorta, partono i deliri da autosuggestione. Tanya, la parrucchiera con i capelli ossigenatissimi, mi allunga subito un listino per interrompere il mio disagio. Sono dei trattamenti da scegliere? Leggo bene: Gin Tonic, Manhattan, Daiquiri… no: non sono impacchi per capelli, è un listino di cocktail.

– *No thanks.*

– *But it's Friday!*
– *But it's four o'clock.*
– *Just a Gin Tonic!*

La ragazza non si capacita che non mi voglia bere un superalcolico all'ora del tè. Ha un braccio tatuato in un modo che non avevo ancora visto, c'è tutto un acquarello che parte dal polso e le arriva a sormontare la spalla, un gufo, un cielo al tramonto, i rami, le piume, piccoli fiori d'arancio e le foglie di papiro. Più che tatuata è affrescata. Chissà quanto tempo ha passato sotto l'ago, due anni minimo. Mi sento quasi in colpa per non ordinare qualcosa di più impegnativo e per non avere nemmeno un piccolo tatoo. Ma sono le quattro del pomeriggio e ancora non mi sono adeguata alle isterie londinesi e se bevo un Gin Tonic adesso, mi viene un'emicrania cosmica, mi ubriaco e finisco per farmi rasare a zero, o acconsentire a una voluminosa cresta da punk. Meglio se rimango folle ma lucida.

La signora accanto a me si sta sorseggiando degli intrugli: ha già finito due bicchieri e il terzo è appena arrivato. Irish coffee, niente meno. Ride e beve mentre le sistemano i capelli. Un uomo si gode la sua birra gelata, gli fanno persino le sfumature con la macchinetta tra un sorso e l'altro. Rifiuto gentilmente. Pare quasi che la mia scelta offenda. Prometto che prenderò qualcosa alla fine, ma la verità è che non mi ispira per niente l'idea di mettermi nelle mani di una parrucchiera che shakera cocktail; ma taglierà dritto poi, con quelle forbici e l'alito che sa di Tequila?

Tanya mi chiede cosa voglio e io sono lapidaria. Blu.

Capisco che non è così facile, blu come? Mi chiede. Oltremare o verdeacqua. Ma un po' blu oltremare e un po' verde verdeacqua? Entrambi? *Both*? Mi domanda squadrandomi dalla testa ai piedi, così come a provare ad abbinare la tinta con il mio temperamento. Decoloriamo a shatush: mezzatesta a ciocche? Non so bene cosa significhi, ma per qualche strana ragione dico di sì. Shatush. Mi dice che farà due tonalità sfumate, così ci divertiamo! Poi, improvvisamente, sparisce. Arriva un'altra ragazza con fare minaccioso e mi chiede di nuovo se non voglio un Gin Tonic.

A questo punto è lampante che la loro intenzione è farmi perdere i sensi e farmi quello che vogliono loro ai capelli. Mostro di nuovo la mia borraccia, come a dire che ho portato io, il mio cocktail!

– *My water! Thames!*

Rido. Non fa ridere nessuno. Ho attinto direttamente acqua dal Tamigi attraverso il rubinetto di casa, una raffinatezza. La borraccia alzata in assetto di guerra è risolutiva.

Il lavandino di questo strano locale-pub-parrucchiere è qualcosa che non ho mai visto in vita mia. Quel lavatesta che di solito ti sembra voglia spaccarti la cervicale di netto non c'è. No. Qui è tutto *comfortable*: praticamente ti mettono sdraiata e tu sei completamente stesa, supina, dritta, sospesa, quasi in galleggiamento, con la capigliatura in acqua. Meraviglioso. Mi lavano i capelli e massaggiano il cranio, che quasi mi vorrei addormentare. È il piacere che batte tutti gli altri. Se si potesse sviluppare una dipendenza dai massaggi cerebrali, io ci cascherei, nemmeno una mousse di cioccolata, nemmeno lo champagne mi procura un piacere così elevato, come il sesso, forse, ma farsi massaggiare è molto meno complicato.

Mi raddrizzano. Mi spennellano in due con la tinta, un po' ballando con la radio, spero non mi facciano cadere i capelli, ho come la sensazione di meritare un loro odio sotterraneo. Mi lasciano lì venti, trenta minuti, due anni, non so quanto tempo. Quando socchiudo gli occhi, mezza addormentata, vedo la ragazza ossigenata che shakera, agitando il quadro sul braccio per preparare cocktail da distribuire ai clienti. L'uomo sorseggia birra, la schiuma sulle labbra, parla incessantemente con la sua barbiera che, per altro, ha dei magnifici capelli color viola-grigio, chiarissimi. Sembra Creamy, la protagonista di un manga che guardavo da piccola. Forse le capigliature colorate mi sono rimaste impresse dall'infanzia. Le amo proprio.

Quando mi sciacqua di nuovo, riprende a massaggiarmi emettendo dei mugolii inquietanti, facendo *mmh mhhh*, mi sento in un porno. A volte mi dice se va tutto bene e io dico *oh yes* e lei *mmh mmmh*. Quanto costerà qui a Londra un massaggio? Sono in totale estasi. Pure quando mi pettina con il balsamo provo un piacere infinito, poi si mettono in due, mi avvolgono nell'asciugamano e mi tocca uscire da quella parentesi di piacere totale e sedermi. Quasi mi viene da piangere. La vita è troppo breve per non essere mai massaggiati da dei professionisti. Quella situazione in cui si decide che non restituisci niente, prendi e basta, senza rovinare il relax. Ti fai manipolare e ti addormenti, ma solo dopo essere rimasta sveglia abbastanza da godere. E basta.

Farò venire Tanya a casa la sera quando ho l'insonnia, penso.

Mi asciugano in due, una bionda e una mora e intanto fanno ancora *mmh mh* con soddisfazione, ogni volta che tirano su una ciocca. Sembrano soddisfatte. C'è qualcosa di psicotropo che devono avere assunto: il loro stato di euforia non può essere motivato dalla resa della mia acconciatura. Secondo me sono orripilate, ma hanno un codice tutto loro per dirselo fingendo grande apprezzamento del risultato. Adesso che mi guardo intorno vedo che siamo in quattro in tutto. Lavorano poco con calma, senza stancarsi troppo. Non esagerano!

Alla fine, eccomi qui, un esemplare di essere umano dai capelli di colore blu vivace. Total blue! Sono così straordinariamente felice del risultato che vorrei organizzare una conferenza sul perché odio visceralmente tutti i parrucchieri che hanno osato avvicinarsi ai miei capelli nel corso della mia esistenza. Stronzi dai pettinini in tartaruga nel taschino, che sfoggiano aria di superiorità, incapaci di accontentarti anche se hai un gusto orrendo. Io voglio i capelli blu, cazzo.

Qui è Londra, è tutto così cool che quasi non mi fa male pagare per un lavoro che faccio sempre da sola con carta stagnola e decoloranti di dubbia marca.

Esco, dopo aver fatto schioccare la carta di credito, più povera ma più bella, mi appresto a tornare trionfante a casa ma Tanya mi rincorre e mi chiede una foto. Io dico, un po' in imbarazzo ma lusingata, che devo farmi un po' di trucco, e lei elegante e diretta mi dice: *Girati*.

No, non voleva una foto della faccia: solo dei capelli.

Mi sento usata, salvo poi cercare sul loro social se compare, non trovarla e rimanerci male. Si vede che se l'è tenuta tutta per lei.

Tanya, tante moine e poi mi spezzi il cuore.

YOU ARE THE QUEEN

Quando torno a casa con la capigliatura da fata, mio figlio ha un'epifania mistica: mi considera un'eroina, una sorta di supermamma dai poteri incredibili! E lui non lesina sui complimenti, mi riempie di feste come se fossi una diva hollywoodiana. Sono la regina indiscussa della bellezza nella nostra dimora, ed è un titolo che prendo molto sul serio.

– Mamma, sei bellissima! Tutta blu! Tu sei la regina! *You are the Queen!*

Che gioia immensa essere madre! Dovrei fare una foto per immortalare questo momento epico? Un selfie, magari, per vedere quanto splendore emano. Ma poi lo faccio, mi guardo nello schermo del telefono e penso: *Be', mica tanto*.

In certi casi è utile mantenere la sensazione nella mente ed evitare documentazioni oggettive.

Non sono bella... ma (a mio figlio) piaccio.

PISCINA AI PIEDI DI GRENFELL

Sono in piscina, seduta su una panchina di plastica, osservando attraverso il vetro i bambini che nuotano con bracciate irregolari e sorrisi radiosi. Mi sono dovuta fiondare perché ci eravamo dimenticati di mandarlo a scuola con la cuffia nella borsa. Lo guardo soddisfatta: sono arrivata per tempo. Il mio, con la cuffia blu tirata troppo sulla fronte, mi cerca con lo sguardo e mi sorride, sguazzando più tranquillo. Il suo sorriso è la mia ancora.

Alla fine, il figlio esce dallo spogliatoio con i capelli bagnati, si agita allegro e affamato.

– Mamma dove andiamo a fare merenda? Da *Joe & the Juice*?

Guardo fuori. Ha iniziato a piovere. Ho portato due cuffie da nuoto e niente ombrelli. Ma come ho fatto a non pensarci? Lo ammetto mestamente.

– Non ho l'ombrello!

– Ma non serve l'ombrello, mamma!

Mi rassicura festante. Ci verrà la polmonite? Lo prendo per mano, facciamo la strada correndo sotto la pioggia battente, mentre mi chiedo come mai la vita riesca sempre a infilarsi negli interstizi creando qualche caos, il contrattempo che sgocciola facendosi strada tra le fessure, mentre provo a tenere tutto controllato.

La città ci avvolge con il suo rumore incessante, e proprio mentre attraversiamo la strada piena di pozzanghere, completamente fradici e instupiditi dal gioco, getto un'occhiata al cielo, alla Grenfell Tower, imponente e dolorosa. Era su tutti i notiziari quando ha preso fuoco e ancora oggi Londra ne porta i segni.

Il quartiere è una gigantesca cicatrice, il muro bianco accanto alla piscina è un memoriale alle vittime, tappezzato di bigliettini a forma di cuore verde o di foglie, ci sono fotografie, pensieri, disegni. I nomi dei bambini morti durante quell'incendio sono appesi alle pareti, e il pensiero mi stringe lo stomaco come tutto l'inevitabile tragico che può pioverti giù senza controllo. Un grande cuore alato con al centro la parola *Forever*, una permanenza del dolore. Allunghiamo il passo sotto l'acquazzone, cappucci sulla testa. Eppure, come è piacevole camminare qui. Anche con il mal di piedi. Tenendo stretta la mano di mio figlio, ridendo, inzuppandoci i calzini, con questo stato d'animo in cui coesiste il dramma e l'euforia, penso a tutto quello che non possiamo davvero controllare. I ragni sono ovunque, invisibili, fino a quando non ce li fanno notare e non sono loro gli esseri più pericolosi. Ma forse quelli che costruiscono palazzi popolari con materiali infiammabili.

La pioggia continua leggera ma insistente, si abbatte su questo miscuglio di culture, di storie, di migranti divenuti fantasmi, tra broccoletti, giardini curati, donne velate, lavanderie indiane, pub, furgoncini *Royal Mail* e miriadi di scoiattoli. Mio figlio assorbe tutto questo, la vita intera nella sua manifestazione più assoluta, con l'acqua piovana a infradiciarlo dalla testa ai piedi. Non serve l'ombrello, lui vive tutto e rielabora l'esistenza a modo suo. Prenderà un po' freddo, ma arrivati a casa noi potremo sempre metterci a sedere sulla moquette, con una coperta e un phon a guardare la BBC, oppure le gare di torte, dividendoci i pop-corn. E quanto è bello asciugarsi al calduccio dopo la tempesta. È andata bene. Capisco che, nonostante la fatica, il timore che non si ambientasse e la sfida di studiare le frazioni in inglese, sta imparando che il mondo è molto più grande del previsto.

In fondo, proprio come lui sta fronteggiando la scuola e la piscina, io sto cercando di adattarmi, imparare, chiedere in giro che opportunità di lavoro potrei trovare, sto testando i miei limiti, con la speranza, forse, un giorno, di sentirmi riconciliata.

PESTI INTERCULTURALI

Bussano. Vado ad aprire e trovo solo un sacchetto davanti alla porta. C'è un bigliettino da parte di Agne e Jerry, ma loro non ci sono già più. Forse non volevano disturbare. Provo a sbirciare il contenuto, un profumo intenso mi avvolge e mi fa sentire a casa: hanno raccolto il basilico dalla loro serra sul balconcino, è un sacco intero, vero, fresco.

Partiamo qualche giorno, morirebbe mentre siamo via, siete italiani, fateci qualcosa, c'è scritto. Le foglie sono di un verde sfolgorante e il suo profumo invade tutto l'appartamento. Mi sembra quasi di sentire l'estate al mare. Ed è subito Liguria. Non ho mai avuto così tanta voglia di un piatto di trofie. Decido che devo fare il pesto per tutti, sono chiamata a un riepilogo della mia identità.

– Dove andiamo, mamma?
– Per Portobello a caccia di ingredienti!

Riesco a trovare pinoli spagnoli, olio greco, parmigiano del Tesco ma di origini italiane, aglio marocchino, il tutto da amalgamare con un frullatore made in Germany. Mi metto a fare il pesto interculturale per quando tornerà Agne dal viaggio con Jerry.

Frullare o pestare? L'eterno dilemma del ligure.

– Frullo?
– A tutta velocità, figlio mio! Senza risparmiare le lame!

Io e il ragazzo tiriamo fuori un bel litro di sbobba verde che profuma di foglia frantumata e sprigiona una delicata essenza di aglio.

Mettiamo il prezioso ricavato in diversi barattoli da surgelare e regalare ai vicini, e ci sembra di aver imprigionato il ricordo della spiaggia. Pronto all'uso, quando ci verrà di nuovo un attacco di *homeless,* ovvero *la nostalgia di casa,* secondo il nuovo lessico familiare.

L'entusiasmo per la vita londinese ha cancellato ogni malinconia e la nuova routine rafforza l'idea che questa sia un po' la nostra casa, perché, in fondo, anche il pesto in salsa British non è così male. Ridisegnare le proprie giornate e cercare una forma di accogliente stabilità, infonde calore. E così, riscoprire il pesto. Interculturale.

Il risultato è un dono immaginifico.

Speriamo solo che non lo mettano nei panini al pollo.

READY ON WEDNESDAY
- L'INDIANO -

Alla "WASSSSH" di Ladbroke Grove c'è un indiano.
Un bancone coperto di maglie, lenzuola, asciugamani.
Le centrifughe delle lavatrici a gettoni fanno sottofondo sonoro, al posto della radio,
echi industrial in profumi ficcanti di cotone.
Se ti fa uno sconto lo segna in grassetto sulla ricevuta come discount
e te lo ripete di nuovo mentre lo digita sul suo computer,
sorridendo soddisfatto, con la camicia in mano,
discount,
come una galanteria antica,
discount.
Uno stagno di spille da balia.
Ci attinge vibrando metallico con le dita.
Appunta la posizione dello strappo da rammendare,
la divisa di scuola è da aggiustare bene, se no in centrifuga rischia di squarciarsi troppo.
Ma è un discount.
C'è un lavorio senza parole, un moto perpetuo
a sollevare infilare premere bottoni stendere
e quando apri la porta t'invade il sistema solare lavanderia che gravita, ammorbidisce, vaporizza, stira.
L'uomo conta i pezzi, si pettina il ciuffo, digita sulla tastiera le caselle prestabilite,
inserisce il prezzo, sorride brillante, stampa lo scontrino rosa, ci ripensa, lo straccia, prende tempo.
È indeciso, e ogni volta chiede conferma se è tuo, ogni volta.
Capo per capo.
Mostra una macchia alla moglie,
una donna pensierosa, i capelli spessi e neri, spettinata, cotta dal calore, braccia chiazzate dalla vitiligine.
Ti viene da pensare che ci sia una connessione tra pelle e candeggina.
Perché i suoi strappi non sono rammendati?

Le due fronti si avvicinano e sussurrano.
Ammorbidente? Smacchiatore?
Sono molto competenti, in sintonia e realizzati.
Loro ce l'hanno fatta, possono dare da lavorare a un sacco di gente, la lavanderia è grande e funziona bene nel quartiere.
Si consultano, con profondità, puntigliosi, come due chirurghi: stabiliscono il tempo, il giorno e il modo, annuiscono, concordano, prima di tornare da te.
Porgono un bigliettino rosa, sempre lo stesso:

– Ready on Wednesday.

NON FARMI CADERE

Sarebbe tutto perfetto, ci siamo ambientati meravigliosamente ma qualche volta ho un pensiero intermittente che mi fa sentire una straniera. Qui sono immigrata. Se volessi trasferirmi lo sarei per sempre. Non so cosa aspettarmi, e forse è questo il punto, ma sento anche affacciarsi l'incertezza: il mio tentativo di tradurre questa pausa di riflessione in una nuova vita britannica per ora sta lì su un crinale tra realtà e fantasia. È un po' titubante e sembra cadere come un sassolino nel vuoto. La parte più difficile è farsi venire l'idea, capire come e dove, in che modo, con quali prospettive. Chiedo in giro, sfoglio pagine di annunci di lavoro, guardo quelli affissi sulle porte a vetri delle biblioteche delle scuole, dei centri culturali. Non ho le idee chiare.

Il problema principale resta il muro della lingua: una barriera che non riesco a valicare. Chissà perché. Seguo un corso online, guardo la televisione in lingua e parlo, sì, ma senza agilità. Non sono portata. C'è un giudizio silenzioso, la sensazione che basti un accento più marcato o una parola scelta male per perdere immediatamente valore.

Arrivo in palestra dopo una mattinata un po' triste. La spensieratezza ha un termine, prima o poi bisogna decidere il da farsi seriamente e io ho fatto dei gesti nella direzione di una ricerca di lavoro qui, ma con poca convinzione. Ho inviato dei curriculum con le stesse formule di cortesia ripetute da qualche modello trovato in rete. Arrivo al climbing che sono anchilosata fisicamente dai rimuginamenti mentali. Ho bisogno di sospendere il continuo ragionare senza soluzioni e, semplicemente, spostare il corpo da un punto A a un punto B. Provare a procedere per segmenti, per piccoli obiettivi, per non affrontare tutto insieme. La vita, la strada. Ogni cosa. Ancora una volta l'arrampicata mi aiuta.

Quando entro in palestra vengo raggiunta da una ventina di bambini dell'età di mio figlio, urlanti. Alla fine della processione c'è lui, il coach, Ivan, che cerca di tenerli a bada come si fa con un gregge di pecore imbizzarrite. Ha la faccia distrutta. È un lavoro fisicamente molto impegnativo e iniziare presto con i turni delle lezioni scolastiche è spossante.

– Sono un po' in ritardo, oggi.
– No worries.

Mi saluta senza energia.

– Sto per morire, sono dieci giorni che faccio dodici ore di climbing al giorno. Comincio a essere stanco.
– Non farmi cadere.
– Invece ti fa bene cadere giù, fa parte del mestiere.
– Hai ragione.

Devo ammettere che ci ho preso gusto, a cadere. Anche con la corda non tesa, con un metro di volo o due. Urlando. Come in *Pomodori verdi fritti,* che la protagonista strafatta di ormoni sostitutivi per la menopausa urlava *TOWANDA!*

Mi anticipa che mi devo preparare ad avere paura ed essere scomoda perché è la giornata della parete gialla, quella che non supero mai. Andiamo a studiarla da vicino. La maledetta traccia gialla. In più, la volta precedente mi sono sfregiata il gomito a occhi chiusi e ho ancora il segno. È stato meraviglioso ma non so se ho voglia di sfracellarmi di nuovo. La sfida è infame e io sono arrivata già sconfitta dalla ricerca di lavoro. Ci sono due passaggi spietati da affrontare quando sei già in alto, nel momento peggiore: sei stanca e l'altezza fa paura, lo slancio è l'unica cosa che può permetterti di raggiungere la presa a forma di lunotto solo con la mano sinistra (quindi la più debole). Poi, dopo aver dondolato il corpo come un orango, riesci ad aggrapparti al secondo gancio con due dita della destra. Se non sei precipitata nel vuoto, puoi trovare finalmente un equilibrio precario. Insomma, chi ha ideato questo percorso è un po' sadico.

Il tracciatore ti vuole insegnare che devi tuffarti, non arrenderti e continuare senza distrazioni per l'obiettivo, tra tappe instabili, da smarcare in fretta, fino a trovarti ad affrontare la presa che ti richiede più energia psichica nel momento in cui sei più distrutta. Il peggio arriva quasi alla fine, quasi in cima, contando su un appoggio con la mano meno sicura. Io sono una campionessa di *arrivare quasi alla fine e mollare poco prima del traguardo*; quindi, questa arrampicata specifica va proprio contro di me. È personalizzata per darmi fastidio in un giorno di sfiducia. Ci sono pinze, spigoli, volumi e piattoni. Alcune prese vanno tenute lateralmente e per pochissimi secondi. E se non impari a svoltare in fretta da una situazione sospesa, anche se sei arrivata fino a lì, non conquisterai mai la cima. In questi percorsi, senza l'ultimo sforzo, tutto è perduto. Ti puoi fare i complimenti per l'impegno ma la verità è che non ce l'hai fatta.

Per scaldarci iniziamo come sempre dalla parete orizzontale. La sfida è quella di provare ad andare in fretta e con fiducia, ogni volta che cado mi viene detto che sono morta. Anche se sono a pochi centimetri dal pavimento.

– Qualunque cosa succeda non essere insicura. Il compito è: se decidi che andrai verso quella presa, la prendi. Anche se a metà ti accorgi che è un'idea di merda.

Forse proprio perché è stanco dalle dodici ore con i bambini, si scatena sadicamente contro la milanese di mezza età, e mi tocca rifare alcuni passaggi sei volte perché sono la regina dell'indecisione. Ma riesco. Con l'arrampicata è tutto chiaro, tutto è tradotto in una parete da scalare, che sia dritta, verticale e faticosa, oppure longitudinale e definitiva, però l'obiettivo è evidente. Non come le mie strategie scomposte per cambiare vita a quarant'anni.

Torniamo di nuovo alla parete gialla che abbiamo studiato all'inizio. Lui prepara la corda, io allaccio bene l'imbragatura. Intanto guardo in alto. Non ce la farò mai. Ma so che non è ammesso. Ecco perché mi sento motivata a continuare climbing: per trovare un equilibrio stabile e disciplinato tra le varie parti di me. Per imparare a cadere.

Prendo il fiato e inizio benissimo, mi sento agile, la risolvo bene, passo il peso, sposto le gambe, le braccia tengono ma le gambe spingono, i piedi sono poggiati perfettamente, non tentenno, arrivo all'allungo che ho tutti i bicipiti tirati, ci provo, ci metto fiducia, prendo lo slancio, decido che mi butto, mi lancio e poi... e poi cado.

Rovinosamente.

Resto appesa come Spiderman quando ti ascolta a testa in giù. Mi viene un po' da piangere.

– Ma come, ce l'avevo messa tutta!

– Allora: quando tu sei lì, devi mettere bene il piede destro con l'appoggio sulla punta e non ci devi restare così tanto, poi carichi sulla coscia senza indecisioni...

– Ma stavolta non ho tentennato!

– Eh. Rifai. Qualche volta ce la mettiamo tutta e cadiamo lo stesso. Rifai.

– Rifaccio?

– Sì.

– Va bene: spiegami.

Prendo fiato e resto ancora un po' a sentire come slanciarmi. Non mi fa scendere, sono lì a mezz'aria mentre lui è lì che gesticola, allontanato di un metro o due per creare la tensione del peso. Si diverte a tenermi attaccata alla corda mentre giro nel vuoto. Mi ripete come fare lo slancio. Le persone, passando, mi guardano appesa come un caciocavallo (più che come Spiderman) e in quell'orario in cui la palestra è frequentata da bambini e giovanissimi atleti mi sento la donna di mezza età senza speranze. Ma mi diverto tanto. Rifacciamo.

Il muro giallo è la mia nemesi, livello 6b, riprendo: allora, prima vado dritta, poi mi sposto lungo la parete adiacente, che fa ad angolo a sinistra. Devo usare il muro di destra con il piede messo un po' in laterale, e facendo presa con il mio menisco fratturato, solo così le prese funzionano, solo al massimo della mia estensione, quasi in spaccata. Poi con un balzo selvaggio mi devo staccare, devo spingere solo con le gambe verso l'alto, e prendere entrambe le sporgenze con le falangi delle dita. E regolarmente cado. Fa paurissima, perché quasi sempre mi incastro contro la parete tutta storta, scomoda, a pregare che la presa sul salsicciotto tenga più di tre secondi per darmi tempo di trovare il coraggio di volare come un petauro dello zucchero. Il passaggio deve essere veloce e poi con una nuova spinta mi devo buttare alla mia destra ma anche un po' in verticale, alla ricerca di una presa che è in altissimo. L'ho già mancata tre volte e, per paura, alzo il ginocchio al muro schiantandoci contro la rotula e poi precipito giù nel vuoto urlando *TOWANDA!* E di nuovo ragno appeso. Risalgo per la quarta volta, anche se dovrei andare a fare una lastra alle articolazioni, e con la forza della rabbia e del dolore, penso a Virginia Woolf. Nella trance agonistica di fronte ai miei limiti mi ricordo di lei, che davanti all'impossibile, al divieto di entrare nella biblioteca senza un professore uomo ad accompagnarla, con la forza della sua rabbia si mette a scrivere *Una stanza solo per sé*.

Lei non si sarebbe lasciata intimidire, impreco in italiano che voglio una cazzo di parete tutta per me! Lo urlo da quindici metri di altezza.

Ma sono troppo in alto e non mi sentono, oppure mi sentono ma credo non sappiano che cosa significa. Vaffanculo. Perché questa faccenda di riuscire a fare le cose che mi fanno paura aggiusta il cervello (oppure me lo compromette definitivamente).

E alla fine l'ho preso quell'holder in cima, mugugnando *ti odio stronzo* al muro.

E sono felice.

Stronzo.

Ce l'ho fatta. Ce la posso fare. Stronzi!

TRASMISSIONI DI CUCINA

Sera, prima di cena. Io e il figlio guardiamo come al solito Foodnetwork UK mangiando i pop-corn *salati*... (sì, specifico che siano salati perché vanno alla grande anche quelli dolci che sono così disgustosi da essere quasi offensivi).

Ci sono delle trasmissioni divertenti tra cui Bake Off in cui vediamo persone ingrembiulate che si sfidano con la preparazione delle torte. Impariamo vocaboli fondamentali per la sopravvivenza in UK come *to cream, whip the egg whites until stiff, frosting, spread, caramelize* e poi montagne di *carrots, icing, sugar, butter, nuts, raisins, pudding, sponge*. Vogliamo immergerci nella vita quotidiana casalinga e diventare ancora più British, cose concrete, abitudini culinarie. Voglio frullare, pestare, raffreddare, tritare, impastare anche la lingua inglese, che in questi mesi mi è rimasta così ostile. Sono sicura che la pasticceria mi aiuterà a raddolcire il mio rapporto con il lessico. E poi c'è il momento della presentazione delle torte, quando il tempo è scaduto e i vari concorrenti soffrono l'ansia da prestazione in modo britannico. Allora ci eccitiamo perché c'è anche la scommessa: dopo i primi cinque minuti di trasmissione, infatti, di solito scegliamo su chi puntare. I giudici passano e tagliano un pezzetto per gli assaggi ed è lì che iniziano le vere emozioni: torri di pan di spagna che crollano, mentre i cuochi singhiozzano scompostamente perdendo l'aplomb e sciogliendo con le lacrime la glassa. Perché alla fine, dicono i maestri pasticceri, va bene tutto, vanno bene le buone intenzioni, ma *the proof is in the pudding*. Ovvero se non ti è riuscita la torta... hai perso perché la prova sta nei risultati.

– *I'm sorry, Mary, but your cook experience stops here.*
– *Your cake is beautiful, but the sponge cake is too dry.*

È molto utile vedere quale torta incoronano e con quale formula, perché anche io poi dirò al signore sull'autobus, chiedendo se si sposta per lasciarmi scendere, qualcosa tipo:

– *I'm sorry mister, but my bus experience stops here.*
– *Your autobus is beautiful, but the bus seat is too dry.*

Insomma, parlo per citazioni della prova del cuoco e finisco per dire cose che non significano niente, non mi costruisco un lessico professionale con queste trasmissioni, ma mi divertono. Altri programmi di cucina inglese tradizionale sfidano il nostro dis-gusto. Salsicce dolci di avena e maiale, salsiccia di sanguinaccio fritto, merluzzo con patate e mirtilli dolci mantecati insieme, pie cotta con carne tritata dentro, burro e cacca di cane, fiumi di birra, colesterolo alto, annaffiato con altra birra doppio malto e morte prematura. A volte penso agli obiettivi che non raggiungerò mai, alle prove perse, alle strade perdute. Allo stesso tempo mi chiedo se il senso non sia proprio questo: *the proof in the pudding* è essere presente, esserci, tornare a sorridere. Anche se la torta incoronata non è la tua.

OTTOBRE È FINITO

Fine ottobre e sono in balia delle onde, non quelle romantiche e salmastre dell'oceano, ma onde elettromagnetiche di ansia mista a caffeina, come se la mia sensibilità fosse tarata su modalità radar. Ogni variazione luminosa è un annuncio di fine del mondo. Il timer della mia esistenza è innescato, con un conto alla rovescia che nemmeno la NASA per le missioni su Marte. E mentre la testa ronza, superando in decibel le tarme che infestano la dispensa dei pensieri, mi interrogo: cosa non devo dimenticare di fare prima di venire via? E perché, nonostante questa domanda sia fondamentale, sono paralizzata davanti alle elucubrazioni filosofiche? Fino a qui tutto è stato così pieno, così reale, che sembra un concentrato di esistenza in formato tascabile. Ogni giornata ha la densità di quattro vite precedenti: un'ipercompressione spazio-temporale che fa sembrare le settimane della mia vita passata svuotate di senso, come sacchetti del pane dimenticati nel cassetto, ancora sporchi di briciole e farina. Qui, basta scendere dall'autobus con la cartella per inalare nove volte la densità del tutto, un cocktail esplosivo di emozioni e smog urbano. Tre milioni di idee ronzano nella mia mente come droni impazziti. Cambiando luogo, ho imparato a vedere il nuovo anche nelle cose più banali: il Tesco come un tempio postmoderno, Hyde Park con le foglie autunnali che cadono come installazioni della Tate Modern, l'odore della città che è una miscela tra storia, umidità, curry rosso, piscio e patatine fritte.

Vorrei saper dipingere acquerelli per immortalare i ricordi con il loro profumo, ma la mia abilità artistica non coglie tutto. Così mi ritrovo immobile sul marciapiede, scrivendo freneticamente appunti per fissare l'eternità in post-it mentali di piccoli ritratti umani. L'avventura, gli azzardi coraggiosi, il muoversi nella direzione dei desideri sembrano dettagli, ma completano questo periodo. Anche le cose buone di ogni giorno, come il *fuck off* di un passante o il rumore rassicurante di un bollitore. Devo trattenere qualcosa da questa esperienza strana, imparare, progredire e rafforzarmi. Se no sono solo un palloncino per aria, finisco per scoppiare col primo spigolo.

PAURA VERA

Ad Halloween mio figlio vuole vestirsi da *spirito del male*. Il costume consiste in una tuta intera di tessuto sintetico non ignifugato, a cui aggiungere anche un passamontagna modello asfissia in lycra altamente infiammabile, da cui spuntano solo gli occhi. Due buchi che non si riescono mai a far combaciare bene con le orbite. Il colore è nero e bianco, con delle ramificazioni malefiche, appunto. Contiene piedi e mani, anzi, proprio le mani sono il forte: le dita allungate un po' ad artiglio. Va tra *Edward mani di forbice* e mio cugino quando non si taglia le unghie.

Se correndo dovesse sfregare troppe volte con un altro mostriciattolo sintetico, secondo me partirebbe un fenomeno di autocombustione, che coinvolgerebbe tutti i minori. Ma non voglio fare la madre apprensiva. Viva la morte!

Non sono molto preparata, questa festa dura una settimana, ci sono mostri in tutte le case e i ragni finti si mescolano a quelli veri, sugli alberi giacciono appollaiati aracnidi grossi come piccioni, che spero vivamente siano imitazioni di bestie biologicamente impossibili. Qualcuno ha la buona idea di dirmi che questa è anche la stagione della riproduzione di questi animali deliziosi che, si capisce, non posso che adorare.

Agne mi dice che Sandy, il cane, li cattura e se li mangia con gioia, soprattutto quelli cicciottelli. Guardo la mia gatta. Pepita ha già ingoiato molte tarme, adesso sono morte di freddo e manca l'approvvigionamento. Ha inseguito un topino d'appartamento, ha minacciato tutti i piccioni e gli scoiattoli del quartiere. Un grosso ragno in effetti c'è. È dall'altra parte del vetro, per fortuna, attaccato alla finestra, dietro alla tastiera elettronica che abbiamo affittato. Ascolta la musica con piacere e si fa su la sua tela con menefreghismo: mio figlio suona a lungo e lui penzola sereno e non ha intenzione di cambiare alloggio. Gli piace molto Bach. Va pazzo per l'organo sintetico, gli escono proprio i gomitoli a fiotti sulla *Toccata e fuga in Re minore*. Ha tirato il filo lì sul vetro, da nord a sud, da est a ovest. Io ho già deciso che quella finestra non verrà mai più aperta. *Never*. Sono preoccupata ogni mattina al risveglio, soprattutto quando non lo vedo lì, anche perché spero non sia *una ragna* un po' facile, andata a riprodursi proprio ad Halloween per farci lo scherzetto con la sua famigliola e distribuire, attorno al mio vetro, pargoletti a otto zampe nere. Paura vera.

Il giorno di Halloween la scuola ti dà una mappa cartacea del quartiere. C'è un percorso che è quello concordato e i genitori devono seguirlo insieme a tutti i mostriciattoli, dopo l'uscita pomeridiana. I bambini vengono vestiti e truccati da esseri marcescenti grazie ai volontari del comitato genitori che si presentano a scuola. Qualcuno li aiuta a indossare gli abiti che hai messo loro nello zaino e vengono muniti di sacchetto o secchiello procurato dai loro *parents*. Escono dal portone scheletri, zombie, fantasmi, molti spiritelli di Amazon, come il mio, molte streghe, anche loro dotate di costumi arrivati con il servizio Prime, qualche morto e decomposto di eBay, altri Frankenstein del supermercato Tesco con tanto di etichette. Poi è un vero arrembaggio: la prima casa di Holland Park (di sicuro appartenente a qualche diplomatico, forse della Polonia), viene letteralmente assaltata... momenti di grande paura. Uno sciamare di creature conquista la scaletta esterna, c'è infinito timore: un signore in divisa da maggiordomo apre la porta e si trova un'orda di bambini inferociti con i secchielli vuoti, che se non stai attento ti entrano pure in casa, i più orridi si vanno a prendere i dolci in dispensa, spaccano tutto, spalmano il trucco verde marcio sui divani bianchi. Si mescolano giovani purulenti di ogni scuola del quartiere. Madri italiane che sembrano *L'Urlo* di Munch al naturale, cercano di ottenere un po' di calma con gesti scomposti.

– Aspettate! Bambini!
– Non perdetevi!
– Viene buio, state vicini!

È il delirio. Torroncini, caramelle, marshmallow, cicche, cioccolato. Madri e padri autoctoni stanno molto tranquilli, sono travestiti con grande cura, la moda impone una gamma che va dal lenzuolo bianco con i buchi per gli occhi (modello Ku Klux Klan) alla toga con finitura satanista; conto almeno una ventina di diversi travestimenti di adulti inglesi che superano, in quanto a demenza, il costume da Gobbo di Notre-Dame dell'Ispettore Clouseau. Altri cinque o sei completi costano come un Armani haute couture. Io sono travestita da strega morta bruciata in un impeto sacrificale, e sono l'unica madre italiana camuffata.

– State attenti! *Please!*
– Non entrate!
– Mi raccomando l'educazione!

La portata dell'azione bellica contro la residenza diplomatica si potrebbe traslare così: l'Italia invade la Polonia. Un centinaio di bambini piccoli, vestiti da mostri, spingono e urlano *Trick or treat*, finché la situazione non viene presa in mano da una signora che esce con un gigantesco catino di caramelle e devia lo sciame nel giardino lanciando il becchime nella direzione del prato del vicino. Un altro maggiordomo riempie i secchielli, mentre un altro tizio, bianco come un cencio, riesce a chiudere la porta e respirare a fondo.

– Bambini, potete andare solo nelle case addobbate. Quelle sono pronte per farsi saccheggiare. Le altre non gradiscono, chiaro?

Afferma con fermezza una signora inglese vestita da cameriera con un'ascia insanguinata a tagliarle il cranio a metà. Qualche genitore prova a rispiegare le regole, ma non c'è misura. La gioia è straripante. Urlano tutti. Siamo fuori controllo.

Gli adulti corrono come scemi guardando ossessivamente la cartina, per star dietro al gruppo.

A un certo punto, nella casa successiva, i proprietari, che si sono spiritosamente travestiti da personaggi di *Rocky Horror Picture Show*, iniziano a soccombere: non riescono più a gestire i nanetti sul vialetto di casa. Momenti di panico, lanciano le caramelle in aria e fuggono anche loro, e mentre gli orridi schifosetti raccolgono dolciumi e chewing gum dalla terra poltigliosa, con un po' di deliziosa fanghiglia, altri abitanti superstiti si tumulano in casa abbandonando sul patio vassoi di snack. Più avanti una porta di quelle non addobbate si riapre e dall'ingresso vengono buttati fuori dei bambini italiani di cinque-sei anni che erano riusciti a intrufolarsi nel salotto.

– *Sorry madam!*

Alcune case hanno scarafaggi di gomma grandi come gatti sui cancelli, ragnatele uscite da un romanzo di Stephen King, altri ragni enormi gonfiabili che sembra un po' di stare a Derry pronti per farsi imbozzolare da It. Altre dimore di Kensington hanno sobriamente investito in robot-zombie che si muovono davvero, teschi illuminati da orbite infuocate e streghe gonfiabili issate sulla tettoia con tanto di scopa e artigli. Lupi mannari sulle porte. Qualcuno ha anche affisso un puppet horror con le fattezze della Thatcher.

Giriamo e fotografo un po' di caseggiati e di mostri, finché c'è luce, e, in effetti, vedo che è sempre più lungo il tempo di esposizione, sta scendendo un tramonto inspiegabilmente veloce.

Improvvisamente cala il buio: le orde di bambini sono tante, la mappa di carta è diventata indecifrabile, in strada passano le macchine. Speriamo di non perdermi mio figlio! In quell'attimo stesso, appena lo penso, me lo perdo di vista. Non lo vedo più, è sparito in un orribile magma di buio e in una sterminata pianura cementificata, nei marciapiedi pullulanti di gnometti di lycra. Non so a chi è mai capitato di perdersi il figlio, ma è la cosa più spaventosa che possa succedere.

Sto malissimo. Strillo, lo chiamo. Penso che l'abbiano rapito perché è troppo bello. Alzo la voce, strillano tutti però, è un continuo *trick or treat, trick or treat, trick or treat?!* Realizzo la portata drammatica della sparizione. Non lo riconoscerò mai e non mi sentirà mai. È buio, e il suo vestito è uno dei più comuni. Il primo suggerimento di Amazon Prime con sconto del 30%. Praticamente devo togliere il passamontagna a tutti i bambini alti 140 cm in tutina. Nella foga becco anche qualche adulto un po' basso, per sbaglio. Scateno il panico nella comunità italiana. La pioggerella si trasforma in mille lacrime amare.

Mi sembra un incubo vero, da strapparsi i capelli, nel mio caso la parrucca da strega, vorrei chiedere di accendere le luci e piantarla di scherzare. Levatevi tutti i passamontagna. Tirate fuori mio figlio. Cosa faccio? È una notte delirante in tutta Londra, già mi immagino alla polizia con un inglese stentato a spiegare che mio figlio è riccio, moro e italiano, va scoperchiato però perché è vestito da creatura della notte. Il dialogo è surreale:

– Cerco uno spirito del male non ignifugato. Mio figlio, dieci anni, 140 cm, creatura della notte. Se lo trovate e lo scappucciate, ha i capelli ricci.

– Sì, signora, ma ce ne abbiamo centocinque, qui in centrale, che si sono persi e che corrispondono alla sua descrizione, ci dica di più.

– Sa improvvisare la Moldava per organo!

– Qui ne ho sette di organisti sotto i dieci anni, signora, questa è Londra.
– I Kiss, fategli suonare i Kiss!

Comunque, alla fine, quando ho ormai perso dieci chili e sono pronta per due bypass al cuore, mi appare come in una visione il mio marmocchio. È lì con un amichetto, s'è levato il passamontagna, se la ride. Niente polizia, è sano. Ha il secchiello pieno e arriva da me saltellando. Che poi neanche le mangia, lui, le caramelle, e invece è stracolmo di gioia e zucchero! Non si è accorto di essersi perso e di essere finito con un gruppo di bambini inglesi. Lui, entusiasta, io... da ricovero.

– Mamma è la cosa più divertente che ho fatto nella vita!

E come no. Neanche il tempo di toccarlo per realizzare se è vero, se è vivo, o se è solo spirito (del male), che corre a suonare di nuovo i campanelli, urla *trick or treat*, e per lui la vita sta andando alla grande. Io ho dieci anni di vita in meno. Ansimo. Mi racconta che è stato un sacco di tempo nelle prime case che abbiamo visto, che ci ripassa anche due volte, che sono ricchi e generosi, tanto non sai se quello vestito come lui l'hai rivisto più di una volta, con quel costume ne conto un centinaio. Furbo lui.

Piove a dirotto, ormai. Siamo tra le magnifiche regge di Beckham e di Robbie Williams. In ogni caso, dalle porte escono solo camerieri o le guardie del corpo, travestiti da Dracula o streghe. Armati. Bambini che minacciano con coltelli di plastica e ridono, ridono anche questi tizi aggiustandosi la tracolla del mitra. Fanno la commedia di essere impauriti e alzano le mani, indietreggiando.

– Non farmi del male, ti darò i dolcetti!

Urlano scherzosamente, con le armi nelle fondine.
Poi ci apre anche qualche ricco abitante di Notting Hill in persona. Ma, come dire, sembra di essere sul filo della violazione di proprietà, ho sempre il timore che da un momento all'altro spunti da una villetta tranquilla Montgomery Burns, il vecchio ricco dei Simpson, pronto a liberare i cani da guardia.

Poi, dopo un po', con la pioggia, un amico adulto si rompe i coglioni.

– Basta, io mi sono rotto i coglioni.

Per intenderci, è quello che aveva detto, molto tempo prima: *Niente, è morta la regina.*

Basta, dice, comunque. Ed è definitivo e assoluto, ci porta a fare merenda in un locale siciliano piuttosto grande a Kensington, dove un tagliere con la bellezza di sei fette (sottilissime) di salame, otto di prosciutto e un pane carasau (cioè una sfoglia) con sei pezzi di formaggio costa la bellezza di ventotto pound. È il quartiere sbagliato dove fare merenda: in questa città bisogna stare attenti, magari bastano dieci minuti a piedi e i prezzi calano della metà. La mia carta di credito, purtroppo, ha un collasso. Roba da leccare le briciole dal tavolo. Chiedo una doppia ciotola di pane e un po' d'acqua per il cane (che non ho), si paga tutto altri sei pound. Anche il respiro costa. Lo trattengo. Aspettiamo un'amica che vuole fare un giro dell'isolato in carrozza (in realtà è un carro funebre guidato da sei cavalli a lutto, con i pennacchi neri), con un'altra mamma, qualcuno mosso a pietà mi offre le arancine e la caponata mentre i bambini si scofanano gli snack.

Quando usciamo, riprendiamo un po' il giro, ma è davvero buio pesto. Rimango indietro a chiacchierare nel gruppo italiano e sento un urlo:

– Dov'è la mia mamma?

Non mi ha vista! Corro verso il mio piccolo mostro bambino e lo abbraccio. Lui, ancora vestito da creatura assetata di sangue, mi abbraccia. Mi sembra di averlo ritrovato dopo un secondo lungo smarrimento, e nulla come l'idea di perderlo, mi fa capire quanto sia ultraterreno il nostro legame. Al diavolo la panchina verde e le mie fisime. Se non fosse così complicato, mi dico, non ci sarebbe alcun dubbio: mio figlio è il senso assoluto della vita. Nello stringerci, sento con chiarezza l'amore, l'amore vero, che non è mai un diversivo, ma una pienezza. E io, per quanto sbagliata, madre stanca o disorientata, torno qui, a lui, sempre e comunque. Tra le braccia di mio figlio, che si aggrappa a me con furia tenera e vorace. Gli dico:

– È qui, hai visto, la mamma?
– Pensavo di averti perso.
– Stai tranquillo! La mamma non ti perderà mai!

Gli adulti ridacchiano ma sono contenti. Avranno pensato anche a loro da piccoli, a noi, a come siamo ancora adesso, con corazze e armature per fare paura, corpi grandi e grossi, competitivi e sulla difensiva, dei veri mostri. Ma poi ci sentiamo soli e inermi davanti al futuro. E quando è buio e piove, abbiamo paura, e in definitiva, il nostro pensiero, negli anni, è sempre e solo lo stesso per tutti.

– Ho paura, voglio la mia mammaaaa.

Inizia novembre. Questa è la vera notizia che fa paura. Il tempo sta finendo clamorosamente.

CERCASI LAVORO (SENZA ESAGERARE)

Ogni giorno indago le possibilità di trovare un impiego a Londra, lo faccio con misura, ma senza sosta. Incessantemente. Più che altro tasto con mano la parete alta che separa autoctoni e immigrati, quanto margine c'è di essere davvero integrati in questa città? È tutto oro quello che luccica? No: è dura, ci vuole un'alternativa valida per abbandonare tutto. L'obiettivo non è arrivare a fine dicembre con un'occupazione fissa qui, quello è il traguardo. Mi accontenterei di un passaggio intermedio: fare chiarezza. Per le decisioni definitive io non mi sento portata. Forse mi immagino di vivere all'infinito, immortale, quasi potessi prolungare il tempo di indecisione senza scadenze, come quando si hanno grandi aspirazioni ma si è ancora giovanissimi, e ci si proietta verso futuri fantascientifici. Se solo potessi essere più giovane di dieci anni e ritrovarmi qui a trent'anni, sarebbe tutto meno campato in aria.

Invece è una fase diversa della vita, le mie ombre sono già molto lunghe sul marciapiede, come quando il sole sta finendo il suo giro. Anche la durata di questo trasferimento a Londra, concordata con la famiglia, sta arrivando al suo ideale tramonto, restano poche settimane. Tra un po' fa notte. Un primo passo per sganciarmi da qualcosa di frustrante ho imparato a compierlo, e ancora, adesso che l'ho già fatto, so che mi schioderò con uno slancio ogni volta che la mia anima sentirà quel risucchio verso il tombino. Ne vale la pena.

La mia ricerca è metodica e silenziosa, discreta, chiedo consigli quasi per caso agli altri genitori o ai nuovi contatti, cercando di capire se possono indicarmi delle realtà adatte a me. Una proposta per delle lezioni di scrittura creativa in italiano mi viene fatta da un centro culturale; c'è l'opportunità di fare lezioni di teatro e drammaturgia in una scuola di teatro che sta studiando Goldoni.

Sono sempre tutti molto disponibili, la comunità italiana si stringe con una certa solidarietà: vengo indirizzata da questo o da quell'altra con il passaparola. Prendo contatti per il futuro, che sono certa saranno preziosi sia se restiamo, sia se partiamo. Ti inerpichi e scopri che a volerlo, a intestardirsi, a esercitarsi meglio nella lingua, a restare facendo debiti e salti mortali, lo spazio per te, ci sarebbe.

Un'attitudine un po' energica, che spinge me e il mio partner a uscire spesso di casa e conoscere gli altri e le loro vite.

Questa sera siamo stati invitati da un collega di mio marito, un informatico marchigiano, alla sua festa dei cinquant'anni. Ci troviamo con il figlio in un posto carino, una casa molto grande, musica soffusa, luci basse e molti salatini. Ci sono vari tipi di invitati, un misto tra italiani e immigrati di altre parti del mondo. Mi metto a chiacchierare qua e là e dopo un po' mi sciolgo.

C'è un piccolo editore inglese che si presenta salutando con una stretta di mano, uno per uno, tutti gli invitati. Nessuno lo conosce nel gruppo con cui sono arrivata, sembra molto simpatico e deve essere di origine indiana. Brindiamo, ci presentano, lo scoglio della lingua c'è ancora, ma ormai sono più sciolta anche io. Qualcuno gli anticipa, non so come, che vorremmo restare a vivere a Londra con la famiglia ma io devo trovare un incarico per poter abbandonare tutto quello che ho in Italia: i lavori che sono riuscita a sospendere, rimandare o fare da remoto. Dopo il reportage sulla regina sto prendendo contatti per un blog italiano di viaggi e scrivendo qualcosa sulla città, ma sono sempre committenze italiane passate dalla mia agenzia.

– Ma ti posso aiutare...

But I can help you... Dice questo signore un po' scuro un po' alticcio, dal sorriso magnetico, lo dice davanti a tutti. Attenzione. Grande silenzio solenne, la comunità si fa interessata. Il problema è risolto. Evviva gli indiani. Ecco una traduzione sommaria dello scambio.

– Come? (*What?*)

– Ma certo, tu vieni da me, ne parliamo insieme: scrivi un po' di soggetti, quelli per l'infanzia vanno alla grande: io faccio piccole pubblicazioni anche sul territorio, sul turismo, la cucina, le curiosità.

– Ma io non scrivo bene in inglese...

– Ma che importa, ti traduciamo. La traduciamo! Che ci vuole!? Soprattutto la cucina italiana va molto. Sai fare qualche ricetta raccontandoci degli aneddoti sopra? Tipo tua nonna che ripiega i cappelletti? Tu scrivi la ricetta. Facciamo delle fotografie... lei con il grembiule, le mani infarinate...

– Mia nonna era una fisica nucleare... e poi è morta...

– Mandami qualche aneddoto che vuoi tu.

– Ma davvero?

– Certo! Vieni da me.

– Vuoi il mio curriculum?

– Ma no, quando ci vediamo mi racconti tutto e vedrai. Giusto l'altro giorno è venuto a casa mia Benedict e parlavamo di un libro su di lui, adatto ai bambini.

– Benedict?

– Cumberbatch? *Doctor Strange...* Sì, siamo migliori amici.

Tutti sono estasiati. Mi aiuterà lui, mi assumerà e io avrò il *Right to Rent* per la casa e il visto. A posto. È fatta! E poi chissà, magari scriverò un testo teatrale per il Dottor Strange.

– Be'... allora, se dici davvero, magari se vuoi ci scambiamo i contatti e poi ti scrivo.

– Ma certo, ma certo. Ci penso io.

Mi condivide il suo numero, io il mio, la folla festante lo acclama e veniamo assorbiti da altri discorsi. Lo sento mentre racconta che il motivo per cui lui ha un successo costante, pur lavorando tantissimo è perché è molto equilibrato, è solido, ha una personalità capace di concretizzare. È diverso da tutti quegli altri che di fronte alla popolarità danno di matto e iniziano a fare una vita sregolata. Mi domando perché non ho mai sentito parlare di lui né della sua casa editrice ma cercherò online.

Più tardi, infatti, vado in bagno e cerco notizie. Il suo nome c'è ma non trovo quasi nulla che non siano articoli scritti da lui stesso su qualche blog (suo).

Una luce brillante di promesse, in un mare di incertezza è una grande tentazione a chiudere un occhio anche davanti a questo piccolissimo campanello d'allarme. Il suo entusiasmo contagioso e la sua sicurezza nell'offrire un aiuto risuonano nel mio cuore e mi spingono a crederci. Si può fare! Ci credo, confido nella bontà umana, nella solidarietà tra immigrati anche di culture diverse.

Gli scrivo per l'appuntamento qualche giorno dopo.

Silenzio. Mi risponde chiedendomi come mai ho il suo numero, riprovo a spiegarmi e a ricordargli del nostro meeting. Non ottengo risposta alcuna. Dopo un altro giorno mi arriva un nuovo messaggio nel quale mi dice che è *via*. Via? In che senso? Via da dove? Attendo una settimana e non scrive più niente. Lo incontro due settimane dopo, quando ormai la sua offerta mi sembra naufragata. Mi trovo a un metro di distanza, lo saluto con la manina due o tre volte. Si volta. Fa finta di non vedermi. Non mi rivolge lo sguardo, né la parola.

Scopro, chiacchierando con il collega di mio marito, che la migliore abilità di questo figuro è quella di imbucarsi in tutte le feste.

INTERMEZZO NOTTURNO
OGNI NOTTE

Quando mi affaccio alla cameretta, nei miei giri da insonne, con le gambe sempre in movimento e vedo mio figlio immerso in quel sonno che sconfina nella meraviglia, mi accorgo che un amore pazzo si è insinuato in me. La sua quiete disarmante mi riempie di una tenerezza disperata.

Mi viene in mente un personaggio di Bergman che scopre a metà della vita di aver sempre trascurato l'anima e se ne accorge solo quando l'anima inizia a soffrire.

A volte è sfuggente, l'anima, e si sveglia solo quando qualcosa di intimo si riaccende, lo fa un istante prima che sia troppo tardi, con un dolore che penetra dentro come una lama sottile. E ci fa mettere in discussione tutte le nostre certezze. Ora che guardo il figlio che respira lento sotto le lenzuola, sento che persino la mia inquietudine si sta placando.

Forse quello che mi mancava tanto era la capacità di tornare a divertirmi, seppure nel caos, sorridere un po' di più, respirare, dimenticare fallimenti e aspettative negate. In questa notte una sorta di riconciliazione si insinua sottopelle, l'ansia si scioglie, il futuro si rischiara un po'. Arriva l'alba. I muri color mattone in lontananza, le finestre che non hanno gli scuri e io che sono lì, in piedi. Ho attraversato il buio e il chiarore. Mi viene da sorridere, forse dovevo solo ritrovare il piacere perduto facendo qualcosa di azzardato.

Forse volevo ancora divertirmi… complicandomi la vita.

ACQUA DA TUTTE LE PARTI

Ivan suona la chitarra.
Ma era uno scienziato vero.
E se n'è andato dall'Italia per suonare il basso a Brick Lane.
Da ragazzo ha passato più giorni sui libri e in laboratorio
che al parchetto con gli amici.
Poi ha iniziato a suonare, ma era tardi.
Di giorno si impasta le mani con il magnesio in polvere.
Dita spesse. Avambracci massicci.
Solleva i piedi di novanta gradi e si arrampica leggero e veloce, come Spiderman.
Ha gli occhiali con la montatura filiforme, le gocce di pioggia sui vetri delle lenti.
Ha dimenticato l'impermeabile, ha dimenticato la sciarpa, ha dimenticato l'ombrello, e ha dimenticato a casa un centinaio di parole italiane.
Arriva da Shepherd's Bush con una moto,
prende su squadroni di bambini e li imbraga ogni giorno.
Li incoraggia e li issa in parete.
Le scolaresche di mattina, i corsi pomeridiani dopo le cinque.
Qualche pensionato o pensionata o qualche fanatica a cui spiegare.
Che ci si può fidare dei piedi.
Che si può fare anche un salto per raggiungere un appiglio.
Che non si deve mai tornare indietro.
Una volta preso un appiglio vacci, vai avanti, non passare il tempo a chiederti se hai sbagliato mano.
Le scarpe sono meglio strette, la maglia meglio aderente.
Ad aspirare a qualunque aggancio che possa farci fuggire verso l'alto, come vapore acqueo.
Che è gratificante riuscire ad arrivare in cima, urlare "sono arrivata!" e buttarsi giù con la faccia arrossata.
Sale fino in cima, di lui vedi solo le suole delle scarpe.
Non stavo bene in Italia.
E i movimenti da gomma da masticare.
Non c'è tempo.
Compromessi, battaglie e costi da affrontare.

Finiti i corsi serali riprende il motorino e torna a casa dove fa la lotta contro i topini, roditori maledetti che escono dai buchi, ammazzarli con la scopa, da dove escono, piccoli bastardi, lui inchioda le assi al muro, loro spingono a testate, lui tappa il caminetto, loro compaiono dall'armadio.

– Voglio avere più tempo per le cose che mi stanno a cuore.

Tira il martello al muro, fa la doccia e dorme.
Mentre gli sottraggono la merenda.
Suona la sveglia, riparte sotto la pioggia.
Hammersmith. Motorino. Tanta acqua.
Avrò tempo per loro.
Intanto acqua da tutte le parti.

STELLA POLARE

Qui a Londra c'è una precisa convenzione sull'uso dello smartphone. Puoi usarlo per tutto, te lo potresti anche mangiare, in mancanza di altro. Per uscire di casa basta solo quello, neanche le scarpe sono considerate così essenziali.

Non sono sicura che sia così anche da tutte le altre parti del mondo: io avevo con me una borsetta, prima, avevo diversi accessori essenziali, adesso mi basta un marsupio. Non amo il cordino con il telefono che sballonzola, quindi ho preso alla Tate Gallery un bel marsupio colorato, ispirato a qualche artista, Andy Warhol combinato con Duchamp, una cosa così, è colorato e simpatico e si abbina bene con il mio umore, prendi quello, ci butti dentro il telefono e via, vai dove vuoi.

Però questa straordinaria agilità comporta anche un interessante *side effect*: se ti si scarica la batteria e non hai il cellulare, a Londra, sei morta. Ecco cosa succede un giorno in cui sono uscita la mattina... senza *powerbank*. Parto presto: devo fare diversi giri per la città e finisco per trovarmi lontanissima dal quartiere conosciuto. Decido di chiamare il marito per dirgli che non riesco ad andare a prendere nostro figlio a scuola, se può passare lui e scopro che sono spacciata. È scarico. Sono rovinata. Non ho soldi, non ho Google Maps. Non posso prendere la metropolitana perché lo sportello si apre solo con il telefono, non ho con me la carta di credito, non so in che direzione camminare perché non ho il GPS, non posso prendere il taxi, perché non passano in questa via più piccola e non so dove andare cercare il posteggio dei black cab, non ho nemmeno con me i contanti.

Sono nel cuore della giungla urbana, ci vorrebbe almeno una bussola, o l'esperienza di una guida alpina per orientarmi, con quelle cose assurde che sanno loro, tipo osservare la crescita del muschio sui piloni della luce per capire la direzione da prendere. Cosa potrebbe aiutarmi? Il passaggio di un branco di cani, la linea dell'orizzonte solare? Dove pisciano i cani? La macchia di piscio indicherà il nord o il sud? Panico. Anche se credevo di sapermi muovere bene per la città, o almeno pensavo fosse così, senza cellulare è finita. Sono solo un corpo senza GPS. Potrebbero non trovarmi mai più, rimpicciolita e sola in questa megalopoli.

Tiro fuori dal cappello una soluzione geniale, che mi porta indietro di qualche decennio: chiedere indicazioni ai passanti! C'è giustappunto davanti a me una signora che sta per attraversare la strada, e mi precipito verso di lei, ansimando e gesticolando scompostamente.

Quella si blocca terrorizzata, fa un passo indietro e mi guarda come fossi un'aliena.

– *Excuse me, do you know… Could you please tell me where Cambridge Gardens, the street, is?*

La donna si rende subito utile: attacca con una raffica di indicazioni di cui non capisco assolutamente niente. Zero assoluto. Annuisco, ma la percepisco come una litania in ostrogoto.

– *I believe so, well, I try, you need to follow these directions. Start from Shinfield St, head northwest on Shinfield St towards Bloemfontein Rd. Turn left onto Bloemfontein Rd. Continue straight onto Frithville Gdns. Turn right onto Du Cane Rd. Turn left onto Bloemfontein Rd. Turn right onto St. Stephen's Ave. Continue onto Dalgarno Gardens. Turn left onto Barlby Rd. Continue onto Cambridge Gardens. You'll find Cambridge Gardens 43, postcode W10 5UA, on your right.*

La guardo trattenendo le lacrime: se me lo avesse spiegato in italiano e se fossimo nella mia città sarebbe stato uguale. Mi metterei a piangere perché non sono mai riuscita a seguire le indicazioni stradali. Ringrazio calorosamente facendo finta di aver tutto sotto controllo e mi incammino. Nella direzione sbagliata.

– *Ma'am? Shinfield Street, it's on the other side.*
– *Ops excuse me…*

Giro i tacchi ma sono comunque nel mio vuoto cosmico. Non ho appigli. Verranno a cercarmi prima o poi? La scuola avrà di certo già avvisato mio marito, per fortuna. Sono tranquilla almeno su quel versante, ma io? Sono perduta. Devo fermarmi a pensare un attimo. C'è un parchetto. Una panchina verde. Mi fa ricordare la panchina verde, negli anni prima di partire. E non mi siederò di certo.

Ma il parco qui a Londra mi sembra molto più dinamico, o forse lo sono io. Posso anche fare ginnastica per schiarirmi le idee: qui nei giardini pubblici, ci sono dappertutto e sempre bellissime attrezzature da palestra, una strategia forse per incentivare il benessere tra un pub e l'altro. Mi siedo su una macchina da fitness, prendo in mano due manubri per fare i bicipiti. Non so perché mi venga questo disperato desiderio ma mentre alzo i pesi e guardo il cielo che anche oggi diventa crepuscolo e poi sera, mi viene da chiedermi se saprei servirmi della stella polare. Mi sembra per la prima volta che mi sia mancato un insegnamento importante, tra tanti. Orientarsi con le costellazioni. E dire che anche per questo esiste una app dello smartphone.

Sospiro. Chissà il figlio che penserà, sarà spaventato per la mia assenza? Non so nemmeno che ore sono, dove sono? E perché non riesco a sentire il suono del rintocco del Big Ben? Mi sarò allontanata da Londra? Oddio. Che penseranno? Penseranno che li abbia lasciati o che sto facendomi gli affari miei e non so essere *responsabile for myself!*

Mi rimetto in piedi, e guardando quasi per caso in fondo a una strada appare il memoriale del grattacielo Grenfell Tower, quello ricoperto da un enorme cuore verde. Ma sono dietro casa! Grenfell Tower è vicino alla piscina e io dalla piscina sono a dieci minuti da Cambridge Gardens! Ecco la mia stella polare. Finalmente trovo una strada riconoscibile e correndo come una disperata, arrivo a riabbracciare la mia famiglia. Entro dalla porta, sono sfinita. Non riesco nemmeno a parlare.

Nessuno sembra essersi accorto della mia assenza. Dopo una pausa silenziosa, vedendo che sono le otto, l'ora di cena, ma che nessuno si è fatto prendere dall'ansia, non so se ringraziarli per la tolleranza o dispiacermi perché la mia mancanza è marmorizzata con un senso di invisibilità. A tavola mi lagno di tutta l'Inghilterra che non riesce a stare in piedi senza uno smartphone, continuo la cena con pane e polemica. Raggiungo un punto di ebollizione antibritannico. Ma ho un gran casino in testa.

Ho voglia di litigare e ho torto. Mi appiglio ai fagiolini, alla pattumiera, alle troppe uova che mangiamo sempre, manco fossimo una famiglia di serpenti, ai ravioli che affollano costantemente il frigo anche se non mi piacciono. Sputo veleno e allungo la lingua come un cobra.

I discorsi biforcuti tra me e il marito si sposano bene con la lingua inglese… e poi tra noi, a volte, proviamo a parlare così, per abituare il figlio con la scuola bilingue. *Try to be a British, traditional, family.* Sono in vena di attaccar briga: chiedo se ha fatto la lavatrice. No. Ma si difende.

– *I made beds!*
– No lavatrice? *Eh? No laundry?*
– *Kid to school!*
– *Fine, you win.*
– *Teamwork wins, always.*
– *Tomorrow, you do school run.*
– *Finally, yes! I'll do my turn!*
– Mamma, papà… ma state litigando?

Chiede mio figlio alla fine. E noi neghiamo all'unisono:

– NOOOOO…

Possiamo ammettere di essere poco sciolti. I litigi al vetriolo, però, sono ridicoli, stanno benissimo in *British style* e sembra che la lingua ci trasformi in due pagliacci, smontando tutto il sistema rabbioso. Alla fine, all'italiana si bofonchiano scuse, ci si perdona e si finisce per fare la *reunion* sul grande divano con una fetta di torta. Come i Simpson. Ecco il mio nido, il mio punto di riferimento, la mia stella polare. La verità è che mi ero spaventata e che ho bisogno della mia famiglia. Avrei voluto che mi si chiedesse dove sono stata, per poter dire che mi ero sentita sola e persa, che mi ero spaventata, che ho bisogno di entrambi. Vorrei che mi dicessero che erano preoccupati, spaventati, disperati all'idea di perdermi. Non vorrei mai stare da sola al mondo, senza di loro. L'essenziale per me, ovunque io mi trovi.

Alla sera è molto di conforto anche la musica e, oltre alle ricette, è utile per allenare l'inglese: impariamo i testi degli Imagine Dragons, la band preferita del figlio. Li cantiamo con la chitarra e il pianoforte, dopo cena, a squarciagola (poveri Agne e Jerry). Io, che non so fare niente, nemmeno battere le mani a tempo, sono addetta a tenere il cellulare con la pagina del testo. Niente, come le canzoni tristi, pop e difficili da pronunciare, ci spinge a chiudere con la testa, a smettere di arrovellarci e ci convince ad andare tutti a letto.

Sometimes, qualche volta, *mi sento un po' spaventata di notte…* dice una canzone. *Me too*. Penso. E non solo *sometimes*.

OPEN MIC

– E allora provaci, no prima di arrenderti, a partecipare a una di quelle serate! – mi sprona il marito.

Gli Open Mic in inglese mi ossessionano. Ogni due giorni torno con la testa a immaginarmi tutta la situazione. Parlare davanti a un pubblico sconosciuto, in una lingua che ancora sento estranea, è come cercare di aprire l'ombrello in mezzo a un uragano nella direzione contraria al vento.

Provo a razionalizzare la mia paura: tanto cosa ho da perdere? Devo solo forzare i muscoli, un passo dopo l'altro, come quando Ivan mi incita a guadagnare un punto alla volta su una scalata. Conquistare un pezzo in più. Così, sminuzzo l'ansia in piccoli bocconi, zollette di paura da mandare giù una alla volta.

Ivan mi direbbe che non devo guardare fino in cima e sentire la meta inarrivabile ma guadagnare un punto sulla parete e mantenerlo. Poi si può lavorare su quello successivo e poi, un giorno, si conquista quello che da terra, i primi giorni, sembrava irraggiungibile. Ci provo, ma niente da fare: finisco per proiettarmi troppo nella rappresentazione finale. E cado, con la corda di sicurezza, ma cado.

Ho appena compiuto un atto mentalmente auto boicottante: in ogni caso, non ci si deve fotografare in un futuro angosciante, nel peggiore dei mondi.

Vietato dai corsi di motivazione personale e dalla psicomagia, pratiche in cui ripongo la massima fiducia. Niente, appena sto compilando un modulo per prenotarmi a un Open Mic trovato in rete, sudo come un raviolo cinese al vapore, il dito trema e la proiezione di me stessa con il microfono in mano mi appare più vivida e orribile che mai.

Mi vedo così: bagnata perché ho dimenticato l'ombrello, con i capelli appiccicati che sembro unta, tremo, sono vestita male (con il mio stile incidente con l'armadio), ho i tacchi che mi stanno scomodi. Quando sorrido, il labbro di sopra mi scopre le gengive, ho la bocca riarsa e le narici si aprono e si chiudono come le branchie di un pesce fuor d'acqua. Il locale è semivuoto. Gli spettatori sono tre, non li conosco ma sono sbronzi e molesti, sul fondo ci sono pochi amici che mi sono portata io. Ecco che inizio, sorrido e mi scuso per la lingua, poi apro un foglio, non c'è molta luce, mi hanno tradotto tre piccoli raccontini. Inizio a leggerli: condivido fatti della mia vita e derido qualcuno dei presenti. Alcuni si riconoscono per errore nel racconto, si offendono per sempre promettendomi una querela. È fiction, grido, autofiction! È inventato! Solo poche cose sono vere! Mi spengono le luci, arriva il buttafuori che mi minaccia, e poi scoppio a piangere e corro via mentre mi tirano le uova. Marce.

Nonostante questa immagine apocalittica che mi si ripresenta continuamente nel dormiveglia, decido di andare avanti. Sono cocciuta.

Per spronarmi e superare l'ansia tento una strategia balzana: fingo con il mio cervello che non sia difficile esibirsi e che non importi il risultato. Devo immaginare che sia solo un gioco, *giusto per provare*, che da questo non dipenda il mio futuro prossimo a Londra. Devo declamare la mia poesia a un microfono come una bambina che recita San Martino di Carducci al pranzo di Natale, oppure così, come per scherzo prima di cena, giusto per avere un attimo di ascolto e poi tornare a preparare la cartella del figlio o mettere le patate nel forno. Una cosa facile.

Prima di tutto, quindi, è necessario farmi dare il nome di qualcuno che possa consigliarmi un locale preciso, e non affidarmi alla ricerca in rete.

Un attore della Royal Academy si offre di aiutarmi a rimaneggiare i pezzi, è dubbioso sulla traduzione e sulla natura troppo letteraria. Mi propone di fare dei tagli. Si mette al lavoro e ne cava fuori degli ottimi estratti. Io li invio, poi, a una persona di sua fiducia e, come succede con le tessere del domino, attraverso una strana e facile catena di altri contatti, approdo a una regista tedesca che vive a Londra da trent'anni. Margaretha, la teutonica donna di teatro, mi concede un appuntamento per ascoltarmi e darmi qualche consiglio.

Il meeting è a Camden Town, dove c'è un negozio famoso per i tè. Scendo alla fermata con il computer nella borsa. Mi perdo anche con il GPS. Arrivo in ritardo di mezz'ora.

Margaretha è piuttosto bassa, ha gli occhi color ghiaccio e la pelle bianchissima, i capelli castani un po' sfibrati. L'espressione non è delle più accoglienti: sembra profondamente scocciata del mio ritardo.

– *I'm sorry for my late...*
– *What?*
– *The times is lates...*
– *Oh. You're sorry for being late. No worries.*
– *Please pardon me!*
– *I usually work upstairs.*
– *Of course. What would you like to drink?*
– *One white tea, please.*
– *Ok.*

Il suo *no worries* mi fa rabbrividire. Mi sento una esordiente, in questo paese. Mi offro di pagare i tè per rimediare. Anche un secchio di birra, se lo desiderasse, qui la spina della IPA c'è ovunque. Lei, impassibile, indica le scale e dice che devo sbrigarmi che ha tanto da fare. Prendo le due tazze incandescenti e, bruciandomi le mani in silenzio, la seguo. Mi indica il piano di sopra dove lei scrive, lavora e ha appuntamenti con le persone come me. E non sono l'unica stasera, sottolinea di nuovo.

Ho chiesto la stessa miscela per vedere se le fa piacere che abbiamo gusti simili. Frutta mista. Aromatico. In realtà io quando vedo così tanta acqua calda in una tazza la trasformo automaticamente in pipì già solo a guardarla, e la vescica mi avvisa che devo stare attenta. Saliamo per le scale e, arrivati alla saletta privé con tutte le vetrate di quel vetro ambra, non faccio che dire *Nice* o *Ok* a tutto. Annuisco, capisco quasi tutto, ma la timidezza non è passata. Facciamo alcune pause in cui sorseggiamo. Il caldo mi brucia la lingua, il tè mi allappa e, intanto, mentre fingo di essere compunta, le spiego che mi piacerebbe leggere quei pezzi che le ho inviato durante una sessione di *Spoken word* dei non professionisti. (Così da tenere basse le pretese). Vorrei sapere se sono pronta e le chiedo se li ha letti. Annuisce, ma è un po' strana. Le chiedo se le sembrano adatti per una situazione di quel tipo, un po' *Just for fun.*

Sottolineo *Just for fun* tre volte. Ma lei resta di pietra. Annuisce. Non mi dice *bello o brutto* di quello che ha letto. Ansia. *Unfortunately*, risponde, non conosce quelle situazioni amatoriali, non usa questa parola, forse dice *popolari*, forse dice *situazioni disperate, sgangherate...* si vede che non le piacciono. Mi suggerisce di metterci comunque insieme a fare una ricerca su Londra per selezionare la serata che mi interessa, e poi potrebbe capire che tipo di pezzo è più adatto. Secondo lei sarebbe meglio prepararne solo uno e farlo per bene. Certo! Accolgo l'idea con entusiasmo. Un pezzo solo. È la chiave di tutto.

Allora succede l'irreparabile: tiro fuori dalla borsa il portatile e mi accorgo che è completamente scarico. In un lampo realizzo: sono andata a scuola a prendere il figlio, poi siamo stati al parchetto, poi l'ho portato via recalcitrante perché dovevo passare da casa a prendere il computer e vestirmi prima di questo appuntamento, ho sentito la madre di un compagno per i compiti del giorno dopo, ho programmato la serata senza di me e poi, uscendo, sfinita, ho dimenticato di metterlo in carica. Senza portare il cavo. Voglio morire. Le solite cose da mamma impreparata e in difficoltà.

Ricomincio a scusarmi a ripetizione. Vorrei che una bomba calasse dal cielo e mi si schiantasse sulla testa, facendomi esplodere immediatamente in brandelli di carne e sangue. Un po' pulp... ma immaginare questa scena mi rilassa. Ma cosa ci devo fare in fondo! Perché infierire, la vita di tutti è una giungla di caos e al parchetto oggi c'era un sole così bello che mi sono persa via. Lo stress mi fa effetti assurdi, uno di questi è la risata nervosa. Mi metto a ridacchiare continuando a ripetere *sorry sorry*. Margaretha ne deduce che sono psicopatica.

Per rimediare, le propongo di leggerle i pezzi usando il mio cellulare. Lei sbuffa dalle narici come un brontosauro sputafuoco, mostrandosi gentile ma gravemente insofferente. A quel punto tutto è andato a rotoli. Vado avanti come un automa. Apro la schermata. La app di Word sul cloud ha un carattere piccolissimo e devo tenere un occhio chiuso perché nel frattempo con i quarant'anni sono diventata anche un po' presbite. Mi butto quasi alla cieca, alla semicieca. Inizio a pronunciare le frasi che ho scritto ma che non riconosco, perché nel breve tempo in cui tutto si è realizzato non sono riuscita a studiarle per bene. Non so dare nessuna intenzione al racconto e mentre sto leggendo con la bocca allappata dal tè, mi accorgo di avere una cadenza terribile, sembro un metronomo, ho una pronuncia mostruosa. La vescica mi sta per scoppiare. Presa da mille pensieri, non so nemmeno cosa sto dicendo, tanto che sembro una di quelle vecchie voci sintetiche robotiche programmate per combinare i suoni delle lettere in parole senza significato.

Ricordo nostalgia: i risponditori automatici dei treni nell'anno 2000 dopo Cristo.

Vuoi. Andare! A? Como-O? Hai detto CO-MO-O? Dopo il segnale acustico pronuncia Sì per confermare. CO-MO-O. Non ho ca-pito! Ri-peti.

Il ricordo mi fa ridere. La regista non sorride nemmeno un po' e si domanda che cosa mi stia divertendo tanto: rimane in silenzio ad ascoltarmi, le mani chiuse sotto al mento, l'espressione preoccupata. È preoccupata per me, è evidente. Per la mia vita che è un casino totale. La vedo che si muove appena, come se non volesse spostare l'aria e socchiude gli occhi con sofferenza, mentre finisco la recita della poesia utilizzando, come intonazione, una sola nota, ritmo regolare. La noia assoluta. Cinque minuti di poesia in lingua inglese durano sei ore. Forse sta pensando che le dispiace, ma non sono pronta per esibirmi (né ora né mai), e che è meglio che faccia altro. Tace.

Dopo un silenzio pesantissimo, che mi fa sentire come se un elefante mi si fosse seduto in braccio, forse Ganesh, si decide a parlarmi con franchezza utilizzando un noto trucco di programmazione neuro linguistica: farti andare in merda da sola.

– *How do you feel?*

E glielo concedo. In lettura inglese ho la pronuncia e l'intensità di un robot assassino.

– *I feel like Terminator.*

RITORNARE A CASA

Metà novembre. Sono a un bivio. Mi vengono sottoposti alcuni lavori dalla madrepatria perché io inizi a seguirne il corso e le prime stesure da remoto ma accettarli significa anche non avere più tempo per guardarmi intorno. Sono dilaniata dai dubbi e dal vuoto del portafoglio. Le richieste di risposta premono nella casella in entrata con insistenza, non basta chiudere il computer come un panino al pollo con pesto e far finta di nulla. È chiaro che le cose si fanno serie: posso tergiversare ancora due settimane, ma poi devo prendere delle decisioni che potrebbero spostare il peso sul mio rientro a casa.

Mi aggrappo alle ultime occasioni, sperando che l'incantesimo di Londra non svanisca troppo in fretta, buttandomi con una determinazione masochistica in eventi di networking sempre più improbabili, di quelli che mescolano italiani e inglesi in un cocktail culturale confuso. Si tratta di raduni che attirano folle di persone disinvolte, fluenti e affascinanti, mentre io mi sento come l'unica invitata per sbaglio. Sono pronta a qualsiasi cosa, tranne che a firmare un'assicurazione sulla caduta dei capelli o, peggio ancora, sulla vita stessa o sul niente di nulla.

Più che un abile pescatore, in questi incontri sociali multiculturali, mi sento il pesce, uno di quelli facili da agganciare, con gli occhi spalancati e l'ingenuità scritta in fronte. E intanto, l'idea che questo viaggio potrebbe davvero finire a Natale mi pesa come un'incudine sul petto.

La prospettiva di tornare alla casella di partenza è un pensiero che mi tormenta nelle ore piccole. Mi rivedo già in Italia, a Milano, la città che mi osserva con aria di sufficienza, pronta a ricordarmi che sono l'unica della mia cerchia che non ha *risolto* niente. Ciao, benvenuta indietro, ecco la tua panchina verde, non hai sistemato la tua vita. Il terrore si fa strada piano piano, come un cameriere che porta una notizia sgradevole ma inevitabile. Tipo: *Signora, bentornata nel nostro ristorante, devo purtroppo dirle che abbiamo finito la grigliata mista*. Che cosa mi riporto a casa, se fallisco? Il sapore amaro di un'avventura lasciata a metà?

Spigolature forti. Una Milano immaginaria mi parla come uno di quegli amici sempre saggi ma insopportabilmente inutili: *Perché mai dovresti avere entusiasmo, nella vita? Che pretese hai? Dai, lasciati andare, accetta la discesa verso un declino ordinato, come si conviene a una donna di mezza età.*

È stata una sovrastimolazione, un bellissimo nuovo contesto, questo viaggio. Mi pesa dover dire addio alle persone qui, e mi vergogno molto anche con gli appassionati di climbing: so già che avrò il groppo in gola. Mi vedo lì, davanti a loro, a balbettare scuse mentre il viso si accende di rossore, con le lacrime pronte a scendere a tradimento. Una scena patetica che mi riempie di ansia. Mi immagino riflessa nei loro occhi, un'immigrata instabile che fingeva di essere una nuova londinese appena sbarcata e pronta ad aderire al loro gruppo e ai nuovi orizzonti inglesi. Pazienza, mi scopriranno. E anche l'Open Mic è stato solo un bel sogno.

Cerco di resistere ancora. È l'effetto di questa bolla fantastica dove mi sono trovata più vera che mai. Un'isola di luce.

DOVRESTI

– Mi spiace che tu ci abbia già rinunciato. Bisogna pur provare, poteva essere una strada, sei sicura? Magari non era una cattiva idea. Quanto guadagneresti con gli Open Mic? Quanto ti pagherebbe un locale per una poesia?

– Ti offrono la birra.

Mio marito mi guarda e ridacchia. Rido con lui. Va via sghignazzando ma sento che girato l'angolo della cucina, sale le scale sbuffando.

Non posso che dargli ragione. Era *Just for fun*, non può essere una strategia concreta.

Resta il fatto che ho con me questi pezzi tradotti in inglese, stampati su carta nella cartoleria di fianco a casa, e rimugino. Mi sento avvilita dal brutto riscontro, come se mi avessero detto che non sono capace. (Tra l'altro, a essere precisi: mi hanno detto proprio che non sono capace!) Mi ero decisa a essere più intraprendente ma ammetto che non è il mio forte reagire subito alla sconfitta. Non mi ero illusa che fosse facile, no, per nulla, però mi ero aggrappata all'idea magica che potesse anche andarmi bene, che fosse fattibile per qualche motivo illogico, come qualche volta, quando si verificano circostanze fortunate o prodigi: incontri la persona giusta, che tira fuori il lavoro dal cappello, ed è perfino divertente e ben pagato. (Non è mai successo né a me né a miei amici e conoscenti, ma credo ostinatamente che da qualche parte Babbo Natale vegli su di me).

È per questo che sfido la mia natura chiusa e vedo più persone possibile, mi forzo scoprendo che c'è una specie di allenamento attivo alla conversazione in collettività. Mi sono imposta sistematicamente di accettare tutti gli ultimi inviti.

Ed ecco che arriva una mail dal gruppo del quartiere, a cui mi sono iscritta da poco su consiglio dell'amica S., dell'amico P. e della cartellonistica della zona: c'è l'inaugurazione di un centro ricreativo non troppo distante da noi. L'organizzazione è gestita da due donne, una delle quali è italiana.

Vedo che parteciperanno anche altri conoscenti della comunità italiana, uno in particolare mi scrive, segnalandomi che ci sarà con la sua famiglia: *dovresti venire!* Mi scrive. Ha ragione lui, io mi accredito. Chiedo ad Agne di accompagnarmi scrivendole un messaggio, ma mi risponde che non ha tempo. Devo proprio andare da sola.

Arrivo un po' tardi, a presentazione iniziata, e tutta vestita di verde speranza. L'inaugurazione è una vera festa, con quella combinazione spiacevole di aperitivo gratuito e raccolta fondi, che è come pagare l'aperitivo ma un po' di più. Io considero gravemente che il mio conto inizia a lacrimare sangue, ma contribuisco. Lo spazio è simile a una grande palestra con pavimento in linoleum grigio scuro, un'area enorme, tipo parcheggio sotterraneo, con qualche colonna di cemento, finestre in alto, molto buio, proprio come si usa da queste parti. È dotato di un'acustica delirante, dal rimbombo fastidioso. Speriamo non organizzino corsi di canto.

Sono in disparte alla festa, sento una voce che parla in italiano: è una donna minuta e rossiccia di capelli, molto elegante, acqua e sapone. Mi aggrappo a lei dicendo chi sono, facendo una sintesi della mia vita e cercando di farmi dire se conosce gli organizzatori del centro. Vorrei proporre delle lezioni di scrittura creativa in italiano, dato che la comunità è molto presente. Lei la trova una buona idea, si chiama Licia. È con il marito, sui trentacinque anni. Sono entrambi atletici, magri, ben vestiti. Sono venuti anche loro a conoscere un po' di gente e hanno due bambini piccoli che corrono intorno. Lui è americano, alto, occhi azzurri, naso aquilino e stretto, come quei pesci un po' bidimensionali. Carnagione chiara, la bocca larga in un generoso sorriso. Si presenta gentilmente, spiega che la compagna è italiana ma non vive in Italia da quando era una bambina, dunque le farebbe bene fare un po' di attività culturale nella sua lingua. Lei annuisce, mi dice che non conosce molto bene l'organizzazione ma che ha un'amica che lavora lì e che oggi non c'è. Sicuramente può propormi parlandole in settimana. Chiedo se anche lei è un'artista e scoppia a ridere. Neanche le avessi chiesto se deruba le vecchiette. Niente grilli per la testa: entrambi lavorano nelle assicurazioni.

Lui racconta che è in Gran Bretagna da parecchio tempo, non a Londra, ma ha vissuto in diverse città, arrivano da Manchester, lavorano insieme da sempre e qui nella capitale si sentono finalmente a casa. Hanno in programma di restare per sempre perché questa città è molto accogliente anche da un punto di vista lavorativo. Lei sottolinea che c'è un mercato molto vivace. Annuisco provando una discreta invidia, visto che nonostante tutti i miei sforzi, l'unico mercato a cui veramente potrei aspirare per trovare un'occupazione qui è quello del pesce, e nemmeno lì sarebbe così facile. Abitare qui secondo loro è fantastico, sì, la pensano come me, solo che hanno un lavoro molto ben pagato e parlano fluentemente la lingua inglese. (Dettagli). Mi dicono quasi per caso che è importante la sanità, che ci si può sempre far male, che alla nostra età (intendono la mia?), tutto può capitare. Sorridono e aggiungono, quasi casualmente, che sanno indicarmi un'assicurazione medica piuttosto conveniente anche qui a Londra e me ne parlano nel dettaglio. Una mezza frase ciascuno. Ascolto con cortesia mentre inizio a pensare che è così che si fa, nella vita, c'è solo da imparare: sono qui per cercare clienti e mi hanno puntata. Forse sembro un vero rottame ai loro giovani occhi. Lui prova a buttarla lì spudoratamente.

– *You certainly need a health insurance!*

– *I believe in miracles!* – rispondo.

Ero io in cerca di lavoro, com'è che sono finita per diventare una potenziale cliente? Lui non molla. Per metterla sul ridere, dice che con questa assicurazione, questa *health insurance* che vendono loro si possono fare più visite di prevenzione e controllo, ma poi per trovare un aneddoto ridicolo aggiunge che qui, ogni volta che si va dal medico, ti chiedono se bevi e ti fanno pagare di più. Tenta un impacciato italiano per farsi bello con la moglie.

– Capisco che non vuoi andare da dottore in Londra. Tu preferisce Italia, tanti italiani tornano in Italia per medicina. Anche io preferisce America. Io mi sono andato al medico di Londra perché ho sicuramente rotto qui. Piede. Meta-tarso. Questo, contro di un mobile. E lui mi dice: lei beve?

– John sostiene che negli Stati Uniti è diverso. Non ti chiedono mai se bevi.

– Mai. Perché loro sanno che tu bere. Lo sanno. Ma il piede rotto. Ci vuole un gesso. Qualcosa di come dici... Un anti-dolore.

– Qui a Londra, prima di ingessarti, secondo John, ti mandano in rehab. E solo se sei sobrio, ti curano.

– Sai, ho il rotto-piede e mi presento perché fai lastra. Che mi dai anti-dolore. E il medico dice: devi prima smettere di bere. Mi io dico:

sono inciampato contro un mobile. Mi fa male! E lui mi dice di smettere di bere. Mi dice lei beve, smette di bere!

La compagna italiana lo guarda preoccupata, si sta ripetendo con troppa insistenza e la vedo un filo in imbarazzo, tanto che lo ferma con lo sguardo.

Il suo italiano è interessante, sembra un po' zio Reginaldo, lo zio oca degli Aristogatti. Apprezzo il suo sforzo di comunicare nella lingua della comunità: l'italiano sbiascicato delle sette di sera. In quel momento, un altro amico comune, quello che mi aveva scritto *dovresti venire*, un signore un po' anziano trasferitosi da molti anni, si unisce alla conversazione. Ha sentito il racconto del rotto-piede e del bere e decide di condividere il suo consiglio.

– Dovresti provare un altro medico, uno che beve anche lui. Qui a Londra ci sono anche quelli alcolizzati, ti accolgono in ambulatorio con un bel rutto e ti provano la pressione barcollando.

Tutti ridono. E poi si rivolge a me perché ha sentito che siamo in difficoltà e che forse non riusciremo a restare ancora a Londra. È girata la voce che si torna perché tengo delle lezioni in presenza, in Italia, e non me la sento di rinunciare. Mi piace il mio lavoro. Grande dilemma! Ed ecco che però lui ha la soluzione: mi elargisce un consiglio prezioso ed economicamente molto accessibile.

– Dovresti lasciarli qui, marito e figlio, e dovresti tornare in Italia solo tu.

– Ma come?

– Io lo faccio sempre. Dovresti fare avanti e indietro.

– Davvero?

– Oppure dovrebbero venirti a trovare nel weekend e tornare a Londra con la spesa dall'Italia, che costa meno, così risparmiate e ammortizzate il costo dell'aereo. Oppure dovresti lasciare tutto e far lavorare solo tuo marito. A pensarci bene, in questi due modi diventa tutto possibile.

– Ma è allucinante.

– Sì, ma si può fare! Dovresti pensarci!

Tutti ridono perché forse fa ridere che tutto si può fare, basta volerlo. Il padre americano ride. E beve. D'un fiato. La moglie, per solidarietà, ride anche lei. Mi allontano con le palle che fumano, indicando le pizzette come scusa per defilarmi e chiudendo con un ringraziamento sentito. Avevo bisogno di una soluzione: mollare tutto, farmi mantenere, girare per casa con un rotto-piede e comprare un'assicurazione medica. Dovevo pensarci!

Mentre mi avvento su delle focaccine che dovrebbero assomigliare a quelle genovesi, in lontananza sento *il signore dei consigli* che sta continuando a distribuire perle di saggezza a qualche altro fortunato interlocutore.

– Dovresti togliere i carboidrati!

Mi dico che ci sono cose che sono uguali in ogni parte del mondo. A parità di genere, forse dopo i sessanta si sentono di avere la verità in tasca, ma non è detto, a volte ci sono anche giovani tuttologi. Esseri umani che dispensano consigli. Ne è pieno il globo: ti dicono come avresti dovuto fare, come dovresti cambiare, cosa hai sbagliato, cosa non sbagliare. Hanno capito la vita, si sentono Aristotele e spesso sono a posto con tutto.

Dovresti fare più sport. Dovresti meditare tre ore al giorno. Dovresti trovarti un lavoro ben pagato. Dovresti studiare di più la lingua inglese. Dovresti pulire meglio la casa. Dovresti andare da un parrucchiere. Dovresti vincere la lotteria. Dovresti leggere Aristotele. Dovresti rileggere Aristotele. Dovresti fare come Aristotele, o come me. Dovresti, dovresti.

E con l'eco dei *dovresti dovresti* che risolvono tutto, finisco nel baratro dei miei pensieri sul ritorno. *Ritornare, ritornare. Dovrei, dovrei... restare o ritornare? Cosa dovrei fare?*

PEZZI DI STRADA

Incontri ne faccio tantissimi, dato che in questa vita inglese esco di casa e mi muovo più che mai, esploro il territorio fuori dai confini di un quartiere. I marciapiedi di Londra sono tutti particolari, un puzzle di storie brevi e incontri casuali, dove ogni tanto ti scambi solo un saluto distratto, mentre altre volte le persone sembrano così ansiose di parlarti che ti rovesciano addosso le loro intere vite in due semafori. È il genere di situazione dove il tragitto verso casa, anche quello più banale, può trasformarsi. E ogni incontro mi accende un po' di più l'immaginazione, e mi fa scrivere qualcosa di singolare. A volte chiacchiero con un'appassionata di climbing, coetanea mia, che esce dalla stessa palestra e fa un tratto di strada con me. È originaria di Nizza, le mancano il mare, il *Grand Plateau de Crudités de Mer* e la mamma, che è rimasta vedova. Mi racconta brevemente tutta la sua vita, in diversi episodi di cinque minuti, in giorni diversi, parlando sempre a una velocità folle. Non capisco tutto, come sempre, ma una mattina si sofferma su un aneddoto: dice che sua madre aveva avuto una malattia sconosciuta e che le avevano dato un farmaco potentissimo perché aveva un mal di ossa terribile.

Lei lo aveva preso per sballarsi. Ride.

– *Anyway, people were really doing a lot of drugs in the '80s and '90s, huh?*

Mi allunga un po' il gomito e mi strizza l'occhiolino, mi accenna che lei quei farmaci potrebbe anche recuperarli. In quel momento credo voglia vendermi delle droghe. Gente strampalata. Vegani salutisti e fanatici dissennati si mescolano tranquillamente nello stesso habitat.

Condivido anche un pezzo di strada con il padre di una ragazzina che sta nella scuola accanto alla nostra. Si occupa di comunicazione in una grande multinazionale. Mi confida che ormai non ha più nessuno, vive in una bolla a Londra. È molto legato alla moglie, la rispetta per le scelte che hanno condiviso e la sostiene mentre studia per dare esami universitari complicati e integrarsi. D'altra parte, lei aveva il suo lavoro avviato in Italia ed è immigrata lì per lui, per puro amore. In pratica deve rifarsi una vita a cinquant'anni.

È una donna che mi piace, l'ho vista al caffè su Ladbroke Grove a leggere concentrata. Si sforzano, si ammazzano di lavoro. Studiano. Loro ce l'hanno fatta e l'hanno fortemente voluto, però soffrono la distanza dalle famiglie d'origine che sono lontane. Altro marciapiede, altro racconto, il padre di questa nuova conoscente è vedovo anche lui ed è rimasto al Sud, una piccola casa, nessun altro parente, nessuno tra fratelli e sorelle è rimasto lì. C'è il paese che sostiene questo vecchietto, ma il pensiero è straziante e la nostalgia si rimescola al senso di colpa. Quello con le famiglie che sono rimaste indietro, non importa da quale patria di provenienza, tra Pakistan, India, Lituania, Thailandia, Italia o Francia, è un legame inossidabile, una melodia silenziosa che risuona tagliente nei momenti tranquilli della vita quotidiana. Un forte dilemma che contamina la serenità di una scelta di trasferimento definitiva. Anche i nostri vicini di casa ci raccontano dei loro genitori con il senso di un abbandono. Certo che si è costruito un ponte tra i mondi, spostarsi è facile, non ci sono mesi di tratte a cavallo, ma si sente la privazione di una cena condivisa ogni tanto, le porte non restano aperte e la comunicazione con la distanza si logora. Una madre malata che potrebbe venire a mancare prima che la si possa correre a salutare. La sfida si rafforza e ci si intestardisce a costruire un futuro che ricompensi con tutte le nuove conquiste il senso del sacrificio affettivo. Per onorare il dolore di non stringersi ancora, con i propri genitori diventati anziani, magari, prima di una morte improvvisa.

Non lo sa nessuno ma li capisco. A sentire i racconti, per adeguarsi al cambiamento ci vogliono almeno tre anni. Dopo questi anni sei ambientato e inizi a sentire nostalgia di casa. A quel punto vorresti tornare ma non puoi più.

Incrocio diverse persone di cui conosco qualche frammento di vita e poi più nulla, sosto e attraverso briciole di turbamento, turbamento umano.

Mi viene in mente che è questo qui il senso dello spettacolo del drammaturgo e regista Martin Crimp, che ho visto qualche sera prima... *No one of this people.* Sul palco si susseguono molte facce proiettate, frammenti di storie, stralci poetici davanti a cui taccio e sto in ascolto. Intanto il testo va dritto come una spada in fondo alla natura umana più recondita. A pezzi. Pezzi di strada. Un po' come sta capitando a me. Qualche volta mi verrebbe da abbracciare tutti quelli che mi regalano un brandello di confidenza, qualcosa di personale e intimo, anche i più sfuggenti, i più appassionati o i frustrati, dai racconti più introspettivi, alle puttanate da adolescenti, fino alla sofferenza lacerante di lasciare un vecchio padre in un paesino del Sud senza più nessuno.

Mi viene da abbracciare quegli attimi di bellezza, le connessioni di cui parla la scrittrice Kae Tempest, in un suo libro, *Connessioni*. Durante questi ritorni verso casa, mentre condividiamo percorsi e tragitti, scopro marciapiedi di piccole storie minimaliste, spezzoni di esistenza. Mi sorprendo perché sono completamente scoperta e mi trovo coinvolta, attratta o respinta, sollevata, ferita o connessa. A seconda. Passo la notte a scrivere, immaginando la *Slam Poetry*, chissà che non ne escano dei pezzi più ispirati e un po' meno *Terminator*?

AGNE

A volte è lì che sta salendo anche lei le scale.
Agne è delicata come un essere fluttuante.
Un fantasma bianco pallido.
In bilico, sospesa tra due mondi, oscillando tra costruire un futuro e il legame invisibile che la tira verso la Lituania.

I suoi stivali bagnati, sulla moquette delle scale comuni logora,
saluta e apre la sua porta, il cane l'ha già sentita arrivare da un pezzo.
Come se volesse dirle tutto quello che si è persa a stare così tanto fuori casa.

Noi siamo al piano di sopra, vediamo la porta che si chiude.
Restiamo con l'odore umido del condominio.
Sa un po' di muffa e tristezza.
Come un passato che non si risolve.

Chissà come si trova lei che ha studiato in Scozia.
Che sfida.
A diciotto anni si catapulta a Edimburgo,
la Lituania è lontana come un puntino oltre il cielo.
Si tuffa via, via, sale sull'isola più a ovest.
Con i suoi festival e l'atmosfera internazionali, dice che le sembra di aver trovato la giusta culla per i suoi sogni.

Che grande bellezza.
Essere migrante, una realtà complessa.

Londra è casa.
È concreta.
Ma c'è una radice che richiama sempre.
La madre è così lontana.
I pensieri sono grandine pesante come il piombo.
Quella scintilla che l'ha teletrasportata si scontra con una gioia triste e soffusa.
Ogni giorno c'è la vita pratica.
Un'attesa.

Dolce o amara o dolceamara.

Per le strade del quartiere,
sembra pattinare sul ghiaccio
di mille nuovi dettagli
e una costellazione di piccole cose fragili.

Agne si aggrappa forte ai suoi stivali, alle conversazioni profonde ma sa ridere.
Giochiamo tutti insieme seduti sul tappeto: Ticket to ride, Monopoli, Risiko no che è troppo difficile.
Scivola via la percezione dei tempi che passano, delle sue ambizioni, di quando voleva conquistare il mondo.
Di certo riuscirà.
Dopo la cena ci salutiamo.
C'è tanto da fare.
Si siede alla scrivania, per nulla smarrita, guardando i nuovi progetti da disegnare, tavole da rifinire, richieste che la tengono sveglia fino a notte fonda.

Londra sarà la sua vera casa.
Non solo un luogo di passaggio.
Sotto le sue mani scivola il domani.

PERDERE LA PRESA

All'uscita dal climbing penso che non voglio lasciare questo posto, mi ha cambiato la vita. Non so come mai, non è legato a una persona, a una palestra. È la scoperta che puoi trovare divertenti anche le cose complicate e apprezzare la forza che ci vuole per affrontarle. Non tutte le forme di forza sono prevaricazioni. Puoi essere una che ha paura, di tutto, come me, ma lanciarti e aggrapparti ti fa sentire meno misera, almeno qui dentro, con un imbrago sicuro. Posso simulare la caduta e vedere che effetto fa perdere la presa e volare giù strillando come un'aquila. E ridere perché, in fondo, non è così male. C'è chi non riesce più a farne a meno: cuore che schizza in testa, va a mille e sei pieno di endorfine o dopamina. Finisco per chiedermi: se non avessi sempre fifa di tutto, chissà dove mi porterebbe la vita.

E non c'è niente che funzioni contro questa paura esistenziale, ci sono pillole per mettere pausa al senso di paralisi, ma io non voglio interrompere l'ansia così, meccanicamente. Già non siamo sempre consapevoli di esistere, coscienti di vivere un'ora, il terrore troppo spesso si abbina alla rivelazione, e se riesco a reggerlo va bene, mi importa di amarlo un po', imparare a sfidare l'infinito e la guerra con me stessa.

TOPINO D'APPARTAMENTO

Pepita inizia a correre come una pazza per tutta la casa, butta giù una lampada di ceramica che si spacca, corre dietro al divano, si nasconde sotto al copridivano e ringhia. È metà pomeriggio e al rientro da scuola sembra di essere entrati in una puntata di *Tom & Jerry*. Poi vedo che la belva prende in bocca qualcosa e corre al piano di sopra, si dirige verso il nostro letto. In casa, dal salotto, i due maschi urlano in sovracuto. Afferro un Tupperware. Ho capito di che si tratta, ci penso io. La parte più difficile è convincere una gatta feroce ad abbandonare la preda terrorizzata. Ruggisce e non molla.

– Ma smettila di ringhiare, ma per piacere, povera bestia, lasciala andare, dai.

La gatta emette risonanze vocali che sembrano provenire dagli abissi infernali.

Prendo una ciabatta e gliela tiro dietro. Alla gatta. Lei, che credeva di essere nel giusto, non mi capisce. Molla il topo, sgomenta, io lo prendo al volo, rovesciandogli il Tupperware in testa, la gatta mi soffia come un serpente a sonagli.

– Dai topino, poverino, vieni qui.

Mi aiuto con l'altra ciabatta e chiudo il Tupperware con la suola. Scendo di sotto. Urla terrorizzate. Ma poi al figlio si scatena la curiosità.

– Oooh... posso vederlo?
– No, che schifo, non liberarlo in casa...
– Papà, ma è solo un topino spaventato...
– Ma non è morto?
– No.
– Pepita perché non hai fatto il tuo dovere? Te lo hanno impedito, eh, povera gatta! Questa donna ti ha tolto il tuo giochino!

Povero topino d'appartamento. Londra ne è infestata. O siamo noi che la infestiamo e loro gli abitanti di diritto? La gatta si struscia sul marito che è l'unico ad aver apprezzato la sua caccia. La casa era più accogliente per questi topini tranquilli, un tempo. Oggi è arrivata una chiassosa famiglia italiana e c'è un mostro che ti stacca la gola se non stai attento, Mickey Mouse. Sembra un po' la storia di *Coraline e la porta magica,* che tu pensi che l'appartamento nascosto oltre la soglia sia più accogliente del tuo mondo, e non ti accorgi che sei all'inferno. Il *London mouse* ha avuto una giornata storta, trema tutto, ma non è ferito. Lo porto fuori. Lo lascio sull'asfalto. Mi guarda qualche istante e corre via. Magari cerca i suoi fratelli. Vuole raccontare la sua storia. *Ero all'inferno e una signora gentile mi ha messo un Tupperware in testa e portato fuori. Fa freddo, ma sono vivo.* Poverino. Ecco: a Londra inizia la stagione dei topi, subito successiva a quella dei ragni, che viene dopo quella delle tarme. E poi? Che verrà dopo? Mistero!

Per noi come per topini, tarme e ragnetti superstiti, la vita è un'incognita. Ogni giorno si torna a far tutto come se nulla fosse, a far finta di niente, ogni giorno che viviamo è un pericolo scampato. Siamo tutti in bilico ma non ci pensiamo. Altrimenti cadiamo.

Siamo poveri topini.

A BIG THEATRE

Novembre è agli sgoccioli, è il momento di procurarsi il calendario dell'*Avvento* che per me preannuncia tristemente l'*Andata*, casella dopo casella. Per non stare a intristirmi mi immergo in una vera maratona teatrale, assistendo a rassegne e spettacoli di ogni tipo. Commedie, drammi, classici, nuove produzioni, balletti, eventi musicali: ho visto di tutto, armata solo del passaparola, degli annunci dei *migrants in theatre* (il coordinamento degli artisti immigrati, straordinaria istituzione), e delle recensioni del *Guardian*, sperando di intercettare gli eventi più significativi. C'è qualcosa di elettrizzante nell'essere trascinati da capolavori che rinnovano la tua fede nello spettacolo dal vivo, ricordandoti perché ti sei innamorata di questo mondo. Ma poi, inevitabilmente, arrivano quelle serate che sono un cocktail di disperazione e tedio, abbastanza da farti giurare di abbandonare per sempre qualsiasi ambizione artistica. E così, eccomi giunta in questo piccolo teatro londinese fuorimano, un disastro architettonico, per una *mise en éspace* di drammaturgia contemporanea di ricerca sperimentale spagnola. Volevo curiosare un po', ho visto qualche nome forse conosciuto e mi sono buttata con poca convinzione. È una rassegna di nicchia internazionale: oggi tocca a Spagna e Portogallo, e poi ci saranno Francia, Belgio, India, Iraq, e chissà quanti altri paesi ancora. Una maschera del teatro mi ferma all'ingresso con un'espressione che suggerisce urgenza e mistero. Mi dice che ha bisogno di spiegarmi il *protocollo* della serata.

C'è confusione, ma il succo è questo: ogni frammento teatrale dura venti minuti. Tra un pezzo e l'altro, è possibile alzarsi e andare al bar a prendere qualcosa da bere. Lei mi descrive tutto questo con una voce che sembra volermi avvertire di un disastro imminente, come se stesse offrendo la salvezza sotto forma di sei pause-birra.

– Guardi. La rassegna è allucinante, però proprio per questo ogni venti minuti può uscire a prendere una birra. Sono sei pezzi per un totale di sei birre. Le consiglio la fila laterale che ha la via di fuga veloce. Il bagno è al piano terra.

Ma la serata è giovane, io sono appena arrivata e ancora fresca: decido di andare a salutare un altro scrittore amico di amici, un fumettista che nel frattempo mi ha notata da mezz'ora e fa finta di non vedermi. Un altro elegantone. Sai che è tutto provvisorio, devi ricordarti di non crederci troppo quando ti esaltano e di non credere nemmeno alla sepoltura sociale. Gli lancio anche io il mio anatema sulla falsariga dell'indiana in metro. La sfiga oggi a me, ma magari domani a te. E poi qualcuno mi ha esortato a leggere più a fondo il concetto dell'*Amor fati* di Nietzsche.

Credo che il mio approccio a Londra sia stato abbracciare pienamente ogni sfaccettatura della vita, un po' fuori dal mio guscio, ma sempre immersa nelle noie quotidiane, sempre in contatto con le frustrazioni più acute, cercando di trarre significato anche dalle situazioni complesse e pesanti che si sono presentate. Portare con me *Mrs Dalloway* di Virginia Woolf, questo romanzo che mi ha accompagnata fin dall'arrivo, mi è sembrato un modo per ricordare a me stessa come anche i momenti di apparente banalità o di quieta disperazione possano riservare una bellezza inaspettata, se osservati da vicino. E poi può essere uno scudo utile nei tempi morti. Certamente la sensazione di cosmico fallimento che mi ritrovo sempre addosso non sparisce neanche qui, è vero, e mi sembra di non essere la sola qui dentro a esserne avviluppata, e forse c'è anche chi sta peggio, ma ci si può camminare in mezzo e continuare ad andare dritti per il proprio cammino.

Mi torna in mente la battuta cinica di un amico brianzolo, un uomo pratico e disincantato, che si riferiva alle relazioni sul lavoro: *fai guadagnare qualcuno e ti amerà per sempre. O almeno finché potrà spremerti*. Non mi era venuto da ridere, ma avevo colto il punto. Un punto in movimento che funziona se letto anche a rovescio, per esempio, e ne ottieni persone che generalmente non ti si filano neanche per un ciao. E allora, mescolando questa ironia cinica alla saggezza di Nietzsche in un collegamento carpiato, tutto mio, con l'*Amor fati*, ma in salsa brianzola (mi scuseranno i filosofi e gli intellettuali), secondo me bisogna che impari ad apprendere la capacità di abbracciare la vita intera, con le sue gioie, dolori, successi e fallimenti, senza desiderare che sia diversa da com'è. Mi esorto a sbattermene di attaccar bottone con questi mentecatti e finire di vedermi queste rassegne rilassata, con la determinazione e l'invisibilità di Mrs Dalloway che va avanti per Bond Street. E così, vado avanti a guardare, non mi offendo, passo oltre, non giudico, apprezzo, approvo, ragiono, offro una birra alla maschera esausta, che sembra anche a corto di spiccioli, interiorizzo i temi esposti nella rassegna e, infine, sipario.

È trascorso un mezzo secolo come tempo percepito, ma ce l'abbiamo fatta e gli spettatori reduci (pochi) ruttano entusiasti.

Mi faccio avanti, vado a salutare l'unica conoscenza che ho, spostando persone sedute per raggiungere il suddetto scrittore fumettista accecato che, stupito di vedermi, con una capacità di fingere di un bambino di sei anni, mi saluta anche lui con il rituale *Ma-dai-ma-c'eri-anche-tu-non-ti-avevo-proprio-vista.* e io assecondo e rilancio con un intramontabile *Da-quanto-tempo-Non-sei-cambiato!* La conversazione procede imbarazzata e priva di nota e verte attorno a una mia bella borsa, io dico che lui ha una bella giacca. E poi ci ripetiamo di nuovo che lui ha una bella giacca e io una bella borsa. E poi di nuovo. E poi silenzio. Ma le parole vere avrebbero potuto essere:

– Scusa, ma perché cazzo non mi hai salutato? Ma chi ti credi di essere? Zerocalcare?

– Ma figurati cosa me ne frega di salutarti.

E invece borsa e giacca.

Un altro scenografo, vedendoci così amichevolmente legati, mi attacca bottone in un spagn-italia-nglese confidandomi:

– Lavorare a Londra, se vieni da fuori, è impossibile. Se vuoi fare l'artista è impossibile. Te lo dico io.

– Più che in Italia?

– Le difficoltà linguistiche e culturali rendono tutto più complicato, non sono davvero interessati agli immigrati.

Ringrazio per la visione ottimistica e mi scrollo di dosso la ragnatela di sfiga che mi vogliono appiccicare. L'impossibile va tentato, con testardaggine, anche se fa paura. Lo decido guardandoli, tristi, patetici ma passivamente combattivi, come uno yogurt scaduto che cerca di sembrare ancora allettante, facendosi vedere nel ripiano del frigo. Non devi mai dare ascolto ai corvi del malaugurio, altrimenti ti trovi appiccicata a un seggiolino di un bel teatro sospirando per una vita che non hai avuto il coraggio o la forza di vivere, con un copione in mano che non ti convince più. Anche se sei goffa, almeno ci tenti e provi a farti due risate. Ci sarà un modo. Questo mi viene in mente, mentre inspiro ed espiro la polvere del vecchio edificio con le narici che mi diventano grosse come quelle dei gorilla per lo sforzo.

Ci sono un po' di italiani. Sono sempre dappertutto e di solito è facile individuarli e attaccare bottone, perfino per me che sarei di natura schiva. Durante una conversazione con una connazionale residente a Londra da vent'anni che lavora nella ristorazione, ma che ha spiccati interessi culturali, discutiamo il sistema educativo britannico che promuove sicurezza e autostima.

– Sono ignoranti come capre.

Questa la sua importante sintesi. Che la scuola è molto formativa sul carattere, ma talvolta a scapito di conoscenze di base. Io ribatto:

– Ma fanno teatro!
– L'approccio teatrale contribuisce a sviluppare autoconsapevolezza, meno stress rispetto alle scuole italiane, ma poi sono ignoranti come capre.
– Ma sei sicura?
– Sì. Le scuole private sono costose. È una società classista. I bambini sono molto poco stressati, ma sono ignoranti come capre.

Non so se mi dispiace che i bambini siano meno stressati. Secondo lei si sta meglio in Italia. Chi lo sa. Boh.
Per il resto beh.
Beeeeh.

CORDA ARANCIONE

Salvo il documento a cui sto lavorando, la ripresa di una drammaturgia di qualche anno fa che forse andrà in scena al mio ritorno, chiudo il computer e mi catapulto alla palestra di climbing. Sono in ritardo terribile. Corro come una pazza, al freddo, in maglietta e felpa con cappuccio, scarpe slacciate, attraverso rischiando di farmi schiacciare. Sì, perché soprattutto di fretta, figurati se ti ricordi che attraversando devi guardare dalla parte opposta. La tua vita è stata segnata dal *ricordati di guardare in un certo verso, prima di attraversare la strada!*, fin da piccola, e ti sei abituata che la morte arriva correndo da una direzione precisa. L'altra.

Ci vogliono più di due anni ad automatizzare il fatto che tutto arrivi dall'altra parte. Anche le brutte notizie, magari.

Ivan mi sta aspettando un po' scocciato. Deve aver passato una notte infernale, probabilmente ha avuto discussioni. È arrabbiato. Mi mette alla prova su una parete tipo *Annapurna challenge*, poi so che non è così, è tutto soggettivo, si tratta solo di una salita 6b, poco sopra l'atleta pippa. Per una persona normale o fuori esercizio come me è difficilissima. Cado duecentosessanta volte, mi sfracello la rotula contro la parete, non mi reggo sulle prese. Non riesco a decifrare il percorso. Non capisco come si risolve lo schema e mi fermo per decine di minuti appesa a metà, immaginandomi la strategia. Devo attraversare l'errore, così si fa. Se sopravvivi, poi devi memorizzare il tracciato per ripeterlo. Io amo cimentarmi sempre con la stessa difficoltà. Devo provarla sul mio corpo, anche se vorrei venire un giorno solo a guardare e copiare gli schemi da chi li ha risolti. Un paio di volte, mentre devo fare uno slancio, Ivan mi tende già la corda, prova a issarmi su, vorrebbe che arrivassi in cima. Io, testa china e ginocchio sul muro, chiedo se per favore possiamo arrenderci! Non ci vedo niente di male nell'arrendersi. Questa cultura del *non arrendersi mai* mi fa proprio schifo. Chi ha detto che non ci sia una dignità nell'ammettere che non puoi fare lo sforzo per arrivare in cima, che tu non sei performante. Basta. Va bene la resilienza ma non l'ostinazione cieca. Bisogna anche riconoscere i limiti.

Scendo, ho il ginocchio che pulsa ed è già rosso, so che diventerà viola. La strada verde non la finisco, è la prima volta. Come il primo lavoro che ho mollato, la prima volta ti dà la misura che c'è un tetto che non riesci a raggiungere e ti blocca. Per me è la 6b verde. Troppo complicata. Ne percorro una diversa, sempre allo stesso livello, che ho già superato, una che per me e per le mie paure è più facile, una che ti permette di aggrapparti forte con le mani e star sereno. Ivan mi aspetta al varco per mettermi in difficoltà ancora: mi chiede di farla switchando, ovvero, quando vedi una presa a sinistra devi andare con il sedere a sinistra, dondolando e sbilanciandoti costantemente. Io penso di essere dislessica, mi viene sempre il contrario. Chiudo la sessione con un ponte color menta da scalare rovesciata nel vuoto. Nel ponte devi sempre andare lateralmente, se lo prendi dritto, cadi. È quella specie di parete che sembra sovrastare una grotta, è anche molto divertente, forse la più divertente perché quando superi la parte di parete che viene verso di te e sali sopra, sei quasi comodo, sei oltre. *Break on through to the other side*, catapultato dall'altra parte.

Poi torno negli spogliatoi e Ivan mi raggiunge. Arriva con un pezzo di corda arancione. Si scusa ancora per il suo malumore. Non è che a vivere a Londra uno non abbia più il malumore, mi dice. Sorrido. Me la regala. Così mi esercito a fare i nodi. Prendo la corda e lo ringrazio, non sono per nulla offesa, anche se non sono sicura che sia il regalo giusto. Io sono già piena di nodi, non voglio allenarmi a comporli e stringerli, voglio imparare a scioglierli e lasciarmi cadere.

LA SCUOLA INGLESE

– Mamma, oggi però sono stanco non riesco a fare la recensione giornaliera del libretto di lettura.

– E come facciamo?

– Mi fai la giustificazione?

– Non posso.

– Perché?

– Non è prevista.

– E come mai nella scuola inglese non è prevista?

– Perché l'ha detto la regina.

– Cosa?

– *No complain, no explain.*

OTTIMISMO RITROVATO

Sento che questa città di cultura e spettacolo mi ha cambiata, ho incontrato le solite difficoltà nel lavoro nell'ambito artistico ma ho guadagnato maggiore autostima nell'affrontarle. Forse sono semplicemente più ottimista? Chi se ne frega di questi che fingono di non vedermi e delle mail a cui non ricevo risposta.

E poi arriva un messaggio. Entro questa sera arriva l'ispezione dell'agenzia immobiliare, che porterà dei visitatori. È metà novembre, loro possono cercare nuovi inquilini da un mese e mezzo prima della fine del contratto. Il nostro contratto, la prima tranche, scade a fine dicembre ed è esattamente metà novembre, ribadisco, non aspettano nemmeno un giorno. Il proprietario ha avuto una serie di vicissitudini e ha deciso di mettere in affitto a lungo termine la casa e stabilirsi per sempre al mare.

Mi si stringe la gola. Quanto tempo mi resta? Ho fatto tutto? Sono stata alla Royal Academy, alla Royal Court, e in venti teatri diversi tra più famosi e sconosciuti. Ho già avuto molte più iniziative qui in quattro mesi che in otto anni a casa mia. Sto scrivendo per un Open Mic del futuro che chissà, mi sono proposta per una lezione prova di scrittura creativa in italiano per la comunità a Londra, e magari un giorno tornerò qui a tenerla, ho inviato curriculum a tutti i centri culturali interessati, ad artisti internazionali. Il tempo non mi basta mai. Arrivano forse i prossimi inquilini.

È triste questa idea che c'è sempre qualcuno di nuovo pronto a prendere il tuo posto. La casa è costantemente nel mio solito disordine postatomico, ho giusto il tempo di nascondere in cima all'armadio le cose che ho accumulato in giro in cucina.

Salgo al piano di sopra, lancio una rapida occhiata a tutti gli integratori che ho sul comodino: spray al magnesio, ferro in compresse, bibitoni in polvere alla vitamina B. La mia *restless legs* qui si è fermata, forse perché ho macinato chilometri per davvero. Chissà. Le mie gambe sempre in moto. Anche da ragazza. Correvo, andavo a ballare nei capannoni, con la sigaretta che si consumava in mano, la giacca per terra, nello sporco, i capelli che giravano per aria. Adesso devo accettare un po' la quarantenne anchilosata che aspetta l'ispezione dell'agenzia immobiliare, mentre spera di trovare per miracolo un modo per prolungare questa fuga in UK ancora di qualche mese e che non vuole tornare al paese del panettone così presto. Lo spirito intraprendente di quello che ero però sta resuscitando, in forme diverse. Lo so che non si torna indietro nel tempo, a quell'impeto scombinato dei diciassettenni, con lo schioccare delle dita, ma si può tornare a muovere le gambe.

E provare a ballarci sopra a tutte le storie storte della nostra vita.

I FANTASMI DEL NATALE PASSATO

Una sera nel bar della Tate c'è un aperitivo letterario che mi incuriosisce, sono soprattutto poeti provenienti da varie parti del mondo, ma mi intrufolo perché nella locandina vedo il nome di un portoghese di mezza età, che aveva collaborato a una residenza artistica in Italia e che conoscevo da giovanissima. Mi aveva detto che si sarebbe trasferito a Londra e aveva buttato là un... *Perché non vai anche tu a cercar fortuna all'estero?* Io, invece ero andata a vivere per un po' a Roma.

Arrivo e mi siedo ad ascoltare. Lo rivedo cambiato, lo sguardo appannato, mi ricorda lontanamente Moravia intervistato sulla morte di Pasolini. A fine presentazione è seduto da solo, al tavolo con una birra, sembra perso, un turista che ha smarrito la valigia e attende al *lost and found* dell'aeroporto. Mi avvicino e mi presento rievocando quella lontana occasione di venti anni prima. Lui finge di ricordarsi di me, ma almeno mi saluta. Però... nebbia totale: ho capito che con l'età si fa un po' finta, per non dispiacere l'altra persona che si crede speciale e indelebile nella mente dell'altro. Siamo indimenticabili in poche occasioni, a volte quelle spiacevoli lasciano più traccia.

La conversazione prende presto la direzione pessimistica di tutti i dilemmi senza risposta dell'esistenza umana. Un po' in italiano (quello che lui ricorda e mastica appena), un po' in inglese (che io adesso mastico meglio). Dato che i poeti sono gente sempre allegra per antonomasia, mi rivela di aver capito, nel tempo, che non è una scelta straordinaria quella di scrivere poesie per guadagnare nella vita, e che tutto il suo entourage è popolato di gente disperata come lui.

Mentre racconto della mia modesta frustrazione che mi ha spinta a viaggiare e che, grazie a questa esperienza sta scomparendo, lui decolla. Come sempre succede in questi casi, scopri che quello davanti a te ha sempre più sfiga da raccontare. Con il sorriso amaro, pian piano, tira fuori una tragedia dietro l'altra in un crescendo sincopato: è tormentato dall'isolamento, ha perso gli amici, non ha parenti vivi, la moglie è morta di tumore, non ha mai amato nessun'altra come lei, non ha avuto figli, e ormai ha quasi sessant'anni. E poi il dolore, la solitudine, la necessità di pagarsi l'assicurazione medica. Il suo lamento riempie l'atmosfera e diventa una specie di *fado*. Non essendo esperta di lingua portoghese, cerco di alleviare la sua solitudine facendogli un po' di compagnia e dispensando un imbarazzato: *coraggio, dai,* che subito vorrei rimangiarmi. Empatizzo, soffro con lui, ma guardo di sfuggita l'ora. E meno male che non ho seguito le sue orme molti anni fa.

Parliamo con difficoltà: noto in lui la paura di rimanere emarginato, di essere evitato, di finire senza lavoro per complotti contro di lui. Inizialmente entusiasta di sfruttare l'occasione di un trasferimento a Londra, dopo aver toppato il primo incarico come traduttore, ora è scoraggiato perché a cinquantasette anni non ha ingranato con nulla e non ha soldi: presto non potrà nemmeno più permettersi l'appartamento a Hammersmith. Il poeta drammatizza, sono sicura che le cose gli vadano meglio di come dice. Cerco di rassicurarlo, ma non mi viene in mente niente, anzi, a insistere con questi fallimenti e questa tristezza, mi sale l'ansia. Semplifico e mi dico: gli è andata male. È vero che bisogna aver coraggio e rischiare, ma è anche vero che le cose possono non andare come volevi. Va messo in conto. Ci vuole sempre un piano B. No?

Mentre conversiamo, noto che si morde nervosamente le dita e rotea gli occhi verso l'alto. Le palpebre gli calano a tendina, somiglia un po' a un grosso pesce preso all'amo. È sbronzo? Forse non ha mangiato preferendo impiegare i pochi pound che aveva in tasca nel bere.

– Adoro dare le noccioline agli scoiattoli. Ne ho un sacchetto. Le vuoi?

Accetta la frutta secca ma mi dice che mi ricomprerà le noccioline.

– Stai tranquillo, ne hai più bisogno tu.

E anche con questa frase, ancora una volta, sembra che io lo stia involontariamente prendendo per i fondelli, che mi rigiri la sua disperazione tra le dita. Ingoia spagnolette e fissa occhi e finissimi concetti mentali.

Mi sono sempre considerata una persona che non teme gli abissi oscuri degli altri, e invece, davanti a quelle pupille confuse e a quella scelta che è andata storta, sono sopraffatta da un caos di sensazioni, vorrei correre indietro dalla mia famiglia, oppure dire che devo andare in bagno e lanciarmi dalla finestra pur di uscirne. Decido di tornare a casa mia per riabbracciare gatto, figlio e marito e dire a tutti che li amo e poi sbuffare perché va rifatta la cartella e bisogna sparecchiare. Voglio arrabbiarmi perché sono poco ascoltata e perché non trovo l'accappatoio, cose da nulla, superabili.

Saluto con un sorriso e per riuscire a fuggire mi rivolgo con un saluto a uno scultore famoso che mi hanno presentato all'ingresso. Mi guarda e mi attacca subito bottone perché è brillo. E io che mi sono aggrappata a lui per salvarmi mi trovo dalla padella alla brace, adesso sono finita con l'esaltato. Continua a bere e a raccontarmi del suo intenso lavoro con lo scalpello. Mi rivela dei suoi dodici anni di fatica come scultore, l'impegno costante (fondamentale se vuoi il successo), il suo amore per l'arte, la sua grande riuscita per via della costanza. Lui ce l'ha fatta (secondo lui) e mi spiega perché.

– *Sono fiducioso in di me stesso.*

Dice, provandoci con l'italiano, con un sorriso forzato che fa spavento. Mi ricorda me fino a qualche mese fa, in particolare il modo in cui, nelle fotografie, più che sorridere, mostravo i denti. Vuole fare colpo. Lo vedo cercare di trovare un senso a quello che ha detto, *fiducioso* (come dice lui) di aver pronunciato bene una frase intelligente, fin troppo *fiducioso di se stesso*. A tal punto da apparire quasi disperato.

Inizia a spiegarmi anche del suo impegno politico attraverso la scultura, della sua convinzione che la sua arte sia destinata a resistere alla prova del tempo. E mi fissa dal suo elitarismo, così elitario che pare rifiutare l'umano, così esclusivo da escludere forse perfino se stesso. E prende la mia mano con fare lascivo.

Io devo tornare. Lo dico sfilando gentilmente la mia gelida manina.

Mi sembra un po' il *Canto di Natale*, questi fantasmi, alla Dickens, paiono sollevarsi dal buio per dischiudermi squarci di ciò che sono stata, di ciò che potrei diventare, quasi a guidarmi verso la consapevolezza di un presente che non devo lasciare scivolare tra le dita. È pure il periodo giusto e questa città trasuda *Christmas Carol* dappertutto. Riesco a fuggire.

Arrivo al volo a casa, neanche mezz'ora di metropolitana e, solo chiudendo la porta, tiro il fiato. Sono salva. Tutti dormono già, vorrei passare a baciarli uno per uno, ma sono troppo scossa.

Mi siedo in cucina, nella più completa solitudine, un piatto di carta e la cena al sacco (agnello con halloumi, stiamo provando tutti i take-away di Cambridge Gardens), da riscaldare. È vero, sono nel silenzio della casa vuota. Ma, nel bene o nel male, io so che, di sopra, si russa con gioia e ci si riaccende di mattina per prendere al volo l'autobus che va verso scuola. Poi un caffè con gli italiani e via, mi metto a riscrivere qualche pagina di un breve *VoiceOver* per una pubblicità, un lavoretto abbastanza veloce, rimediato in questo mese, mentre il marito segue il suo team da remoto, dall'altra stanza. E mi accorgo che a questa cosa io sono realmente tanto attaccata. Sarà merito del caffè americano che funziona come doping, del gatto, del topino d'appartamento e del ragno sulla finestra, ma sento che a me non sta andando poi così male come a loro. È importante ridimensionare, ritrovare il senso nelle piccole cose di questo momento, sentire come il nostro nido sicuro non sarà a prova di catastrofe ma certamente ha un calore che mi sono conquistata e guadagnata. E bisogna difenderlo anche dall'autoboicottaggio, bisogna proteggerlo senza arrendersi.

LA RECITA

A dicembre, al termine di un corso di recitazione organizzato da un centro pomeridiano a cui abbiamo iscritto il figlio per migliorarsi con la lingua inglese, c'è questo grande spettacolo messo in scena in una sala di prestigio. L'auditorium, per motivi a me incomprensibili, è gremito delle più alte cariche diplomatiche italiane a Londra (figli di amici in comune?), anche se a parlare non sarà il Presidente della Repubblica ma un gruppo di bambini di varie età. L'evento è un musical sul *Canto di Natale* di Dickens. Ogni anno tutti i corsi di recitazione per ragazzi, a Londra, lo mettono in scena contemporaneamente e chi ha più figli deve rivederlo anche innumerevoli volte in versioni diverse e a corto giro. Il testo viene riadattato per tutte le classi del corso, da quelle con i piccoletti di tre anni fino agli undicenni che si esibiscono in canzoni e musiche originali, travestiti con abiti d'epoca, cuffiette, galosce, barbe, baffi e cappelli. Una messa in scena monumentale. Anche i dilettanti sembrano risentire della passione per il teatro che ho visto in questi mesi.

Lo show è molto ben riuscito. Gli oltre sessanta bambini di ogni età, lingua, provenienza, estrazione sociale sono preparatissimi. Ha un unico difetto: è infinito.

A ogni gruppetto spetta una scena completa, a memoria, danza, canto e testo in prosa, lavoro sul personaggio, scenografie e costumi. Mi accorgo di essere prigioniera e mi viene voglia di trafiggermi il palmo della mano con le unghie per mantenere l'attenzione. Forse i tempi lunghi sono dovuti proprio a questa esecuzione integrale che prevede di protrarsi per quattro o anche cinque ore, con qualche rallentamento. Il prologo, coreografato con grande professionalità, recitato dai più piccoli magistralmente, dura, da solo, tre quarti d'ora e alla fine tutti calcoliamo che restano altri dieci atti e che ci sono ancora otto gruppi. Ci guardiamo tra noi, per capire se qualcuno ha portato dei liquori o un cappio.

Dopo l'esibizione iniziale i bimbi di tre anni si siedono a guardare seminando scompiglio nelle prime file. Gli ospiti illustri se la danno a gambe, inchinandosi e scusandosi con tutti. Il gruppo dei vip si dilegua perché giustamente il console ha tanti impegni, deve correre a consolare le molte anime che senza consolazione resterebbero sconsolate a Londra. E gli italiani a Londra, soprattutto dopo la Brexit, sono davvero inconsolabili. Si scusa ma il suo è un gran daffare.

– Bravi tutti.

Dice solennemente e lascia di sé solo l'ombra silenziosa di un pulviscolo ectoplasmatico, come si fosse dissolto in puro pensiero. E io chi sono per non approfittare del posto in prima fila vacante? Accanto alla moglie del console mi sento la consola in persona.

Arrivo addirittura alla fine dell'opera senza perdere i sensi quando si giunge agli episodi del fantasma del futuro interpretati dai bambini più grandi, tra i quali la mia progenie. Lui, vestito da ragazzo povero, pettinato elegantemente da mamma, cappellino marrone e capelli un po' lunghi, un po' di gesso per sporcarlo e farlo sembrare meno medio borghese, è bellissimo.

Lo guardo con adorazione, come è giusto che ogni madre guardi il sangue del suo sangue e penso che abbia una presenza scenica importante. Ma tutto questo è parte del mio ruolo e del mio mestiere di genitrice. E infine la recita termina con lo scrosciare di applausi sentiti, soprattutto per essere giunti alla fine di queste indimenticabili cinque ore. Ci invitano ad andare via e tornare dopo due ore per riprendere i ragazzi che devono salutarsi e ricevere il feedback.

E mentre mi incammino penso che fare questo andirivieni rapido verso casa (due quartieri più in là), per tornare poi all'auditorium è possibile solo a Londra. Perché la città in cui sono adesso mi permette di arrivare in volata quasi dappertutto, a cavallo di un autobus bellissimo a due piani e che viaggia senza sosta. È come salire su una rotaia e avere dei pattini ai piedi per andare velocemente ovunque quando si vuole. Un tragitto che si squaglia in un tempo magico, una scivolata con mezzi pubblici stratosferici. Sembra sfrecciare come il magico gatto-autobus di Totoro, per chi lo conosce.

Che bello vivere a Londra. Ed ecco che arriva il triste pensiero finale. Non rinnoviamo per il prossimo trimestre l'adesione al corso di *drama.* Il presagio dichiara un messaggio sempre più nitido, evidente anche agli altri.

Arriverà la fine e tutte le ragioni inclinano la bilancia verso il rientro: un nuovo lutto da affrontare. Io però in una cosa sono un po' cambiata, dalla morte della regina: sono abituata, adesso, ai grandi lutti, saprò come fare.

LEZIONE DI SCRITTURA CREATIVA

Torno dalla lezione prova di scrittura creativa in italiano presso il centro ricreativo. Mi hanno contattata dall'oggi al domani per fare una giornata unica, coprendo un buco. Mi sono lanciata. È andata anche bene, tutti i presenti si sono entusiasmati. Ho fatto scrivere dei pezzi un po' improvvisati, mi è venuto in mente di divertirmi ad ascoltare una raccolta dei personaggi che ci restano impressi nella vita, tra finzione e realtà. Agli Open Mic ho rinunciato in modo ufficiale, li scrivo, li ripeto allo specchio, mi registro e continuo a comporre questi ritratti, queste cartoline poetiche. Ma non sono proprio pronta a esibirmi.

Ho sempre con me un quaderno, dove fino a ora ho buttato giù almeno una quarantina di figurine di Londra, uomini e donne, strambi o comuni, che per qualche motivo recondito mi hanno colpita, e che hanno affollato le mie notti resuscitando con le loro voci nella mia mente insonne. Scrivo appunti, pezzi di poesie nate dagli incroci visuali, dai pezzi di strada o dalle semplici chiacchierate. Sarebbe bello farne qualcosa, qui a Londra o chissà dove nel mondo e nel futuro prossimo.

Intanto a voler restare, ho ricevuto una proposta di lavoro: dopo la giornata di oggi, mi hanno proposto di tenere questo corso di scrittura creativa da gennaio. È un successo!

Ne parlo al marito.

– Bravissima!

– È qualcosa.

– Sì. Ma sono due ore alla settimana, amore mio…

– Proviamo ancora, magari trovo altri corsi, possiamo tirare fuori i soldi per un mese in più?

– No.

– Ho capito, vuoi tornare? Ma cosa ti manca dell'Italia?

– Tutto.

– È per la bresaola, dì la verità…

– …

– La bresaola? Davvero?

L'ULTIMA PISCINA

A me manca molto anche l'ossobuco in gremolada, ma non da voler tornare in Italia solo per il cibo. Sembra che del nostro paese, a tutti, manchi il cibo. O il sole. Ma più che altro la cucina. È incredibile come ingerire alimenti stabilisca così profondamente chi siamo e le nostre aspirazioni. A conti fatti, se la scadenza è dicembre, io ormai sono fuori gioco, devo accettarlo. Mi guardo attorno e inizio a stabilire il piano per il rientro. Bisognerà che mi decida a riorganizzare le valige. E, soprattutto, i saluti.

Mi accorgo improvvisamente che andrò a prendere mio figlio per l'ultima volta alla piscina vicino alla Grenfell Tower. Passeggiando, ripercorro gli eventi. E quella volta con la pioggia a infradiciarci fino ai calzini, senza l'ombrello, le risate da pazzi, sereni, stupefatti, la vita che sembrava aver preso il volo? Perché oggi il ritorno a casa è un peso mortale nello stomaco? L'idea della fine di tutto, anche nelle piccole cose che ormai erano diventate abitudini, routine, casa accogliente anche qui, oltremanica, non mi era mai sembrata così nitida. Mi accalappia come se avessi abboccato a un amo acuminato e fossi lì a penzolare in aria, agganciata per il palato. O attaccata all'imbragatura dopo essere precipitata dall'ennesima parete a climbing. Indosso la giacca e mi tuffo nell'inverno inglese.

Arrivo alla piscina piangendo come una fontana. Sono un panda di lacrime e rimmel colato e ho la bocca storta in un ghigno paralizzato. Come una che ha appena avuto un ictus. Il dramma silenzioso si è fatto strada mentre camminavo, in modo inevitabile. Pazienza. È meglio aver vissuto una realtà che non possiamo permetterci sul lungo periodo, godendoci la vita per pochi mesi, o era meglio non saperlo? L'ultima piscina… non lo sopporto questo commiato. Soprattutto perché la quotidianità si era normalizzata e la sua bellezza era nella semplicità ritrovata, nelle abitudini vivificanti e nella spontaneità delle piccole cose. Forse potrò ritrovarle anche al ritorno, lasciando uno spiraglio della porta aperto ad accogliere il valore di ciò che mi attende ancora nel futuro. Ciononostante, penso a tutto quello che non tornerà mai più, i nostri anni più belli da giovani li ho già salutati, saluterò anche la nostra fuga a Londra, l'esperienza resterà indimenticabile ma l'occasione so che non tornerà mai più. Cerco di salutare e trattenere la voce tutta roca. Il figlio si accorge che sono terribilmente triste.

– Mamma, non essere triste, a Milano ci sono tante cose belle.
– Tipo?
– La bresaola!

Sipario.

IL PENNARELLO ROSA

Mentre scrivo in pennarello rosa, su un foglio, la lista dei compiti di scuola per organizzare il weekend, suona una sveglia al piano di sopra. Il pennarello mi cade dalla mano, non ci faccio caso, spengo la sveglia, torno sul divano, mi siedo sopra al pennarello senza saperlo, mi lancio in uno spiegone materno sull'importanza dell'autodisciplina, di quanto sia fondamentale non perdersi via e quindi agire in modo organizzato senza mai farsi prendere dal panico e prestare attenzione alle *cose* (genericamente, così). Appena mi alzo però lo trovo, lui, senza tappo, il pennarello: è messo lì di traverso, la punta infilzata nel cuscino, e vedo con orrore due gigantesche chiazze di inchiostro rosa a deturpare il divano.

Mi metto quasi a urlare, la bocca aperta in una smorfia da maschera greca, impreco e smonto copri divano, divano, cuscino, isteria. Provo a immaginare quanto costa il divano intero in sterline. Seicento? Settecento? Perché è rimasto stappato, eh? Maledetto pennarello rosa. Ma che ci vuole a ricordarsi un tappo, io che la meno sempre con i tappi delle penne negli astucci. Intanto recupero il discorso da mamma rompipalle sulla disciplina, diventando sempre meno credibile. Potrei portarlo alla lavanderia? Ma dovrei proprio prendere il pezzo intero, chissà quanto mi costerebbe, e poi, ma che umiliazione: cosa gli dico, che mi sono seduta su un pennarello?

Mi metto in ginocchio sul pavimento e provo con lo smacchiatore della moquette, acqua, sapone, spazzola, spugna. Mentre sono in balia del panico, proseguo nel mio discorso pedagogico, ostentando indifferenza. E continuo a dire al figlio che mi guarda basito, che è poi indispensabile compilare una bella lista delle cose da fare perché diminuisce l'ansia, dico ansimando e sfregando la stoffa macchiata. Peggioro tutto. Enorme alone: rosa ovunque. Non bisogna mai farsi prendere dall'agitazione, gli spiego, anche se i compiti ci sembrano tanti, noi dobbiamo fare il meglio che riusciamo, questo è importante, ansimo ancora. Sono una mamma pazza. Penserà così. Una chiazza larghissima rosa. Non puoi nemmeno dire che ti sei seduta inavvertitamente con il ciclo perché è una palla ovale e rosa confetto. Femminismo? Una specie di protesta del rosa sul divano? Non regge.

La caparra a coprire i danni dell'appartamento, di quanto era? Mi chiedo silenziosamente, strofinando come una furia il tessuto, mentre a parole concludo il discorso con una chiosa sulle conseguenze della procrastinazione e dei vizi che portano la nostra esistenza alla deriva e verso la droga, dove poi ci si perde, si muore o nei casi migliori si finisce in una comunità di recupero. Cosa sto dicendo? Strofino il divano con il cuore a pezzi, spero che possa bastare, ripasso lo smacchiante, non so più cosa inventarmi. Ho spalmato l'alone attenuandolo e distribuendolo su tutto il quadrato del cuscino che è diventato di un beige, tonalità incarnato. Ci si rovina il cervello, capisci? Ma cosa sto dicendo? Non so se l'ho convinto con il mio discorso o se l'ho spaventato con il mio folle sfregare. E ansimare. Aspetto che asciughi e scoprirò se si vede molto. Mio figlio annuisce e si organizza da solo i compiti, un po' preoccupato. Per tutto il giorno mantengo una calma inquietante e una voce sottile da ospedale psichiatrico.

Alla sera, la macchia sul *sofa* mi sembra passabile. Quello che resta come alone inaccettabile è l'impotenza di fronte al tema del rientro, che si sparge nel mio futuro come una macchia d'inchiostro indelebile. Come se qualcuno mi avesse scritto nella corteccia prefrontale: *This is the end. My only friend.*

INTERMEZZO NOTTURNO
L'ARIA DI NATALE

Nelle notti d'inverno, quando le strade si accendono di luminarie natalizie, mi sorprende una gioia infantile. Arriverà un altro compleanno, sprofonderò ulteriormente nella decade dei quaranta. Ma mi sembra già di aver fatto dei passi fuori dalla gabbia e di poter tornare con milioni di cose da raccontare. E poi non è ancora finita. Rimane il fascino strepitoso dei *Christmas crackers*! Caramelloni di carta che vengono venduti nei supermercati come Tesco o nei mercatini natalizi. Ogni commensale prende un'estremità e dà l'altro capo a chi siede di fianco. Si tira e i caramelloni esplodono, lasciando nell'aria un odore sulfureo e rivelando una sorpresa. (Sono diffusissimi gli apribottiglie in metallo che ti colpiscono in fronte a tradimento, saltando fuori dal *Christmas cracker* del vicino). Londra sembra fatta per ospitare il Natale alla massima potenza. Mi piace così tanto che mi incanterei per ore alla finestra ad ammirare le strade gelate, sperando di assistere ai primi fiocchi di neve che svolazzano verso terra e si accumulano piano. Questa volta con l'Avvento ho un po' paura di rientrare a Milano e di ritrovare intatto quello che ho lasciato sulla panchina verde, nonostante gli abbagli, le comete e le stelline appese tra i palazzi. Sono molti quelli che vivono male il Natale, forse perché ci costringe a fare i conti con le nostre radici.

Ricordo un passaggio intenso in un romanzo di Tondelli, *Camere separate*, dove si descrive la compattezza di questa malinconica disillusione che si prova tornando da adulti nel paese natio per le feste natalizie. E come il Natale intensifichi questo contatto complesso: la vita è progredita e c'è qualcosa di dissonante nel rivedere la famiglia dopo mesi, magari anni. Tra antipasti, torte, agrifoglio e biancospino è sempre più difficile far combaciare ricordo e realtà. Ogni volta che ritornavo da qualche lungo viaggio, oppure anche quando rientravo dalla città in cui studiavo da ragazza, anche io vedevo tutta la casa d'infanzia un po' immobile e densa.

E come sarà per mio figlio, nel suo futuro? Mi sembra di immaginare il riflesso nel riflesso nel riflesso, all'infinito, come a giocare con le ante degli armadi quando entrambe hanno uno specchio e vengono messe l'una rivolta verso l'altra. Mi sembra che la vita abbia queste ricorrenze tra generazioni. Nostalgia e distacco. Chissà come sarà per lui, una volta cresciuto, quando tornerà a casa per le feste e mi troverà immersa nelle lucine, intenta a distrarre l'attenzione da questo mio eterno ondeggiare, quest'incapacità di arrivare davvero a una meta, di sentire il passo sicuro sulla vita. E quando sarà grande ripenserà con un sorriso a tutto questo nostro periodo inglese? Con tenerezza? Magari vedrà in me una donna che per paura dei quarant'anni ha tentato una fuga, che invece di affrontare di petto la realtà, ha scelto di perdersi nei lunghi viali alberati di Londra, portandolo con sé in una navigazione incerta. Chissà.

E intanto, l'inverno sta arrivando.

Winter is coming.

IL CECCHINO

Ho come la sensazione di essere con la schiena contro il muro. Bisogna solo capire come finirà il tutto e con quale impatto il dolore si impossesserà di me al momento decisivo. Quando accetterò che stiamo tornando a casa. Nel frattempo, voglio abbuffarmi di Londra e di divertimento, voglio perdere il controllo e godermi fino all'ultimo secondo il tempo che mi resta. Mi tuffo anche nelle situazioni più caotiche. Mi sembra che una gita al *winter park* sia un ottimo modo per deviare l'attenzione, tutti insieme, distrarsi e gridare, nel grande frastuono: *non voglio andare viaaa*!

Il Winter Wonderland a Hyde Park, il luna park natalizio di Londra, sta tutto il mese di dicembre, convoglia non so quante migliaia di persone che arrivano da tutte le parti della città. Ti accolgono prima per perquisire le borse, poi per passarti al metal detector, poi, solo alla fine, guardano il biglietto. Si entra nel paese dei balocchi: la natura sintetica che tanto m'inebria del Natale mi coinvolge sempre. Adoro quando sta per arrivare il rito, lo scambio dei regali, l'atmosfera.

La dopamina sale alle stelle, euforie di suoni e luci, un'esperienza stratosferica tra flash di giostre che spaccano il cielo, l'atmosfera è avvolta dal freddo pungente dell'inverno, radiazioni laser, colori, attrazioni che si ergono alte come i colli di brontosauro nei disegni dei bambini. Siamo sei famiglie di amici italiani, l'amica S., l'amico P. e i loro figli, l'amica M. e l'amico D. con il loro, e altre due coppie che conosco meno, G. e B. con tre pargoli e T. e A. con figlio unico. Noi, gruppetto di immigrati stretti nel nostro italiano, affrontiamo con forza e fiducia la ressa mostruosa delle giostre popolari inglesi, proprio perché abbiamo scelto un giorno festivo. C'è una folla apocalittica tra elfi giganti e distese di dolcetti.

Ci si perde in un immenso mare di led azzurrini, che simulerebbe il ghiaccio, nel profumo della cannella dei biscotti, della plastica dall'odore di petrolio dei gonfiabili sporchi, accecati da segnali luminosi intermittenti, le musiche dissonanti dei baracchini ci impediscono di parlare. Per qualcuno un inferno dantesco, per altri una gioia assoluta.

L'attrazione più gettonata è il baracchino dei Pokémon, dove si butta via uno stipendio inglese di media portata (non il mio, visto che non esiste). Dopo sette ore di coda, seconde solo a quella per l'esposizione della bara reale a Westminster, bisogna lanciare una pallina su un'asse inclinata. Facile? Se ti va bene (cioè mai) la palletta, di rimbalzo, finisce in un secchio e ti danno un Pokémon di peluche di grandezza umana. Lo puoi portare a casa, ma in metropolitana paga il biglietto come tutti. In aereo devi prendergli la business. Il marito guarda i premi abominevoli con preoccupazione. Sbuffa come un toro e ci riprova più volte, ma poi capisce in fretta che non si vince mai. Vediamo miliardi di rimbalzi fallimentari, sospettiamo lievemente che le palline siano truccate con un ingegnoso sbilanciamento interno. A ogni tiro mancato qualche madre lancia un urletto di disperazione per i due pound gettati al vento.

– Posso giocare, mamma?
– Certo, chiedi i soldi a papà.

Al momento mi fa comodo non vedere come prosegue: il budget del luna park lo gestisce il marito che sa regolare, più di me, l'emorragia economica, dando un freno ai tentativi a vuoto. Lui arginerà le scommesse e torneremo a casa con i soldi per la cena. Credo.

Si mette di nuovo a tirare anche lui, è che non rinuncia mai, è caparbio di carattere: va bene, comunque vada sarà una catastrofe. Nel dubbio mi defilo pensando che a volerlo comprare poi in Italia, quel maledetto Pikachu, ci si può mettere d'accordo per mezzo stipendio e tutti felici.

Sgattaiolo via da questi baracchini. So che ho almeno un'ora per provare i bersagli con il fucile a palline di piombo, il mio gioco preferito. Sparare è la mia segreta abilità, una forza che preferisco esercitare lontano da occhi indiscreti.

Sono lì piantata, il calcio del fucile appoggiato saldamente alla spalla, il tavolo davanti a me, i bersagli da prendere. Lattine, omini di ferro, carte, bottigliette, sparo a tutto, prendo tutto, non mi ferma mai niente. Ogni volta che cambio baracca mi accordo sul massimo dei proiettili e impugno il fucile come solo l'anima del bisnonno Adamo, abile cecchino, potrebbe avermi trasmigrato. Pare che io abbia ereditato qualcosa da lui, deceduto proprio a Natale, cinquant'anni prima della mia nascita, nello stesso giorno. Una morte incredibile, schiacciato da un treno, un aneddoto nella costellazione familiare che non può che evocare l'idea di un fantasma o di qualche aspetto soprannaturale nella genealogia.

Sarà la sua mano a tenere il mio fucile? Sparo con precisione implacabile, mi spiace ferire i sentimenti dei baraccai, che mi guardano esponendo i canini con sorrisi tesi, ma tiro giù tutte le levette, anche quelle più arrugginite, l'occhio sinistro strizzato, il respiro fermo. Un capannello di gente inizia a radunarsi attorno a me. Mi porto a casa una renna, delle racchette da ping-pong, un peluche a forma di drago verde, due pistole con pallini gialli, una confezione di carte da gioco. Eccomi ora in un'altra postazione, continuo a prendere il bersaglio senza sbavature. Sono inarrestabile, il mio sguardo è affilato come una lama e il fucile risponde perfettamente ai miei comandi. Eppure, in questa postazione la levetta di uno dei bersagli sembra non andare mai giù. Non si muove. Si vede benissimo che continuo a prenderla in pieno, ci spreco tutti i colpi. Niente. Ho finito anche tutti i soldi.

La mia serie di vittorie interrotta in questo modo strano sembra suscitare sospetti nel gruppetto che si è fermato a osservare.

La piccola comitiva di persone intorno a me inizia a chiacchierare in inglese.

– *That's strange.*
– *It seems like there's something wrong with the game.*
– *Maybe it's rigged.*
– *We should notify to the staff.*
– *Let's take a look…*

Quindi, secondo la mia percezione e la mia comprensione dell'idioma inglese, la gente intorno si insospettisce, si avvicina a ridosso della bancarella e inizia a respirare pesante. La giostraia avverte con chiarezza la situazione pericolosa. Il senso di *warning* che arriva dagli aliti al vino caldo. Il mio pubblico, bello alticcio per il *mulled wine*, vuole controllare i bersagli da vicino, andando dietro al tavolo. Si rischia la rissa.

Un sorriso allungato, a mo' di smorfia di dolore sul viso, molti gesti di assenso: la signora mi promette che avrò tutto ciò che desidero se riusciamo a concludere la vicenda in fretta. Acconsento. Capisco. Sono truccati i meccanismi e la levetta non scende nemmeno quando viene colpita con precisione. Mantenendo la complicità provo a chiedere:

– *Do you have a Pokémon?*
– *No, we just have those.*

E mi piazza un'altra renna natalizia gigante, ma questa è dotata di ciglia lunghe. Molto femminile, mio figlio la odierà. Mi accontento, non voglio che la giostraia venga picchiata.

Il marito arriva vicino, vede che ai miei piedi c'è un mucchio di giochi e premi in un sacco di plastica. Sbuffa. Lo fa con ammirazione e affetto, il suo linguaggio è così chiaro a me. Raccoglie il bottino e ci allontaniamo. Qualcuno, mentre mi incammino verso l'orizzonte, commenta che se scoppia la guerra è meglio se il fucile, nella mia famiglia, lo impugno io. Mi allontano, ridacchiando, pronta a regalare un po' di giocattoli ai bambini presenti, un po' soldatessa un po' *Babba Natala*. So che non verranno con noi questi giocattoli, non ç'è spazio in valigia. Ma non è adesso il momento della tristezza. La mia mente si riempie di orgoglio, ringrazio il bisnonno Adamo per avermi regalato la sua dote preziosa. E spero che non serva mai davvero fuori dai luna park.

ISPEZIONI

Incombe l'ispezione dell'agenzia immobiliare: sono sempre più frequenti questi *visitors*. Succede che i primi a sentire di doverti sostituire subito sono loro, a caccia dell'affare. Diventano invadenti. Per un intero mese questi ti possono piombare in casa avvisandoti con un messaggio il giorno prima. Da qualche tempo, l'andirivieni di questi mediatori si è fatto più insistente. Un'intera processione di sconosciuti che, a turno, si infilano nel nostro mondo con l'indifferenza di chi osserva un set cinematografico già smantellato, facendomi tastare la sensazione di precarietà della vita, e sottolineando quanto poco ci appartengano i luoghi che ci illudiamo essere nostri e la nostra privacy. Otteniamo di limitare gli *open days* al martedì e al giovedì mattina. Una volta però un agente immobiliare riesce a intrufolarsi senza il nostro permesso, forse crede che non ci siamo e non ce ne accorgeremo, infila le sue chiavi e sentiamo voci e miagolii mentre siamo al piano superiore.

Io furibonda mi precipito giù per le scale afferrando la gatta come un fucile e li minaccio con le sue unghie. E se fosse scappata Pepita?

– *And what if you... What if you had let my wonderful cat away?*

Sono molto arrabbiata ma se non si capisce il mio inglese, i denti di Pepita si fanno interpreti universali: se c'è una cosa che sa fare bene è ringhiare ai piccioni e agli impiccioni.

Le cose non migliorano, ogni nuovo visitatore sembra incarnare un diverso tipo di giudizio sul mio nido. Una signora bionda è disgustata dal salotto, ammetto di non essere una donna ordinata, però io mi ero anche un po' impegnata almeno per le prime visite. La signora quasi albina vuol vedere il piano superiore, ha l'espressione schifata di una che ha appena leccato la suola di una scarpa. Cos'è che non va? Le tarme o i topini? O la moquette della Grande Guerra? Che cosa pretendono, in fondo, come diceva l'amico agente immobiliare, siamo *quasi* a Notting Hill. Mi sento offesa. Se non vi piace proprio, se deve restare vuota a gennaio, allora lasciatela a noi, no? Siamo ancora in bilico, non è deciso il rientro, potrebbero assumermi in una macelleria italiana all'ultimo momento. Sto già mandando curriculum. Scrittrice disoccupata si offre di panare fettine di carne a Portobello. Non dateci per persi.

Lasciate che qualcosa ci sorprenda, una stella cadente, un elefante rosa confetto, una nuova scoperta scientifica di cui sono inavvertitamente protagonista. Come si fa a vivere sempre nel mondo concreto, non viene a noia questo realismo bidimensionale? Non esistono forse le stelle comete, qualche fenomeno strano per meravigliarci ancora, mentre siamo sulla soglia di casa pronti a sloggiare? Io credo nella magia, datemi la ricetta per un incantesimo che ci permetta di vivere ancora qui. Ancora un pochino!

Una bambina e suo papà visitano la casa in lungo e in largo. L'unica vera star è Pepita. Non passa ispezione senza che qualcuno si soffermi su di lei: accoccolata sul lettone o allungata come una diva decadente sul divano, cattura ogni sguardo.

Is it included? Chiede una bambina dagli enormi codini neri, indicando l'animale e guardandomi con occhi scintillanti di speranza. La ragazzina si mette a saltare di gioia e il padre sembra stanco ma stregato. Appaiono molto interessati e qualcosa di loro entra in armonia con il contesto. Prendo la gatta in braccio mentre stiracchia le zampe lunghe e avvicino la belva semicosciente, ancora un po' sonnacchiosa, alla bambina. La accarezza con immenso godimento, *che pelo, che pelo! What a wonderful fur!* Guardo l'agente immobiliare: ci deve una percentuale per la prestazione della nobile felina che è a tutti gli effetti l'attrazione più importante dell'appartamento. Decido che questa bambina deve avere il contratto. Lo spero per lei: io e queste mura decidiamo che ci piace. Sì, perché è molto importante passare il testimone a chi saprà dare una continuità alla nostra favola, a tutto quello che abbiamo vissuto. Questa abitazione è viva. Alla fine, non è di questo che abbiamo bisogno? Credere che ci sia una piccola porzione di incanto in mezzo al grigiore del quotidiano. *Dai, che a te le posso anche lasciare le chiavi, ragazzina. Trattala bene, però. Abbi cura dei topini.*

ODE AI MALAYSIAN STREET FOODS

Al Makan café - Malaysian Street Foods voglio passare anche il giorno prima di partire.
Ho questo pensiero per ore e ore.
Che ho paura.
Di tornare e ritrovare quello che ho lasciato.

– Next.

La signora al bancone
Grembiule bordeaux e vaschetta in mano
Non ci diciamo mai niente.
Mi prepara la cena da portare via.
Le mie ondate di paura e
cosa ancora?

– Next.

Qual è il prossimo pensiero, cara signora, sembra chiedermi.
Nel suo velo bianco panna si propaga il mio di velo, d'incertezza.
Anche sul cibo da asporto.
È impaziente di servirmi.

Dire continuamente che sei incerta non serve a toglierti l'incertezza.

– Next, madame.

Adoro il pane di banane. È un fatto.

– Banana bread.
– Good choice!

E se non lo riempiono loro, il mio vuoto interiore.
Sembra dirmi lei.
Palle di banane fritte.
Non c'è migliore scelta. Le sorrido.
In fin dei conti è solo che mi porto dietro un senso di sbagliato così totale che alla fine va quasi tutto bene.
Sembra capirmi dietro ai suoi occhiali.

Chiudo un cerchio con il primo giorno.
Ero arrivata a specchiarmi nel bancone di vetro.
La guardavo da sotto,
con la mia faccia bianca e la sua scura.
A non dire che temevo di non riuscire in nulla e buttare via investimenti e vita vissuta senza combinare niente.
Temevo di stare troppo bene, girare Portobello e al ritorno di piangere per giorni.
Temevo che qualcuno morisse mentre ero via.
Temevo di perdere il lavoro mentre ero via.
Di tornare ancora più vecchia.
E invece oggi sono qui.
La guardo ancora dietro al bancone.
Banana bread di nuovo e ogni minuto del microonde è valso la pena perché ogni minuto vissuto conta qualcosa.

Immagina la peggiore cosa al mondo.
E scegli il tuo samosa.

LASSI

Stasera con il figlio prepariamo il lassi, una bibita meravigliosa, corroborante, avvolgente, manco a farlo apposta anche lassativa. Agne e Jerry mi hanno fatto provare il lassi bianco qualche settimana fa ed è diventata anche quella una vera dipendenza, l'ho preparato anche il giorno prima. Così ora abbiamo quello al mango e poi la versione salata: yogurt ghiaccio, cardamomo, zenzero, sale, cumino ,pepe, foglie di menta e quant'altro.

Il figlio è emozionato, ha stilato una lista millimetrica di ingredienti, ogni dettaglio calcolato con la precisione di un oracolo. Niente è mai facile, però, devo uscire che sono le sette ed è domenica: un supermercato è chiuso perché il soffitto sgocciola, nel secondo trovo il mango un po' acerbo e il cumino manca anche nel terzo. L'impresa assume i contorni di una caccia al tesoro.

È soprattutto il chilo di zucchero di canna grezzo che mi pesa, perché so che non lo userò mai più!

Rinunciamo a un po' di ingredienti come il fieno greco e la curcuma che non riesco a trovare. Quando, alla fine, ho quasi tutto il minore mi impartisce le indicazioni. In fondo, perdersi qualche ingrediente non intaccherà questa piccola cerimonia. E mentre assembla il tutto nel frullatore, mi rendo conto di quanto gli importi e che questo lassi sarà indelebile. (Sperando che non sia indimenticabile solo per gli effetti lassativi).

– Allora, mamma: 250 ml di yogurt, latte, mango… mettiamo tutto.

Frulliamo. La cucina si riempie di un ronzio che mescola risate e dosaggi approssimativi, come se ogni nostro momento fosse sempre stato un preludio a questo: un continuo frullare memorie e desideri, con mio figlio a dettare un futuro fatto di ricette improvvisate: dall'hummus alla purea, dal pesto a ogni tentativo creativo in cucina. Frullare come mantra quotidiano. E penso che, forse, è un ricordo remoto che viene da quando gli preparavo le pappe mentre lui stava nella sdraietta a osservare, come se anche allora frullassi un futuro in cui mi avrebbe dettato le ricette. Il risultato sono due litri di delizioso lassi. Uno dolce e uno salato. Non sono sicura che bere due litri di yogurt ci eleverà spiritualmente, ma almeno avremo un ricordo memorabile (e forse qualche corsa imprevista verso il microscopico nostro bagno inglese).

– Secondo me il lassi al mango è la cosa più buona della cucina che abbiamo provato a Londra.
– Può darsi.

Da qui in poi quasi ogni sera la trascorriamo a frullare. Siamo gente rumorosa, noi italiani, anche quando facciamo cucina indiana.

TORNEREMO INDIETRO

È una sentenza inappellabile. Lo avevamo intuito, anche se non volevamo ammetterlo. Il nostro tempo scade quasi di colpo, come quel termine che percepisci lontano, una minaccia sussurrata, fino a quando non ti piomba addosso all'improvviso. E allora è già troppo tardi. Un minuto prima ti metti il cappello per non prendere un'insolazione a Regent's Park e hai tutta la vita davanti, un minuto dopo sono finite le caselle di gioco, il berretto che indossi è di lana e senza guanti non puoi uscire.

Perciò ho solo ancora un mese, vado alla ricerca anche di un senso da dare all'esperienza, ma in questi spazi e momenti non faccio che raccogliere briciole: pensieri sul cambiamento, scoperte inaspettate. Sono come una formica che trasporta granelli al suo formicaio, catalogando ogni cosa con cura meticolosa. Adesso è il raccolto. Il momento della lista e dell'archiviazione arriverà.

Ogni giorno, mentre inizio a progettare gli scatoloni per il trasloco con la spedizione internazionale, ormai molto più sicura della mia capacità di far fronte alla burocrazia delle dogane, mi balzano in mente le quindici ore di macchina per arrivare. Ho fatto tutto quello che volevo e dovevo fare, in questi mesi qui? Quasi.

Intanto, la gatta miagola. Mi fissa. Sembra capire che qualcosa sta cambiando, e io cerco di prendere coraggio da lei. Non abbiamo topi a casa a Milano. Come farà? Sentirà la nostalgia dei dieci che ha cacciato qui, inseguendoli quasi dentro la cappa del caminetto? Ho ordinato una nuova lampada a sostituirne una che con le sue scorribande ha mandato in frantumi, ma questa è di plastica, il *landlord* la apprezzerà. Infrangibile. Come vorrei essere io, oggi. Ho sostituito anche la me stessa di qualche tempo fa, irrigidita nelle sue tristezze, con un corpo più elastico, con una mente che possa flettersi senza andarsene in pezzi?

Provo a ricordarmi cosa mi aspetta dopo questa traslocazione temporanea (dell'anima). Quello che credevo irrinunciabile inizia ad acquisire una determinazione sfumata: non ho mai usato la mezzaluna. Forse non era così essenziale. Come tante cose che ho lasciato indietro e che ora, al rientro, ritroverò. Mi piaceranno i miei vestiti di prima? Il viola resta tutto qui, come da programma. Come la pelle di certi serpenti.

Forse nevicherà anche il giorno del viaggio. Guardo fuori dalla finestra del salotto. Con le valige dei vestiti, devo impacchettare ricordi e persone incontrate. Sto ancora scrivendo tutte le notti, ispirandomi a questi giochi di ritrattistica semi inventati, come se mi aiutassero a mettere dentro al bagaglio le persone magiche di qui. Un'abitudine che mi sembrava di aver perso, l'ispirazione strampalata che ti ferma lì dove sei, con la pentola sul fuoco, in cerca di carta e penna e nulla ti può impedire di buttare idee sparse su pagina, senza autocensura. Le ultime settimane sono un imbuto di programmi che portano anche il carico di voler esaurire ogni rimpianto.

Sorridere del marito che sbuffa come una caffettiera ma che forse non ha mai sbuffato davvero, era solo una stilizzazione simpatica di quel maschile capace di starti accanto senza mai lamentarsi, o, per lo meno, ormai anche lui sbuffa in un modo un po' diverso, più complice, quasi a entrare in sintonia con le mie emozioni. Il figlio, che può anche sopravvivere nella scuola italiana in Italia, anche se non fa meditazione trascendentale a lezione e non saluta con *take care* i compagni, sarà felice di abbracciare tutti i nonni e gli amici. Insomma, torniamo.

Con il pensiero resteremo ancorati ai giorni qui a Londra. Ho come l'impressione di aver creato un album di fotografie indimenticabili. Quando lo sfoglierò ancora lui avrà di nuovo nove anni, saremo alla scuola primaria. Topini. Un gatto ancora cucciolo. Un marito che prende e fa con me un viaggio guidando quindici ore filate. Io sarò ancora una donna di mezza età che sta scoprendo con l'arrampicata e tante altre cose il valore di essere forti. Spaccherò tutto, spaccherò lo scorrere inesorabile in avanti, prenderò con me il momento presente, dal futuro, per riportarlo ancora qui dove siamo felici. Perché se lascio di nuovo spazio alla triste marcescenza, o alla rassegnazione, se mi trovo di nuovo nella stagnazione di un sistema chiuso, con la tentazione di arrendermi alla panchina verde, devo mettere il primo piede sulla parete. E risalire subito. Bisogna sempre tornare qui, idealmente, in un luogo immateriale, a godere di una condizione metafisica dove si fiorisce e basta, senza appassire.

PARLO DA SOLA

Ogni frase di questi giorni la ripeto tre volte, accompagnata da interrogativi insistenti per farmi rispondere. Tipico di quando sono agitata.

– Ho messo le scarpe grigie nel pacco, mi sembrava una buona idea, no? Le scarpe, capito? Le scarpe grigie.

Silenzio. Il marito al lutto con il silenzio. Che si oppone alla mia parlantina.

– Le metto o non le metto queste scarpe grigie?

Cade nel nulla, di solito poi desisto e sbuffo. Fa ridere l'incomunicabilità, quasi più facile affrontare una lingua che mi esce meglio ma con suoni pur sempre mostruosi, che non le diverse personalità quando entrano in opposizione. Ma fa ridere piangendo, urlando, come uno sketch di Charlie Chaplin, disperato, con le chiavi inglesi a girare bottoni e cadere nella catena di montaggio. E di fatti chissenefrega se ho messo le scarpe in questo pacco o nella valigia o se le ho buttate dalla finestra. Io che parlo, parlo ma è sempre la stessa frase. Sto dicendo che mi dispiace partire. Gli rimprovero il silenzio. Lui mi rimprovera l'ossessività.

– Le scarpe grigie, le valige, le camicie, la gatta, i cactus e i divani. È tutto il giorno che parlo con il muro.
– È che sono dispiaciuto.
– Non volevi tornare per la bresaola? O forse per le spiagge liguri affollate?
– Ma va!

Sbuffa perché non riesco a capirlo. Spalanco la finestra della camera da letto (l'unica apribile) in cerca dell'aria tagliente di dicembre, del profumo di neve, di un futuro che ancora non so immaginare. Mi vedo proiettata di nuovo nella mia città, la casa, gli spazi, la via dove abito da quando ero piccola e dove continuo ad abitare. Il palazzo di fronte nudo, tende alle finestre, senza viale alberato. Sicuramente cercherò un posto oltre la casa, al mio ritorno, un'area delimitata solo per me, per scrivere, leggere, per dare valore al mio lavoro, magari un coworking, oppure uno studio, se sono fortunata. Meno condiviso possibile, perché resto una che ha bisogno di isolamento ma sono anche contraddittoria e la pausa caffè mi piace condividerla con chiunque abbia voglia di raccontarmi qualcosa.

Più tardi, al buio, mi guardo gli annunci. Ci vuole un posto dove mettere tutti gli animaletti che mi escono dalla testa, tutti i pensieri e le parole che mi scivolano fuori, una gabbietta protetta per dar loro la giusta collocazione.

Dovrò trovare il coraggio di conquistarmi una stanza tutta per me.

Quando sono agitata mi perdo poi in lunghi soliloqui, anche qui, alla gatta e alle piantine, poi mi lascio andare e prendo a rivolgermi anche a oggetti inanimati, dal tostapane alla borsa, dalla cassettiera all'orologio a cui dico sempre che è tardi. Forse devo spiegare al marito che ho ereditato questo vezzo caratteriale da mia mamma, che la genetica a volte lascia senza scampo e va accettata con affetto. Sono uguale. Come fa mia mamma con la dispensa, faccio io con il muro, il lavandino e la doccia. Solo che io devo trovare una stanza, lei un armadio più grande per le vettovaglie di riserva.

Una volta, da ragazza, tornando da scuola la vedo accucciata a terra, dietro la porta della cucina, con la spesa da mettere in ordine.

– Ma non c'è proprio posto per voi risoni, neanche qui dietro il lievito? E se vi mettessi qui sotto al mais e ai piselli? No, proprio non dovevo comprare i risoni!

Mi avvicino: è tutta presa dai suoi pensieri. Le parole le strabordano fuori, mentre cerca di spostare le scatole della pasta dal fondo.

– Papà? La mamma parla da sola!

E in effetti la cosa (ai tempi) mi aveva impressionata. Forse troppi turni in ospedale e l'abitudine, al contrario mio, a essere sempre in mezzo alla gente del Pronto Soccorso. Mio padre lo sapeva.

– Lo fa, lo fa.
– Nooo, ma da quando?
– Ah, da sempre. Lo fa, lo fa. Lei lo fa.

E così anche io. Commentiamo la nostra vita ad alta voce. Il fatto è che collego le due cose solo adesso. E chi avrebbe mai detto che mi sarei riconosciuta a Londra solo a distanza di chilometri in quella stessa immagine? Quanto ci stupiscono i lati nascosti dei nostri genitori, e che rivelazione ricostruire le eredità.

A Londra la rivelazione: quando sono in ansia e in ritardo mi ritrovo nello stesso tipo di soliloquio.

– Dai! Sei sempre lenta, su, adesso non importa la maglietta verde, è da lavare! Mettiti quella nera e vai. È tardi, orologio, è tardi! Lo so.

Erano vecchi discorsi che rimbalzavano in casa anche in Italia, come in una cabina di plexiglass insonorizzata, dove sembrava che da fuori tutto scorresse indisturbato mentre io, dentro, annaspavo senza che nessuno mi sentisse. La parlantina assurda è rimasta ma non avverto più, qui, quella sensazione di vivere drammaticamente, di essere un personaggio impotente, una incompresa che muove le labbra dietro a un diaframma invisibile, separata da una diversità intrinseca che si manifesta in modi di reagire atipici ai tumulti della vita.

E anche in famiglia le cose si sono addolcite. Qualcosa in questo viaggio ci ha mutati, avvicinandoci di molto. I temperamenti restano opposti, è vero, e forse non sempre si combinano alla perfezione, ma c'è questa strana complicità di fare cose indimenticabili che è tornata. Io con la mia parlantina (un martello pneumatico), ogni giorno a picchiettare lo stesso punto, ossessiva, la gatta che miagola con insistenza, il figlio che fluttua nel suo mondo musicale, lui, il marito, con il suo silenzio è meno sulla difensiva, adesso sembra voler aggiustare il profilo di ogni cosa, un po' più quieto e rassicurante. *It's not perfect but it's beautiful*!

E così, anche se il dispiacere di partire è lì, muto e persistente, rumoroso e ripetitivo, questo nido lo stiamo rendendo più bello per riportarcelo a casa.

ULTIME CENE

Ultima cena tra amici. Appuntamento con l'amica M., moglie dell'amico D., genitori di G., a casa di V. e T. con altre due famiglie. Una bella folla è lì a salutarci. La nostra amica, la ospite di casa, pensa di ordinare la pizza per tutti... di sabato sera a Londra *(really?)*. Ma al weekend trafficato della capitale si aggiunge, come se non bastasse, una mostruosa partita di calcio Italia-Olanda. I pizzaioli italiani della città saranno tutti davanti al maxischermo.

Aspetteremo a lungo, lo sappiamo. Il settantacinque percento dei bambini presenti chiede la margherita. Insolito. Dei restanti abbiamo: bufala e pomodorini, salame piccante e peperone verde, spinaci, zucca e *jalapeños*, friarielli, salame, prosciutto carciofini e salsiccia, zuppa inglese e olive, stracciatella cioccolato e cozze, ananas e barbiturici. Si fa per dire.

Il cibo non arriva mai. La notte si allunga, densa e nera, come se ci tenesse sospesi nel suo abbraccio, ricordandoci che ogni ultima volta porta con sé un retrogusto di malinconia al momento dei saluti. Ci intratteniamo con il calcetto balilla, la partita in televisione, a succhiare una dadolata di formaggi cercando di tenerci l'appetito. L'applicazione del *delivery* è in panne. Non possiamo monitorare l'orario di consegna previsto, che comunque possiamo calcolare cercando di predire le tempistiche della partita Italia-Olanda.

Durante la serata, quando abbiamo compreso che fino ai rigori non mangeremo, l'amica S. costruisce e completa il montaggio del biliardo portatile ordinato su Amazon, un'ottima idea per non terminarle i formaggi e le olive della preziosa riserva. Ci giochiamo tutti e riusciamo perfino a non rigarle il tappetino. Io vorrei leggere le mie composizioni liriche ma nessuno mi darebbe retta. Vorrei dire che finalmente sono tornata a scrivere cose mie strampalate e che non farò mai un'esibizione a Londra durante un Open Mic.

Finisce la partita e come previsto suona il campanello. È tardissimo ma i bambini sembrano comunque molto svegli e pieni di voglia di giocare.

Lo sapranno che qui a Londra, per noi, tutti insieme, questa sarà l'ultima cena? Aggiungo piccante. Devo bruciarmi le budella per affrontare lo stress dell'ultima volta di una qualunque cosa.

La serata con gli amici termina in saluti sospesi, è sconsolato anche chi rimane, perché i legami forti lasciano uno spazio vuoto, anche noi siamo stati una iniezione di vivacità, con il nostro countdown e abbiamo ricordato loro l'entusiasmo di chi arriva da poco e ha ancora mille incognite. Tra i ragazzini, l'amico G., anche lui musicista, ha legato tanto con il figlio, una sintonia di pianoforti, ma si sono tutti affezionati tra loro questi bambini sperduti nell'isola inglese. Tanti valori in comune e una spiccata nostalgia per i nonni rimasti a invecchiare soli nella penisola.

È come se la distanza amplificasse la nostra capacità di riconoscerci negli altri. Allontanandoci dalla nostra terra, quale che sia, si trova un nuovo e potente punto di osservazione su ciò che abbiamo lasciato e forse allora se ne apprezzano di più le sfumature che prima sfuggivano.

È un po' come quando arrivano le fotografie della Terra dallo spazio. Solo allora vediamo chi siamo, ci accorgiamo di abitare in una immensità acquosa, piccoli esseri galleggianti su qualche zolla verdebianca, tuffati in un foglio nero di vuoto cosmico.

Ci illuminiamo di un orgoglio sfumato, leviamo le nuvole e le storture con cui forse prima catalogavamo con noia la nostra terra natia e ci possiamo concentrare sulle magnificenze di cui disponiamo. E forse solo un viaggio lungo, capace di metterti alla prova, riesce a trasformare la percezione della tua casa. Quando torni, la vedi con occhi nuovi, con un misto di nostalgia e gratitudine.

INTERMEZZO NOTTURNO
LE ULTIME VOLTE

E in questi ultimi giorni ogni *ultima cosa* viene conteggiata nel novero delle *ultime cose*. L'ultima volta che pulisco la cacca a Pepita a Londra, prima che le sue deiezioni divengano rifiuti di Dover, di Calais, del sud della Francia per stabilirsi poi nelle fogne italiane. L'ultimo *Christmas cracker* con gli amici. L'ultimo *fish and chips*, che per altro non mi è mai nemmeno piaciuto, consumato con devozione, l'ultima trasmissione di cucina in inglese, l'ultimo cartone animato la domenica mattina sul divano di Cambridge Gardens, l'ultima spazzatura da buttare. Si potrebbe descrivere una catena infinita di ultime cose semplici capaci di spezzare il cuore.

MENO SETTE (GIORNI)

Ormai manca solo una settimana, anche i vicini sembrano avvertire il peso del distacco, così decidiamo di celebrare questa partenza con una cena. L'ultima, con Agne e Jerry. Il loro ristorante indiano preferito ci accoglie con il suo caos familiare e festoso: luci calde, voci sovrapposte, nell'aria l'aroma avvolgente delle spezie. Mio figlio, sfinito dalla giornata, si sistema su un lungo divanetto accanto a me. Dopo aver mangiato, si accuccia sulle mie gambe e si addormenta, cullato dal brusio che riempie la sala. Beviamo del lassi salato o al mango e brindiamo. Agne ci porge un regalo impacchettato, è un libro di ricette di questo ristorante, Dishoom. Con una bellissima dedica. Abbiamo tutti gli occhi lucidi.

– Ci dispiace che ve ne andiate.
– Anche a noi: è molto triste.
– Volevamo dirvi una cosa, che in tutti questi mesi non vi abbiamo detto… ma c'è qualcosa che… che abbiamo scoperto poco tempo dopo che siete arrivati. Forse mentre ascoltavamo le belle musiche composte da vostro figlio, chissà. Una specie di miracolo… avete notato qualcosa di diverso in me?
– Oddio, vi abbiamo rovinato il sonno perché siamo rumorosi? La gatta, il pianoforte, il pesto, Kurt Cobain?! Vi abbiamo tenuti svegli? Gli italiani sono un po' chiassosi.
– Sì. In effetti non ci avete lasciato dormire.
– Avete scoperto che gli italiani sono chiassosi? Noi, la gatta, il pianoforte, le mie notti insonni…
– No: no no! Siamo felici di non aver dormito! Volete lasciarci parlare?
– Allora qual è la sorpresa?
– Aspettiamo un bambino!

Agne si illumina. Proprio a settembre, è rimasta incinta. Mi racconta di come, in questi mesi, ha osservato il nostro piccolo per capire come funziona il mondo con un bambino. Una sorta di studio sul campo, dice scherzando, che l'ha aiutata a immaginarsi madre, a ritrovare un po' di coraggio. Dice che la mia creatività caotica e il mio essere mamma incasinata le sono sembrati un buon esempio: un modo per rendere la maternità meno spaventosa, addirittura divertente. Mi sento lusingata, quasi onorata.

Da parte mia, mi scuso di averle detto al picnic durante il funerale della regina che avere un figlio era un casino inenarrabile. Sono pronta a rimangiarmi tutto per rassicurarla, è un meraviglioso casino! Ride molto. Parliamo ancora mettendoci in disparte, con nuovi curry piccanti indiani fumanti davanti a noi.

– La vita è difficile.
– Ci piace divertirci complicandoci la vita.
– Siamo rumorosi e scombinati.
– Continuate assolutamente, e voglio sentire ancora le piccole dita sul pianoforte, mandatemi i messaggi, le musiche da ascoltare, mi hanno portato fortuna e mi sono d'ispirazione.
– Evviva il vostro bambino in arrivo!

Festeggiamo alzando i calici di lassi al mango, siamo in lacrime di felicità.

Rientrando a casa ci abbracciamo a lungo. Per loro inizia un viaggio, per noi finisce. Incredibile come ci si incontri in fasi diverse della vita, come fossimo su ascensori che comunicano solo se si trovano al terzo piano contemporaneamente, ci si racconta, ci si dicono delle cose importanti e poi ognuno procede per la sua. Qualcuno su e qualcuno giù.

Detesto gli addii.

NON ME NE VOGLIO ANDARE

Non me ne voglio andare.

La giornata è spessa come un budino colloso. Trattengo i minuti, conto i secondi. Rallento i gesti. Ogni attimo sembra gonfiarsi, distendersi e collassare di nuovo su se stesso. Ivan mi aspetta per un caffè, dopo l'ultima lezione. Non gli avevo dato alcun preavviso, come se avessi paura che, pianificando, il momento potesse sciogliersi in anticipo.

Siamo seduti nel bar della palestra, in punta di sedia, un po' come due animali selvatici. Alla fine, gli dico che è un bravo istruttore. Non so perché lo faccio, forse perché temo che questo saluto resti vuoto se non lo riempio di qualcosa. Lo accetta con sguardo sfuggente, per evitare di dargli troppo peso.

Ha ragione. Sono invidiosa del suo mondo, del suo lavoro, della sua vita in questa città. Mi dice che è bellissimo vivere in UK, ma ci sta pensando sopra, e si domanda se sia abbastanza accogliente per una famiglia.

Gli piacerebbe, un giorno, lavorare quanto basta, non troppo. Non vuole scomparire dall'orizzonte domestico. Non è convinto che inseguire una carriera importante e impegnativa sia una buona idea: a lui piacerebbe essere un padre presente, in futuro.

Capisco il suo desiderio, chissà forse, a ripensarci, è stato anche il mio, anni prima sulla panchina. Forse adesso ho bisogno di ritrovare un po' di più le mie passioni. Un sospetto che mi solletica la nuca e va via. Ormai non importa più.

– Per avere un reddito dignitoso e affrontare le spese si finisce per essere assorbiti dal lavoro.

– A me sembra che non sia diverso da altre parti. Nemmeno nell'altro emisfero.

– Vero.

– Forse solo in Australia…

– Cosa?

– Non lo so, ma sarebbe bello vedere come vivono lì. Se sono più felici con un reddito pro capite più alto, nonostante ragni grossi come gatti.

– Non ne ho idea.

Ridiamo. Forse siamo accomunati da questa tensione a fuggire. O siamo dei coglioni. Ci mettiamo alla prova. Lo saluto. Mi restituisce un complimento, prima che io mi alzi e me ne vada.

– Sei molto forte, in realtà.
– Credi?
– Non smettere di arrampicare.
– Ci proverò.
– Mandami delle tue foto da Milano.
– Sì, appena trovo la palestra giusta, te le mando.

Lo abbraccio per salutarlo, tutto troppo solenne. Più di quanto vorrei. Ci salutiamo di nuovo con un gesto goffo. Il suo sorriso è educato, non ha molte parole, avrà altro a cui pensare, per lui è tutto ancora da fare, una tavola bianca da disegnare. Età diverse.

Mentre mi giro per l'ultima volta per lasciare il climbing e abbracciare il mio destino del rientro, le lacrime scendono senza controllo. Ho pianto più qui a Londra che in tutta la mia vita. Vado via, schiaccio le strisce pedonali che non calpesterò più e penso a tutte le strade che sono state il mio quotidiano e che non sono pronta ad abbandonare. Da casa alla palestra, poi uscendo di nuovo al supermercato Tesco, un roll al pollo e foglie di coriandolo e poi a casa a lavorare. Poi autobus, uno dei tre che passano e mi portano a scuola, mezzo pomeriggio al parco, pioggia, sole o neve: non cambia. È stato bellissimo.

Mi sento come se stessi perdendo un pezzo di me, ma so che è una parte necessaria del mio viaggio in questa vita. La neve fuori mi ricorda che però un nuovo capitolo sta per iniziare. La gatta mi rasserena durante la notte, dormendomi addosso con il culo in faccia. Mi trovo all'alba la sua coda in bocca e il suo affettuoso incoraggiamento a tirarmi su e darle da mangiare.

Miao.

I PACCHI! DI NUOVO!

Sono distratta dalle preoccupazioni riguardo ai pacchi che devono partire per l'Italia. Mi voglio spedire anche oggetti inutili che avrei buttato, ricordi di questo posto, viaggio, tempo. Imbottisco gli scatoloni di lenzuola sintetiche che avevo comprato qui, due grossi pacchi di cartone. Difficile scegliere. Sottovalutare le pratiche doganali è stato un errore. Le nuove normative Brexit trasformano anche un paio di calzini spaiati in un incubo burocratico. Se vuoi inviare in Italia dodici paia di calzini sporchi di diverso colore, devi descriverli uno per uno (in lingua inglese) buchi compresi, dichiararne il peso e immaginarne il valore economico in sterline.

Lo stesso vale per le vecchie ciabatte consunte, dovrai redigere a mano due liste, una verrà messa nel primo dei tre pacchi, assieme all'elenco di tutto ciò che è contenuto, l'altra va allo spedizioniere assieme all'indirizzo e alla ricevuta del pagamento del valore del contenuto spedito che dovrai aver già effettuato e stampato. E già qui tradurre il regolamento dal sito è un'impresa memorabile. Il tutto deve essere imbustato in una custodia trasparente e affisso allo scatolone con porta listino. Attenzione! Bisogna inserire il foglio compilato in una cartelletta predisposta appositamente per le spedizioni, inviata in anticipo dalla compagnia che effettuerà lo shipping, e il pacco, se è uno scatolone in doppio cartone, deve essere impermeabilizzato attraverso una copertura di scotch da imballo, mentre i valori all'interno devono essere chiusi in sacchetti di plastica che evitino al contenuto di bagnarsi. Facile.

Non rinuncerò al portaincenso a forma di elefante argentato che mi ricorda Ganesh, gli si apre la schiena e lui brucia i profumi meravigliosi comprati nelle bancarelle, al sicuro nella sua pancia, senza perdere pezzetti in giro, un po' grosso, un po' pesante, un po' inutile ma delizioso. Ho paura che abbandonarlo porti sfiga. L'ho comprato per non dare fuoco alla casa con la gatta che saltava qua e là e i bastoncini che sembravano pronti a un incidente di fuoco con la moquette. Gli sono personalmente riconoscente.

Mi porto i cibi etnici che ho amato di più qui, li carico nel pacco, la zuppa di miso concentrata che sembra il nostro latte condensato, perché da noi c'è solo in polvere. Il curry verde, il curry rosso, il curry in crema e in polvere giallo e arancione. Mi mancherà la cucina turca sotto casa, ma non posso mettere uno spiedino di carne nello scatolone, dovrò tenermi il ricordo. Un paio di scarpe sneakers color glicine con le suole dello stesso colore.

Mi spedisco le mutande comprate da M&S, un po' troppo grandi, ma ormai le avevo prese, serviranno a qualcosa, oppure faranno imbottitura antiurto per il viaggio degli altri oggetti.

Non rinuncio a una borraccia che tenevo con me in palestra, alle scarpe da climber di livello intermedio, strettissime, taglia 36.

Il giorno del ritiro dei pacchi non viene nessuno. Sono un po' in panico, rischio di dover abbandonare tutto qui e partire rinunciando agli oggetti accessori, l'incubo. Buttare tutto? Non c'è nulla di valore ma l'idea mi manda in disperazione. L'allarme rientra, vedo dalla finestra arrivare il fattorino, faccio i salti di gioia.

Rifletto sull'attaccamento a ciò che è stato significativo qui. C'è chi mi dice che non contano le cose ma le esperienze. Ma se gli oggetti e le loro immagini riflesse non segnassero dei passaggi simbolici di importanza vitale, non avremmo bisogno di lapidi e urne e fotografie dei defunti.

SALUTI ALLA PORTA DI CASA, E AI SUOI ABITANTI INFESTANTI

Scatoloni spediti, valige caricate, casa svuotata. Guardo la sala desolata che sembra un tempio greco abbandonato, eppure, a parte il divano che ha un cuscino impercettibilmente rosé, lei è la stessa sala che abbiamo visto in foto tanti mesi fa. Quella che abbiamo scelto in primavera, quando ci sembrava *quasi* a Notting Hill, quella che ci ha accolto così, vuota, ad agosto, quando siamo arrivati con quel senso di avventura che ti frizza sotto le piante dei piedi. Mentre fai la prima conoscenza di tarme, topini, ragni e altri abitanti infestanti. La luce invernale filtra dalle finestre chiuse, illuminando di suoni sfuggenti, come ombre del ricordo. Il vociare entusiastico dell'arrivo a Londra si aggrappa alle pareti come se fosse fissato nei minuscoli pori dell'intonaco.

Guardo il caminetto spento, lo specchio, le grandi finestre da cui salutavamo gli scoiattoli con la peste nera e, ancora, la porta sulla cucina, da sempre difettosa, le pareti con questi quadri comprati a caso al mercato di Portobello, ma con gusto e amore. La moquette soffice, che abbiamo fatto tirare a lucido. Tutto sta per diventare il mio passato a Londra. Il presente è immutato eppure è pronto per trasformarsi in altro. Tra qualche decina di minuti non sarà nostro, mai più. Sono esausta ma cerco di divorare con gli occhi i dettagli.

Sento un brivido a fior di pelle, l'aria è finissima da respirare, cerco di gonfiarmi i polmoni dello spazio vuoto della mia casa, la mia casa.

– Faremo una sosta in Francia. Ci consoliamo, vedrai.

Mio marito prova a dirmi che qualcosa di tutto questo resterà, io sento che dovrò realizzare ancora una logica di questo viaggio. Ho bisogno di tenere a mente che si può anche provare a cambiare quando il cemento ti ha preso i piedi e hai quaranta anni. Troppi per iniziare una vita nuova, troppo pochi per darti per persa.

– Dobbiamo andare. Chiudi? Hai le chiavi? Dai.

La chiave è legata a un portachiavi con un piccolo pellicano rosa, un ricordo del London Zoo, una cosetta senza senso. Le sgancio, lo stringo in mano. È tutto sporco, usurato, ha fatto la sua vita qui. Non gli avrei mai dato un peso se fossimo rimasti, ma ora è un simbolo così importante che mi verrebbe da parlargli, chiedergli se anche lui si sente come me. Tradito, come il mio primo portachiavi quando ero adolescente, a portafoglio, con una cerniera: ci nascondevo un po' di tutto, dalle monetine, ai biglietti, agli orecchini, all'accendino, era tutta la mia vita poi l'ho buttato, ormai consunto. Ora vorrei ritrovarlo in un cassetto, così, per vedere con lo sguardo nuovo un oggetto che ha vissuto per tutto quel tempo una giovane versione di me.

La vita ti tradisce.

Tutti scendono al piano terra, io dico che ho dimenticato una molletta in bagno. Non è così. Devo guardare di nuovo questa luce dalle grandi finestre. Ricordo che ho salutato la casa della nonna nello stesso modo, i tavolini, la cucina della merenda, tappeti e pavimenti su cui ero cresciuta giocando ai Lego per terra e che sono spariti per sempre con il chiudersi della porta.

Dal portachiavi dei diciotto anni alla cucina della nonna. Chiudiamo delle porte. Sempre più porte alle spalle, come uscire da una scatola che è contenuta in un'altra e ancora in un'altra. Come gli specchi degli armadi. Puoi raccontartela o alleggerirla ma le case, come Cambridge Gardens, sono quegli spazi abituali della tua vita che segnano l'inizio e la fine di un ciclo. Dei varchi sul mondo che prima avevano un significato e un profumo perché su quella poltrona ci si sedeva ogni giorno quel corpo vivo, con gli stessi pensieri in testa, la scuola, i compiti, le trasmissioni di cucina, un pennarello caduto tra i cuscini, la gatta sulle cosce, il raggio di sole e tu che scorgi lo scoiattolo grasso alla finestra, e sei lì, inconsapevole, mentre il senso del tempo sembra svanire nel lago delle faccende umane contingenti. È impressionante quanto possiamo essere incoscienti di vivere.

Salutarsi a dicembre è una silenziosa stretta allo stomaco e al cuore.

Una lingua che svanirà piano, non sarà più quella in sottofondo, bisognerà imparare di nuovo a tenere gli occhi aperti anche nel paese del ritorno. Si prova a cambiare ancora trasmissione, e, anche se non ho in mano io il telecomando, mi riprometto che farò attenzione.

È ora di salire in macchina perché il permesso per parcheggiare in Cambridge Gardens non dura tutto il giorno, la strada è lunga e fino a Dover bisogna che il marito guidi al contrario, concentrato. Io non potrei mai, già di mio non sono in grado di guidare, figuriamoci a lasciare alle spalle la meraviglia di questi mesi indimenticabili stando sull'altro lato della strada anche nelle svolte. Come vivere allo specchio.

Mi decido e infilo per l'ultima volta la chiave nella serratura.

Trattengo il fiato, sento il clic metallico e... tutto finisce. L'uscio si chiude, portando con sé un pezzo del mio cuore.

Mi volto che tremo e mi impongo di scendere i gradini.

I miei piedi sulle scale del palazzo hanno fatto su e giù dal supermercato alla palestra, dalla scuola alle serate in teatro, sempre passando davanti all'appartamento dei vicini.

Jerry e Agne ci vengono ad abbracciare ed è un grumo terribile di batticuore e lacrime che non riesco proprio più a trattenere. Adesso che sappiamo che c'è questo bambino in viaggio e che questo spazio affettivo accoglierà una nuova vita, siamo felici per loro.

– *Take care...*

– *Take care. Take care of you Agne and the baby. I'm so happy for you.*

Siamo sulla strada davanti a casa, guardo il portone nero del palazzo, chiuso.

– *You must come visit us again in the summer.*

– *When will the baby be born?*

– *At the end of May.*

– *We will return.*

– *Promise it.*

– *Promise, we all promise.*

– *Milano again?*

– *Just for now.*

Solo per adesso. Comunichiamo un po' come abbiamo imparato a parlarci noi. Un po' sintetici. *Milano again* non ha bisogno di molto altro.

– *I love you, Agne. It's been fantastic to meet you on my journey.*

– *Same goes for me. We won't lose each other, we will meet again, as Queen Elisabeth said.*

We will meet again. Saperli vivere sotto casa nostra, sotto al nostro pavimento a condividere i topini, il gatto e il cane, a condividere gli odori di Portobello, dal pollo *jerk* all'incenso dei mercati, fino al suono dei djembe ogni sabato e le spezie *indo-thai,* la spazzatura, la posta e gli scoiattoli. Rapidamente tutto viene reciso. Ne è valsa la pena? Sì, certo. Lo saprò più avanti, certo, ma ogni volta che mi sento soffocare nei miei schemi mi posso ricordare che l'ho già fatto, che non è obbligatorio guardare la parete e arrendersi. Si può scalare, ci si arrampica, si va via? E gli scenari sono diversi, non per forza Portobello, il mondo è davvero pieno di occasioni. A noi, Londra, ci ha accolto con benevolenza, Londra come la capanna nel bosco, l'importante è non desistere e trovare la propria. Possiamo incontrare persone nuove, crearci esistenze inimmaginabili, magari non possiamo permettercelo per troppo tempo o per sempre, oppure sì. Mi piace pensare che il multiverso lo facciamo noi, prendendo il coraggio e accettando un filo di incoscienza per vivere di nuovo.

Nessuno sa quale sia la vera destinazione. La nostra è Milano. *Milano again.* Noi ci voltiamo, saltiamo in macchina e io sposto gli occhiali da sole per guardare attraverso le onde delle mie lacrime, ancora una volta, il cancelletto e il portone con, in metallo argentato, affisso malamente, il numero civico.

Bye bye Cambridge Gardens.

EPILOGO CREATIVO O TITOLI DI CODA

Oggi mia madre ha suonato così meravigliosamente le *Scene infantili* di Schumann che tutto era perfetto e nulla cercava più spiegazioni.

La musica di questo pomeriggio mi ricorda quella che sentivo da bambina, mentre giocavo su un grande tappeto caldo, usurato e spellato di tutti i suoi fili. In quell'ascolto io ero completa.

Un ritorno all'arte, ogni anno ad aggiungere un tassello in più, la diteggiatura, la costanza e un nuovo tasto al pianoforte della vita. In questo splendore il timore di trascorrere tempo inutile svanisce. Adesso che sono di nuovo a casa e la ascolto, ogni giro d'orologio che passa acquista un nuovo senso per me. In ogni dettaglio imperfetto e spigoloso. Forse è questa la morale della favola, a volerla cercare: ogni viaggio, ogni esperienza, ogni errore e tentativo, alla fine è solo il ritorno a quella stanza, a quelle note, a quell'infanzia che non è mai davvero finita. Siamo lì, io, lei, padri e figli di ogni epoca, cristallizzati in un tempo che si ripete, che si aggiusta, che si perdona. E che ritrova la sua ragione di essere in semplici atti di bellezza impermanenti.

Oggi sono a casa, mesi dopo il viaggio. Rientro dal lavoro stanca, fuori piove, poggio la borsa e li vedo a quattro mani alla tastiera. Mi avvicino in punta di piedi.

Schumann.

Mia madre e mio figlio suonano insieme. E tutto, per un attimo, si ferma.

RINGRAZIAMENTI

Nessun animale, gatto, figlio o marito è stato maltrattato nella scrittura di questo libro anche se l'autrice ha rischiato più volte il tracollo.

Sono state invece vessate la editor e l'agente letteraria, Mariachiara Riva e Maria Paola Romeo, che ringrazio con ardore! A Silvia Valmori che ha accolto il progetto e creduto in questo libro va la mia profonda riconoscenza!

Oltre a queste fantastiche collaboratrici ho importunato con allarmanti messaggi di mezzanotte: Camilla Maccaferri, Tamara Malleo, Elisabetta Sias, Stella Trapanese, Serena di Gregorio. Grazie, siete state delle alleate preziose!

Le amiche che hanno ricevuto messaggi carichi di dubbi, ripensamenti, paure prima delle otto di sera, alle quali sono profondamente riconoscente, sono molte di più, la lista sarebbe infinita... però, a questo punto, temo che il numero di caratteri disponibili - spazi inclusi - sia finit